James Ellroy

Hügel der Selbstmörder

Polizeiroman

Übersetzt von Oliver Huzly

Ullstein

Kriminalroman
Ullstein Buch Nr. 23160
im Verlag Ullstein GmbH,
Frankfurt/M – Berlin
Titel der amerikanischen
Originalausgabe:
Suicide Hill

Deutsche Erstausgabe

Umschlaggestaltung:
Hansbernd Lindemann
Illustration: Alexander Barsky/
Agentur Irmeli Holmberg

Printed in Germany 1993
Gesamtherstellung:
Ebner Ulm
ISBN 3 548 23160 8

2. Auflage Februar 1993
Gedruckt auf Papier
mit chlorfrei
gebleichtem Zellstoff

Vom selben Autor
in der Reihe
der Ullstein Bücher:

- Stiller Schrecken (22057)
- Blutschatten (22654)
- Die Schwarze Dahlie (22834)
- Blut auf dem Mond (22979)
- In der Tiefe der Nacht (22980)
- Browns Grabgesang (22987)
- Heimlich (22988)

Die Deutsche Bibliothek –
CIP-Einheitsaufnahme

Ellroy, James:
Hügel der Selbstmörder: Polizeiroman /
James Ellroy. Übers. von Oliver Huzly. –
Dt. Erstausg., 2. Aufl. – Frankfurt/M;
Berlin: Ullstein, 1993
(Ullstein-Buch; Nr. 23160:
Ullstein-Kriminalroman)
ISBN 3-548-23160-8
NE: GT

Notiz aus dem psychiatrischen Gutachten

Von: *Dr. med. Alan Kurland, Psychiater, Personalabteilung;*
An: *Deputy Chief T. R. Braverton, Commander, Detective Division;*
Captain John A. MacManus, Abteilung Kapitalverbrechen;
Betreffend: *Hopkins, Lloyd W., Sergeant, Abteilung Kapitalverbrechen.*

Sehr geehrte Herren,
Wie verlangt, habe ich Sergeant Hopkins in meiner Privatpraxis einer Analyse unterzogen. Dies geschah im Laufe von fünf einstündigen Sitzungen, die von 6. November bis zum 10. November 1984 abgehalten wurden. Der Patient machte den Eindruck eines physisch gesunden und geistig regen Mannes von exorbitanter Intelligenz. Er zeigte sich in diesen Sitzungen bereitwillig, beinahe eifrig, und widerlegte so Ihre anfänglichen Befürchtungen hinsichtlich seiner Zusammenarbeit. Seine Antworten auf intime Fragen und aggressive Überraschungsfragen waren unbeirrt ehrlich und offen.
Bewertung/Gutachten: Sergeant Hopkins hat eine obsessive-compulsive Persönlichkeit. Er neigt zu Gewalttätigkeit. Diese Störung der Persönlichkeit manifestiert sich hauptsächlich in Akten exzessiver physischer Gewalt durch seine neunzehnjährige Polizeilaufbahn hindurch. An zweiter Stelle, aber doch unmittelbar damit verbunden, folgt ein starker Sexualtrieb, den er sich selbst gegenüber als »Ausgleichsbemühung« erklärt und rechtfertigt, die dazu diene, seine gewalttätigen Impulse abzulenken. Rein verstandesmäßig werden beide Triebe mit den Erfordernissen des »Jobs« und mit dem Wunsch, seinen Ruf als einzigartig brillanter und gefeierter Ermittler in Mordfällen aufrechtzuerhalten, gerechtfertigt; in Wirklichkeit rühren beide her von dem stridenten Pragmatismus der Art, die man bei soziopathischen Persönlichkeiten findet, die in ihrer emotionalen Entwicklung stehengeblieben sind – schlicht und einfach eine präadoleszente Selbstsüchtigkeit.
Es ist symptomatisch, daß Hopkins, der sich selbst als »harten Hecht« und dedoizierten Sybariten bezeichnet, so-

wohl seinen Gewaltimpulsen als auch seinen sexuellen Wünschen mit der rücksichtslosen Hingabe des wahren Soziopathen gefolgt ist. Er hat jedoch all die Jahre hindurch tiefe Schuldgefühle wegen dieser Gewaltausbrüche und der außerehelichen Promiskuität empfunden. Dieses Bewußtsein entwickelte sich graduell, was im Widerstand gegen alle Verhaltensmuster und dem Wunsch, diese Muster aufzugeben und so eine Art Seelenfrieden zu erreichen, resultierte. Dieses psychische Dilemma ist der hervorstechende Wesenszug seiner Neurosen. Allerdings ist es unwahrscheinlich, daß dieses Problem allein, durch ihre langwierige Anlage, für Sergeant Hopkins' gegenwärtigen Zustand am Rande eines Nervenzusammenbruchs verantwortlich ist.
Hopkins selbst sieht die Gründe für seinen gegenwärtigen Zustand extremer Unruhe, Niedergeschlagenheit, verbunden mit Weinkrämpfen und äußerst untypischen Zweifeln an seinen Fähigkeiten als Polizist, in seiner Teilnahme an zwei aufwühlenden Morduntersuchungen.
Im Januar 1983 war Sergeant Hopkins in den Fall des sogenannten »Schlächters von Hollywood« involviert, ein Fall, der offiziell als ungeklärt gilt, obwohl Hopkins behauptet, daß er und ein anderer Beamter den Täter getötet hätten, einen Psychopathen, der im Gebiet von Hollywood drei Menschen getötet haben soll. Sergeant Hopkins (nach dessen Schätzung dem »Schlächter von Hollywood« noch weitere sechzehn junge Frauen zum Opfer gefallen sind) hatte Intimkontakt mit dem dritten Opfer des Psychopathen, einer Frau namens Joan Pratt. Hopkins fühlt sich verantwortlich für den Tod von Miss Pratt und den Tod einer anderen Frau namens Sherry Lynn Shroeder, der in Verbindung mit der Havilland/Golf-Mordreihe stand (Mai 1984). Er hat diese Schuldgefühle transferiert auf die zweifache Obsession, unschuldige Frauen zu »schützen« und seine Frau und seine drei Töchter, die ihn verlassen haben und zur Zeit in San Francisco leben, »wiederzubekommen«. Diese Obsessionen, typische Wahnvorstellungen bei psychisch gestörten Menschen mit hoher Intelligenz, sind der wahre Grund für die Patzer bei der Ausübung seines Berufs, die zu Sergeant Hopkins gegenwärtiger Suspendierung vom Dienst führten.
Am 17. Oktober dieses Jahres war es Sergeant Hopkins

gelungen, einen dritten Verdächtigen des Havilland/Goff-Falles, Richard Oldfield, in New Orleans aufzuspüren. Er hielt Oldfield für bewaffnet und gefährlich und forderte daher Beamte des New Orleans Police Departments an, ihm bei der Verhaftung beizustehen. Hopkins sollte in sicherer Entfernung bleiben, während das Team von N. O. P. D.-Kriminalbeamten den Verdächtigen festsetzte. Er mißachtete diesen Befehl und trat Oldfields Tür ein, hielt aber dann inne, als er sah, daß Oldfield mit einer nur teilweise bekleideten Frau zusammen war. Er schrie der Frau zu, sie solle sich anziehen und machen, daß sie wegkomme, und feuerte dann auf Oldfield, verfehlte ihn aber und gestattete ihm so, durch den Hinterausgang zu entkommen, während er die Frau zu trösten versuchte. Die Beamten aus New Orleans faßten Oldfield einige Minuten später. Zwei Kriminalbeamte wurden während der Festnahme verletzt, der eine schwer. Sergeant Hopkins sagte, daß seine Weinanfälle kurz nach diesem Zwischenfall anfingen.
Bei der Anklageerhebung wurde Hopkins von Oldfields Anwalt dabei ertappt, wie er Ausflüchte machte. Im Laufe unserer zweiten Sitzung gab er zu, daß er Beweise zurechtgefälscht hatte, um die Auslieferung Oldfields zu erreichen, und daß der Grund für seine Lügen im Gerichtssaal in dem Wunsch lag, eine Frau zu schützen, die in den Havilland/Goff/Oldfield-Fall verwickelt war – eine Frau, mit der er im Verlauf der Ermittlungen Intimkontakt gehabt hatte. An diesem Punkt wurde Sergeant Hopkins ausfallend und brüstete sich damit, daß er den Namen der Frau niemals dem Staatsanwalt oder einer anderen Justizbehörde preisgeben werde.
Schlußfolgerungen: Sergeant Hopkins befindet sich im Zustand schwerster cumulativer Streßreaktion. Er leidet unter schwerster nervlicher Erschöpfung, die noch verschlimmert wird durch die unnachgiebige Entschlossenheit, seine Probleme aus eigener Kraft zu lösen – ein Entschluß, der implizit seine Persönlichkeitsstörung verstärkt und eine Weiterführung der Sitzungen praktisch unmöglich macht. Zum jetzigen Zeitpunkt erachte ich es für unmöglich, daß Sergeant Hopkins in Mordfällen ermittelt, ohne sie in irgendeiner Form in sozialem oder sexuellem Kontext auszunutzen. Es ist äußerst unwahrscheinlich, daß er andere

Beamte effektiv leiten kann; es ist genauso unwahrscheinlich, daß er sich bei seiner grandiosen Selbsteinschätzung jemals mit der Durchführung von Verwaltungsarbeit abfinden wird. Seine psychische Stabilität ist ernstlich beeinträchtigt; seine Belastbarkeit so unwägbar, daß seine Anwesenheit als Waffenträger im Dienst bestenfalls ineffektiv, schlimmstenfalls gemeingefährlich ist. Meiner Meinung nach sollte Sergeant Hopkins vorzeitig in den Ruhestand versetzt werden, bei vollem Ruhegeld, als Resultat einer dienstbezogenen Disabilität/Invalidität, und der administrative Prozeß hinsichtlich seiner Trennung vom L. A. P. D. sollte schnellstmöglich in Gang gesetzt werden.

Hochachtungsvoll,
Dr. med. Alan D. Kurland,
Psychiater

1

Der Transporter des Sheriffs bog aus dem Tor des Malibu Fire Camp Nr. 7. Geladen hatte er 16 Häftlinge, denen Entlassung, Arbeitsurlaub und Straferlaß bevorstanden, und sein Ziel war das Zentralgefängnis von L. A. County. Fünfzehn der Männer brüllten fröhlich Obszönitäten, trommelten gegen die Fenster und klapperten mit den Beinfesseln. Der sechzehnte, dem man in Anerkennung seines Status' als Feuerbekämpfer 1. Klasse die Eisen erspart hatte, saß vorn beim Fahrer/Deputy und starrte auf einen Fotowürfel, in dem sich die Aufnahme einer Frau in Punkrock-Outfit befand.

Der Deputy schaltete in den zweiten Gang und stupste den Mann an. »Bist wohl scharf auf Cyndi Lauper?«

Duane Rice sagte: »Nein, Officer, Sie etwa?«

Der Deputy lächelte. »Nein, aber ich trag' ja auch ihr Bild nicht mit mir rum.«

Rice dachte, halt dich zurück – er ist nur ein blöder Bulle, der Konversation machen will, und sagte: »Meine Freundin. Sie ist Sängerin. Sie sang Back-up für eine Bar-Band in Las Vegas, als ich das Foto schoß.«

»Wie heißt sie?«

»Vandy.«

»Vandy? Nur ein Name, so wie »Cher«?«

Rice blickte auf den Fahrer, dann herum zu den Häftlingen in Drillichzeug. Die meisten davon würden in einem, allerspätestens zwei Monaten wieder im Loch stecken. Ihm fiel ein Verschen des sprücheschmiedenden Dichters ein, der unter ihm gepennt hatte: »L. A. – mach her deine Ferien, geh heim auf Bewährung.« Und im Bewußtsein, jeden Cop, Richter oder Bewährungshelfer, den man ihm draufknallte, austricksen, ausdeichseln und ausmanövrieren zu können, und mit dem Wissen, daß sein Schicksal das exakte Gegenteil von dem jedes anderen Mannes im Bus war, sagte er: »Nein, Anne Atwater Vanderlinden. Ich hab sie's abkürzen lassen. Ihr voller Name war zu lang. Nicht gut für Plakate.«

»Macht sie alles, was du von ihr willst?«

Darauf gab Rice dem Deputy ein spiegel-vollendetes »Jawohl.«

»Ich frag' ja nur«, sagte der Deputy. »Solche Pussen sind heute schwer zu finden.«

Die Plauderei war wirkungsvoll im Keim erstickt, und Rice lehnte sich zurück und starrte aus dem Fenster. Er nahm zwar beiläufig Notiz vom Pacific Coast Highway und den im Winter verlassenen Stränden, fühlte aber eigentlich nur das Summen des Busmotors und die Distanz, die es schuf zwischen den sechs Monaten, die er damit zugebracht hatte, Feuergräben zu buddeln, Flammen einzuatmen und zu beobachten, wie sich geistig verarmte Luschen mit billigsten Weinbrand vollaufen ließen, und den kommenden zwei Wochen, die er im New County abzusitzen hatte, wo ihm sein Straferlaß wegen Tapferkeit als Häftlingsfeuerwehrmann einen Job als Kapo verschaffen würde, mit unbegrenztem Besuchsrecht. Er sah auf den Plastikstreifen an seinem rechten Handgelenk: Name, achtstellige Gefangenennummer, die Abkürzung des kalifornischen Strafrechts für schweren Fahrzeugdiebstahl und seinen Entlassungstermin – 30/11/84. Die letzten drei Zahlen ließen ihn an Vandy denken. Automatisch streichelte er den Fotowürfel.

Der Bus erreichte East L. A. und das Main County Jail eine Stunde später. Rice ging zur Aufnahme Seite an Seite mit dem Fahrer/Deputy, der seine Dienstwaffe aus dem Halfter zog und sie wie einen Hirtenstab dazu benutzte, die Häftlinge zu den elektrischen Türen zu lotsen. Als sie drinnen und die Türen hinter ihnen geschlossen waren, gab der Fahrer seine Waffe dem Deputy in der Plexiglaswachkabine und sagte: »Unser Kumpel hier geht zur Kapoeinstufung. Er ist Cyndi Laupers Liebchen, also keine Leibesvisitation: Cyndi sähe es nicht so gerne, wenn wir in sein Arschloch reinschielen. Die anderen Kerle haben Arbeitsurlaub und Wochenendfreigang anstehen. Die volle, übliche Prozedur in den verfügbaren Zellen.«

Der Kontrollbeamte deutete auf Rice und sprach in ein am Tisch festgeschraubtes Mikrophon. »Los, Blauer. Nummer vier, vierte Zelle zu deiner Rechten.«

Rice gehorchte. Er steckte den Fotowürfel in seine umgeschlagene Brusttasche und ging den Korridor entlang. Die Gangart, die er einschlug, war eine Art modifizierter Knastschritt, die es ihm erlaubte, seine Würde zu bewahren *und* so auszusehen, als passe er sich an. Als er den richtigen Rhythmus gefunden hatte, ließ er seine Augen eine Szene in sein Hirn einbrennen, der er sich nie wieder aussetzen würde: Gefangene, wie Sardinen gequetscht in Sicherheitszellen, die auf der Vorderseite von der Decke bis zum Boden mit Kadmiumstahl vergittert waren; geschriene und gedämpfte Gesprächsfetzen, die aus den Zellen herausfluteten und in denen das Wort ›Scheiß‹ vorherrschte. Kapos, die Khakihosen mit Schlitzen am Hintern trugen und lustlos mit Besen den Korridor fegten; eine Gruppe davon stand außen vor dem Schwuchteltrakt und gurrte die Tunten darin an. Das Kreischen und Klirren vergitterter Türen, die auf- und zuflogen. Gewöhnlicher Alltag für institutionalisierte Bullen und Zuchthäusler, die nicht wußten, daß sie aufeinander angewiesen waren. Tod.

Die Tür von Nummer 4 glitt auf. Rice drehte sich kurz und trat ein. Sein Blick blieb auf dem einzigen anderen Häftling in der Zelle haften, einem kräftigen Burschen, der wie ein Rocker aussah, auf dem Schränkchen hockte und einen Groschenwestern las. Als die Tür zuknallte, sah der Mann auf und sagte: »Tag, Grünschnabel. Zur Einstufung hier?«

Rice entschloß sich, höflich zu sein.

»Ich denke doch. Ich spekulierte ja auf einen Job als blauer Kapo, aber die Bullen haben offensichtlich andere Pläne.«

Der Rocker legte sein Buch auf den Boden und kratzte sich an den Bartstoppeln. »Offensichtlich, häh? Sei nur froh, daß du nicht so groß bist wie ich. Ich komme zur Ladeabteilung, sicher wie die Hölle. Ich werde also mit Niggern Wäschesäcke rumwuchten, während du irgendwo mit dem Besen fegst. Wofür haben sie dich verknackt?«

Rice lehnte sich an die Gitter. »Schwerer Autodiebstahl. Bekam ein Jahr, saß sechs Monate im Fire Camp und erhielt etwas Straferlaß.«

Der Rocker betrachtete Rice mit Augen, in denen Mißtrauen stand, aber auch Neugier nach Informationen. Rice entschloß sich, selbst nach Informationen zu wühlen, und sagte: »Kennst du einen Burschen namens Klein? Ein Weißer um die vierzig? Müßte so vor sechseinhalb, sieben Monaten hergekommen sein. Sie hatten ihn wegen Besitz und Verkauf von Kokain am Wickel, machten dann ein kleineres Delikt daraus. Er ist wahrscheinlich jetzt schon wieder draußen.«

Der Rocker stand auf, streckte sich und kratzte seinen Bauch. Rice sah, daß er mindestens 1,90 war, und spürte ein Warnlicht in seinem Kopf aufflackern. »'n Freund von dir?«

Mit Verspätung registrierte Rice die Intelligenz in seinen Augen. Zu schlau, um ihn anzuschmieren. »Nicht wirklich.«

»Nicht wirklich?« Der große Mann ließ die Worte dröhnen. »Nicht wirklich? *Offensichtlich* denkst du, ich bin blöde. *Offensichtlich* denkst du, ich kann zwei und zwei nicht zusammenzählen. *Offensichtlich* denkst du, ich weiß nicht, daß dieser Klein dich verpfiffen, einen Handel mit der Schmiere gemacht hat und so ungefähr zur selben Zeit, als sie dich geschnappt haben, wieder gehen durfte. *Offensichtlich* weißt du nicht, daß du dich in Gegenwart eines hervorragenden Gefängnisintellekts befindest, der es nicht mag, wenn man ihn verscheißern will.«

Rice schluckte trocken, hielt Augenkontakt mit dem großen Mann und wartete darauf, daß sich dessen rechte Schulter senkte. Als der Rocker einen Schritt nach hinten machte und lachte, trat Rice zurück und zwang sich ein Lächeln ab.

»Ich habe es sonst nur mit Stumpfköpfen zu tun«, sagte er. »Nach einer Weile paßt man sein Denken ihrem Niveau an.«

Der Rocker lachte leise in sich hinein. »Bumst dieser Klein dein Mädchen?«

Vor Rices Augen wurde alles rot. Er vergaß die Warnungen seines Lehrers, niemals eine Attacke zu beginnen, und er vergaß die rituellen Schreie, als er mit dem rechten Fuß durchzog und fühlte, wie der Kiefer des Rockers unter seinem Fuß brach. Blut spritzte durch die Luft, als der große Mann gegen die Gitter krachte; aus den anliegenden Zellen erklangen Rufe. Als der Rocker zu Boden fiel, trat Rice noch einmal zu; durch seinen roten Schleier hindurch hörte er, wie eine Rippe brach. Die Rufe wurden lauter, als die elektrische Tür ruckartig aufging. Rice fuhr herum und sah ein halbes Dutzend Schlagstöcke in hohem Bogen auf sich zukommen. Flüchtige Gedanken an Vandy hielten ihn davon ab anzugreifen. Dann wurde alles dunkelrot und schwarz.

Einheit 2700 des Los Angeles Main County Jail ist bekannt als der Irrentrakt. Sie besteht aus drei Reihen Sicherheitseinzelzellen, die durch enge Gänge und Treppen miteinander verbunden sind, und ist der Unterbringungsort für nicht-gewalttätige Gefangene, die psychisch zu gestört sind, um innerhalb der allgemeinen Gefängnisgemeinschaft existieren zu können: Sabberer, Brabbler, Leute, die in der Öffentlichkeit masturbierten, Jesus-Kreischer und mystische Gurus, die ihr Gehirn mit LSD weggeblasen hatten, und die jetzt alle darauf warteten, daß man über ihre Unzurechnungsfähigkeit entschied und sie letztlich nach Camarillo und in vom County unterhaltene Pflegeheime abtransportierte. Auch wenn die »danebenen« Häftlinge an und für sich durch Zwangsverabreichung starker Beruhigungsmittel ruhig und friedlich gehalten werden, so werden sie doch nachts, wenn die Wirkungen der Medikamente nachlassen, buchstäblich lebendig und veranstalten ein Getöse, das man durch das gesamte Gefängnis hört. Als Duane Rice in einer Zelle direkt in der Mitte von Reihe 2 der Einheit 2700 wieder zu sich kam, dachte er, er wäre tot und in der Hölle.

Er brauchte eine ganze Weile, um zu entdecken, daß er es nicht war; daß die gequälten Schreie und klagenden Geräusche nicht Schläge waren, die die Schmerzen und das Pochen an seinem ganzen Körper verursachten. Als er allmählich das volle Bewußtsein wiedererlangte, begann der Schmerz wirklich, und *alles* kam ihm wieder und übertönte eine Stimme in der Nähe, die brüllte: »Ronald Reagan ist ein Schwanzlutscher!« Automatisch tastete Rice mit den Händen Gesicht und Hals ab. Kein Blut; keine Beulen; keine blauen Flecke. Nur eine Schwellung an seiner Halsschlagader. Bewußtlos gewürgt und zu den Irren geworfen, aber die Abreibung, die die Wachbeamten für gewöhnlich Radaubrüdern verpaßten, hatte man ihm erspart. Warum?

Rice machte eine kurze Bestandsaufnahme seiner Person und stellte zu seiner Zufriedenheit fest, daß seine Genitalien unbeschädigt und keine Rippen gebrochen waren. Er zog sein Hemd aus und untersuchte die Striemen und blauen Flecken auf seinem Leib. Schmerzhaft, aber vermutlich kein innerer Schaden.

Da fiel ihm der Fotowürfel wieder ein, und er verspürte einen ersten Anfall von Panik. Er grabschte das Hemd vom Boden und drosch auf die Wand ein, als Plastikscherben aus dem Leinenknäuel fielen. Seine Fäuste wetzten gerade an den Zellgittern, als das unversehrte Foto von Anne Atwater Vanderlinden aus der rechten Tasche purzelte und mit der Bildseite nach oben auf seiner Matratze landete. Vandy. In Sicherheit. Rice sagte die Worte laut vor sich hin, und die Kakophonie des Irrentrakts verebbte zu einem leisen Raunen.

Ihr Raunen.

Rice setzte sich auf den Rand der Matratze und bewegte seine Augen hin und her zwischen der Fotographie und den reingekratzten Graffiti, die die Zellenwände bedeckten. Obszönitäten und Black Power-Slogans nahmen den Großteil der beschreibbaren Fläche ein, aber in der Nähe der zusammengeknüllten Lumpen, die als Kopfkissen dienten, nahmen mühselig geritzte Liebeserklärungen überhand: Tyrone und Lucy; Big Phil und Lil Nancy; Raul y Inez por vida. Rice tastete die Worte mit seinen Fingern ab, und es gelang ihm, die Schmerzen in seinem Körper niederzuhalten, indem er sich auf die Geschichte von Duane und Vandy konzentrierte.

Er hatte als Pit-Boß in einer Midas-Muffler-Niederlassung im Valley gearbeitet, nebenher Ersatzteile aus dem Lager geklaut und sie zum halben Preis an Louie Calderon verkauft. 26, unter Bewährungsaufsicht der Jugendbehörde wegen Totschlags im Straßenverkehr, ziellos. Er wartete darauf, daß etwas geschah. Louie schmiß eine Party in seiner Bude in Silverlake, versprach drei Frauen pro Mann und lud ihn ein. Vandy war dagewesen. Er und Louie hatten an der Tür gestanden und Kommentare über die ankommenden Frauen abgelassen. Sie kamen zu dem Schluß, daß, was puren Sex anging, das magere Mädchen in den abgewetzten Preppy-Klamotten so ziemlich die unterste auf der Liste war, aber daß sie ein gewisses Etwas hatte. Als Louis nach den richtigen Worten suchte, um es zu erklären, sagte Rice: »Charisma.« Louie schnippte mit den Fingern, stimmte zu und wies dann auf ihre schäbigen Fetzen und die laufende Nase hin und sagte: »Schneevögelchen. Vorher noch nie gesehen. Sieht wohl einfach die offene Tür und kommt rein, vielleicht denkt sie, sie kann etwas Stoff abstauben. Sie mag vielleicht Charisma haben, aber sie hat verflucht noch mal keine Selbstkontrolle.«

Louies letzte Worte trafen zu. Rice ging herüber zu dem Mädchen, das ihn anlächelte. Nervöse Zuckungen ließen ihr Gesicht lebendig wirken. Ihre unmittelbare Verletzlichkeit fraß ihn förmlich auf. Sowie es begonnen hatte, war es auch schon gelaufen.

Sie redeten zwölf Stunden an einem Stück. Er erzählte ihr, wie er in den Wohnblöcken von Hawaian Gardens aufgewachsen war, und von seinen versoffenen Eltern und wie sie eines Abends zum Schnapsladen losfuhren und niemals wiederkamen, von seiner Geschicklichkeit mit Wagen, und wie ihn die Schwäche seiner Eltern zu dem Entschluß gebracht hatte, Schnaps und Drogen niemals anzurühren. Darüber schnaubte sie verächtlich und sagte, daß sie und ihr Bruder Drogen nahmen, weil ihre Eltern so verklemmt und spießig waren. Sie fanden keinen rechten Draht zueinander, bis er ihr dann die *volle* Wahrheit erzählte, weshalb sie ihn wegen Totschlags drangekriegt hatten. Damit verknüpfte er ihrer beider Trotz und Aufmüpfigkeit mit einem hellroten Band miteinander.

Als er 22 war, hatte er bei einer Maserati-Niederlassung in Beverly Hills einen Job, Sportwagen einstellen. Die anderen Mechaniker waren Kiffer, die sich permanent über seine Abneigung gegen Dope lustig machten. Eines Abends bastelten sie einen *Speedball* aus medizinischem Alkohol und Perkodan und mischten ihn ihm in den Kaffee, unmittelbar bevor er sich daran machte, den Leerlauf am Ferrari eines Kunden zu testen. Die Drogenmischung begann abrupt zu wirken, als er die Doheny herunterfuhr. Er merkte sofort, was los war, und fuhr rechts ran, entschlossen, abzuwarten, bis das High abflaute, um dann ein paar gehörige Abreibungen auszuteilen.

Dann wurde es wirklich schlimm. Er begann wild zu halluzinieren und dachte, er sehe die Kerle, die ihm das Dope untergejubelt hatten, einen halben Block weiter über die Straße gehen. Er ließ den Motor aufheulen, schaltete sofort in den Zweiten und walzte sie mit 120 nieder. Die vordere Stoßstange wurde abgerissen, der Kühlergrill eingedellt, und ein abgerissener Arm flog quer über die Windschutzscheibe. Er schaltete herunter, bog um die Ecke und den Wilshire, stieg aus und rannte wie der Teufel. Ein unglaublicher Adrenalinschub überdeckte die Wirkung der Droge. Als er aus Beverly Hills herausgelaufen war, fühlte er sich wieder Herr seiner Sinne. Er wußte, daß er seine Rache bekommen hatte, und nun mußte er sich an die Spielregeln des Gesetzes halten und versuchen, möglichst billig davonzukommen.

Ein zweistündiges Dampfbad im Hollywood Y ließ ihn den Rest des *Speedballs* aus seinem Kreislauf ausschwitzen. Er nahm ein Taxi zum Polizeirevier von Beverly Hills, bohrte sich mit einem Taschenmesser in den Arm, um Krokodilstränen hervorzurufen, und stellte sich. Man legte ihm zwei Fälle von Totschlag dritten Grades und Fahrerflucht zur Last. Die Kaution wurde auf 20 000 Dollar festgesetzt, und die Anklageerhebung wurde auf den nächsten Morgen festgelegt.

Bei der Anklageerhebung erfuhr er dann, daß die zwei Leute, die er getötet hatte, nicht die Mechaniker gewesen waren, die ihm das Dope verpaßt hatten, sondern ein gutbürgerliches Ehepaar. Er plädierte trotzdem auf schuldig, weil er mit maximal zwei Jahren rechnete, also allerspätestens in achtzehn Monaten wieder draußen wäre.

Der Richter, ein freundlich dreinblickender alter Knabe, verpaßte ihm einen zehnminütigen Vortrag, fünf Jahre auf Bewährung und sein Urteil: 1000 Arbeitsstunden Papiermüll aus den Gullis der Doheny

Avenue zwischen Beverly Boulevard im Norden und Pico Boulevard im Süden aufzulesen. Nachdem Zuschauer im Gerichtssaal dem Urteil gebührenden Applaus gespendet hatten, fragte der Richter Rice, ob er noch irgend etwas zu sagen hätte. Er hatte, sagte »Ja« und fuhr fort, dem Richter kundzutun, daß dessen Mutter in einem Bordell in Tijuana riesige Eselsschwänze lutsche, und daß es seine Frau mit den Gorillas im Griffith Park treibe. Der Richter widerrief seine Haftaussetzung und verplättete ihm fünf Jahre in der kalifornischen Jugendstrafanstalt in Soledad – bekannt als »Baby-Bunker« oder »Gladiatorenschule«.

Als Rice seine Geschichte zu Ende brachte, krümmte sich Anne Vanderlinden vor Lachen und startete ihre Erzählung, während der sie zwei volle Packungen in einem wegrauchte, bis alle anderen Gäste entweder gegangen waren oder sich in Paaren in die Schlafzimmer in Louies oberem Stockwerk zurückgezogen hatten. Sie erzählte ihm, wie es war, reich aufzuwachsen in Grosse Pointe, Michigan, und von ihrem knochenharten Vater, einem Steuerberater, ihrer valiumsüchtigen Mutter und ihrem religiösen Wirrkopf von Bruder, der sich mit LSD bedröhnte und auf die Sonne starrte, wo er mystische Synergie suchte, bis er völlig erblindete. Sie erzählte ihm, wie sie das College aufgesteckt hatte, weil es langweilig war, und wie sie ihr Treuhandvermögen von 50 000 Dollar mit Koks und Freunden verpulvert hatte, und wie sie den Schnee mochte, aber nicht davon abhängig war. Rice fand ihren Gebrauch von Gossenslang naiv, aber gut gemacht. Es war ihm klar, daß es ihr dreckig ging und daß sie vermutlich kreuz und quer schlief, um einen Platz zum Bleiben zu haben, und er lenkte ihr Gespräch weg von der Gegenwart und auf die Zukunft.

Was wollte sie wirklich tun?

Anne Vanderlindens kleine Zuckungen im Gesicht überschlugen sich, als sie ins Stammeln kam, um zu erklären, wie sehr sie Musik liebte und wie sie vorhatte, mit einer Reihe von Rockvideos die Aufmerksamkeit der Welt auf ihre Tanz- und Singtalente zu lenken: eines für Punk, eines für Balladen, eines für Disco. Rice beobachtete, wie sich ihre Züge beim Sprechen verzerrten, und er wollte ihren Kopf fassen und das Gesicht glattstreichen, bis sie vollendet weich und hübsch war. Schließlich packte er ihr strähniges blondes Haar und ballte es zu einem Knoten, der die Haut um ihre Augen und Wangen straffte, und flüsterte: »Baby, einen Dreck wirst du haben, solange du nicht aufhörst, dir diesen Mist in die Nase zu stopfen, und nicht jemanden findest, der sich um dich kümmert.«

Sie fiel schluchzend in seine Arme. Später, nachdem sie miteinander geschlafen hatten, erzählte sie ihm, daß es das erste Mal war, daß sie seit dem Erblinden ihres Bruders geweint hatte.

Im Laufe der nächsten Wochen, nachdem Anne Atwater Vanderlinden zu ihm gezogen und Vandy geworden war, wurde es ihm klar: Man wartet nicht darauf, daß Dinge geschehen – man sorgt dafür, daß sie geschehen. Wenn dein Mädchen Rockstar werden will, mußt du ihren Koksverbrauch in den Griff bekommen und ihr sexy Bühnenkleidung kaufen und Kontakte zu potentiell nützlichen Leuten im Musikgeschäft herstellen und warmhalten. Vandy konnte genausogut singen und tanzen wie ein halbes Dutzend weiblicher Rockstars, die er kannte, und sie war zu gut, den alten und schlechtbewährten Weg von Demobändern, Auftritten im Vorprogramm und stumpfen Bar-Engagements einzuschlagen. Sie hatte einen Trumpf im Ärmel. Sie hatte ihn.

Und er hatte einen mickrig bezahlten Job bei Midas Muffler, einen Bewährungshelfer, der ihn ansah wie etwas, das unter einem Stein hervorkrabbelte, und ein überteuertes Apartment mit weltklasseverdächtigen Küchenschaben. Die Sollseite solchermaßen aufgelistet, überlegte Rice nun, was er zu bieten hatte: Er war ein hervorragender Mechaniker, er wußte, wie man Autoalarmanlagen kurzschloß und Lenksäulen anbohrte, um binnen 40 Sekunden zu starten, mit jedem Wagen, überall, jederzeit; er wußte genug über Industriechemie, um zersetzende Lösungen zusammenzumischen, mit denen man die Seriennummern von Motorblöcken wegätzen konnte. Er hatte noch von Soledad her solide Beziehungen, die ihn mit guten Hehlern zusammenbringen würden. Er würde schon dafür sorgen, daß es geschah: ein Autodieb der Spitzenklasse werden, Vandys Karriere in Gang bringen und sauber dastehen.

Eineinhalb Jahre lang klappte es.

Mit drei strategisch günstig gelegenen angemieteten Garagen und ausgerüstet mit einem batteriebetriebenen Zündungsbohrer, stahl er japanische Importwagen neuesten Modells und verkaufte sie zu zwei Dritteln ihres Wiederverkaufswerts an einen Kumpel, den er aus dem Knast kannte. Er überwachte selbst die chemische Behandlung der Motorblöcke, die es unmöglich machte, ihre Herkunft zu bestimmen, und wechselte sein Klau-Territorium nach dem Rotationsprinzip quer durch die Counties von L. A. und Ventura, um zu vermeiden, daß die näheren Umstände der einzelnen Diebstähle untersucht wurden. Nach zwei Monaten hatte er die Anzahlung für eine noble Eigentumswohnung in West L. A. beisammen. Nach drei Monaten hatte er Vandy fürs Startum in Form gebracht, mit einer Reformhausdiät, täglichen Gymnastikübungen, Koks als gelegentlicher Belohnung sowie drei Wandschränken voller Designerklamotten. Nach vier Monaten hatte er die Urteile von zwei hochbezahlten Gesangslehrern – Vandy war ein schwacher, beinahe stimmloser Sopran mit praktisch keinem Stimmumfang. Sie verfügte über ein anständiges vibrierendes Knurren, das man mit einer guten Gesangsanlage aufmotzen konnte, und sie lutschte das Mikrofon toll ab. Sie hatte den gepeinigten Sexappeal eines Punkrockstars – und sehr begrenztes Talent.

Rice akzeptierte die Beurteilungen – er liebte Vandy deshalb noch mehr. Er änderte seinen Plan, den Durchbruch in der Musikszene von L. A. zu erzwingen, und brachte Vandy nach Vegas, wo er drei arbeitslose Musiker aufgabelte und ihnen zwei Scheine die Woche gab, damit sie ihr als Backing Band dienten. Dann schmierte er den Besitzer einer Spielhalle/Bar/Freizeitzentrums, damit er Vandy & Vandals als Hausband engagierte.

Bei vier Auftritten an jedem Abend der Woche knurrte Vandy Vibrato die Punktexte des Schlagzeugers der Gruppe. Sie erntete Pfiffe, wenn sie sang, und stürmischen Beifall, wenn sie die Hüften schwang und das Mikrofon ablutschte. Nachdem er ihre Auftritte einen Monat lang beobachtet hatte, wußte Rice, daß sein Mädchen jetzt soweit war.

Zurück in L. A. und ausgestattet mit professionellen Fotos, erkauften Jubelkritiken und einem aufgemotzten Demoband, machte er sich daran, einen Agenten für Vandy zu finden. Eine Ziegelmauer nach der anderen tat sich vor ihm auf. Wenn er es mal schaffte, über die Sekretärinnen hinauszukommen, verpaßte man ihm klare Abfuhren und »Wir melden uns«-Floskeln, und wenn er über die hinauskam und Vandys Fotos zückte, bekam er Kommentare zu hören wie »interessasant«, »nette Figur« und »scharfe Pusse«. Im Büro eines Agenten namens Jeffrey Jason Riffkin am Sunset Strip erreichte seine Frustration schließlich ihren Höhepunkt. Als Riffkin die Fotos zurückreichte und sagte: »Niedlich, aber ich habe im Moment genug Klienten«, ballte Rice die Fäuste und visierte den Schädel des Mannes an. Doch da hatte er einen Einfall und sagte: »Na, du Jude, wie würde dir denn ein brandneuer silbergrauer Mercedes 450 zum Nulltarif gefallen?«

Eine Woche später, nachdem er seinen Wagen in Empfang genommen hatte, erzählte Riffkin Rice, daß er ihn einem Haufen Leute vorstellen könne, die etwas für Vandys Karriere tun konnten, und daß ihre Idee, ihr Talent via einer Reihe von Rockvideos zur Geltung zu bringen, eine exzellente »Erfolgsstrategie mit hoher Visibilität« sei, wenn auch teuer: 150–200 Riesen minimum. *Er* tat, was er konnte, mit seinen Beziehungen, aber in der Zwischenzeit kannte er eine Menge Leute, die für Benze und andere Statuswagen zu günstigen Preisen sofort hartes Bargeld auf den Tisch legten – Leute aus der »Branche«.

Rice lächelte. Benutze und werde benutzt – ein Arrangement, dem er vertrauen konnte. Er und Vandy hielten Einzug in Hollywood.

Riffkin hielt sein Wort zum Teil. Er besorgte ihnen zwar keine einzige Schallplattenaufnahme – oder Auftrittsmöglichkeit, aber er stellte sie immerhin einer großen Menge halberfolgreicher Fernsehschauspieler, Regisseure, Koksdealer und niederer Filmproduzenten vor. Viele davon waren interessiert an Spitzenautomobilen mit mexikanischen Nummernschildern und zu fantastisch günstigen Preisen. Im Laufe des nächsten Jahres stahl Rice 206 Spitzenmodelle, wobei ihm ein Cousin von Chula Medina, seinem alten Kumpel aus Soledad, der bei der Zulassungsstelle in Ensenada arbeitete, mit dem Papierkram half. Er hatte so an die hundertfünfzigtausend für die Produktion von Vandys Rockvideo auf die Seite geschafft. Und dann, gerade als er dabei war, die Lenksäule eines schokoladenfarbenen Benz Coupé aufzubohren, fielen vier Bullen von L. A. P. D. Autodiebstahlsdezernat mit angelegten Schrotflinten über ihn her, und einer von ihnen flüsterte: »Eine Bewegung und du stirbst, Mutterschänder!«

Als er gegen 16 000 Dollar Kaution wieder auf freiem Fuß war, verklickerte ihm sein Show-Biz-Anwalt, wie der Hase lief: Für eine bestimmte Geldsumme in bar würde sein Bankkonto nicht beschlagnahmt werden, und er käme mit einem Jahr County-Gefängnis davon. Wenn das Geld nicht gezahlt wurde, würde man ihm einen Verstoß gegen die Bewährungsauflagen und wahrscheinlich noch mindestens fünfzehn weitere Fälle von schwerem Autodiebstahl zur Last legen. Das L. A. P. D. hatte einen Informaten am Wickel und quetschte ihn mächtig aus. Er konnte den Richter nur kaufen, wenn er sofort handelte. Wenn er schnell verurteilt wurde, ließ das L. A. P. D. höchstwahrscheinlich die Untersuchung fallen.

Rice willigte ein. Die Entscheidung kostete ihn glatte 100 000 Dollar. Das Honorar seines Anwalts weitere vierzig. Zehn Riesen für Vandy und das Schmiergeld, das ein Anwalt einem Aktenführer im L. A. P. D. zukommen ließ, um die Identität des Informanten zu erfahren, hatten den Rest seines Bankkontos aufgefressen und den Namen des Spitzels nicht zutage gebracht. Rice hegte den Verdacht, daß der Grund dafür war, daß der Rechtsverdreher die Knete in die eigene Tasche gesteckt hatte, denn er wußte, daß der Singvogel Stan

Klein war, ein Koksdealer und *Entrepreneur* aus der Schickeria von Hollywood, in der sie verkehrten. Als er erfuhr, daß Klein wegen versuchten Verkaufs gefährlicher Drogen hochgenommen und die Anklage später auf ein Offizialdelikt reduziert worden war, wurde er sein Verdächtiger Nummer eins. Aber er mußte ganz sicher sein, und der Entschluß, es ganz sicher wissen zu wollen, hatte ihn seinen letzten Heller gekostet und nichts eingebracht.

Und jetzt, nur zwei Wochen vor der Entlassung, die zu verdienen er Rauch, Feuer und Scheiße gefressen hatte, hatte er es vermasselt und sich vermutlich eine Anklage wegen Körperverletzung ersten Grades sowie mindestens neunzig weitere Tage im County-Gefängnis eingehandelt.

Und Vandy hatte seit einem Monat nicht geschrieben und ihn auch nicht besucht.

»Aufgestanden, Blauer, Armbandzählung.«

Rice drehte den Kopf ruckartig in Richtung der Wörter. »Ich lasse mir von euch keine Medikamente verabreichen«, sagte er. »Ich nehm's mit dir und dem gesamten Department des Sheriffs von L. A. County auf, bevor ich zulasse, daß ihr mich mit dieser Prolixinscheiße völlig kirre macht.«

»Niemand will dir was verabreichen, Blauer«, sagte die Stimme. »Ein paar der Besten von L. A. County würden dir vielleicht gerne die Hand schütteln, aber das ist auch alles. Abgesehen davon kann ich diesen Wundersirup draußen verkaufen, ein paar schnelle Kröten machen *und* Gesetz und Ordnung einen Dienst erweisen, indem ich den schwarzen Bevölkerungsanteil sediert halte. Versuchen wir's noch mal: Kennmarkenabzählung. Geh zum Gitter, streck dein rechtes Handgelenk zu mir raus, sag mir deinen Namen und deine Gefangenennummer.«

Rice stand auf, ging zum vorderen Ende der Zelle und steckte den rechten Arm durch die Gitter. Auf dem Gang trat der Eigentümer der Stimme in sein Blickfeld, ein untersetzter Deputy mit dünnem, von einem Messerschnitt verdorbenen, grauen Haar. Auf seinem Namensschild stand: Gordon Meyers.

»Rice, Duane Richard, 19842040. Wann werde ich wegen der neuen Sache angeklagt?«

Deputy G. Meyers lachte. »Was für eine neue Sache? Dieser Drecksack, den du fertiggemacht hast, saß wegen tätlichen Angriffs auf einen Polizisten und war mehrfach einschlägig vorbestraft, und du hast während des Brandes in Agoura drei Feuerwehrmänner des L. A. County in Sicherheit getragen. Verdammt, meinst du das ernst?

Der Commander der Wachmannschaften hat deine Akte gelesen, dann die des Mistkerls und ihm dann einen Handel vorgeschlagen: Zeigt er dich an, erstattet das County Anzeige gegen ihn, weil er nach deinem Pimmel gegrabscht hat. Er wollte nicht zum Schwulen abgestempelt werden, also hat er eingewilligt. Er kann den Rest seiner Strafe auf der Krankenstation verbringen, und du wirst hier im Gummi-Hilton als blauer Kapo Dienst leisten, wo du hoffentlich nicht den Drang verspürst, Prügel auszuteilen. Wo hast du bloß diesen Kung Fu-Kram gelernt?«

Rice ließ die Neuigkeiten in seinem Kopf hin und her purzeln und versuchtete sich ein Bild zu machen von dem Mann, der sie verkündet hatte. Freundlich und harmlos, war die Einschätzung, zu der er kam; vermutlich kurz vor der Pensionierung und schon völlig ohne das Schwarzweiß-Denken von Guten und Bösen. »Soledad«, sagte er. »Die hatten da einen japanischen Corrections Officer, der Kurse abhielt. Er packte noch eine Menge spirituellen Kram drauf, aber da hat keiner zugehört. Schließlich hat er geschnallt, daß er gewalttätigen jugendlichen Kriminellen beibrachte, wie sie bessere gewalttätige jugendliche Kriminelle werden konnten, und es sein gelassen. Was hat ein Kapo im Irrentrakt zu tun?«

Meyers zog einen Schlüssel aus seinem Sam-Browne-Gürtel und schloß die Zelle auf. »Los, komm, laß uns in mein Büro gehen. Ich habe da eine Flasche. Wir zischen ein paar, und ich sage dir, wie du deinen Job zu tun hast.«

»Ich trinke nicht.«

»Ach was? Was für eine verfluchte Sorte Krimineller bist du denn?«

»Einer von der schlauen Sorte. Becherst du etwa im Dienst?«

Meyers lachte und klopfte auf sein Abzeichen. »Hab gestern die Papiere eingereicht. Zwanzig Jahre und neun Tage dabei, die beinharte Staatspension verdient. Ich bleibe nur noch solange hier, bis sie einen neuen Mann hierher versetzen, der meine Stelle einnimmt. In von heute an zehn Tagen heißt es Tschüß und auf Nimmerwiedersehen, Mutterschänder, und bis dahin lasse ich es einfach auf mich zukommen.«

Wie Gordon Meyers es darstellte, war der Job einfach. Den ganzen Tag schlafen, während die Bekloppten völlig weggekloppt waren von ihrer »Medizin«, die Reste aus dem Dining Room der Beamten essen, seine Kollektion von »Playboy« und »Penthouse« zur freien Verfügung haben, dem Wärter der Tagschicht keinen Ärger bereiten. Nachts begannen seine Pflichten: den Bescheuerten ihre tägliche Mahlzeit verabreichen, sie jeweils einzeln aus den Zellen zu scheuchen und die Böden zu wischen, sie einmal pro Woche zum Duschen zu schaffen.

Die wichtigste Sache war, sie nachts einigermaßen ruhig zu halten, betonte Meyers. Er verwandte seine Dienstzeit darauf, die Kleinanzeigen zu lesen und Bewerbungen zu schreiben, und er wollte nicht, daß die Irren seine Aufmerksamkeit ablenkten. Sprich sanft mit ihnen, wenn sie zu schreien anfingen, und wenn das nichts fruchtete, schrei zurück und sieh zu, daß sie Angst vor dir haben. Wenn's hart auf hart kommt, verpasse ihnen einen Strahl mit dem Feuerwehrschlauch. Und jeder Bekloppte, der Scheiße auf seine Zellenwände schmierte, bekam fünf Klopfer auf den Arsch mit einem bleigefütterten »Klopper«, den Meyers bei sich trug. Rice versprach, seine Sache gut zu machen, und beschloß fünf Tage zu warten, bevor er den dummschwätzerischen Cop dazu brachte, *ihm* Gefälligkeiten zu erweisen.

Der Job war in der Tat einfach.

Rice schlief täglich sechs Stunden, aß die qualitativ hochwertige Anstaltskost, die die Wärter aßen, und machte jeden Tag mindestens tausend Liegestütze. Nachts brachte er den Bekloppten ihren Fraß, wischte pflichtgetreu ihre Zellen und schlenderte den Gang entlang, während er durch die Gitter hindurch mit ihnen Worte wechselte. Er fand heraus, daß die Bekloppten weniger schrien, wenn er eine kontinuierliche Kette von Zelle-zu-Zelle-Kommunikation aufrechterhielt, und er weniger an Vandy dachte. Nach ein paar Tagen hatte er einige der Burschen etwas näher kennengelernt und sein Blabla auf ihre individuellen Vorstellungen vom bösen schwarzen Mann abgestimmt.

A-14, ein Schwarzer, den sie eingebuchtet hatten, weil er Hunde aus dem Tierasyl von Lincoln Heights geholt und sie für Rastafari-Festmahle zubereitet hatte. Die Bullen hatten seine Dreadlocks abrasiert, bevor sie ihn ins Loch warfen, und er fürchtete nun, daß durch seine Glatze Dämonen in sein Hirn eindringen konnten. Rice erzählte ihm, daß Dreadlocks »out« waren und brachte ihm eine Nummer von *Ebony,* in der Anzeigen für diverse Afroperücken waren. Er wies darauf hin, daß der Reverend Jesse Jackson mit einem verschärften Afroschnitt herumlief und die Weiber buchstäblich mit dem Schubkarren abschleppen konnte. Der Mann nickte zustimmend, griff sich die Illustrierte und gröhlte von da an jedesmal, wenn Rice an seiner Zelle vorbeitrabte, »Afroperücke!«

C-11 war ein alter Mann, der von der Straße herunter und zurück nach Camarillo wollte. Rice meldete ihn drei Nächte hintereinander zu Unrecht als Scheißeschmierer und täuschte dreimal vor, ihm Schläge zu verpassen: Er drosch mit dem Klopper auf die Matratze ein und schrie selbst. In der dritten Nacht hatte Meyers den Lärm satt und übergab den alten Mann dem Vorsteher der Krankenstation, der sagte, der Knabe wäre auf jeden Fall reif für Camarillo.

Mit dem tätowierten Mann in C-3 war am schwersten umzugehen, denn die weißen Prols, mit denen Rice in Hawaian Gardens aufgewachsen war, hatten alle Tätowierungen gehabt, und er war schon frühzeitig zu dem Schluß gekommen, daß Tätowierungen das Markenzeichen der absoluten Verlierer dieser Welt waren. C-3 war ein Jugendlicher, der darauf wartete, daß über seine Vormundschaft entschieden wurde. Sein ganzer Leib war mit knurrenden Wildkatzen verziert, und nun versuchte er seine Arme mit einem Stück einer Matratzenfeder und mit Tinte, die er aus in Toilettenwasser eingeweichtem Zeitungspapier gewonnen hatte, zu tätowieren. Er hatte es fertiggebracht, die ersten zwei Buchstaben von »Mama« reinzuritzen, als Rice ihn erwischte und ihm die Feder wegnahm. Darauf brüllte er los, und Rice schrie ihn an, er solle doch gefälligst aufhören, sich wie einer dieser Mistsäcke aus der Gosse zu zeichnen. Schließlich beruhigte sich der junge Mann. Jedesmal, wenn er an der Zelle vorbeiging, filzte Rice ihn nach Tätowierwerkzeugen. Nachdem er das ein paarmal gemacht hatte, nahm der Jugendliche automatisch eine Durchsuchungshaltung an, sobald er ihn kommen hörte.

Gegen Mitternacht, wenn die Klapsköpfe allmählich wieder einschliefen, ging Rice zu Gordon Meyers ins Büro und hörte sich *dessen* völlig beklopptes Gebrabbel an. Während er sich auf die Zunge biß, um nicht zu lachen, nickte Rice zustimmend, als ihm Meyers von den großen Dingen erzählte, die er in den sechzehn Jahren, die er hier ja doch gearbeitet hatte, ausbaldovert hatte.

Ein paar davon waren beinahe clever, wie ein Plan, aus seinen Fähigkeiten als Schlosser Kapital zu schlagen – er besorgte sich einen Job als Bankwächter, klaute Wertgegenstände aus den Schließfächern und steckte sie örtlichen Streifenpolizisten zu, die die Bank frequentierten; er blieb jenseits allen Verdachts, weil er ja die Bank nicht verließ und es den Streifenpolizisten überließ, die Ware zu versetzen. Die meisten Pläne waren allerdings Material für »Unglaubliche Geschichten«: Prostitutionsringe mit weiblichen Häftlingen, die in Bussen zu Großbaustellen herumkutschiert werden und dort geilen Arbeitern gegen Straferlaß einen blasen sollten; Marihuanafarmen, deren Personal aus Häftlings»erntearbeitern« bestand, die Tonnen von Gras anbauten und es dann in die Hubschrauber des Sheriffs einluden, die es wiederum in den Hinterhöfen hochstehender Polizeipusher abwarfen; Pornofilme mit männlichen und weiblichen Häftlingen als Darstellern, bei denen Meyers selbst Regie führte und die von einem exklusiven »ALL-COP«-Kabelsender, den er aufbauen wollte, ausgestrahlt werden sollten.

Meyers brabbelte drei Nächte lang so weiter. Rice verlegte sein Vorhaben um einen Tag vor und begann ihm von Vandy zu erzählen und wie sie seit Wochen weder geschrieben noch einen Besuch gemacht hatte. Meyers zeigte Mitgefühl und erwähnte, daß er dafür gesorgt hatte, daß ihr Foto nicht vernichtet worden war, als die Bullen ihm den Saft abdrehten. Nachdem er ihm dafür gedankt hatte, ging Rice aufs Ganze: Könnte er wohl das Telefon benutzen, um ein paar Anrufe zu tätigen und herauszufinden, wo sie steckte? Meyers sagte nein und hieß ihn ihren Namen, Geburtsdatum, eine physische Beschreibung und ihre letzte bekannte Adresse auf einen Zettel schreiben.

Rice tat es und saß dann da und preßte seine Fingernägel in die Handballen, damit er den völlig bescheuerten Deputy nicht schlug.

»Ich werd's schon machen«, sagte Gordon Meyers. »Ich hab das drauf.«

Die nächsten 48 Stunden konzentrierte sich Rice darauf, den Bekloppten oder den unbewegten Gegenständen im Loch *nicht* das nötige »Drauf« zu verpassen. Er erhöhte seine Liegestützquote auf tägliche 2000 und kroch dem Wärter von der Tagschicht im Akkord in den Arsch, weil er hoffte, so zumindest Louie Calderon anrufen zu können, den er vermutlich dazu bringen konnte, sich nach Vandy umzuschauen. Er hielt sich von Gordon Meyers fern und dadurch beschäftigt, daß er lange und ausgiebig die Gänge auf und ab latschte. Und dann erklang kurz nach Mitternacht, als der Lärm im Affenhaus gerade abebbte, auf einmal Gordon Meyers Stimme über die Lautsprecheranlage des Zellenblocks: »Duane Rice, scher dich ins Büro. Dein Anwalt ist hier.« Rice ging ins Büro. Er nahm an, Meyers war bedröhnt und wollte ihn verscheißern. Und dann war *sie* da, gekleidet in rosa Kordhosen und einem irischgrünen Sweater, eine Aufmachung, die er ihr zu tragen verboten hatte. »Ich hab dir doch gesagt, ich hab's drauf«, sagte Meyers, als er die Tür hinter ihnen schloß. Rice beobachtete, wie Vandy die Hände an die Hüfte legte und eine Drehung vollführte, um ihm ins Gesicht zu schauen, eine Verführungspose, die er sich für ihre Auftritte in den Bars ausgedacht hatte. Er wollte auf sie zu, als er das erste Mal ihres Gesichts gewahr wurde. Seine Welt stürzte in sich zusammen, als er ihre eingefallenen Wangen und die blauschwarzen Ringe unter ihren Augen sah. Völlig fertig. Er griff nach ihr und hielt sie, bis sie sagte: »Hör auf, Duane, das tut weh.« Dann legte er seine Hände auf ihre Schulter, schob sie eine Armlänge von sich weg und flüsterte: »Warum, Babe? Wir hatten eine gute Sache am Laufen.«

Vandy wand sich aus seinem Griff. »Diese Cops sind zur Wohnung gekommen und haben mir erzählt, du wärst schwer krank, deshalb bin ich gekommen. Und dann erzählt mir dein Freund hier, daß du nicht schwer krank bist, sondern nur mich sehen wolltest. Das ist nicht fair, Duane. Ich wollte es doch absetzen und völlig *clean* sein, bis du wieder rauskommst. Es ist nicht fair, also sei nicht böse auf mich.«

Rice starrte auf die Wanduhr, um Vandys koksstrapaziertes Gesicht zu meiden. »Wo bist du gewesen? Warum bist du nicht hiergewesen und hast mich besucht?«

Vandy nahm ihr Täschchen von Meyers Tisch und wühlte darin nach Zigaretten und Feuerzeug. Rice sah, wie ihre Hände zitterten als sie sich Feuer gab. Sie stieß eine Rauchwolke aus und sagte: »Ich habe dich nicht im Lager besucht, weil's zu deprimierend war, und du weißt, daß ich schreiben hasse.«

Rice ertappte sich dabei, daß seine Hände zitterten, und stopfte sie in die Hosentaschen. »Ja, gut, aber was hast du die ganze Zeit gemacht, außer daß du dir diesen Dreck in die Nase geblasen hast?«

Vandy schwang eine Hüfte in seine Richtung, noch so eine Bewegung, die er ihr beigebracht hatte. »Freunde gemacht. Den richtigen Umgang gepflegt, wie du es von mir verlangt hast. Viel unterwegs gewesen.«

»Freunde? Du meinst *Männer?*«

Vandy wurde rot und sagte dann: »Freunde halt. Leute. Was ist mit *deinen* Freunden? Dieser Gordon ist trickfilmreif. Als er mich vom Parkplatz hochgebracht hat, erzählte er mir, er würde eine Killertruppe aus Dobermannpinschern zusammenstellen. Was für Freunde hast du dir gemacht?«

Rice fühlte, wie sein Zorn nachließ; das Feuer in Vandys Augen war Hoffnung.

»Gordon ist kein schlechter Kerl, er hat bloß zu lange mit Bekloppten zu tun gehabt. Hör zu, hast du noch genug Kohlen? Hast du noch was von dem Geld, das ich dir gegeben habe?«

»Ich komm zurecht.«

Vandy senkte ihre Augen; Rice sah, wie das Feuer erlosch. »Verschweigst du mir was, Babe? Zehn Riesen haben dir unmöglich bis jetzt gereicht, wenn du wieder am Koksen bist. Vielleicht willst du mir ja erzählen, was deine Freu-«

Vandy warf ihr Täschchen an die Wand und kreischte: »Sei nicht so eifersüchtig! Du hast mir selbst gesagt, daß ich mit Leuten aus der Industrie zusammenkommen soll, und das habe ich auch getan! Ich hasse dich, wenn du dich so aufführst!«

Rice griff nach ihrem Handgelenk, aber sie schlug seine Hand beiseite und wich zurück, bis sie an die Wand stieß und die einzige Richtung, in die sie gehen konnte, vorwärts in seine Arme war. Die Ellbogen an sich gedrückt, ließ sie sich von ihm umarmen und das Haar streicheln. »Ganz ruhig, Babe«, gurrte er, »ganz ruhig. In ein paar Tagen bin ich wieder draußen und klemme mich hinter deine Videos. Ich werde es schaffen. Wir werden es schaffen.«

Um ihr Gesicht zu sehen, senkte Rice die Arme und trat zurück. Als sie die Augen zu ihm hob, sah er, daß sie wie die alte Anne Atwater Vanderlinden aussah, nicht wie die Frau, die er formte und die er liebte. »Wie denn, Duane?« sagte sie. »Du kannst keine Autos mehr stehlen. Mit einem Job bei Midas Muffler?«

Rice ließ die häßlichen Worte zwischen ihnen im Raum stehen. Vandy ging an ihm vorbei und hob ihr Täschchen vom Boden auf. Dann drehte sie sich zu ihm um und sagte: »Die ganze Sache war nicht fair. Ich habe mich mit Leuten angefreundet, die mir helfen können, und ich habe es verdient, mir ab und zu ein bißchen die Nase zu pudern, wenn ich grad' will. Dieser Selbstbeherrschungstrip von dir ist wirklich verklemmt. Verklemmte Leute bringen's zu nichts in der Branche.«

Es klopfte an die Tür, und Meyers streckte seinen Kopf herein und sagte: »Ich störe euch nur äußerst ungern, aber der Watch Commander hat seinen Rundgang begonnen, und ich denke nicht, daß er Vandy hier einen Anwalt abkaufen wird.«

Rice nickte, ging dann auf Vandy zu und drückte ihr Kinn nach oben, so daß sie ihm in die Augen sah. »Geh zurück in unsere Bude, Babe. Versuch clean zu bleiben, und ich sehe dich dann am 30.« Er beugte sich nach vorn und küßte sie auf den Haarscheitel. »Und unterschätze mich niemals«, sagte Rice.

Meyers erwartete ihn auf dem Gang. Er tippelte mit dem Schlagstock an sein Bein. »Hör zu. Nummer acht macht Aufstand. Er hat auf seine Matratze geschissen und Essen an die Wände geschmiert. Du gehst und verpaßt ihm ein paar Dinger mit dem Klopper, während ich solange dein Mädchen runterbringe. Wenn du ihn befriedigt hast, komm zurück ins Büro, und wir tun ein bißchen Finger zählen.«

Rice griff sich den Knüppel und ging mit großen Schritten den Gang hinunter. Er konzentrierte sich auf das Lärmwirrwarr, das die Bekloppten veranstalteten, um die Bilder von Vandys Niedergang aus seinem Kopf zu bannen, und wünschte, daß das Gebrabbel und Gebrüll ihn so tief verschlang, bis alle seine Sinne betäubt waren. Während er mit dem Klopper härter und härter in seine Handfläche drosch, ging er durch die offene Vorderseite von A-8 und wunderte sich, warum denn das Licht aus war. Er wollte gerade Meyers zurufen, er solle doch bitte den Strom andrehen, als sich die Tür hinter ihm schloß. Die Dunkelheit verstärkte sich noch, und der Lärm der Bekloppten hörte auf, brach dann von neuem los. Rice brüllte: »Verflucht, Gordon, schließ Nummer acht auf!« und warf dann einen kurzen Blick in die Zelle. Als sich seine Augen an die Dunkelheit gewöhnten, sah er, daß die Zelle leer war. Er donnerte den Knüppel mit voller Wucht gegen die Gitter; einmal, zweimal, dreimal; er hoffte, den Bekloppten Angst einzujagen, damit sie zumindest kurzzeitig Ruhe gaben. Das Krachen von Metall auf Metall drang auf ihn ein, und die Wucht seiner Schläge ließ Schockwellen durch seinen ganzen Körper laufen. Ein gedämpftes Raunen ging durch den Zellblock, gefolgt von Meyers hämischem Lachen und den Worten: »Hab ich dir doch gesagt, daß ich's drauf habe.«

Als ihm die Bedeutung der Worte voll aufging, prügelte Rice mit dem Knüppel auf die Wand los, vier Schläge auf einmal, und im Nachhall des Lärms hörte er höllisches Geflüster:

»Es ist echter pharmazeutischer Stoff, Baby!«; »Duane hätte es sicher nicht gern, wenn ich ...« »Komm schon, Süße, man muß Feste feiern, wie sie fallen.« Als die Stimmen zu Gekichere degenerierten, intensivierte er sein Gedresche, bis die Holzverkleidung aufsprang und die Bekloppten im Einklang mit seinen Schlägen schrien. Dann brachen auf einmal Stücke des Putzes herunter, in seine Augen und in seinen Mund, und sein Kopf begann sich zu drehen. Er ergab sich der Asphyxation und fiel nach hinten in völlige Stille.

Ein abgetrennter Arm, der Blut quer über eine Windschutzscheibe verspritzte; die Sauna in Hollywood Y. Rice kam zu sich mit einem Klingeln in den Ohren und einem verschwommenen roten Vorhang vor seinen Augen. Er registrierte auf der Stelle die Bandage in der Ellbogenbeuge und die Streckpolsterung, die ihn umgab. Kirre gemacht, weil er A-8 zerstört hatte, weil Gordon –

Rice hielt die Luft an, bis er das Bewußtsein verlor, mit dem letzten, halbwachen Gedanken, das Zeug herauszuschlafen und dann abzurechnen.

Er schlief; erwachte; schlief. Stolpernde Abstecher zur Toilette, unberührte Essenstabletts und immer dichter werdende Bartstoppeln kennzeichneten, wie er zwischen Bewußtsein und Bewußtlosigkeit hin und her trieb. Schwach wußte er, daß sein Entlassungstermin immer näher rückte und die Bullen ihn in Ruhe ließen, weil sie Schiß vor ihm hatten. Aber Vandy... NEIN. Wieder und wieder stürzte er sich in Selbstasphyxation.

Schließlich schüttelte der Hunger ihn vollends wach. Er zählte zwölf Tabletts mit abgestandenen Sandwiches und schloß, daß sein Prolixinschuß vier Tage angehalten hatte, was bedeutete, daß er in vier Tagen auf freiem Fuß war.

Heißhungrig aß er, bis er sich erbrach. In dieser Nacht kam ein mexikanischer Deputy zu ihm in die Zelle, um ihm ein frisches Tablett zu bringen, und erzählte ihm, daß er sich im Isolierblock der Krankenstation befand, zwischen dem Irrentrakt und dem Hochsicherheitstrakt, und daß er in zwei Tagen entlassen wurde. Der Wärter trug einen Partyhut aus Pappe. Rice fragte ihn, warum. »Der Nachtschichtler im Irrentrakt hat grad seinen Abschied genommen«, sagte er. »Der Watch Commander hat ihm zu Ehren eine Party geschmissen.«

Rice nickte. *Es konnte einfach nicht passiert sein.* Vandy hätte sich niemals von einem Laumann wie Meyers anfassen lassen. Aber als der Wärter ging, kamen die Zweifel zurück. Er versuchte sich zum Schlafen zu zwingen, aber es klappte nicht. Der obere Rand seines Blickfeldes wurde auf einmal rot.

Stundenlange Liegestütz- und Klappmesserübungen riefen eine Ermüdung hervor, die sich rein und unchemisch anfühlte. Rice sackte wieder weg und erwachte dann von neuem, als er gedämpfte Stimmen hörte, die von irgendwoher außerhalb seiner Zelle kamen.

Er folgte den Stimmen bis zu einem vergitterten Lüftungsschacht neben der Toilette. Als er durch den Gitterrost hindurchlinste, sah er zwei Paar Beine in Jeans einander gegenüberstehen. Die weißen Streifen entlang der Hosennähte verrieten es eindeutig – er blickte in eine Zelle des Hochsicherheitstraktes.

Gelächter, dann verschaffte sich eine tiefe Stimme Gehör und ihre Worte hallten klar verständlich durch den Schacht.

»Neulich hab ich von einem absolut traumhaften Ding gehört, von so 'nem Schwarzen in Folsom. Er und sein Partner wollten's machen, da haben sie ihn wegen eines Überfalls auf einen Schnapsladen hopsgenommen. Er war ein wahrlich schlauer Nigger. Er hatte sie niedergeschrieben, die ganze Sache.«

Eine andere weichere Stimme: »Schlauer Nigger ist ein Widerspruch in sich selbst.«

»Affenscheiße. Wie wär's damit: Drei-Mann-Räuberbande, ein schnuckliges kleines Kidnapping und eine absolut assige Rückendekkung. So soll's laufen: Zwei Burschen halten die Geliebte eines verheirateten Bankleiters in ihrer Bude fest, während der dritte Mann den Typ zu Hause anläutet und ihn seine Tusse anrufen läßt, der natürlich vor Angst die Scheiße geronnen ist. Der Außenmann ruft zurück und legt die Daumenschrauben an: ›Triff mich eine Stunde vor Öffnungszeit einen halben Block von der Bank, oder dein Nüttchen wird kaltgemacht, und jeder erfährt, daß du deine Frau getrogen hast.‹«

»Jetzt kommt das Beste: Die Telefonzelle, von der der Außenmann angerufen hat, ist weiter unten auf der Straße, wo der Typ seine Bude hat, so daß er sich davon überzeugen kann, daß die Schmiere nicht gerufen wurde. Er folgt dem Manager bis zur Bank – immer noch keine Bullen – geht mit ihm rein, räumt nur die Bargeldbehälter aus, weil der Safe ja ein Zeitschloß hat, geht wieder raus, bringt den Typ zu seinem Auto, gibt ihm eins über die Birne und fesselt ihn, ruft seine Kumpel in der Wohnung der Tusse an, die binden sie fest und zischen ab. Später treffen sie sich dann und teilen die Kohlen. Ist das nicht verflucht brillant?«

Der Mann mit der weichen Stimme schnaubte: »Yeah, aber wie zum Kuckuck willst du glücklich verheiratete Bankleiter auftreiben, die nebenher noch eine andere haben? Willst du 'ne Anzeige in der Zeitung aufgeben: ›Bewaffneter Bankräuber will sich verbessern, sucht dazu kooperativen, rockschoßjagenden Bankleiter. Schicken sie bitte Lebenslauf Blablabla‹? Typisches Niggergeschwätz und Gewese.«

»Falsch, Brüderchen«, sagte der Mann mit der tiefen Stimme. »Ich weiß zwar nicht, wie er's rausgebracht hat, aber der schwarze Bursche hat zwei Dinger schon völlig im Kasten – rechtschaffen schurkische Bankmanager, Freundinnen, die ganze Chose.«

»Und jetzt soll ich wohl noch glauben, daß er's dir vermacht hat?«

»Ja, hat er, und ich glaube ihm. Als Gewohnheitstäter haben sie ihm zehn bis lebenslänglich verpaßt, warum soll er also den Reichtum nicht teilen, auf ihn warten doch mindestens zehn Jahre. Eine Tusse lebt in Encino, an der Ecke von Kling und Valley View, in einem rosa Apartmenthaus; die andere, Christine irgendwas, lebt in Studio City, in einem Haus an der Ecke von Hildebrand und Gage. Ich hab's dir ja gesagt: ein verflucht schlauer Nigger.«

»Ich glaub's immer noch nicht.«

»Wenn Bo Derek anböte, dir einen zu blasen, würdest du denken, sie wär 'ne Tunte. Du bist einfach ein endgültiger, verschissener Skeptiker.«

Rice hörte zu, wie sich die Unterhaltung verschlechterte und schließlich beim üblichen Gefängnistrara über Sport und Sex landete. Als das Gerede gänzlich verstummte, legte er sich hin, den Kopf direkt neben dem Lüftungsschacht, und schlief einmal mehr ein.

Vandy beherrschte seine Träume, kurze, imaginäre Szenen mit ihr, wie sie lachte und sich im Bett bewegte. Dann stand sie auf einmal mit den Vandals da und schnurrte mit ihrem Vibrator ihre Schlußnummer: »Gotta get down in the prison of your love. Get down, get down, gonna drown, gonna come so good, so hard, burn my body in your prisonyard, prison of your love.«

Gerade als Vandy & The Vandals »Prison Of Your Love« zum kakophonen Crescendo brachten, erwachte Rice zum letztenmal in der Obhut des L. A. County Jails. Feigling, schalt er sich. Feigling. Benutzt Schlaf genauso wie ein Junkie H. Vielleicht hat sie ihn gebumst und vielleicht nicht; wenn du ihr in die Augen siehst, wirst du's ohnehin wissen. Also bleib wach und kämpfe.

Er stand auf und sah sich in der Zelle um. Seine Augen entdeckten einen Knäuel Zeitungspapier neben der Toilette und ein Streichholzheft oben auf dem Waschbecken. Er dachte, *laß sie es wissen,* und riß ein Streichholz am Lüftungsrost an. Dann zündete er das Zeitungspapier an und sah zu, wie es sich zu einem Feuerball zusammenkrümmte. Als es seine Hand verbrannte, ließ er es in die Toilette fallen und hörte zu, wie die Druckerschwärze prasselte und zischte. Befriedigt vom Fluß der Tinte wandte er seine Aufmerksamkeit dann der Polsterung zu, die Boden, Wand und Decke bedeckte.

Reindrücken war die einzige Möglichkeit.

Rice grub seine Fingernägel in eine Naht der Wandpolsterung und riß daran. Naugahyd, Schaumstoff und eine Lage dazwischengezogener Baumwolle traten hervor. Er steckte einen Finger in das Loch und fühlte Metall auf der Rückseite der Bespannung. Verstärkung der Federung. Er wühlte sich einen Weg dahin und drehte dann das nächste Stück Metall hin und her, bis es in seiner Hand abbrach.

Er brauchte Stunden, um sein Werkzeug an den Gittern des Lüftungsschachtes zu schärfen. Als die Feder rasiermesserscharf war, drückte er sie in einen aufgeweichten Ball aus Zeitungspapier und schwärzte die Spitze. Er spannte die Muskulatur des rechten Armes, damit sie eine harte Oberfläche abgab, und dachte an Hawaian Gardens und an Vandy. Dann zeichnete er sich selbst mit seiner Vergangenheit und mit seiner Zukunft, damit es die ganze Welt erfuhr. Die Worte waren: *Death before Dishonor.* Lieber tot als entehrt.

2

Bobby »Boobaloo« Garcia sah zu, wie sein kleiner Bruder Joe seinen Priesterkragen löste und vor dem Schlafzimmerspiegel auf einer unsichtbaren Gitarre herumwriemelte. Er spürte, wie sein eigenes Priestergewand seinen Körper beengte, und sagte: »Deine ewige Rock & Roll-Scheiße ist mir heute absolut zuviel, *pindejo.* Ich hab mit dem Boxen aufgehört, weil mich dauernd irgendwelche Nigger in der dritten Runde ausgeknockt haben, und du wirst es niemals als Musiker schaffen, weil du nämlich keinen Drive und kein Talent hast. Aber wir haben beide einen Job zu erledigen und sind diesen Monat schon schwer hinterher. Also laß es uns endlich tun.«

Joe stellte die Musik in seinem Kopf ab; seinen Text zu einer alten Fats Domino-Melodie; »Suicide Hill« anstelle von »Blueberry Hill«. Überlaß es nur Bobby, ihrer beider Wunschballons mit einem Schlag zerplatzen zulassen, um ihm sein Comeback zu vermiesen.« Morgen ist der erste Dezember. Weihnachtsrummel und Regenzeit. Wir werden das Doppelte an Bibeln, Gebetssets, *und* Fliesenaufträgen absetzen. Bei den letzten Worten ballte sich Bobbys Kiefer zusammen, und Joe fügte hinzu: »Und wir werden der Sebastianskirche etwas Geld geben. Einen Zehnt. Wir werden ein paar Gimpel mit Kohlen auftreiben, nehmen sie aus und spenden die Dineros der Erdbebenhi-«

Bobby stoppte ihn mit einer langsamen Fingerbewegung quer über die Kehle.

»Nicht der Erdbebenhilfe, *puto!* Die ist doch auch Beschiß! Man leistet doch nicht Buße für eine krumme Tour, indem man die Kröten einem anderen Schwindel in den Arsch schiebt!«

»Aber Henderson hat doch diesem Priester von der Erzdiözese zwei Riesen für die Erdbebenhilfe gegeben. Er-«

Bobby schüttelte den Kopf. »Ein Schwindel in einem Schwindel in einem Schwindel, *pindejo.* Er gab dem Priester einen Scheck über zwei Riesen und bekam eine Quittung für drei. Dieser Priester hat einen Bruder im Büro des Staatsanwalts. Betrugsdezernat. Muß ich noch mehr sagen?«

Joe straffte seinen Kragen und fühlte, wie er sich wieder zurückverwandelte, von seiner normalen Netter Kerl/Musiker-Persönlichkeit in Pater Hernandez, den Telefonschwindelpadre. Er griff sich einen

Stapel plastikgebundener Bibeln vom Boden und trug sie hinaus zum Auto, während er sich zum zehnmillionsten Male fragte, wie Bobby es so sehr lieben konnte, seinen Bruder, seinen Job und sein Leben so sehr zu hassen. Bobby und Joe arbeiteten für Henderson Enterprises, Inc., Händler in Aluminiumverkleidungen und Fliesen und spanischen Bibeln. Der Schwindel ging von einer Telefonzentrale aus, wo Vertreter einfältigen und ärmlichen Angelenos rostfreie Veranden und ewiges Seelenheil durch Jesus anzudrehen versuchten. Als Anreiz boten sie ihnen Gratisbenzingutscheine, damit sie die »Mitarbeiter im Außendienst« zu ihren Heimen herauskommen ließen, wo er sie dann »lebenslange Schutzgarantien« unterschreiben ließ, was in der Realität neue Fliesen oder Bibeln auf einer »regelmäßigen Zahlungsbasis« bedeutete – das wiederum permanente, lähmende monatliche Zahlungen für jeden bedeutete, der leichtgläubig genug war, den Vertrag zu unterzeichnen.

An dieser Stelle kamen Bobby und Joe, als Pater Gonzales und Pater Hernandez von L. A. aus operierende »freie priesterliche Mitarbeiter«, ins Spiel.

Sie waren die »Auf-den-Pelz-Rücker« – Spezialisten für psychologische Einschüchterung, die auf Schwächen in den Rückrufen reagierten und den Gimpel dazu brachten zu unterschreiben und so eine Welle von unethischen Gewinnen ins Rollen brachten, angefangen im Hauptbüro der U. S. Aluminium, Inc. und ihrer Tochtergesellschaft, der Wahrheit- und Licht-Verlagsanstalt.

Den Kofferraum ihres 77er Camaros vollgestopft mit Bibeln, Vorführfliesen und Jesus-Wandbehängen, fuhren die Garcias zu einem Kandidaten am Pomona Freeway in El Monte. Joe saß am Steuer und summte verstohlen, damit sein Bruder es nicht hörte, Springsteen vor sich hin. Bobby teilte kurze Schläge in Richtung der Windschutzscheibe aus und starrte hinaus auf die dunklen Wolken, die sich gerade bildeten. Er hoffte auf ein Gewitter, das die Leute, denen sie jetzt auf den Pelz rückten, so erschreckte, daß sie kauften. Als Regentropfen auf das Glas vor ihm klatschten, schloß er seine Augen und dachte daran, wie doch alles Wichtige in seinem Leben geschah, wenn es regnete.

Wie damals, als er mit Little Red Lopez gesparrt und ihn mit einem perfekten rechten Schwinger durch die Seile befördert hatte. Red hatte gesagt, sein Timing hätte versagt, weil schlechtes Wetter seine alten Messerstichnarben schmerzen ließ.

Wie damals, als Joe und seine Garagenband die »Battle of the Bands« im El Monte Legion Stadium gewonnen hatten. Er machte auf bewundernder älterer Bruder und staubte ein Groupie ab, das ihm in seinem

Auto einen blies, während er Gras rauchte und die Scheibenwischer laufen ließ, um ein Auge auf herumstöbernde Schmiere halten zu können.

Wie die super-duper Brüche, die er und Joe während der Überschwemmungen von 77/78 in West L. A. getätigt hatten, als L. A. P. D. und C. H. P. vollauf damit beschäftigt waren, Hügel zu evakuieren und Blut vom Freeway aufzuwischen.

Wie damals, als er sich schuldig fühlte, weil er Joe wie Dreck behandelt hatte, und sich breitschlagen ließ, Gitarren und Verstärker aus der Bude des Bassisten der J. Geils Band in Benedict Canyon zu klauen. Auf halbem Wege zum Sunset geriet der Wagen mit der Sore ins Schleudern und prallte auf die grüne Minna eines Sheriffs. Joe drehte durch, als er das Abzeichen und die gespannte Magnum vor seinem Gesicht sah, und blubberte los, wie ein Tramper das Zeug im Kofferraum gelassen habe. Nix da, Jose, sagte der Cop. Volltreffer: neun Monate in der Besserungsanstalt in Wayside.

Wie damals, als sie noch klein waren, und Joe vom Donner verschreckt wurde und ihn weckte und versprechen ließ, ihn immer zu beschützen.

Bobby ging jetzt zu rechten Geraden über, die auf die Scheibenwischerblätter gerichtet waren. Er zog die Faust erst einen Sekundenbruchteil, bevor sie das Glas traf, zurück und beobachtete aus dem Augenwinkel, wie Joe zusammenzuckte. »Ich hab dich immer mitgeschleift, oder etwa nicht? Wie ich's dir versprochen hatte, als wir Kinder waren?«

Joe hielt seine Augen auf der Straße, aber er preßte seine Ellbogen an seine Seite, wie er es immer tat, wenn Bobby so unheimlich zu reden begann.

»Sicher, Bobby, das ist wahr.«

»Und du hast immer ein Auge auf mich gehabt, wenn zu viele meiner Murmeln rausgekullert waren. Isses nicht wahr?«

Joe wußte, was jetzt kam, und schluckte, damit seine Stimme fest blieb. »Das ist wahr.«

»Du mußt es schon aussprechen.«

Joe umklammerte das Lenkrad fester und versuchte eine Erinnerung an ihren letzten Einbruch zu verdrängen, ein Bild der Frau, das Kleid über den Kopf hochgezogen, und Bobby mit seinem Messer an ihrer Kehle, als er sie vergewaltigte. »Dddu ha-hast... du hast Leute mißhandelt.«

Joe starrte geradeaus nach vorn. Der Himmel wurde dunkler, und Rückblenden flackerten auf. Er konzentrierte sich auf ihre Reflektionen auf dem Asphalt: Das gab ihm einen Augenblick, um sich eine Antwort auszudenken, die Bobbys Abartigkeit befriedigte und ihn ein Stück seines Stolzes behalten ließ. Er wollte gerade losreden, als ein Kombi vor ihnen ausschwenkte.

Joe zuckte zurück, und Bobby entriß seinen Händen das Lenkrad und zog es ruckartig nach rechts. Der Wagen machte einen Satz und verfehlte die hintere Stoßstange des Kombis nur um Millimeter. Bobby stemmte seinen Fuß aufs Gaspedal, blickte über seine Schulter, sah einen knappen Freiraum zum Überholen und riß den Wagen quer über vier Spuren auf eine unbeleuchtete Ausfahrt. Er bremste behutsam, und als sie an der verstopften Kreuzung zum Halten kamen, wischte Joe Tränen aus seinen Augen.

»Sag es«, sagte Bobby.

Mit brechender Stimme schrie Joe die Worte: »Du bist ein Frauenschänder! Dein Verstand muß weggebimst worden sein! Du hast einen irrsinnigen Schuldkomplex, und ich werde nicht einen Cent meines Geldes mehr für deine Buße zum Fenster rausschmeißen!« Er schwenkte den Wagen herum, wieder zurück in den Verkehrsstrom; trat aufs Gaspedal; eine geschickte Irrsinnsaktion, die das wütende Gehupe der Autofahrer, die er dabei geschnitten hatte, hervorrief. Bobby kurbelte mit Brachialgewalt das Beifahrerfenster auf, um zu lüften, und sagte dann sanft: »Ich möchte nur, daß du weißt, wie die Dinge liegen. Wie sie immer liegen werden. Ich schulde dir was dafür, daß du uns aus dieser Einbruchssache rausgebracht hast. Zu viele Frauen da draußen, zu viele Chancen, irgendeinen verrückten Mist zu machen. Aber du verdankst mir deinen Mumm, denn ohne mich hast du keinen. Das dürfen wir nie vergessen.«

Joe wußte, daß Bobby auf etwas hinaus wollte. Er betonte die Schärfe, die seine Tränen ihm immer gaben.« Du hast dieser Frau fünf Riesen geschickt, ja? Die Zahlungsanweisungen wurden eingelöst, also weißt du, daß sie's bekommen hat. Du hast ihr eine Nachricht geschickt, so daß sie trotz der gefälschten Unterschrift auf den Schecks wußte, sie kommen von *dir*. Du hast es nicht noch mal getan, also warum wärmst du die ganze alte Scheiße noch mal auf? Wir haben eine gute Abmachung mit Hendy, aber du machst es dauernd runter, wie wenn's nichts wäre.«

Bobby schlug kurze Links-Rechts-Kombinationen, bis seine Arme schmerzten und sein Hemd schweißgetränkt war. »Ich werde nur langsam ungeduldig, kleiner Bruder«, sagte er schließlich. »So wie wenn bald etwas geschehen müßte. Nimm die Landstraße, ich muß mich wieder beruhigen, bevor wir das Geschäft tätigen.«

Sie rollten gemächlich ostwärts auf dem Valley Boulevard. Joe fuhr langsam auf der mittleren Spur, so daß er die Szenerie auf beiden Seiten der Straße erfassen konnte. Der Regen versickerte zu einem Nieseln, und Bobby nahm einen Handdrücker aus dem Handschuhfach und begann eine lange Reihe von Griffstärkungsübungen, wobei er den rechten Arm aus dem Fenster baumeln ließ, damit er ausreichend gestreckt war. Als Joe sah, daß die Straßen nur Autofriedhöfe, Schnapsläden, Burrito-Stände und Langeweile zu bieten hatten, versuchte er sich noch ein paar Verse zu »Suicide Hill« auszudenken. Als ihm nichts einfallen wollte, ließ er sich in seinen Sitz sinken und von der Story fesseln.

Suicide Hill war ein langer Zementdamm, der zu einer tiefen Abwasserschleuse hinter dem Spulveda Kriegsveteranenhospital führte. Der Hügel und das Gestrüpp darum herum waren von einem hohen Stacheldrahtzaun umschlossen, den Jugendgangs, die den Ort als Treff und Bumsterrain benutzen, an Dutzenden von Stellen durchschnitten hatten. Der Hügel selbst wurde für Mutproben benutzt. Steil und glatt von ausgelaufenem Öl war er die ultimative Herausforderung für Motorradfahrer. Die Fahrer starteten oben und versuchten herunterzurollen. Sie beschleunigten langsam, warfen dann blitzschnell den ersten Gang ein und versuchten über die Abwasserschleuse zu springen. Die war vier Meter breit und voll von Müll, Industriechemikalien und einer Ansammlung von scharfen Gegenständen, die im Laufe der Jahre hineingeworfen worden waren, um zusätzliche Schmerzen zu verursachen. Bandenrivalitäten wurden von zwei Motorradfahrern ausgetragen. Sie fuhren beide gleichzeitig von der Spitze des Hügels los, jeder mit einer Fahrradkette bewaffnet und dem Ziel, den Opponenten in die Matsche zu stoßen, während man selbst darübersprang. Den Gerüchten nach verfaulten unzählige Leichen in der Schleuse. Suicide Hill hatte allgemein einen Ruf als absolut harte Tour und Zerstörer vieler guter Männer.

Genauso wie der Mann, nach dem er benannt war.

Fritz »Suicide« Hill und das V. A. Hospital stammten aus den Tagen unmittelbar nach dem Zweiten Weltkrieg, als die Rückkehr von Hunderten von G. I.'s die Erschaffung von Veteranendomizilen/-heimen notwendig machte. Dem Gerücht zufolge war Fritz wegen eines Kriegstraumas in der brandneuen Institution untergebracht worden und bekam nach seiner Genesung einen Heimplatz zugewiesen, um seine emotionale Neuanpassung zu erleichtern. Fritz hatte andere Ideen. Er stellte ein Zelt in den Büschen neben dem Damm auf und gründete eine Ortsgruppe der Hells Angels, startete dann eine

Karriere als Wegelagerer auf zwei Rädern. Er schröpfte Autofahrer in ganz Südkalifornien und kehrte immer zu seinem Lager neben der Sepulveda Kläranlage zurück. Diesen Teil der Legende hielt Joe für bare Münze.

Der Rest war eine Mischung aus Aufschneiderei und Märchen, und dem Teil, den Joe in seinem Lied bringen wollte. Suicide Hill hat den Kerl aufgeschlitzt, der die Black Dahlia hingeschnetzelt hat: Er hatte hinter einem Plan gesteckt, Caryl Chessman aus der Todeszelle zu befreien; er hat während der Unruhen von Watts von einer Autobahnbrücke aus Nigger mit einer Tommy-Gun weggebratzt. Er hat Leary überhaupt erst aufs Acid gebracht und Charlie Manson einen gehörigen Arschvoll verpaßt. Die Cops legten sich nicht mit ihm an, weil er wußte, wo bestimmte Leichen vergraben waren. Selbst legendäre harte Hechte wie John St. John, Colin Forbes und Crazy Lloyd Hopkins schissen vor Angst Schrotpatronen, wenn Suicide Hill antanzte.

Nach dem beliebtesten Ende der Legende starb Hill an Krebs, erzeugt von den ganzen Chemikalien, die er im Laufe seiner vielen Tauchbäder in der Sepulveda Kläranlage in sich aufgesogen hatte. Als er das Ende kommen sah, schleppte er seine 1800cc Vicent Black Shadow rauf aufs Dach des Hospitals, und gab ihr dann die Kante, im zweiten Gang, über die Kante. Er flog so an die 500 Yards weit, bevor er in die Büsche krachte und einen Scheiterhaufen entfachte, den man über ganz L. A. sehen konnte. Joe wußte, daß die Geschichte in ihrer Gänze, Papperlapapp, Wahrheit und das ganze Brimborium, die Geschichte von *Allem* war, was er und Bobby jemals getan hatten, aber alles, was ihm bis jetzt eingefallen war, war: »And death was a thrill on Suicide Hill« – und diese zehn Takte waren genug, um ihm wegen Plagiats ans Leder zu gehen.

Bobby stieß ihn aus seiner Träumerei. »Hier rechts. Die Bude muß auf dem nächsten Block sein.«

Joe tat, wie ihm geheißen, und bog in eine Straße mit lauter identischen Reihenhäusern, die alle rosa, pfirsichfarben oder stahlblau angestrichen waren. Bobby überflog die Namensschilder, deutete dann zum Randstein und schüttelte den Kopf.

»Jesus Christus, Pater Hernandez. Schon wieder ein völlig Behämmerter.«

»Qué, Pater Gonzales?«

Joe zog die Bremse an und stieg aus dem Wagen. Dann sah er auf die Rasenfläche vor dem Haus ihres Abschußkandidaten und beantwortete seine eigene Frage: »Behämmert ist nicht das richtige Wort, Padre.«

Der Fußweg des pfirsichfarbenen Hauses war eingesäumt von

leuchtfarbenen Gispfiguren, die Jesus und seine Jünger darstellen sollten. Auf der einen Rasenseite hielt ein Heiliger Franziskus Wacht über eine Herde von Walt Disney-Gummitierchen. Auf der anderen Seite waren Teddys und Pandas aus Stoff um eine Pappmachéweihnachtskrippe herum aufgestellt. Joe ging hinüber und sah in die Bettstatt. Eine gewindelte Donald Duck-Puppe. Minnie Maus und Snoopy lehnten an der Wiege. Hirtenstäbe an die Seite gesteckt. Die ganze Collage war triefend naß vom Regen. »Heilige Scheiße«, flüsterte er. Bobby gab ihm einen Klaps auf den Hinterkopf. »Ist es nicht zu traurig? Wer auch immer so beschissen bescheuert ist, muß einfach beim ersten Anpuster umfallen. Los, wir holen uns nur kurz die Unterschrift und machen, daß wir davonkommen.« Er drückte Joe eine türkisfarbene Bibel und dazu passende Vorführfliesen in die Hand. Dann starrte er auf die andere Rasenseite, wo sein Auge eine umgestürzte Jesusstatue mit einer Kermit-der-Frosch-Puppe in unzüchtiger Position obenauf entdeckt hatte. Er packte Joes Arm und drängte ihn vor sich den Fußweg entlang. »Fünf Minuten und dann weg. Keine Kranzgebete, kein Blabla.«

Bevor Joe antworten konnte, öffnete eine fette weiße Frau in einem zerknitterten Hauskleid die Tür und stand vor ihnen auf der Veranda. Bobby war dankbar, daß sie nicht Mexikanerin war und sagte: »Ich bin Pater Gonzales, und das ist Pater Hernandez. Wir sind die Außendienstpriester von der Henderson Company. Wir haben ihnen ihre Probefliese und ihre Bibel mitgebracht. Die Handwerker werden nächste Woche daran gehen, ihre Veranda hochzuziehen.« Er griff nach einem Vertragsformular in seiner Brusttasche. »Alles, was wir brauchen, ist ihre Unterschrift. Wenn sie heute unterschreiben, kommen sie noch in den Genuß unseres Novemberbonusses, des Hendersons-Gebets-Services: Millionen von Katholiken in der ganzen Welt werden täglich für den Rest ihres Lebens für sie beten.«

Die Frau faßte in die Taschen ihres Kleides und zog einen Rosenkranz und ein Bündel Ein-Dollar-Noten hervor. Sie biß auf ihre Lippen und sagte: »Der Mann am Telephon sagte, ich muß erst für die Erdbebenhilfe spenden, damit man für mich betet. Er sagte, daß ich das Geld euch geben muß, damit ihr es ihm gebt, und ihr würdet auch für meinen Ehemann beten. Er hat Krebs, und zwar mächtig schlimm.« Joe wollte gerade nach dem Geld greifen, als er Bobby lächeln sah, das langsame Lächeln, das früher immer unmittelbar vor einem Kampf, von dem er wußte, daß er ihn verlieren würde, über sein Gesicht gegangen war. Joe ließ seine Hand sinken und stellte sich seitwärts. Die Adern auf der Stirn seines Bruders begannen zu zucken, und Speichelblasen sprudelten aus seinem Mund. Die Frau stammelte, »Er-Er ist m-mächtig schlimm krank«, und Bobby rannte zurück zum Auto und fing an, Bibeln und Warenproben auf die Straße zu schleudern. Er übersäte die Straße mit pastellfarbenen Naugahyd und Aluminium. Als keine Telefonschwindelprodukte mehr übrig waren, die er werfen konnte, riß er seine Priesterjacke und seinen Talar herunter und schleuderte sie in den Gulli, gefolgt vom Kleingeld aus seinen Hosentaschen. Joe stand auf der Veranda neben der schockerstarrten Frau und sah zu, wie sich die letzten fünf Jahre seines Lebens in Rauch auflösten. Er wußte, was es so schlimm machte: daß nämlich Bobby heftiger an Gott glaubte, als irgendeiner der Leute, denen er etwas zuleide tat.

3

In der dritten Woche seiner Suspendierung vom Dienst flog Lloyd Hopkins nach San Francisco und hielt seine Familie unter fließender Überwachung. Er nahm sich ein Zimmer in einem Holiday Inn am Rande von Chinatown, mietete sich einen Ford neueren Modells und betrachtete aus der Entfernung, wie seine Frau ihre Antiquitätenrunde in der Stadt machte und sich mit ihrem Liebhaber in ihrer Wohnung in Pacific Heights zu Drinks, Dinners und Besuchen über Nacht traf. Aus einer größeren Entfernung folgte er seinen Töchtern auf dem Weg zur Schule, bei Besorgungen und zu Verabredungen. Nach einer Woche lockerer Überwachung wußte er, daß er weder Informationen erhalten noch besondere Einsichten gewonnen hatte, die seinen Job leichter machten. Alles, was er tun konnte, war, sich von ihnen entdecken zu lassen und dann zu sehen, wohin das führte.

Er beschloß, die Mädchen die Entdeckung machen zu lassen, fuhr zu ihrer Schule und parkte auf der gegenüberliegenden Straßenseite. Um 12.30 Uhr wurde der Unterricht für eine Stunde unterbrochen, und Anne und Caroline aßen immer mit Freunden unter dem großen Eichenbaum im Schulhof, während Penny den Lunch ausließ und auf der Treppe vor sich hinbrütete. Wenn er sich neben das Auto stellte, groß und vertraut in seinem Lieblingsfischgrätenjacket, bemerkten sie ihn früher oder später, und er war dann in der Lage, in ihren Gesichtern zu lesen, und wußte, was zu tun war.

Exakt um 12.30 Uhr öffnete sich die hintere Tür der Schule, und die erste Woge von Schülern quoll heraus und rangelte sich um die besten

Plätze unter der Eiche. Lloyd stieg aus und lehnte sich an die Haube seines Wagens. Augenblicke später tauchten Anne und Caroline auf, plappernd und Gesichter ziehend, als sie den Inhalt ihrer Vespertaschen in Augenschein nahmen. Sie fanden eine freie Stelle auf dem Gras und begannen mit ihrer Mahlzeit. Caroline zog ihre übliche Beleidigte-Leberwurst-Schnute, als sie ihr erstes Sandwich auspackte. Dann kam Penny heraus. Sie schielte kurz um sich, bevor sie in einem Schwarm von Kindern verschwand. Lloyd fühlte Tränen in seinen Augen, aber er hielt sie dennoch weiter auf seine Töchter gerichtet. Er wartete auf den Moment des Wiedererkennens.

»In der Nähe von Schulhöfen herumlungern, häh? Her mit den Papieren, Sittenstrolch!« Lloyd machte eine langsame Drehung, während er den Klang von Pennys Stimme und die Erwartung, daß sich ihre einander identischen Augen trafen, genoß.

Penny machte seinen Plan zunichte, indem sie einfach in seine Arme sprang und ihren Kopf an seine Brust drückte. Lloyd hielt seine jüngste Tochter und trocknete seine Augen an ihrer Baseballkappe. Als sie anfing wie eine Katze zu schnurren und seine Schultern anzustupsen, schnurrte er zurück und sagte: »Wer ist hier ein Sittenstrolch? Und was soll das Katzengetue? Zuletzt warst du noch ein Pinguin.«

Penny trat zurück. Lloyd sah, daß die Farbe ihrer Augen dunkler geworden war und einen Schuß von Janices Haselnußbraun dazubekommen hatte. »Pinguine sind passé. Du hast abgenommen, Daddy. Was machst du in Frisco? Diese Herumdruckserei war nicht gerade subtil, weißt du.«

Lloyd lachte. »Wissen die anderen, daß ich hier bin?«

Penny schüttelte den Kopf. »Nein, die sind auch nicht gerade subtil. Ich habe es vor zwei Tagen gemerkt. Ein Freund von mir sagte, da wäre dieser große Mann in einem Tweedjacket, der den Schulhof beobachtete. Er sagte, der Kerl sähe aus wie ein Drogenfahnder oder ein Perversling. Ich sagte: ›Das klingt nach meinem Vater.‹ Ich habe während des Unterrichts immer nach draußen geschielt, bis ich dich sah.« Sie stellte sich auf die Zehenspitzen und zupfte an Lloyds Krawatte. »Da wir gerade davon sprechen, gerade haben es auch meine stumpfen Schwestern gemerkt.«

Als er über seine Schulter blickte, sah Lloyd, wie Caroline und Anne ihn anstarrten. Selbst aus der Entfernung konnte er Schock und Zorn auf ihren Gesichtern erkennen. Er winkte, und Anne ließ ihren Brotbeutel fallen und griff nach dem Arm ihrer Schwester. Zusammen rannten sie auf die hintere Schultür zu. Lloyd sah Penny an. »Sie sind sauer. Warum? Als ich letztes Mal hier war, haben wir uns prima verstanden.«

Penny lehnte sich gegen das Auto. »Es kommt immer stärker zum Tragen, Daddy. Wir sind die Genuisse, sie sind die Arbeitstiere. Sie lehnen mich ab, weil ich die Jüngste bin, die Schlauste und die größten Brüste habe. Sie –«

»Nein, zum Donnerwetter. Was wirklich!«

»Schrei nicht so. Ich meine es ernst. Annie und Liney sind schon très Frisco. Sie wollen, daß Mama sich von dir scheiden läßt und Roger heiratet. Mom und Roger sind sich nicht besonders grün zur Zeit, deshalb haben sie Angst. Daddy, bist du in Schwierigkeiten im Department?«

Als er begriff, daß seine zwei älteren Töchter nicht zu ihm kommen würden, legte Lloyd seinen Arm um seine Jüngste und zog sie an sich. »Yeah. Ich habe eine Auslieferungsaktion vermasselt und dann bei der Anklageerhebung vollends Scheiße gebaut. Ich bin bis zum Jahresersten vom Dienst suspendiert. Ich weiß nicht genau, was passieren wird, aber ich bin sicher fertig mit der Abteilung Kapitalverbrechen. Vielleicht werde ich zu einer uniformierten Einheit versetzt, bis meine zwanzig Jahre abgelaufen sind, vielleicht darf ich mich auch nur noch mit Kinkerlitzchen abgeben. Ich weiß es einfach nicht.«

Penny drängte sich enger an ihren Vater. »Und es macht Angst?«

»Ja, es macht mir Angst.«

»Und du willst uns immer noch zurück?«

»Mehr denn je.«

»Willst du einen guten Rat?«

»Ja.«

»Mach es dir zunutze, daß Mom und Roger sich gerade nicht so grün sind. Mach aber schnell, denn sie fahren übers Wochenende weg, und sie haben die Angewohnheit, sich bei langen, idyllischen Aufenthalten in Motels wieder auszusöhnen.«

Lloyd lachte. »Ich habe dich in letzter Zeit beobachtet. Ißt du niemals zu Mittag?«

Penny erwiderte sein Lachen. »In der Schule gibt es nur Reformhauskost, und Mamas Sandwiches sind das letzte. Ich mache auf dem Heimweg bei irgendeinem Burgerschuppen halt.«

»Los, wir holen uns eine Pizza und hecken etwas gegen deine Mutter aus.«

Nach einem langen Lunch setzte Lloyd Penny wieder an der Schule ab und fuhr zum Apartment von Janice. An der Tür war ein Zettel.

»Roger – bin in Eile, machs dir bequem. Bin geg. 3:30 wieder da.« Er sah auf die Uhr – 3:10 – und verschaffte sich Einlaß, indem er das Schloß mit einer Kreditkarte öffnete. Als er sah, wie das Wohnzimmer ausstaffiert war, begriff er, daß sein Hauptrivale nicht Janices Liebhaber war, sondern ihr beruflicher Erfolg.

Jedes einzelne Möbelstück war eine zerbrechlich aussehende Antiquität, genau von der Art, die er ihr für ihr gemeinsames Haus zu kaufen untersagt hatte, weil er fürchtete, daß sie seine 100 Kilo Lebendgewicht nicht aushielten. Die gerahmten Gemälde waren ohne Ausnahme dieses deutsche expressionistische Zeug, das er verabscheute. Die Läufer waren hellblaue Perserteppiche, so wie sie Janice schon immer haben wollte, aber überzeugt davon gewesen war, daß er sie mit Kaffeeflecken ruinieren würde. Alles war geschmackvoll, teuer und legte Zeugnis ab von ihrer Freiheit als alleinstehende Frau.

Lloyd setzte sich behutsam in einen Lehnstuhl aus Kirschbaumholz und streckte seine Beine aus, so daß seine Füße auf gebohnertem Parkett ruhten, und nicht auf bläßlichem Teppich. Er versuchte die Zeit damit totzuschlagen, daß er sich vorstellte, was Janice wohl anhatte, aber er sah sie nur nackt vor sich. Das Resultat davon waren Gedanken an Roger, und so ließ er seine Augen durch den Raum wandern und suchte nach etwas von oder über sich. Er sah nichts und unterdrückte den Impuls, das Schlafzimmer von Janice zu untersuchen. Da hörte er einen Schlüssel im Schloß und spürte, wie er zu zittern begann.

Janice sah ihn auf der Stelle und ließ sich keinerlei Überraschung anmerken. »Hallo, Lloyd«, sagte sie. »Liney hat mich im Büro angerufen und mir gesagt, daß du in der Stadt bist. Ich erwartete zwar, daß du vorbeikommst, aber ich hatte nicht damit gerechnet, daß du hier einbrichst.«

Lloyd erhob sich. Ein roter Wollanzug und ein neuer, kürzerer Haarschnitt. Er war doch nicht sehr nahe gewesen. »Cops haben kriminelle Tendenzen. Du siehst wundervoll aus, Jan.«

Janice seufzte und ließ ihre Handtasche auf den Boden fallen. »Nein, das tue ich nicht. Ich bin zweiundvierzig und setze Fett an.«

»Ich bin zweiundvierzig und verliere Gewicht.«

»So, daß sogar ich es sehe. Soviel zur Be-«

Lloyd machte zwei Schritte nach vorn; Janice einen. Sie umarmten sich an den Schultern und hielten so etwas Distanz zueinander. Lloyd löste sich zuerst, damit der Kontakt ihn nicht zu sehr erregte. Er machte einen Schritt nach hinten und sagte. »Du weißt, warum ich hier bin.«

Janice deutete auf ein Louis XV.-Sofa. »Ja, natürlich.« Als Lloyd sich hinsetzte, nahm sie auf einem Stuhl ihm gegenüber Platz und sagte: »Ich weiß, was du willst, und ich bin froh, daß du es willst, aber ich weiß nicht, was *ich* will. Und vielleicht werde ich es nie wissen. Das ist die ehrlichste Antwort, die ich dir geben kann.«

Lloyd fühlte, wie sich ihre Vergangenheit vor ihm aufrollte. Er wußte nicht, ob er jetzt nachsetzen oder zurückweichen sollte, und sagte: »Du hast dir hier eine schöne Sache aufgebaut. Diese Bude, dein Geschäft, das Leben, das du den Mädchen bietest.«

»Ich habe auch einen Liebhaber, Lloyd.«

»Ach ja, Roger, den kommenden und gehenden Zaungast. Wie läuft denn das?«

Janice lachte. »Du bist wirklich zum Schießen, wenn du versuchst, dich wie ein zivilisierter Mensch zu benehmen. Vor ein paar Wochen habe ich in den Zeitungen aus L. A. über dich gelesen. Und irgend so einen Kerl, den du in New Orleans festgesetzt hast.«

»Irgend so ein Kerl, dessen Gefangennahme ich in New Orleans vermasselt habe, so ein Kerl, bei dessen Anklageerhebung ich dann beinahe völlige Scheiße gebaut habe.«

Janice strich den Saum ihres Kleides glatt. »Ich habe dich vorher noch nie zugeben hören, daß du Fehler machst. Als Cop, meine ich.«

Lloyd lehnte sich zurück. Das Sofa quietschte unter seinem Gewicht, was mit den Worten von Janice verfloß und eine Anklage formte. »Ich habe vorher noch nie welche gemacht!«

»Schrei nicht, ich habe dir keinerlei Verfehlungen zur Last gelegt. Was hatte der Mann getan?«

Das Knarren verstärkte sich noch, und den Bruchteil einer Sekunde dachte Lloyd, daß auf einmal der Boden unter seinen Füßen zu beben begann. »Der *Mann?* Er hat während eines Snuffilms eine Frau zu Tode geprügelt. Hat Roger schon einmal so einen Drecksack hopsgenommen?«

Janice wurde an den Wangen rot; Lloyd umklammerte die Sofalehnen, um sich davor zurückzuhalten, auf sie zuzugehen.

»Roger nimmt keine Drecksäcke hops«, sagte sie. »Er dringt nicht in mein Apartment ein, trägt keine Waffe und verprügelt keine Leute. Lloyd, ich bin eine Frau mittleren Alters. Ich war lange, sehr lange in deine Intensität verliebt, aber ich kann damit nicht mehr fertigwerden. Vielleicht ist es nicht nett, das zu sagen, aber Roger ist ein bequemer, unspektakulärer Geliebter für eine Antiquitätenhändlerin mittleren Alters, die neunzehn Jahre als Ehefrau eines Super-Duper-Cops zugebracht hat. Lloyd, verstehst du, was ich sagen will?«

Die vollendete Sachtheit der Beschuldigung klingelte Lloyd in den Ohren. »Ich habe es wieder gut gemacht, so gut ich konnte«, sagte er. Er hielt seine Stimme bewußt im Flüsterton. »Ich habe versucht, die Sachen, die ich dir und den Mädchen gegenüber falsch gemacht habe, zuzugeben.«

Das Flüstern von Janice war sanfter: »Und deine Eingeständnisse waren tiefgreifend und haben mir wehgetan. Du hast mir Dinge erzählt, die man niemals, niemals einer Frau, die man zu lieben behauptet, erzählen sollte.«

»Ich liebe dich wirklich, verflucht noch mal!«

»Ich weiß. Und ich liebe dich, und selbst wenn ich bei Roger bleibe und mich von dir scheiden lasse und ihn heirate, werde ich dich immer lieben, und Roger wird mich niemals so besitzen, wie du es getan hast.«

Lloyd stand auf und ging zur Tür. Er wandte die Augen von Janice ab und suchte nach Hoffnungsschimmern. »Die Mädchen? Würdest du in Betracht ziehen, wie sie zu mir stehen?«

»Wenn sie jünger wären, ja. Aber jetzt sind sie praktisch erwachsen, und ich darf mich von ihnen nicht beeinflussen lassen.«

Lloyd drehte sich um und sah seine Frau an. »Du willst in dieser Sache keinen Millimeter nachgeben, oder?«

»Ich habe zu lange und zu viel nachgegeben.«

»Und du weißt immer noch nicht, was du willst?«

Janice starrte auf den hellblauen Perserteppich, den sie seit ihrem Hochzeitstag begehrt hatte. »Ja... Ich... weiß es immer noch nicht.«

»Dann schätze ich, ich muß es einfach weiter versuchen«, sagte Lloyd.

4

Sie war weg, und sie hatte alles mitgenommen, was schnell zu Bargeld gemacht werden konnte.

Duane Rice ging durch die Eigentumswohnung, in der er mit Vandy gewohnt hatte, und erstellte eine fortlaufende Liste der fehlenden Gegenstände und der Risiken, die er eingegangen war, um sie zu bekommen. Fernsehkonsole, modernste Stereoanlage und vier Zimmer voll teurer Designermöbel – weg. Bilder – Vandy hat insistiert, es gebe der Bude Klasse – weg. Die Anzahlung und die laufenden Kosten für eine Fehlanschaffung, in der er nun nicht leben konnte – adios, Mutterschänder. Nimm noch den leeren Einstellplatz auf der Rückseite des Gebäudes dazu und zähl es zusammen: 200 schwere Straftaten im Zuständigkeitsbereich des schießwütigsten Polizeidepartments im Land. Übel über den Tisch gezogen von einer wertlosen –

Als er den Gedanken nicht zu Ende bringen konnte, wußte Rice, daß das Spiel noch nicht vorbei war. Er pißte auf den Wohnzimmerteppich und trat die Wohnungstür aus den Angeln. Dann machte er sich auf die Suche nach Delikt Nummer 201 und den nötigen Mitteln, sein Mädchen zurückzubekommen.

Der Pico-Bus setzte ihn an der Lincoln Avenue ab, nur einen Steinwurf weit von Venice Ghosttown, wo höchstwahrscheinlich jede Menge aufgemotzte Chicano-Schlitten ohne Alarmanlagen standen. Er sichtete an der Ecke von Lincoln und Ocean Park einen Eisenwarenladen und ging rein und klaute einen großen Meißel, eine spitze Feile und eine Kombizange. Lächelnd verließ er den Laden und sah auf die Uhr: zwei Stunden und zehn Minuten aus dem Loch und schon wieder im Rennen.

An einem Burrito-Stand am Rande von Ghosttown wartete Rice auf die Dämmerung. Er trank Kaffee und beäugte das Spektakel, das East Venice bot: zu alte Hippies, zu alte Nutten, zu alte *low-riders* und zu junge Cops, die cool zu wirken versuchten. Er beobachtete geile Geschäftsleute in Geschäftswagen auf Mösenfang und versuchte zu erraten, bei welcher Nutte sie wohl landeten, und fragte sich, warum er eine Frau lieben mußte, bevor er sie bumste; er beobachtete ein ältliches Blumenkind, das einen Verstärker auf den Rücken geschnallt hatte und für Idiotengroschen Gitarre spielte und dabei billigen Fusel süffelte. Der Anblick erfüllte ihn mit Ekel, und als die Dämmerung anbrach, hatte er das Gefühl, als verwandele sich sein Ekel in hochoktanigen Treibstoff, und ging nach Ghosttown rein.

Stuckverzierte, rückläufige Apartmentgebäude, weiße Fachwerkhäuser, auf die Jugendgangs Graffiti aufgesprüht hatten, leere, mit Müll übersäte Grundstücke. Ausgezehrte Hunde, die jemanden suchten, den sie beißen konnten. Die Wagen waren entweder aufgegebene Kaffernkaleschen oder Prolomühlen in tadellosem Zustand, die aber nichts außergewöhnliches waren. Rice ging westwärts zum Strand herunter, dankbar für das kalte Wetter, das die Einheimischen von der Straße fernhielt, aber er sah nichts, wofür Louie Calderon mehr als fünf Freundschaftsscheine hinlegen würde. Er ging weiter und war schon fast wieder aus Ghosttown heraus, als er auf einmal wahre Vollendung auf vier Rädern erblickte.

Es war ein 54er Chevy Kabrio, safirblau und glänzend wie ein kandierter Apfel, mit einem kanariengelben Verdeck, getönter Windschutzscheibe und allen Mätzchen. Jetzt mußten nur noch die Innenausstattung aus Kirschbaumholz und der Motor in gutem Zustand sein, und er war am Ziel und hatte, was er brauchte.

Rice ging zur Fahrertür und tat so, als bewundere er den Wagen, während er langsam Meißel und Zange hervorholte. Er zählte langsam bis zehn, und als er das Gefühl hatte, keinen Verdacht auf sich gezogen zu haben, stemmte er den Meißel in die Ritze zwischen Türschloß und Karosserie und zog mit einem Ruck nach außen. Die Tür schnappte auf, kein Alarm ertönte. Rice sah, daß das Armaturenbrett ein restauriertes Original von 1954 war, und tastete darunter nach den Zünddrähten. Volltreffer! Er nahm seine Zange und drehte die zwei Drähte zusammen. Der Motor sprang an, und er fuhr mit dem Wagen davon.

Zwei Stunden später, nachdem er den Chevy sicher verstaut hatte, schritt Rice durch den Empfang von Louie Calderons Autoersatzteilladen und klopfte Louie auf die Schulter. Louie hob seine Augen von dem Werkzeugkasten, den er gerade durchwühlte, und sagte: »*Duane the Brain!* Wann bist du rausgekommen?« Rice ignorierte die ölbeschmierte Hand, die er im anbot, und legte einen Arm um Louies Schultern. »Heute.« Er blickte sich um und sah zwei Mechaniker, die sie anstarrten. »Laß uns nach oben in dein Büro gehen.«

»Geschäftlich?«

»Geschäftlich.«

Sie gingen durch den Laden und hoch ins Büro, das an den zweiten Stock von Louies Haus angrenzte. Als sie einander an dem mit Papier übersäten Schreibtisch gegenübersaßen, sagte Rice: »In deiner Garage draußen bei Suicide Hill, die du für heiße Motorräder verwendest, befindet sich genau jetzt ein 54er Chevy mit Stoffverdeck in tadellosem Zustand. Continental-Ausstattung, aufgemotzter 326er, Sitze und Lehnen ganz aus Leder, blankgewienerte körnige Metallackierung in Safirblau. In einem Stück zwölf Riesen wert, würde ich sagen. Zerlegt an die zehn. Allein die Bezüge sind mindestens zwei wert.«

Louie öffnete den Kühlschrank neben dem Schreibtisch und zog eine Büchse Coors heraus. Er öffnete sie und sagte: »Du bist verrückt. Mit deinen Vorstrafen mußt du Autodiebstahlsverdächtiger Nummer eins in ganz L. A. County sein. Wovon hast du dich freigekauft? Hundert Fälle? So einen Massel gibt's nur einmal. Beim nächsten Mal werden sie es dir verplätten für die, wegen denen sie dich hochgenommen haben, und als Dreingabe noch für die, bei denen du beim ersten Mal davongekommen bist. Wie bist du in meine Garage gekommen?«

Rice knackte mit den Fingerknöcheln. »Ich habe mit einem Meißel ein Loch in die Türe geschnitten und sie von innen aufgeschlossen. Niemand hat mich gesehen, und ich habe das Loch mit irgendwelchem Holz, das ich da fand, wieder abgedeckt. Und ich beabsichige auch nicht, eine Karriere daraus zu machen. Ich habe es nur getan, um ein bißchen schnelles Geld zu bekommen.«

»Netter Schlitten, häh?«

»Eins A. Wenn du kein Mexikaner wärst, würde ich es einen schnuckligen Bohnenfresserkarren nennen.«

Louie lachte. »Alle Chicanos, die es zu was bringen wollen, sind Anglos, ehrenhalber. Wieviel willst du?«

»Zwei Riesen und ein paar Gefälligkeiten.«

»Was für Gefälligkeiten?«

»Als ich im Feuerwehrlager war, kam mir zu Ohren, du hättest einen Auftragsdienst. Du weißt schon, vierundzwanzig Stunden nonstop, illegale Nummer, abhörsicher. Ist es wahr?«

»Es la verdad. Zweihundert Mücken im Monat, aber sei achtsam, wem du die Nummer gibst. Ich will nicht, daß mir irgendwelche Drogenköpfe um vier Uhr morgens die Hucke vollseiern. Was weiter? Laß mich raten... mal sehen... Ein Auto.«

»Wie kommst du drauf? Ist mir gleich, wie es aussieht, es muß nur korrekte Papiere haben und fahren. Gemacht?«

Louie ging zur Rückwand und hob ein eingerahmtes Playboyklappposter hoch, drehte dann an der Zahlenscheibe des Geldschranks und öffnete ihn. Er zog zwei noch versiegelte Bündel heraus und warf sie Rice zu. »Gemacht. Der Wagen ist häßlich, aber er fährt. Merk dir diese Nummer: 6281192. Behalten?«

Rice sagte: »Behalten«, und steckte das Geld in seine Taschen. »Außerdem habe ich noch gehört, daß du mit Waffen dealst.«

Louies Augen verengten sich zu kalten, braunen Schlitzen. »Willst du mir nicht sagen, wer dir das erzählt hat?«

»Sicher. Ein Bursche im County-Gefängnis. Großer, blonder Bursche auf dem Weg nach San Quentin.«

»Randy Simpson, der großmäulige Mutterschänder. Ja, ich habe tatsächlich versucht, Waffen zu verdealen, aber ich kann einfach keine Ganeffs finden, die meine Ware wollen. Ich habe von einem völlig fertigen Leutnant im Waffenlager diese großen, mächtig mullenden 45er Army Automatics gekauft. Als Dreingabe hat er noch diese Betäubungspfeilpistolen draufgelegt. Ein absolutes Scheißgeschäft. Die Ganeffs wollen die leichten italienischen Knarren, und absolut niemand will die Pfeilpistolen. Ich habe meinem Sohn eine von den

Pfeildingern gegeben, hab den Schlagbolzen rausgenommen, damit er sich nicht selbst verletzt. Warum? Willst du in den Wilden Westen, Duane-o?!«

Rice schüttelte den Kopf. »Weiß nicht. Ich habe da von so einer Sache gehört, aber es könnte sich als Seifenblase entpuppen. Ich muß es erst nachprüfen.«

»Wovon willst du leben?«

»Ich... ich weiß es nicht. Drangehen, ein paar Dinger zu drehen, dann an Vandys Karriere. Sie ist abgehauen, aber ich – «

Rice hielt inne, als er sah, wie sich Louies Stirn umwölkte. Er schüttelte den Kopf, um Vandys »Aber Duane hätte es sicher nicht gerne« zu verdrängen, dann sagte er, »Was ist es? Verheimliche mir nichts.«

Louie leerte sein Bier in einem Zug. »Ich wollte es dir ja sagen, ich wartete nur auf den richtigen Zeitpunkt. Ein Freund von mir hat Vandy gesehen, irgendwann letzte Woche. Sie kam gerade aus dieser Telefon-Strich-Zentrale auf dem Strip, du weißt schon, neben dem All American Burger. Er sagte, daß er sie zuerst gar nicht erkannt hat mit dem ganzen Make-up, aber dann war er sich ganz sicher. Es tut mir leid, Mann.«

Rice stand auf. Louie sah den Blick in seinen Augen und sagte: »Vielleicht bedeutet es das gar nicht.«

»Es bedeutet, daß ich sie finden muß«, sagte Rice. »Geh und bring mir meinen Wagen.«

Duane Rice fuhr mit seinem »neuen« 69er Pontiac zum östlichen Ende des Sunset Strip, immer ganz rechts außen, um unter den Huren zu suchen, die sich um die Bänke an den Bushaltestellen drängten. Er suchte nach Vandys aristokratischen, von Make-up und Dope ausgezehrten Gesichtszügen. Jedes Gesicht, das er sah, brannte sich förmlich in sein Hirn ein, wo es sich mit einem Spiegelbild von Gordon Meyers und der Bürgerstochter Anne Atwater Vanderlinden überlagerte. Aber keines dieser Gesichter war *sie,* und als sich vor seinen Augen drei ununterbrochene Häuserblocks mit Massagesalons, Fickbuden und Autostrichzentralen auftürmten, biß er auf seine Lippen, bis er Blut schmeckte.

Rice stellte den Wagen auf dem Parkplatz von All American Burger ab und ging langsam auf der Südseite des Sunset in westlicher Richtung. Die Strichmädchen waren jetzt alle schwarz, und so konzentrierte er sich auf die schäbigen Ladeneingänge und ihre blinkenden Neonschilder. Er passierte *Wet Teenagers Outcall* und *Soul sisters mudwrestling; New YOKOHAMA Oriental Massage* und den »Vier S«-Club – »scharf, stattlich, spitz und sex-toll«. Nach einem Block verschwammen die Obszönitäten ineinander, so daß er einzelne Namen gar nicht mehr lesen konnte, und er starrte nur noch auf die Eingänge und wartete darauf, daß *sie* herauskam.

Als er merkte, daß schuldig dreinblickende Männer die einzigen waren, die die Häuser betraten und verließen, sah er auf einmal rot. Er ging zu einer Wartebank an der Bordsteinkante und drückte seine Hände in einer Art isometrischen Presse dagegen. Mit geschlossenen Augen begann er krampfhaft nachzudenken. Schließlich erinnerte er sich an die Fotografie von Vandy, die er während seiner Haft bei sich getragen hatte. Er griff nach seiner Brieftasche und zog sie aus seinem Plastiketui, drehte sich dann um und stellte sich dem blitzenden Leuchtfeuer von neuem. *Nuclear Nookie Outcall; Wet and Woolly Massage;* Satans Haus der Sünde. Dieses Mal verschwammen die Worte nicht. Er zückte eine Hand voll von Louie Calderons Zwanzigern und trat durch die nächste Tür. Ein gelangweilter schwarzer Mann hinter einem Tisch blickte auf, als er eintrat, und sagte: »Ja?«

Rice hielt dem Mann das Foto von Vandy und einen Zwanziger unter die Nase. »Hast du diese Frau schon mal gesehen?«

Der Mann legte sein Exemplar des »Wachturm« nieder, griff sich den Zwanziger und betrachtete die Aufnahme. »Nein, zu hübsch für diese Klitsche hier. Wenn du so 'ne Tomate stechen willst, kann ich dir 'ne billigere Version besorgen, die dir einen ablutscht, daß es knallt.«

Rice atmete langsam aus; die rote Falltür hinter seinen Augen glitt behutsam auf. »Danke, nein. Ich will *sie.* Irgendwelche Ideen?«

Der Mann steckte den Zwanziger in seine Hemdtasche. »Ich weiß zwar nicht, welche Häuser welche Ischenqualität haben, aber ich weiß, diese Klitsche hier ist ein reiner Fischmarkt. Lauf nur schön weiter und laß gehörig Mäuse springen, vielleicht findest du sie dann.«

Rice befolgte den Rat des Mannes und ging in östlicher Richtung. Er zeigte die Aufnahme jedem Türsteher und Rausschmeißer in jedem Sexschuppen auf der Zeile, teilte so schließlich 300 Dollars aus und bekam nichts dafür außer verneinendem Kopfschütteln und dem Konsens, daß Vandy zu scharf war für Strip Outcall und Straßenstrich. Nachdem er vier volle Stunden nichts als Schmutz eingeatmet hatte, holte er sich im All American Burger Kaffee und setzte sich an einen Tisch im Freien, um nachzudenken.

Er zählte die Fakten auf, auf die er sich verlassen konnte. Louie und seine Freunde waren verläßlich: Wenn einer von ihnen Vandy hier draußen in Nuttenaufmachung gesehen hatte, dann stimmte es vermutlich – wenn er nicht da war, sich um sie zu kümmern, war sie hundertprozentig selbstzerstörerisch. Keiner der wandelnden Schleimbeutel in den Massage- und Strich-Buden, mit denen er gesprochen hatte, war in der Lage gewesen, sie zu identifizieren – und es wäre von finanziellem Vorteil für sie gewesen, es zu tun. Louies Freund hatte sie irgendwann letzte Woche gesehen, vermutlich direkt, nachdem sie ihn besucht und die Bude ausgeräumt hatte. Es schien alles zu passen.

Rice sah auf die Uhr: 3:30, die Nutten wurden immer spärlicher, im gleichen Maße, wie der Verkehr auf der Straße schwand. Die einzigen Huren, die jetzt noch arbeiteten, waren schwarz, und unwahrscheinliche Kandidaten, etwas über Vandy zu wissen – sie mied Sambos wie die Pest. Im Aufstehen leerte er seinen Kaffee und machte sich auf den Weg zu seinem Auto. Dann sah er eine unglaubliche Rothaarige an den Randstein gehen und den Daumen herausstrecken.

Rice handelte schnell. Er rannte zu seinem Wagen und fuhr vor das Mädchen und schnitt dabei einem langsam dahintrudelnden Mercedes den Weg ab. Die Rothaarige sah unangenehm berührt durch das Beifahrerfenster, dann wieder auf die Luxuslimousine. Rice brüllte: »Einen Hunderter für zehn Minuten«, und das Mädchen zögerte. Dann öffnete sie die Tür und stieg ein. Rice reichte ihr ein Bündel Zwanziger, und der Fahrer des Mercedes gab Gas und zeigte ihnen den Vogel. Die Rothaarige stopfte das Geld in ihr Täschchen und stupste mit dem Finger auf die Schaumgummiwülste, die aus dem Sitz herausquollen. »Der Wagen ist das letzte. Können wir in ein Motel oder so gehen?«

Rice bog um die Ecke, fuhr an den Straßenrand und schaltete die Armaturenbeleuchtung ein. »Ich will nicht mit dir ins Bett, ich hatte nur so ein Gefühl, daß du mir helfen kannst, diese Frau zu finden.« Er reichte ihr das Foto von Vandy und sah zu, wie sie es studierte und dann ihren Kopf schüttelte. »Nein, nie gesehen. Deine Tusse?«

»Ja.«

»Schafft sie an?«

Rice schluckte seinen aufsteigenden Zorn. »Ja. Ich habe gehört, daß sie hier irgendwo auf den Straßenstrich geht, aber niemand erkennt sie, und ich glaube ihnen.«

Der Rotschopf betrachtete die Aufnahme näher und sagte dann: »Sie ist wirklich niedlich. Viel zu gut für die meisten Läden hier.«

»Was meinst du mit ›den meisten‹?«

»Nun, es gibt da ein paar Blöcke von hier, abseits vom Strip, diesen Luxusschuppen. Sie haben nur wirklich scharfe Pferdchen im Stall, für so Größen aus Film und Musik. Ich habe 'ne Woche oder so da gearbeitet, dann habe ich's gesteckt. Zu verdrogt. Ich stehe mehr auf Reformkost.«

Rice fühlte, wie er eine Gänsehaut bekam. »Wie heißt der Laden?«

»›Silver Foxes‹. Nichts ›Outcall‹ oder so, nur ›Silver Foxes‹.«

»Wie ist die Adresse?«

»Gardner, direkt am Strip. Lavendelfarbenes Gebäude, du kannst es gar nicht verfehlen. Aber sie schicken die Mädchen nur gegen Referenzen raus, weißt du, es ist so richtig exklusiv.«

»Telefonnummer?«

Das Mädchen zögerte. Rice wühlte in seinen Taschen nach mehr Geld und gab es ihr. »Verflucht, sag's mir schon.«

Sie faßte nach dem Türgriff. »Du wirst nicht weitersagen, woher du es hast?«

»Nein.«

»658-4371.« Das Mädchen schoß aus dem Wagen. Rice sah ihr zu, wie sie auf dem Rückweg zum Strip ihr Geld zählte.

Er brauchte nicht einmal zehn Minuten, um das lavendelfarbene Apartmentgebäude zu finden. Es stand gleich südlich vom Sunset im Schein einer Straßenlaterne. Ein einfaches Vierparteien-Haus im spanischen Stil, in dem kleine Lichter brannten.

Rice parkte und ging quer über den Rasen auf die Zementterrasse. In der Einfahrt waren vier Türen eingebaut, erhellt nur von Briefkastenleuchten. Er kniff die Augen zusammen und sah, daß drei der Apartments Einzelpersonen gehörten. Auf den letzten Kasten war ein erhöhtes Metallwappen aufgeprägt, das einen Fuchs im Nerzmantel zeigte, der verführerisch winkte. Ein Klingelknopf befand sich unter den Worten »Silver-Foxes«. Rice drückte dreimal darauf und hörte das Echo der Klingel. Keine Lichter gingen an, und auch keine Schrittgeräusche beantworteten das Klingeln. Er faßte in den Briefkasten und fand ihn leer, dann trat er zurück auf den Rasen, damit er das ganze Gebäude in Augenschein nehmen konnte. Immer noch nur Dunkelheit und völlige Stille.

Rice fuhr zu einer Telefonzelle und wählte 658-4371. Eine Frauenstimme vom Band antwortete: »Hi, hier ist ›Silver-Foxes‹, Füchse jeder Überzeugung für jede Gelegenheit. Wenn Sie bei uns bereits registriert sind, hinterlassen Sie ihre Codenummer und ihren Wunsch; wir rufen dann zurück, sobald es geht. Wenn sie ein neuer Freund des Hauses sind, lassen sie uns wissen, wen Sie kennen und geben uns dessen Codenummer und ihre Telefonnummer. Wir melden uns dann in Bälde bei Ihnen.«

Erst kam ein Intervall mit leiser Discomusik, dann ein Pfeifton. Rice knallte den Hörer auf und fuhr zurück zum Straßenstrich.

Nur der absolute Bodensatz der Nutten war noch unterwegs, grell aufgetakelte Junkies, die auf die Straße traten und die Röcke hoben, wenn Wagen vorbeikamen. Rice saß an einem Tisch im All American Burger und trank Kaffee, während er seine Augen über die Frauen auf beiden Seiten des Sunset gleiten ließ. Jedes Gesicht, das er kurz erblickte, war schwer gezeichnet, jeder Körper aufgeschwemmt oder ausgezehrt. Gegen Tagesanbruch gingen die Neonlichter an den Outcall-Büros und Massagesalons allmählich aus. Als Straßenreinigungsmaschinen dann noch die wenigen verbliebenen Nutten zurück auf den Gehsteig drängten, nahm er das als Anstoß, zu gehen und sich ums Geschäft zu kümmern.

Rice fuhr durch Laurel Canyon und kam gerade, als es hell wurde, ins Valley. Als er den Ventura Boulevard erreichte, rief er sich Wort für Wort die Fakten, die er durch den Lüftungsschacht gehört hatte, ins Gedächtnis. »Ecke Kling und Valley View, rosa Apartmenthaus; Christine Irgendwas, Studio City, Haus an der Ecke von Hildebrand und Gage.« Wahrheit, Halbwahrheit oder Affenscheiße?

An der Ecke Hildebrand und Gage erhielt er seine erste Bestätigung. Am Briefkasten des nordöstlichen Eckhauses war ein Schild mit dem Namen »Christine Confrey.« Diese Tatsache gab ihm ein Gefühl der Bestimmung, das immer stärker wurde, als er westwärts nach Encino fuhr. Als er zu Kling/Valley/View kam und ein verblaßtes rosa Apartmenthaus am Eck sah, vor dem ein hier deplazierter Cadillac geparkt war, erreichte das Gefühl seinen Höhepunkt. Rice hinderte es gerade noch am Überschwappen, indem er seine Chancen ausrechnete. Fünf zu eins, daß die Info korrekt war und somit die Raubüberfälle möglich machten.

Als er die Briefkästen des Sechs-Parteien-Hauses untersuchte, sah er, daß hier nur eine einzige alleinstehende Frau lebte – Sally Issler in Nummer Zwei. Er fand eine mit No. 2 gekennzeichnete Tür im Erdgeschoß zur Straße hin. Vor dem großen Aussichtsfenster der Wohnung befand sich eine hohe Hecke. Er hockte sich hinter die Hecke, um darauf zu warten, daß der Besitzer des Caddy die Chancen gegen ihn auf Null brachte.

Er wartete eineinhalb Stunden, bis eine Tür aufging und zwei Stimmen, eine männlich, eine weiblich, ihm zeigten, daß er ins Schwarze getroffen hatte.

»Meine Frau kommt morgen zurück. Keine ganzen Nächte für ein Weilchen.«

»Matinees? Vielleicht so wie das Lied – ›Afternoon Delight‹?«

Der Mann lachte. »Wir könnten in deiner Lunchpause in die Hot Club Fever Sauna gehen.«

»Klingt gut, aber ich habe in Cosmopolitan gelesen, daß die Saunaläden alle Herpesvieren im Wasser haben.«

»Glaub nicht alles, was du liest. Rufst du mich in der Bank an?«

»Ja.«

Rice hörte Kußlaute, gefolgt von einer zuknallenden Tür. Er zählte bis zehn, dann stand er auf und linste um die Hecke. Der Cadillac fuhr gerade los. Er rannte zu seinem Auto und verfolgte ihn.

Er führte ihn zu einer Bank of America Filiale am Woodman/Ventura. Rice versuchte, den Mann, der ausstieg, abzuschätzen. Groß, breithüftig, flachbrüstig. Ein Schwächling, dessen Sexappeal sein Geld war.

Der Mann ging zur Vordertür. Rice folgte ihm in sicherer Entfernung und ging an ihm vorbei, als er eintrat. Als der Filialleiter die Tür hinter sich abschloß, zählte Rice bis zehn, dann linste er durch das Fenster aus Tafelglas und lächelte.

Der Filialleiter war allein in der Bank, und die Überwachungskameras waren unbewegt auf den Boden gerichtet. Die Kassenschalter waren von der Straße nur dann einsehbar, wenn ein Passant willens war, sich auf seine Zehenspitzen zu stellen und fast den Hals zu verrenken. Rice sah, wie der Filialleiter ohne Umschweife auf die Kassenschalter zuging und einen Schlüssel aus seiner Tasche holte. Dann öffnete er die Schubladen und lud das Bargeld in seinen Aktenkoffer. Anstelle des Geldes hinterließ er Papierblätter – vermutlich gefälschte Buchungsbescheinigungen/Kontoauszüge. Damit wurden seine Chancen praktisch hundertprozentig. Rice rannte zu seinem Wagen, fuhr zu einem Münztelefon und rief Louie Calderon unter der Nummer seines Auftragsdienstes an.

»Am Apparat.«

»Louie, ich bin's, Duane.«

»Schon? Jetzt sag mir bloß nicht, der Wagen hat schlappgemacht, und du bist sauer.«

»Nichts dergleichen.«

»Noch eine Gefälligkeit?«

»Ja. Ich will drei 45er und eine dieser Pfeilpistolen. Hast du auch Pfeile?«

»Ja. Bevor wir weiterreden, ich will gar nicht erst wissen, was du vorhast. Klar?«

»Klar. Schalldämpfer?«

»Ich kann sie besorgen, aber die Reichweite geht damit praktisch völlig an den Arsch.«

»Sie werden niemals abgefeuert werden; es ist nur eine zusätzliche Vorsichtsmaßnahme.«

»Mr. Glatt. Sieben Scheine für die ganze Chose. Gemacht?«

»Gemacht. Eine Sache noch. Ich brauche zwei Männer, smart, mit Mumm, geldgierig. Keine Nigger, keine Drogenköpfe, keine schundigen Gangstertypen und niemanden mit Vorstrafen wegen Raubes.«

Louie pfiff, dann lachte er. »Du willst eine ganze Menge, weißt du das? Nun ja, heut ist dein Glückstag. Ich kenne zwei Chicanoknaben, Brüder, die auf Arbeitssuche sind. Smart – der eine wahrhaft *vato,* der andere zieht halt mit. Haben Hunderte von Brüchen gemacht, sind nur einmal erwischt worden. *Super-duper Einbrecher, Super-duper Bauernfänger.* Sie haben gerade so eine Sache mit einem Telefonschwindel aufgesteckt und brauchen dringend Geld.«

»Bürgst du für sie?«

»Ich war sieben oder acht Jahre lang ihr Hehler. Als sie hopsgenommen wurden, haben sie mich nicht verpfiffen. Was willst mehr?«

»Irgendwelche Erfahrungen mit Gewalt?«

»Nein, aber der eine von ihnen ist ein absolut übler Bursche, und ich schätze, dem läuft das rein wie Butter. Hat vor so zehn, zwölf Jahren im Weltergewicht geboxt. Die ganzen Lokalgrößen sind auf ihm rumgetrampelt.«

»Kannst du ein Treffen arrangieren?«

»Sicher. Aber ich werd's denen sagen, und ich sage es dir: Ich will nichts von euren Plänen wissen. Comprende?«

»Comprende.«

»Gut. Ich rufe Bobby an und mach was ab. Wenn du ihn triffst, erzähl ihm, daß du ihn damals gesehen hat, als er Little Red Lopez mit einem rechten Schwinger durch die Seile befördert hat. Das wird ihm gut reinlaufen.«

Die Leitung verstummte. Rice ging zurück zu seinem Wagen. Als er den Schlüssel in die Zündung steckte, zitterte er. Es war ein gutes Gefühl.

5

Selbst als sich der Traum vor ihm entfaltete, wußte er, es war *nur* ein Traum, einer der ständig wiederkehrenden Alpträume, die von ihm Besitz ergriffen hatten, und wenn er nicht in Panik verfiel, ging der

Traum seinen gewohnten Lauf und er wachte sicher und unversehrt wieder auf.

Irgendwann 67 oder 68, als er bei der Hollywood Patrol Dienst leistete, erhielten er und sein Partner Flanders einen anonymen Notruf, der ihre Einheit zu einem alten Haus in einer Sackgasse am Cahuenga Paß rief, einem Block baufälliger Buden, die zu Spottpreisen vermietet wurden, weil der Lärm von der Autobahnbrücke das Leben dort unerträglich machte.

Als niemand auf ihr Klopfen und ihre »Aufmachen, Polizei«-Rufe reagierte, traten er und Flanders die Türe ein, nur um von dem Gestank abgestandenen Kordits und verfaulenden Fleisches sofort wieder herausgetrieben zu werden. Während Flanders mit dem Funkgerät Verstärkung anforderte, zog er einen Dienstrevolver und durchstöberte die Bude. Er entdeckte fünf kopflose Körper, hirnbeschmierte Wände, ausgeworfene Schrotpatronenhülsen und den Zettel, der am Fernseher festgeklebt war: »Ich höre immer diese Stimmen durch den Freewaylärm, die Peg und den Kindern von mir und Billy erzählen. Es ist eine Lüge, aber sie werden nicht glauben, daß es nur das eine Mal passiert ist, als wir betrunken waren, und das zählt nicht. So wird es wenigstens niemand erfahren, außer Billy, und den schert's nicht.«

Der Mann, der den Zettel geschrieben hatte, lag in sich zusammengesunken neben dem Fernseher. Er hatte die abgesägte Schrotflinte vom Kaliber zehn zwischen seine Beine geklemmt und sich buchstäblich entzwei geschossen. Die Schrotflinte lag neben ihm und einem Haufen geronnener Eingeweide.

Dann wurde der Traum auf einmal schneller, und er war sich nicht mehr sicher, ob es wirklich geschah oder nicht. Flanders kam wieder herein und brüllte, »Verstärkung, Detectives und M. E. sind unterwegs, Hoppy.« Er sah, wie Flanders nach einer Zigarette griff, um den gräßlichen Gestank zu vertreiben, und wollte etwas brüllen, von Gas, das aus Leichen austritt, aber er *wußte,* daß Flanders es als Collegejungengewäsch abtun würde. Dennoch rannte er auf ihn zu, als das Streichholz aufflammte, und der Magen des kleinen Jungen explodierte und Flanders mit brennendem Gesicht ins Freie rannte. Dann war er es, der schrie, und Krankenwagen heulten, und er wußte, es war kein Traum, es war das Telefon.

Lloyd drehte sich auf die andere Seite und griff danach. Überrascht stellte er fest, daß er voll bekleidet eingeschlafen war. »Ja? Wer ist am Apparat?«

Eine vertraute Stimme erklang aus der Leitung. »Dutch, Lloyd. Bist du o. k.?«

»Du hast mich geweckt.«

»Tut mir leid, Junge.«

»Braucht es nicht; du hast mir einen Gefallen getan.«

»Was meinst du damit?«

»Nicht so wichtig. Worum geht's, Dutch?«

Als darauf ein langes Schweigen am Apparat aus L. A. erfolgte, wurde Lloyd gespannt und schüttelte die letzten Überbleibsel des Schlafs ab. Er hörte den regen Betrieb von Hollywood Station im Hintergrund rumoren und hielt sich vor Augen, wie sein Freund versuchte, den Mumm zusammenzubringen, ihm etwas sehr Schlimmes beizubringen.

»Verflucht, Dutch, sag's schon!«

Dutch Pelz sagte: »Bis jetzt ist es nur ein Gerücht, aber ein fundiertes, und ich schenke ihm Glauben. Der Klapsdoktor, den du letzten Monat aufgesucht hast, hat empfohlen, dich vorzeitig in den Ruhestand zu schicken. Du weißt schon, im Dienst zugezogene psychische Invalidität, volle Pension, so in etwa. Ich habe gehört, daß Braverton und MacManus dafür sind, und daß sie dich wegen Pflichtverletzung vor den Disziplinarausschuß bringen wollen, wenn du mit ihrem Vorhaben nicht einverstanden bist. Lloyd, die meinen es ernst. Wenn der Disziplinarausschuß dich für schuldig befindet, fliegst du in hohem Bogen aus dem Department.«

Ein Kaleidoskop voller Erinnerungen flackerte vor Lloyds Augen auf, und eine ganze Weile wußte er nicht, ob er sich wieder in einem Traum befand oder nicht. »Nein, Dutch. Das würden sie mir nicht antun.«

»Lloyd, es ist wahr. Ich habe außerdem noch gehört, daß Fred Gaffaney eine Akte über dich hat. Übles Zeug, irgend so eine Sexscheiße, die du abgezogen hast, als du bei Venice Vice warst.«

»Aber das war vor fünfzehn Jahren, und ich war beileibe nicht der einzige!«

Dutch sagte, »Psch, psch. Ich wollte es dir ja nur gesagt haben. Ich weiß nicht, ob Gaffaney in dieser Sache mit Braverton und McManus zusammensteckt, aber ich weiß, daß es knallhart über dich hereinbricht. Reiche deinen Abschied ein, Lloyd. Mit deinen Abschlüssen kannst du überall unterrichten. Du kannst beratende Funktionen ausüben. Du kannst – «

Lloyd schrie »Nein!« und hob den Apparat hoch. Dann sah er die gerahmte Fotografie seiner Familie auf dem Nachttisch und stellte ihn wieder hin. »Nein. Nein. Nein. Wenn sie mich raushaben wollen, werden sie schon mit mir darum kämpfen müssen.«

»Denk an Janice und die Mädchen, Lloyd. Denk an die Zeit, die du dann mit ihnen verbringen könntest.«

»Du redest Unfug, Dutch. Ohne den Job läuft nichts. Selbst Janice weiß das. Also zur Hölle mit allen außer sechs, und die spart man sich auf als Sargträger. Bis dann in L. A., Captain Peltz.«

Dutchs Stimme war sanft und heiser. »Bis dann, Sergeant Hopkins.«

Lloyd legte auf und ging ins Badezimmer. Er fluchte, als er die feinsäuberlich verpackten Seifenstücke und seinen mit Rasierschaum verkrusteten Wegwerfrasierer sah. Er murmelte: »Zur Hölle damit« und tränkte einen Waschlappen in kaltem Spülwasser, mit dem er sein Gesicht wischte. Dann begradigte er seine Krawatte und fragte sich, warum er immer eine trug, selbst wenn er es nicht mußte. Als er in den Spiegel sah, wußte er, warum, und er bereitete sich darauf vor, sich mit der Institution zu schlagen, die für all seine Alpträume und den Großteil seiner Wunschträume verantwortlich war.

Bei den öffentlichen Telefonen in der Hotellobby fand er ein Branchentelefonbuch von San Francisco und blätterte den Buchstaben ›R‹ durch, bis er zu ›Rechtsanwälte‹ kam. Die Rechtsverdreher, die in ganzseitigen Anzeigen ihre niedrigen Tarife und Erfahrungen mit Alkohol am Steuer erwähnten, tat er sofort ab. Er zückte einen Notizblock und begann aufs Geratewohl Namen und Adressen herauszuschreiben. Er hatte schon eine halbe Seite voll, als er auf *Brewer, Cafferty and Brown* stieß, deren Adresse auf Montgomery vermutlich nur ein halbes Dutzend Blocks von seinem jetzigen Standort entfernt war. Er murmelte wiederum »Zur Hölle« vor sich hin, strich seine Krawatte glatt und ging zu Fuß zu der Kanzlei. Er stopfte die Hände in seine Taschen, damit er nicht rannte.

Das Wartezimmer von Brewer, Cafferty and Brown war im altmodischen kalifornischen Stil mit ledernen Lehnsesseln und Messingstehlampen eingerichtet; aber die Fotografien an der Wand zerstörten den Eindruck von Tradition. Lloyd trat ein und wußte auf der Stelle, daß ihn der Zufall entweder zu *der* besten oder zu *der* schlechtesten Anwaltskanzlei geführt hatte, die jemals ein Angeklagter in einem behördeninternen Polizeiverfahren in Betracht gezogen hatte.

Bobby Seale, Huey P. Newton und Eldridge Cleaver starrten mit zum Gruß erhobenen geballten Fäusten zornig auf ihn herunter; eine Gruppenaufnahme des Vereinigten Schwulenkollektivs der Bay Area strahlte auf ihn hernieder. Über dem Annahmetisch hing ein purpurner Wandteppich, auf dessen Mitte »Alle Macht dem Volke« gestickt war, und daneben befand sich eine vergrößerte Aufnahme von Dutzenden orientalischer Männer in Karateposen. Lloyd untersuchte das Bild genauer und dachte zuerst, es wäre ein Szenenfoto aus einem Kung-Fu-Film. Er hatte sich geirrt; es war die *Politische Aktionsarmee* der *Boat People*. Er setzte sich, um darauf zu warten, daß ihn jemand in Empfang nahm, und hatte dabei das Gefühl, als habe ihn das Delirium tremens gepackt, ohne daß er den Segen des Alkohols genossen hattte.

Nach einigen Minuten kam eine große schwarze Frau in einem Tweedkostüm herein und sagte: »Kann ich Ihnen helfen?«

Lloyd erhob sich und bemerkte, wie die Frau des 38ers, der an seinen Gütel geschnallt war, gewahr wurde. »Ich bin gekommen, um einen Anwalt aufzusuchen«, sagte er. »Ihr Büro war in der Nähe meines Hotels, also bin ich hierher gekommen.«

»Dann haben Sie also keinen Termin?«

Die Frau starrte unverhohlen auf seine Waffe. Lloyd nahm sein Ausweisetui und seine Marke heraus und zeigte sie ihr. »Ich bin Polizeibeamter in Los Angeles«, sagte er. »Ich brauche einen Anwalt, der mich vor einem polizeilichen Disziplinarausschuß vertritt. Ein auswärtiger Anwalt wäre da vermutlich nicht schlecht. Ich habe 40 000 Dollar auf der Bank, und ich werde den letzten Heller dafür ausgeben, meinen Job zu behalten.«

Die Frau lächelte und verließ den Raum wieder. Lloyd sah Huey Newton in die Augen, bis sie zurückkam und sagte: »Da lang bitte, Mr. Hopkins«, und ihn in einen Büroraum im Innern der Kanzlei führte. Ein blasser Mann saß hinter einem Tisch und las eine Zeitung. »Mr. Brewer, Mr. Hopkins«, sagte die Frau. Dann ging sie hinaus und schloß die Tür hinter sich.

Brewer sah von seiner Zeitung auf. »L.A.P.D., häh? Na, da wissen wir wenigstens, daß die Sie nicht wegen exzessiver Gewalt angeklagt haben, denn den Begriff erkennen sie gar nicht an.« Er erhob sich und streckte die Hand aus. Lloyd schüttelte sie und schätzte die Worte des Mannes ab. Er kam zu dem Schluß, daß der scharfe Ton ein Test war. »Ihr Büro gefällt mir«, sagte er und setzte sich in einen Stuhl neben dem Tisch. »Außerhalb der schlechteren Viertel. Machen Sie nebenher eine Menge Ölpachtverträge und hängen die Bilder mit den Niggern ab, wenn die fetten Bonzen antanzen?«

Brewer füllte eine Pfeife mit Tabak und klopfte ihn fest. »Genug der Scherze. Ich muß nicht mit der Weltanschauung eines Klienten übereinstimmen, um ihn zu vertreten. Warum kommen Sie vor den Disziplinarausschuß?«

Lloyd zwang sich, langsam zu sprechen. »Die Klage an sich wird vermutlich auf Pflichtversäumnis lauten. Momentan bin ich für sechs Wochen vom Dienst suspendiert, bei voller Bezahlung. Die genaue Anklage oder die Anklagen werden etwas mit einem erst kurze Zeit zurückliegenden Meineid zu tun haben, den ich im Verlauf einer Anklageerhebung in einem Mordfall geschworen habe. Ich – «

Brewer fuchtelte mit dem Pfeifenstiel durch die Luft. »Warum haben Sie einen Meineid geleistet? Ist das eine geläufige Praxis von Ihnen?«

»Ich log, um eine Frau zu schützen, die unschuldig in den Fall verwickelt war«, sagte Lloyd sanft, »und ich habe vorher nur dann gelogen, wenn es darum ging, Wahrscheinlichkeitsstatuten hinsichtlich von Kapitalverbrechen zu vermeiden.«

»Ich verstehe. Sie hatten nicht zufällig Intimkontakt mit dieser Frau?«

Lloyd hielt die Lehnen seines Stuhls fest umklammert. »Das geht Sie nichts an, Counselor. Nächste Frage.«

»Schon gut, schon gut. Zäumen wir das Pferd mal von hinten auf. Erzählen Sie mir von Ihrer Laufbahn im L. A. P. D.«

Lloyd sagte: »Neunzehn Jahre im Dienst. Vierzehn als Detective-Sergeant, elf in der Abteilung Kapitalverbrechen. Ich habe einen Abschluß in Kriminologie von der Universität Stanford. Man hält mich gemeinhin für den besten Ermittler in Mordfällen im Department. Ich habe mehr Belobigungen bekommen, als ich zählen kann. Ich habe erfolgreich die Ermittlungen in einer Reihe von weithin publizierten Mordfällen geleitet. Meine Verhaftungsstatistik ist legendär.«

Brewer zündete seine Pfeife an und blies den Rauch an die Decke. »Beeindruckend, aber noch beeindruckender ist, daß jemand mit solch herausragenden Leistungen in solcher Weise das Mißfallen des Departments auf sich ziehen soll. Ich sollte doch annehmen, daß dieser eine Ausrutscher mit dem Meineid nicht ausreichend ist, ihre Karriere zu gefährden. Ich weiß, daß das L. A. P. D. die Seinen nicht im Stich läßt.«

»Da sind noch andere Sachen. Kleinere Patzer im Lauf der Jahre. Die hohen Tiere haben mich zu einem Klapsdoktor geschickt. Ich habe mit Dingen geprahlt, über die ich besser geschwiegen hätte.«

»Warum?«

»Weil ich es einmal loswerden mußte! Weil ich niemals damit rechnete, daß sie mir das antun.«

»Bitte beruhigen Sie sich doch, Sergeant. Es gibt Mittel und Wege, das Gutachten eines Psychiaters zu umgehen, für gewöhnlich dadurch, daß man zu seiner Verteidigung das Gutachten eines anderen Psychiaters einholt, eines Psychiaters mit größerer Reputation.«

Lloyd umklammerte die Seiten des Tisches, bis er jedes Gefühl in den Händen verlor. »Counselor, das ist kein Prozeß vor einem ordentlichen Gericht, das ist ein polizeiliches Narrengericht, und akademische Referenzen bedeuten da einen feuchten Kehricht. Wenn ich meinen Job retten will, habe ich noch einen weiten Weg zu gehen, und einen Angestellten des Departments zu düpieren, würde meine Chancen nur verschlechtern.«

Brewer rutschte auf seinem Stuhl nach hinten und starrte an Lloyd vorbei auf die Wand am anderen Ende des Zimmers. »Nun... es gibt andere Vorgehensweisen. Haben Sie Familie?«

»Frau und drei Töchter. Ich lebe getrennt von ihnen.«

»Aber Sie stehen auf freundschaftlichem Fuße mit ihnen?«

»Ja.« Lloyd starrte den Anwalt an, der seine Augen auf einen Punkt direkt über seinen Augen fixiert hielt und sagte: »Dann können wir sie als guten Leumund ausnutzen und auf diese Weise Sympathie für Sie erwecken. Sie selbst stellen ja auch eine interessante Erscheinung dar, eine, die man zu seinem Vorteil nutzen kann. Sind Sie sich eigentlich bewußt, daß ihre Kleider ihnen nicht passen? Sie sind mindesten zwei Nummern zu groß. Wir können Sie vor Gericht als Opfer ihres eigenen Pflichtbewußtseins darstellen, ein durch übereifrige Pflichthingabe zu drastischem Gewichtsverlust getriebener Mann. Sollten Sie sogar noch mehr Gewicht verlieren, würde das diesen Sympathiefaktor noch weiter verstärken. Mit der richtigen Vorbereitung entlocken ihre Töchter die aller – «

»Schau mich an«, zischte Lloyd und verdrängte eine Vorstellung, in der er seine Hände um Brewers Kehle gelegt hatte und zudrückte, bis die permanent abgewendeten Augen des Anwalts aus seinem Schädel sprangen. »Schau mich an, du Schwanzlutscher.«

Brewer schloß die Augen. »Mäßigen Sie Ihre Ausdrucksweise, Sergeant. Ich möchte, daß Sie sich daran gewöhnen, einen ruhigen Gesichtsausdruck aufzusetzen, einen, der – «

Lloyd schritt um den Tisch herum, packte Brewer an den Armen und stieß ihn in ein gläsernes Bücherregal. Das Glas zersplitterte; rechtswissenschaftliche Schriften purzelten auf den Boden. Lloyd ergriff Brewers Hals mit seiner Linken, ballte die rechte Hand zu einer Faust und nahm die krampfhaft zusammengepreßten Augen des Anwalts aufs Korn. Dann hörte er einen Schrei. An der Peripherie seines Blickfeldes nahm er die Empfangsdame wahr, die entsetzt ihre Hände an den Mund preßte. Er zog den Schlag im letzten Sekundenbruchteil zur Seite, und seine Faust durchschlug eine heil gebliebene Glasscheibe. Er stieß Brewer zur Seite und hielt ihm die blutige Hand hin. »Es… es tut mir leid, Sie verfluchter… Es tut mir leid.«

6

Duane Rice warf einen Blick auf Bobby »Boogaloo« Garcia und wußte zwei Dinge: daß, Ex-Weltergewichtler oder nicht, er leicht mit ihm fertigwerden konnte, und daß der kleine Bohnenfresser unverbesserlich *bösartig* war. Nach einer Gefängnis-Begrüßung blickte Rice sich in Bobbys Wohnzimmer um, sah Qualitätssachen und stufte Bobby als Nicht-Doper ein, der sich dem Gangstertum verschrieben hatte, weil er zu faul zum Arbeiten war und das Spiel liebte. So weit, so gut, dachte er bei sich und warf einen Köder aus, um zu testen, wie es um Bobbys Grips stand: »Ich glaube, ich habe dich einmal boxen sehen. Du hast im Olympic Little Red Lopez durch die Seile gefegt, so vor ungefähr zehn, zwölf Jahren.«

Bobby grinste und deutete auf die Couch; Rice setzte sich. Er realisierte, daß Bobby nicht nur Scheiße im Kopf hatte und sehr entschlossen war, das Spiel bis zum letzten Tropfen auszukosten. »Likable Louie muß dir das erzählt haben«, sagte Bobby. »Sagte dir wohl, daß es mir reinläuft wie Honig. Louie muß der blödeste Schlaumeier sein, den ich kenne, denn nur ungefähr sechs Leute auf der Welt wissen davon, und ich bin der einzige, dem es was bedeutet, genauso, wie du der einzige bist, den es auch nur einen feuchten Kehricht schert, wie du diesen Richter gefoppt hast. Der verfluchte Louie. Wie hat er es nur geschafft so lange am Leben zu bleiben?«

»Er kann Dinge tun, die wir nicht können«, sagte Rice. Er griff hinten in seinen Hosenbund und zog eine 45er Automatik mit passendem Schalldämpfer hervor. »Wie das hier.« Er betätigte den Schlitten und warf den Munitionsclip aus. Die Patrone aus der Kammer sprang heraus, und er fing sie auf.

»Dumdum. Likable Louie ist so lange am Leben geblieben, weil Leute, die nette Dinge besorgen können, eben sympathisch sind. Hab ich recht, Bobby?«

Bobby lachte und streckte seine Hände aus. Rice warf ihm die Waffe zu, und er packte sie und machte eine Serie schneller Schußbewegungen, die auf das Roberto-Duran-Poster über dem Kamin gezielt waren. »Peng, Roberto, Peng! *No màs! No màs!*«

Bis über beide Ohren grinsend gab er die Waffe mit dem Griff nach vorn wieder zurück und ließ sich in einen Sessel gegenüber von Rice fallen. »Louie ist nicht sympathisch, Duane. Er ist liebenswert. Er ist so liebenswert, daß ich den Schwanz seines Vaters ablutschen würde, nur um zu sehen, woher er kommt. Wie viele von den Dingern hast du?«

»Drei«, sagte Rice.« Eine für dich, eine für mich, eine für deinen Bruder. Kommt er her?«

»Muß gleich dasein. Wollen wir Stammbäume austauschen?«

»Klar. Von der Verurteilung wegen Totschlags am Steuer hast du ja bereits gehört, drei Jahre in Soledad, weil ich die Geduld verlor und meine Prolo-Wurzeln durchbrachen; einmal haben sie mich wegen schweren Autodiebstahls hopsgenommen, ein dickes im County-Gefängnis, nach sechs Monaten begnadigt. Unter Aufsicht der Jugendbehörde und auf County-Bewährung, die ich beide abschütteln werde, denn Autodieb/Mechaniker ist das, was mein Bewährungshelfer eine ›Modus Operandi-beschäftigungsbezogene Konfliktkombination‹ nennt. Mit anderen Worten, er erwartet von mir, daß ich bei McDonalds für Mindestlohn Hamburger auftische. Nix da.«

Bobby nickte zustimmend, dann ließ er ein kurzes Grinsen aufblitzen und sagte: »Wie viele Wagen hast du gefilzt, bevor sie dich hopsgenommen haben?«

»So an die dreihundert. Du und dein Bruder, ihr wart auf Brüche spezialisiert, ja?«

»Ja. Mindestens vier, fünfhundert Dinger, einmal hochgenommen, und das war äußerst unkoscher.«

»Was habt ihr mit dem Geld gemacht? Louie zahlt einem einen guten Preis, und er sagte, daß ihr Burschen nichts mit Drogen am Hut habt.«

Bobby knackte mit den Knöcheln seiner rechten Hand. »Dieses Haus *gehört* mir, Mann. Früher haben Joe und ich noch einen Münzwaschsalon und eine Hot-dogs-Bude gehabt, und ich habe ein paar Boxer gesponsort, nachdem ich selbst aufgehört hatte. Was ist mit *dir?* Dreihundert G. T. A.s, und du fährst in einem alten Niggerschlitten vor, der aussieht wie etwas, was die Katze reingeschleppt hat. Was hast du mit deinem Geld gemacht?«

»Ich hab's ausgegeben«, sagte Rice und stierte Bobby in die Augen. Das war der wahre Test, und er fragte sich, ob es wohl ratsam war, diesmal nachzugeben.

Sie starrten sich gegenseitig an, bis Bobbys Augenlider zu zucken begannen und er lächelnd zusammenzuckte und sagte: »Scheiße, Mann. Ich habe genauso viel für Frauen übrig wie jeder andere auch.«

Patt; Bobby hatte gekniffen, aber dann mit einem guten Zug gekontert, der gesessen hatte. Rice schmeckte Blut an seinem Mund, fühlte seine Zähne unfreiwillig auf seine Wangen beißen. Der blutige Speichel ölte seine Stimmbänder, so daß sein nächster Versuch in seinen Ohren gut klang. »Denkst du, du kannst mit dieser Waffe sorgsam umgehen? Denkst du, du kannst sie festhalten und nicht abfeuern?«

Nach drei Sekunden eines neuen Starduells ging auf einmal die Tür auf und herein kam Joe Garcia mit einer Tüte voller Lebensmittel. Rice löste den Blick, stand auf und streckte seine Hand aus. Joe verlagerte die Tüte und drückte die Hand schwächlich. Dann sagte er: »Entschuldige die Verspätung«, faßte in die Tüte und zog eine Dose Bier heraus. Er warf sie Bobby zu, der sie schüttelte, dann öffnete und den Schaum herausschießen und in sein Gesicht spritzen ließ. Er zischte in einem Zug die halbe Dose ein, zielte dabei mit Daumen und Zeigefinger auf das Poster von Roberto Duran und kicherte: »Päng! Päng! No más! No más!« Rice betrachtete, wie Joe Garcia seinen älteren Bruder beobachtete. Er wirkte mißtrauisch und angewidert, eine clevere Reaktion für einen Trittbrettgangster. Bobby leerte sein Bier und verpaßte Roberto Duran noch ein halbes Dutzend weitere blaue Bohnen. Rice war klar, daß der Affenzauber nur ein Macho-Stunt war, um Bobbys Furcht zu verbergen. Um seine eigene Verachtung und Erleichterung zu verbergen, sah er zu, wie Joe in die Küche ging, dann fiel er in Bobbys Gelächter ein. Als Joe unumwunden verängstigt aussehend zurückkam und Bobby ihn anstarrte und sich die Lippen wischte, sagte Rice: »Reden wir vom Geschäft, Gentlemen.«

Er brauchte eine halbe Stunde, um den Umriß des Planes genau so darzustellen, wie er ihn durch den Lüftungsschacht gehört hatte. Er betonte, daß niemand wußte, daß er ihn gehört hatte, und daß er die Lokalitäten bis ins Kleinste inspiziert und dabei die Fakten von A bis Z bestätigt hatte. Er würde der »Innen«-Mann sein, der tatsächlich in die Bank ging, sie wären die »Außen«-Männer, die die zwei Geliebten in ihren Buden gefangen hielten und die Anrufe der unehrlichen Filialleiter entgegennahmen. Rice schätzte ihre Reaktion ab und sah, daß Bobby es wegen des Geldes und des puren, unverschnittenen Nervenkitzels wollte – jedesmal, wenn er die Sache mit dem Kidnapping erwähnte, ließ der Ex-Welter seine Knöchel knacken und leckte seine Lippen; er sah, daß Joe Angst vor der ganzen Sache hatte, aber noch mehr Angst davor, die Freunde seines Bruders zunichte zu machen. Für ein Nur-Zwei-Mal-Geschäft waren sie solide Partner.

Um seinen Vortrag abzuschließen, sagte Rice: »Noch ein paar Sachen: Parkt euren Wagen in der den Buden der Torten nächsten großen Straße. Das ist Ventura für das Issler-Weib und Lankershim für die Confrey. Tragt Handschuhe, aber setzt eure Skimasken erst unmittelbar, bevor ihr eintretet auf. Tragt Aktentaschen und zieht euch ordentlich an, so daß ihr in die Umgebung paßt. Wir treffen uns bei mir, Zimmer 112 im Bowl-Motel auf Highland, oberhalb des Boulevards, eine Stunde nachdem ich euch in den Buden der Geliebten anrufe. Fesselt die Miezen und klebt ihnen den Mund zu, aber seht zu, daß sie atmen können. Fragen?«

Bobby Garcia sagte: »Yeah. Du sagtest, du hättest dir beide Dinger drei Tage lang angeschaut. Was meinst du damit?«

»Wir haben hier zwei heimliche Romanzen«, sagte Rice. »Hawley von der BoA mit seinem Hürchen Issler, Eggers von der *Security Pacific* mit seinem Zuckerpüppchen Confrey. Beide Männer öffnen ihre Banken vor der Zeit und klauen aus den Schaltern, vermutlich kleine Summen. Okay, drei Tage hintereinander habe ich jetzt gesehen, wie sie die Kassen vor der Öffnung angezapft haben. Ich habe auf der anderen Straßenseite geparkt und mit einem Feldstecher das Kommen der Wächter und Schalterbeamten beobachtet. In beiden Banken wird das Geld über Nacht in den Schalterablagen gelassen!«

Joe Garcia hob die Hand. »Warum sind diese Banken so lax mit ihren Sicherheitsvorkehrungen?«

»Gute Frage«, sagte Rice. »Ich habe auch schon daran gedacht und noch etwas nachgeforscht. Erstens, Hawley ist eine Lusche, zu schlapp, einen Laden mit straffen Zügeln zu führen. Er hat nur so Feste-feiern-wie-sie-fallen-Typen da arbeiten; etwa so jeder raucht Dope in der Mittagspause, junge Spießer ohne Ehrgeiz, so daß sie sich schon bedröhnen müssen, um den Tag durchzustehen. Außerdem ist die *Security Pacific* nur einen halben Block von einem L.A.P.D.-Unternehmen entfernt – vielleicht denkt Eggers, er ist sicher vor Überfällen. Wer weiß? Und wen schert's?«

Bobby hob die Hände, brachte sie dann zusammen und ließ langsam die Knöchel an jedem Finger knacken. Als er zum Ende kam, sagte er: »Genug mit der Scheiße, laßt uns den Kuchen verteilen. Es ist ein verfluchter Super-duper-Plan, aber wieviel springt für uns dabei raus?«

Rice sagte: »Ich schätze mindestens dreißig Riesen pro Bank, sechzig zu vierzig geteilt – sechzig für mich, vierzig, die ihr euch teilt.«

Bobby schnaubte. Joe sagte: »Erscheint mir fair, du hast schließlich die ganze A – «

»Halt's Maul, *Pindejo!*« brüllte Bobby. Dann sagte er mit gesenkter Stimme zu Rice: »Ich mag dich, Duane, aber du versuchst mir dahin zu scheißen, wo es am meisten schmerzt. 50 zu 50, sonst kannst du gehen und dich stehend ins Knie ficken.«

Rice tat so, als wäre er verlegen; seine Anteilsstrategie hatte perfekt funktioniert. »Gemacht«, sagte er und streckte die rechte Hand aus, damit die Brüder danach greifen konnten. Er zuckte zusammen, als Bobby mit beiden schwieligen Handflächen einschlug und grinste, als Joes Trittbrett-Hände folgten. »Übermorgen für Hawley und Issler. Ich treffe euch morgen abend um neun hier zu letzten Anweisungen. Wenn ihr mich wegen irgendwas braucht, ruft mich unter Louies illegaler Nummer an.«

Die drei Männer erhoben sich und schüttelten einander die Hände. Rice wandte sich, um zu gehen, und Bobby klopfte ihm auf die Schulter. »Vergißt du nicht etwas, Duane?«

Rice lächelte und vollführte eine beidhändige Pirouette, wobei er eine 45er aus seinem hinteren Hosenbund und eine weitere aus seinem Schulterhalfter zog. Er warf sie an den mit Schalldämpfern versehenen Läufen in die Luft und fing sie an den Griffen. »Paßt auf euch auf«, sagte er, als er die Waffen Bobby reichte.

Bobby »Boogaloo« Garcia grinste und leerte beide 45er in die Rückwand des Wohnzimmers. Er blies Roberto Duran in Fetzen und die Wand in einen Trümmerhaufen aus verrottetem Holz, Staub und Gipssplittern. Joe blinzelte durch den Pulverdampf und sah, daß die Schüsse die Verbindungstür zu seinem Schlafzimmer zerrissen hatten. Er schrie: »Du perverser Mutterschänder, du hast meine Platten kaputt gemacht!« und rannte nach hinten, um den Schaden zu begutachten. Bobby verneigte sich vor Rice und sagte: »Hab Roberto ohnehin nicht mehr gemocht, seit Hearns ihn fertiggemacht hat. Schalldämpfer funktionieren prima.«

7

Deputy Chief Thad Braverton knallte den Hörer auf und murmelte: »Scheiße«, dann läutete er seiner Sekretärin. Als sie in der Tür erschien, sagte er: »Läuten sie Captain McManus in der Abteilung Kapitalverbrechen an und lassen Sie ihn sofort hierherkommen, dann rufen sie Captain Gaffaney von *Internal Affairs* an und lassen ihn in fünfzehn Minuten herkommen, aber nicht früher.«

Die Frau nickte und machte eine Kehrtwendung zurück in ihr

Vestibül. Braverton warf verzweifelte Blicke gen Himmel und sagte: »Crazy Lloyd. Gottverfluchtnochmal.«

Nur Augenblicke später pochte McManus an den Türpfosten. Braverton nahm seinen Blick von der Decke und sagte: »Setzen Sie sich, John. Schließen Sie die Tür hinter sich. Fred Gaffaney wird sich in Bälde zu uns gesellen, und ich möchte nicht, daß er irgend etwas hiervon mitbekommt.«

McManus nickte und drückte die Tür zu. Dann nahm er Platz und wartete darauf, daß der höherrangige Beamte zuerst das Wort ergriff. Beinahe eine volle Minute verstrich, bevor Braverton sagte: »Hopkins wird nicht auf den Vorschlag mit der Pensionierung eingehen.«

McManus zuckte mit den Achseln. »Ich habe nicht erwartet, daß er das tut, Sir. Außerdem habe ich nicht gewußt, daß Sie mit ihm gesprochen hatten.«

»Habe ich auch nicht«, sagte Braverton. »Jemand hat es nach Frisco zu ihm durchsickern lasen. Hopkins machte sich daran, einen Anwalt zu suchen, der ihn vor seinem Disziplinarausschuß vertritt, und tappte in das Büro der renommiertesten linken Praxis der Stadt. Zu guter Letzt hat er den Oberrechtsverdreher rumgeschubst und ein Bücherregal k. o. geschlagen.«

McManus atmete langsam aus. »Gottverfluchtnochmal.«

»Das war auch meine erste Reaktion.«

»Hat jemand Anzeige erstattet?«

Braverton schüttelte den Kopf. »S. F. P. D. hat es dem Rechtsverdreher ausgeredet, wohl irgendwie Druck ausgeübt. Ich habe gerade mit dem Revierleiter gesprochen, an den die Beschwerde geriet. Er sagte, daß Hopkins stehende Ovationen der versammelten Detective-Abteilung bekam, als die Klage eintraf.«

McManus fühlte kalte Schauer seine Wirbelsäule hochtanzen. »Typisch. Haben Sie schon entschieden, was Sie tun werden?«

»Nein.«

»Würden Sie gerne hören, was ich davon halte?«

»Natürlich. Sie sind sein unmittelbarer Vorgesetzter und, für einen Polizisten wenigstens, ein untypischer Denker.«

McManus wußte nicht, ob die letzte Bemerkung des Chiefs ein Kompliment oder ein Seitenhieb war; Bravertons Stimme war nichts anzumerken. Bemüht, die eigene Stimmlage zu halten, sagte er: »Sir, ich bin Hopkins Supervisor gewesen, seit Gaffaney Captain wurde und ins I. A. D. ging, und ich bin mit ihm genauso umgegangen wie Fred und seine vorherigen Bosse. Ihn die eigenen Fälle aussuchen lassen, ihn Untersuchungen leiten lassen, die eigentlich an Field-Lieutenants gehen sollten, ihn ohne Partner arbeiten lassen. Die Resultate, die er beigebracht hat, waren herausragend; seine Methoden, sie zu erzielen, entweder dubios oder schlicht illegal. Ein Beispiel: Er hat Havilland-Goff brillant gelöst, aber im Verlauf des Verfahrens hat er sich in einem überfüllten Nachtclub auf eine Schießerei mit Goff eingelassen und ihn dann auch noch entwischen lassen. Dann hat er mindestens zwei Brüche gedreht, um Beweismittel zu erhalten. Sie wissen, was ich über Verstöße gegen ordentliche Verfahren denke, Sir. Hopkins ist im Wesentlichen in Krimineller. Was ihn von einem Nullachtfünfzehn-Straßenganoven unterscheidet, ist ein I. Q. von 170 und ein Abzeichen. Und er beginnt nachzulassen. Daß er Oldfields Anklageerhebung vermasselt hat, ist nur der Anfang. Er setzt allmählich Rost an. Lassen Sie ihn von der Leine.«

Braverton schwieg eine ganze Weile. McManus rutschte auf seinem Stuhl herum und sagte dann: »Sir, warum haben Sie Gaffaney hinzu gerufen? Er war Hopkins' vorheriger Sup – «

Braverton schnitt ihm das Wort ab. »Ich werde es ihnen erzählen, wenn er wieder gegangen ist. Was Sie sagten, klingt vollauf vernünftig, John. Sie sind wahrscheinlich der einzige liberale irische Cop auf dem Planeten. Ich d – «

Das Geräusch eines Summers unterbrach ihn. Braverton sagte: »Da ist er ja«, dann drückte er einen Knopf auf seiner Telefonkonsole. Es klopfte an den Türpfosten. Braverton rief: »Herein!« und Captain Fred Gaffaney trat ein und nickte beiden Männern forsch zu. »Chief, Captain«, sagte er.

Braverton deutete auf einen Stuhl. McManus erhob sich und schüttelte die Hand des Adjutanten des I. A. D. Er hatte das Gefühl, einen Zeitsprung nach hinten gemacht zu haben – Gaffaneys Bürstenschnitt und blauer Billiganzug erinnerten ihn immer an seine Anfangszeit, als Departmentsvorschriften solch eine Aufmachung verlangten. Gaffaneys knochenzermalmender Händedruck war ein weiterer Anachronismus, und als McManus sich setzte, fragte er sich, was für ein Spiel Braverton da trieb. Gaffaney ließ sich auf seinem Stuhl nieder und befingerte seinen Reversanstecker mit Kreuz und Flagge. Braverton sah ihn geradeheraus an und sagte: »Lloyd Hopkins wird demnächst vor einen Disziplinarausschuß gestellt werden. Pflichtversäumnis, eventuell auch eine strafrechtliche Verfolgung wegen Meineides, wenn er nicht auf die vorzeitige Pensionierung eingeht, die ihm das Department anbieten wird. Wir suchen noch mehr schmutzige Wäsche. Was haben Sie gegen ihn auf Lager?«

»I. A. hat eine umfangreiche Akte über Lloyd Hopkins«, sagte

Captain Fred Gaffaney. »Anmerkungen, die seine zahlreichen Insubordinationen, illegalen Durchsuchungen und Festnahmen betreffen. Was benutzen Sie als Munition vor dem Diziplinarausschuß?«

Braverton lächelte. »Die gerichtliche Niederschrift seines Meineides, ein psychiatrisches Gutachten, das erklärt im wesentlichen, daß er fertig ist. Wenn es die Situation erfordert, werden wir vielleicht von seiner I. A. D.-Akte Gebrauch machen, Ihre persönliche Aussage würde helfen.«

Gaffaneys linke Hand zuckte hoch zu der Anstecknadel an seinem Revers; McManus sah, wie sich die Augen des Hexenjägers verengten, als er sagte: »Sie meinen, die Informationen in der Akte betreffend?«

»Genau.«

»Selbstverständlich werde ich aussagen, Chief.«

Braverton seufzte. »Danke, Fred, ich wußte, daß ich auf Sie zählen kann.«

Gaffaney erhob sich und sagte: »Wenn das alles wäre, ich habe in zehn Minuten einen Gesprächstermin.« Braverton entließ ihn mit einem Nicken, und McManus beobachtete, wie der Anachronismus das Büro verließ und dabei absolut seltsam aussah.

Der stille und unbewegte Blick des Chiefs verstärkte das Gefühl von Seltsamkeit. Da er wußte, daß er auf die Probe gestellt werden sollte, verzichtete McManus auf sein gewohntes »Sir« und sagte: »Was war das jetzt nun wieder?«

Braverton antwortete mit einer einladenden Geste, die das ganze Büro einschloß. »Es ist gut möglich, daß Sie eines Tages auf diesem Stuhl hier sitzen. Wenn Sie es schaffen, werden Sie mehr mit ehrgeizigen hohen Tieren wie Gaffaney zu tun haben als mit Straßenschnüfflern wie Crazy Lloyd.«

McManus lief ein Kribbeln durch den ganzen Körper; die Probe lief auf ein verstecktes Angebot der Patronage heraus. »Und, Sir?«

»Und auch ich habe eine nominelle Achtung vor ordentlichen Verfahren. Gaffaney steht auf der Beförderungsliste. Er wird schon sehr bald den Rang eines Commanders einnehmen, und er wird wahrscheinlich die Leitung des I. A. D. übernehmen, wenn Stillwell in den Ruhestand tritt. Soweit es das betrifft, verdient er den Job; er ist ein guter Exekutivbeamter.«

»Aber er ist ein geistesgestörter wiedergeborener Christ, so extrem rechts, daß er sogar mir Angst einjagt. Er hat für einige sehr gut plazierte jüngere Beamte den Erlöser gespielt – Field-Sergeant bei der Metro, I. A. D.-Detectives, uniformierter Beamte in einem halben

Dutzend Abteilungen. Sergeants und Lieutnants, alle wiedergeboren und alle ehrgeizig. Er hat ihnen seine Patronage angeboten und versprochen, sie im selben Maße zu befördern, wie er die Leiter nach oben erklimmt.«

McManus pfiff und sagte: »Was ist sein endgültiges Ziel?«

Braverton wiederholte seine einladende Geste. »Polizeichef, dann Politik? Wer weiß? Der Mann ist 49 Jahre alt, 23 Jahre im Dienst und völlig bedrömelt von seiner Religion. Meine Frau legte eine männliche Menopause nahe. Was denken S – «

McManus hob eine Hand zur Unterbrechung. »Sir, wo haben Sie diese Informationen her?«

»Dazu wollte ich gerade kommen. Gaffaney hat einen Sohn im Department, Steve Gaffaney, ein junger Streifenpolizist, der bei der West L. A. Patrol Dienst leistet. Der Junge klaut schon seit Monaten Büroutensilien, Munition und ähnliche Dinge aus dem Revier. Schließlich wurde es dem Boß der Tagesschicht zu viel, und er schaltete die Intelligence Division ein, denn wenn er eine Untersuchung durch das I. A. D. einleitete, bekam ja Gaffaney davon Wind. Die Leute von der Intelligence Division haben den Jungen mal näher unter die Lupe genommen und entdeckt, daß er von der High School geflogen war, weil er aus Spinden geklaut hatte, und daß Captain Fred den Rektor der Schule bestochen hatte, damit der alle Eintragungen im Zeugnis des Jungen ausradierte, die disziplinarische Probleme betrafen, und seine Noten aufbesserte. Mit seinen wirklichen Studienunterlagen wäre Junior nämlich nicht zur Akademie zugelassen worden.«

McManus flüsterte: »Und, Sir?«

»Und Intelligence hat Jesus-Freak Fred noch ein bißchen weiter auf den Zahn gefühlt und so Wind von seiner Kreuz-und-Flaggen-Clique bekommen, die natürlich völlig koscher im Rahmen der Vorschriften des Departments ist.«

»Worauf läuft das hinaus?«

»Zunächst werde ich mal den Daumen drauf halten. Wenn der Junge Granatenscheiße baut oder Captain Fred aufmüpfig wird, ziehe ich die Schlinge zu.«

McManus lächelte, als sich die Machenschaften des Chief der Detectives zu ausgemachter Schacherei entwickelten. »Sir, Sie haben mir immer noch nicht gesagt, wo Hopkins da reinpaßt, und Sie wollen doch etwas.«

Braverton erwiderte das Lächeln und sagte: »Die Schnüffler von Intelligence sagten, Jesus-Fred hat eine ganze Jauchegrube voll mit

Akten persönlicher schmutziger Wäsche von Beamten, die er haßt und bei denen er sich lieb Kind machen will. Er haßt Hopkins bis aufs Blut, und ich weiß definitiv, daß er gut informiert ist über eine Menge der schmutzigen, schmierigen Dinger, die Lloyd im Laufe der Jahre so gedreht hat. Sinn dieses Affentheaters war, die Existenz dieser Akten zu bestätigen. Seine Reaktion hat bewiesen, daß sie existieren.«

»Und Sir?«

»Und, John, was ist *Ihre* Reaktion auf all das?«

»Lassen Sie Hopkins von der Leine, bringen Sie Jesus-Fred durch Erpressung dazu, den Dienst zu quittieren, indem Sie ihm mit der Bloßstellung seines Jungen drohen. Feuern Sie den Jungen und bauen Sie eine schöne große Betonmauer um die ganze verbimste Sauerei herum.«

Braverton spendete seinem neuen Protégé Beifall. »Bravo, mal abgesehen von Ihrer entsetzlichen Liebe zum ordentlichen Verfahren und Ihrem genauso entsetzlichen Mangel an Paranoia. Zuerst müssen wir Gaffaneys Akten unschädlich machen, was vielleicht ein Weilchen dauert.«

»Und dann?«

»Eins nach dem anderen. Heute ist der sechste Dezember. Am ersten Januar werden Sie die Abteilung Kapitalverbrechen verlassen und die Gewaltverbrecheneinsatzgruppe in South Central L. A. übernehmen. Ich will da unten einen toleranten Mann, jemanden, der vernünftig mit Schwarzen umgehen kann.«

McManus' Kehle wurde trocken; seine erste Reaktion bestand darin, überschwengliche Danksagungen darzubringen. Dann gewann der Respekt vor dem Tauschhandel die Oberhand.

»Was wird es mich kosten?«

Bravertons Augen wurden trübe. »Ich will Hopkins behutsam rausbekommen«, sagte er. »Möglichst ohne einen Disziplinarausschuß. Ich will, daß Sie ihn aus San Francisco zurückrufen und ihn mit irgendeiner Aufgabe betreuen, die nichts mit Mord zu tun hat und die seine Intelligenz nicht beleidigt. Ich möchte, daß er in der Nähe des Parker Centers bleibt, wo ich mit ihm sprechen kann. Wir müssen uns von ihm trennen, aber ich will, daß es sacht geschieht.«

Der Preis seiner Beförderung ins Rampenlicht ließ McManus zusammenzucken. »Sie hätten es befehlen können.«

»Nicht mein Stil«, sagte Braverton. »Liberale sollten geschickt im Handel treiben sein, wenn man in Betracht zieht, wie Sie vom Start an gehandicapt sind.« Die Epiphanie funkte im Kopf von McManus und ließ ihn die Vorsicht vergessen. »Sie lieben ihn.«

»Ja. Und ich schulde ihm was, und Sie schulden ihm was. Er hat den »Schlächter« und Havilland und Goff innerhalb von 15 Monaten gefaßt. Kennen Sie die Geschichte des »Schlächters«?

»Nein.«

»Dann erzähle ich's Ihnen besser auch nicht. Werden Sie das für mich tun?«

McManus fühlte, wie alte Vorstellungen von Pflicht in seiner Magengrube zerbröckelten. »Ja.«

»Gut. Haben Sie eine angemessene Aufgabe für ihn?«

»Nicht sofort. Aber irgend etwas ergibt sich sicher bald. Tut's ja immer.«

8

Duane Rice stand in einer Telefonzelle, die an einen Seven-Eleven-Markt in Encino anschloß. Er trug einen dreiteiligen Anzug, den er für zehn Dollar in einem Thirftshop in Hollywood gekauft hatte, eine Lockenperücke und zueinander passende Kinn- und Schnurrbärte, die er bei Western Costume erstanden hatte. In seinem Schulterhalfter steckte eine 45er mit Schalldämpfer; in seinem hinteren Hosenbund eine Betäubungspfeilpistole, geladen mit PCP-Pfeilen. Seine Hände steckten in chirurgischen Gummihandschuhen. Er war bereit.

Exakt um sieben Uhr fünfundvierzig klingelte das Telefon. Rice nahm den Hörer ab und sagte: »Ja?«

Die hämische Stimme gehörte unmißverständlich Bobby Garcia: »Haben sie. Haben die Seitentür aufgebrochen. Niemand hat uns gesehen, niemand wird uns sehen. Sie scheißt sich vor Angst in die Hosen, aber der Junge macht auf Mister Nett und redet ihr gut zu. Laß ihren Zuckerjungen anrufen.«

Rice sagte: »Okay«, hängte dann auf und wählte die Privatnummer von Robert Hawley. Das Telefon klingelte zweimal, dann gähnte eine weibliche Stimme: »Hallo?«

»Robert Hawley, bitte«, sagte Rice forsch.

Die Frau sagte: »Einen Moment«, dann rief sie: »Bob! Telefon!« Man hörte, wie von einem Nebenapparat der Hörer abgenommen wurde, gefolgt von einer männlichen Stimme, die rief: »Ich bin dran, Doris. Leg dich wieder schlafen.« Als er hörte, wie der Hauptapparat aufgelegt wurde, sagte Rice: »Mister Hawley?«

»Ja. Wer spricht da?«

»Ein Freund von Sally Issler.«

»Was zum Ku – «

»Hören Sie mir gut zu und seien Sie sehr, sehr ruhig und behutsam, und wir werden sie nicht töten. Hören Sie mir gut zu?«

»Ja, oh Gott... was wo – «

Rice unterbrach ihn: »Na, was denkst du wohl, was wir wollen, Mutterschänder! Dasselbe, was du von deinem eigenen gottverfluchten Arbeitgeber klaust!« als er hörte, wie Hawley anfing zu flennen, senkte er seine Stimme. »Willst du jetzt artig sein, oder willst du, daß Sallyleinchen ins Gras beißt?«

»A – artig sein«, keuchte Hawley.

»Gut, dann höre, wie der Hase läuft: Erstens, ich habe Fotographien von dir, wie du gerade aus den Schaltern der BoA stibitzt, mit der Uhr im Hintergrund, die klar macht, daß du an deinem Arbeitsplatz bist, wenn du es nicht sein solltest, und einige gepfefferte Infrarotschnappschüsse, auf denen du Sally bumst. Wenn du nicht tust, was ich will, hacken meine Kumpels Sally in kleine Stückchen, und die Bilder gehen an deine Frau, das L. A. P. D., die Bank und das *Hustler*-Magazin. Hast du mich verstanden, Stinkschwanz?«

Das Keuchen war nun ein Wimmern. »Ja. Ja. Ja.«

»Gut. Jetzt möchte ich, daß du Sally anrufst und dir von ihr meine Kollegen vorstellen läßt. Ich rufe dich in genau drei Minuten zurück. Dein Telefon ist angezapft. Wenn du also die Bullen alarmierst, kriegt's ein weiterer Kollege von mir mit und ruft Sallys Zimmergenossen an und sagt ihnen, daß sie ein bißchen loshacken sollen. Verstehst du?«

»J-ja.«

Rice sagte: »Drei Minuten oder ricke, racke«, dann hängte er ein. Er sah auf den kleinen Zeiger seiner Timex, erfreut, daß ihm sein spontaner Idiotenbluff mit den Fotografien und dem anzapften Telefon so leicht gefallen war. Als der Zeiger dreimal vorgerückt war, wählte er erneut Hawleys Nummer.

»Ja?« Ein *unterwürfiges* Wimmern.

»Bist du bereit?«

»Ja.«

»Gut. Ich will, daß du in dein Auto steigst und den gewohnten Weg zur Bank fährst. Ich habe dich seit Tagen beschattet, kenne also den Weg. Parke auf der Westseite von Woodman einen halben Block nördlich von Ventura. Dort wirst du mich treffen. Du wirst beschattet, also mach keinen Scheiß. Ich treffe dich dort in zwölf Minuten.«

Hawleys Antwort war ein kaum hörbares Ächzen. Rice hängte ein und ging sehr langsam zu seinem Pontiac. Er zwang sich, bis fünfzig zu zählen, bevor er die Zündung anspringen ließ, und lenkte den Wagen behutsam in den Verkehr. Als er noch sechs Blocks von Hawleys Haus entfernt war, begann er von neuem zu zählen. Er dachte sich, daß der Filialleiter in entgegengesetzter Richtung an ihm vorbeifahren würde, bevor er bei fünfundzwanzig angekommen wäre. Er behielt Recht; bei zweiundzwanzig nahte Hawleys hellbrauner Cadillac mit stark überhöhter Geschwindigkeit und machte plötzlich einen Schlenker so nahe zum Mittelstreifen hin, daß Rice nach rechts zog, um einen Zusammenstoß zu vermeiden. Nirgends waren Polizeiwagen zu sehen. Nichts Verdächtiges. Nur das Geschäftsleben nahm seinen Lauf.

Rice fuhr durch Seitenstraßen, die parallel zum Ventura verliefen, den Tacho auf siebzig, um nicht hängen zu bleiben, wenn er auf Hawleys Ankunft wartete. Bei Woodman bog er rechts ab und parkte sofort, gute 120 Meter von der Stelle, an der ihn der Bankangestellte treffen sollte. Just als er die Bremse anzog und einen Aktenkoffer vom Rücksitz auffischte, kam Hawleys Caddy mühevoll um die Kurve des Ventura und bremste ab. Rice überprüfte kurz seinen falschen Schnurrbart im Rückspiegel. Mister Braver Bürger auf einem Spaziergang.

Der Bankangestellte führte sich auf wie Mister Braver Bürger auf einem Trip nach Panik City. Rice ging auf den Bankparkplatz zu und beobachtete dabei, wie Hawley beim Vorwärtseinparken diverse Stoßstangen anschrammte. Zweimal stieß er gegen den Randstein, bevor er den Wagen in einen geräumigen Platz zwängte. Als er schließlich ausstieg und neben dem Wagen stand, zitterte er von Kopf bis Fuß.

Mit beiläufig schwingender Aktentasche kam Rice heran. Hawley beäugte fieberhaft die Straße. Einen Wimpernschlag lang trafen sich ihre Augen, dann drehte sich Hawley um und überprüfte seine ungedeckte Seite. Rice grinste über sein Tarnimage und trat an den Filialleiter heran und klopfte ihm auf die Schulter. »Bob, wie nett, dich zu sehen!«

Hawley vollzog eine ruckartige Drehung. »Bitte nicht jetzt. Ich habe eine Verabredung.«

Rice klatschte Hawley auf den Rücken und drehte ihn in Richtung der Bank. Er hielt einen Arm um seine Schultern gelegt, als er zischte: »Du hast eine Verabredung mit mir, Stinkeschwanz. Wir gehen direkt zu den Schaltern, dann direkt zurück zu deinem Wagen.«

Er grub seine Finger in das Schlüsselbein des Bankangestellten und drückte im Einklang mit Soundeffekten zu: »Ricke, racke, ricke, racke«. Hawley zuckte mit jeder Silbe zusammen und ließ sich auf die Bank zutreiben.

An der Eingangstür steckte Hawley Schlüssel in die drei Schlösser, während Rice danebenstand, ein Auge immer in Richtung Ventura Boulevard gerichtet. Keine Streifenwagen, keine unmarkierten Schlitten, nichts, was nur entfernt nicht stimmte. Die Türen sprangen auf, und sie traten ein. Der Bankangestellte verschloß einen Zentralmechanismus, der an der Türschiene befestigt war, und sah auf zu dem Bankräuber. »Sch-schnell, bitte.«

Rice deutete zum Schalterbereich, trat dann zurück und ließ Hawley vorangehen. Als der Filialleiter ihm den Rücken zuwandte, öffnete er seine Aktentasche und nahm eine Flasche Bourbon heraus und steckte sie in die vordere rechte Hosentasche. Hawley stieg über eine niedrige Holzschranke und machte sich daran, Schubladen aufzuschließen und aufzuziehen. Rice blickte kurz darauf und sah Reihen von Papiergeld, schaute dann näher hin und merkte, daß es ein anderer Grünton war – schicke Reiseschecks, aufgemacht mit einem Wildwestmotiv. »Das Geld«, zischte er, »wo ist das verfluchte *Geld?*«

Hawley stammelte, »I-im T-tresor. D-der hat e-ein Zeitschloß. Sie sagten am Telefon, Sie wollten – «

Rice ignorierte ihn und öffnete den Rest der Schubladen selbst. Er fand überall nur fette Stapel von BoA »Greenbacks« mit Nennbeträgen von zwanzig, fünfzig und hundert Dollar. Als er vor seinem geistigen Auge noch einmal ablaufen ließ, wie er die Sache ausgekundschaftet hatte, ging ihm ein Licht auf. Hawley klemmte die Reisechecks. Die Schreibarbeit, bei der er ihn beobachtet hatte, war irgendeine Art Vertuschung. Der Bankmensch nahm vor seinen Augen rote Konturen an, und er sagte: »In diesen Schubladen ist kein Bargeld?«

»N-nn-nein.«

»Du hast die ganze Zeit Reisechecks geklaut?«

Hawley warf einen panischen Blick zum Fenster und sagte: »Nur eine Zeitlang. Ich habe hohe Spielschulden, und ich versuche nur, wieder auf Null zu kommen. Bitte töten Sie mich nicht!«

Rice hielt die Aktentasche auf. Er dachte an Chula Medina und maximal zwanzig Cents für den Dollar. Als Hawley die Reihen von »Greenbacks« in die Tasche zu stopfen begann, sagte er: »Rede, Stinkeschwanz. Sag mir schön brav, wie dein Schwindel läuft, und vielleicht lasse ich dich noch mal davonkommen.«

Hawley füllte ungeschickt die Aktentasche mit den Bündeln, die Augen abgewendet von Rice, mit beinahe brechender Stimme, als er sprach. »Die Greenbacks werden wöchentlich abgerechnet. Ich habe Duplikate der Sparbücher zweier alter Kundinnen – sie sind senil –, und ich transferiere Bargeld von ihren Konten an die Bank und entnehme es in Reisechecks. Ich kann es nicht mehr viel länger machen, es ist unrecht, und das Jonglieren mit den Papieren muß früher oder später auf mich zurückfallen.« Er öffnete die letzte Schublade, nahm ihren Inhalt heraus und steckte ihn in die Aktentasche. Dann hob er flehentlich die Hände und flüsterte: »Bitte, schnell.«

Rice nahm den »Schwindel« des Bankangestellten in sich auf, und während er es verarbeitete, fühlte er, daß es die Wahrheit war. Und er wußte auch, daß die Stibitzerei, die Eggers veranstaltete, vermutlich auch etwas in dieser Art war – es war idiotisch von ihm gewesen, anzunehmen, daß Bankprofis Bargeld über Nacht draußen ließen. Als er Banderolen an den Schecks bemerkte, ließ er ein Psychokillergrinsen aufblitzen und hielt seine Jacke auf, um seinen 45er vorzuführen. »Ich kenne mich mit Tintenbomben aus, Stinkschwank. Wenn du mir die Tinte andrehst, komme ich zurück, und dann heißt's ricke, racke für deine ganze Familie.«

Hawley schüttelte den Kopf und rang die Hände. »Wir tun die Tinte nur auf Bargeld, nur an Zahltagen. *Bitte.*«

Wie ein Hund blickte er nach oben, nach Instruktionen. Rice schloß seine Aktentasche und sagte: »Zurück zu deinem Wagen. Bleib ruhig. Denke an dein Golfspiel, und alles geht klar.«

Hawley bewegte sich mit schwachen Schritten auf die Vordertür zu; Rice folgte unmittelbar dahinter. Als sie auf die Straße traten, und der Filialleiter die Tür hinter ihnen schloß, warf Rice seinen linken Arm um seine Schulter und nahm die Betäubungspistole aus dem Hosenbund und steckte sie in seine rechte Jackentasche. Sie näherten sich dem Cadillac von der Straße her. Rice deutete auf die Fahrertür, und Hawley setzte sich hinter das Steuer. Entsetzen trat auf sein Gesicht, als er Rice in dic Jackentasche fassen sah, und er preßte die Augen zu und begann das Vaterunser vor sich hin zu murmeln.

Rice schoß zweimal aus kürzester Distanz auf ihn: einmal in den Hals, einmal in die Brust, direkt unter der linken Kragenspitze. Hawley bäumte sich in seinem Sitz nach hinten auf, dann prallte er nach vorn auf das Lenkrad. Rice sah ihn seitlich in sich zusammensinken, mit flatternden Augen und weichwerdenden Gliedern. Binnen Sekunden schlief er den Schlaf eines Junkies, mit offenem Mund. Rice beugte sich in den Wagen und goß die Flasche Whiskey über seine Brust und seine Hosenbeine. »Bon voyage«, sagte er.

Nachdem er zu einem Münztelefon gefahren war und Bobby Garcia freie Bahn gegeben und Pläne für die Flucht aufgestellt hatte, entfernte Rice seine Gesichtsmaskierung und nahm den 405-Freeway nach

Redondo Beach, die Aktentasche voller Reisechecks auf dem Sitz neben sich. Während er fuhr, ließ er noch einmal vor seinem geistigen Auge passieren, wie er Eggers nachgespürt hatte. Er erinnerte sich daran, daß er nur gesehen hatte, wie er die Schalterfächer durchwühlte – er hatte ihn nie mit Geld in der Hand gesehen. Dieser Raubzug mußte unbedingt Bares abwerfen, und das bedeutete, die Garcias durften nichts über die Scheiße mit den Greenbacks erfahren. Als er den Freeway verließ und auf Sepulveda bog, klopfte er im Takt auf das Armaturenbrett. Die Melodie war von einem Stück von Vandy and the Vandals, die Worte, die er vor sich hin murmelte, waren »Sei zu Hause, und bei Kasse, Chula.«

Chula Medina war daheim.

Nachdem er die Tür hinter sich verriegelt hatte, öffnete Rice kurz und schmerzlos die Aktentasche und schüttete den Inhalt auf den Boden. Dann sagte er: »Fünfundzwanzig für den Dollar, bar. Und schnell.«

Chula Medina antwortete mit einem Lächeln, dann setzte er sich mit überkreuzten Beinen neben den Haufen von Bankchecks. Rice sah, wie er sich beim Zählen die Lippen leckte. Als er fertig war, sagte er: »Nett, aber fortlaufende Seriennummern und eine etwas unübliche Marke. Die Dinger müssen auf Eis gelegt werden, dann in den Osten geschickt werden. Das sind vierundsechzig Riesen hier. Mein erstes, letztes, endgültiges und einziges Angebot lautet einen Dime für den Dollar; hier, jetzt, bar, du gehst hier raus, und wir haben uns nie gesehen. Gemacht?«

Rice fummelte an seiner »Death Before Dishonor«-Tätowierung herum und wußte, daß ihm nichts anderes blieb, als sich so ablinken zu lassen. »Gemacht. Steck das Geld in die Aktentasche.«

Chula stand auf, machte eine höfliche, südländische Verbeugung und ging in sein Schlafzimmer. Als er zurückkehrte, stand Rice mit aufgehaltener Aktentasche da. Chula ließ eine große Handvoll echter U. S. Devisen hineinfallen, verbeugte sich erneut und deutete auf die Tür. »Vaya con Dios, Duane.«

Rice nahm den 405 zum Ventura und von dort auf Hollywood und fragte sich währenddessen, wie die Garcias wohl auf die niedrigen Zahlen reagierten. Und ob Eggers wohl so eingeschüchtert werden konnte, daß er sie in den Tresorraum und zum Ziel ihrer Wünsche brachte. Bei Cahuenga fuhr er vom Freeway ab, und in wenigen Minuten war er bei seinem neuen »Heim«, dem Bowl-Motel, siebzig Eier die Woche für einen Raum mit Waschbecken, WC, Dusche, und einer Kochplatte. Zu teuer für Rauschgoldengel, zu weit oberhalb des

Boulevards für Nutten, zu wenig Nigger, um das Interesse der hiesigen Schmiere zu wecken. Eine gute Interimsbude für einen aufstrebenden jungen Verbrecher. Er parkte an seinem Platz, griff sich die Aktentasche und ging auf sein Zimmer. Er mußte sich dazu seinen Weg an Gruppen bierschlürfender Pensionäre vorbeibahnen. Drinnen warf er die Aktentasche aufs Bett, und während er sich neben sie hinfallen ließ, zog er mit einem Griff die Aufnahme von Vandy vom Nachttisch. »Coming home, babe, coming home.«

Zehn Minuten später klingelte es. Rice steckte das Foto in seine Hemdtasche, ging dann zur Tür und linste durch das Guckloch. Er sah Joe und Bobby Garcia dastehen. Sie wirkten hungrig: Joe unruhig und aufgeregt, so als ob er nicht glauben könne, was er gerade getan hatte, aber sabbernd beim Gedanken an die Auszahlung; Bobby in Gangsterpose mit durchgestrecktem Rücken und den Daumen im Gürtel, sabbernd beim Gedanken an *mehr,* die Konturen des Kolbens seiner 45er klar durch seine Windjacke hindurch sichtbar. Rice öffnete die Tür und bedeutete den Brüdern, hereinzukommen, dann schloß er hinter ihnen ab. Er griff sich die Aktentasche und ließ das Geld auf das Bett fallen und sagte: »Zählt es; es ist etwas weniger, als ich erwartet habe.« Bobby begann zu kichern, während Joe sich schnurstracks auf das Geld stürzte und daran machte, es in Stapel aufzuteilen. Rice sah Bobby in die Augen und sagte: »Erzähl mir, wie's war.«

Bobby ließ sein Kichern langsam abebben; Rice merkte, daß der Ex-Weltergewichtler näher an völligem Irrsinn war, als er gedacht hatte – er konnte nichts ohne Fisimatenten durchziehen.

»Kamen ganz leicht rein, so wie ich es dir erzählt habe«, sagte Bobby. »Wham, blam, thank you, Ma'am. Masken und Handschuhe anbehalten, sie schön festgebunden, den Mund zugeklebt.« Er kicherte wieder los und fing dann an, Sexlaute von sich zu geben, während er seinen rechten Zeigefinger durch ein Loch stieß, das er mit seinem linken Daumen und dem Zeigefinger geformt hatte. Als er auch noch Schlürfgeräusche machte, sagte Rice: »Komm, laß das sein.«

Bobby verkniff sich das Schmatzen und begann die religiösen Amulette, die seinen Hals umschlossen, zu liebkosen.

»Okay, Duane – o. Aber sie war gut wie Gold, das kann ich dir sagen. Lief gut bei dir?«

Rice beobachtete, wie Joe die Beute nach Nennwert stapelte, und realisierte, daß er den Trittbrettfahrer im selben Maße mochte, wie er seinen Bruder haßte. Joe summte beim Zählen, eine Melodie, die wie »Blueberry Hill« klang. Dem Summen zuzuhören, machte es leicht, mit Bobby zu sprechen, ohne kotzen zu wollen. »Ja, das reinste

Zuckerschlecken. Übermorgen für Confrey-Eggers. In der Zwischenzeit habe ich noch einen Zusatzjob für euch.«

Bobby kicherte und sagte: »Schlecken, wie in Muschi lecken?« und Rice sah rot. Er ballte seine Fäuste, als Joe vom Bett aufsprang, die Stirn runzelte und sagte: »6400 auf den Heller. Das ist absolut besch – «

Bobby stieß seinen Bruder beiseite, bewegte sich zum Bett und begann das Geld von Neuem zu zählen. Als er fertig war, spuckte er auf den Geldscheinstapel und drehte sich, um Rice anzusehen. »Etwas weniger, als du erwartet hast, häh? Mickrige fünfundzwanzig Riesen weniger. So daß mein kleiner Bruder und ich gerade zehn bis lebenslänglich riskiert haben für drei lumpige Riesen?« Er hielt inne und flüsterte dann: »Willst du uns über den Tisch ziehen?«

Rice wußte, daß eine volle Breitseite der einzige Ausweg war und sagte: »Ich werde das deiner Enttäuschung und schlechten Laune gutschreiben, aber sag es noch mal, und ich mache dich kalt.«

Joe verhielt völlig regungslos; Bobby krallte beide Hände in die Matratze. Sein Unterkiefer bebte, Speichel sickerte aus seinen Mundwinkeln hervor. Rice sah mehr Furcht als Zorn und warf ihm ein Häppchen Manna für seine Cojones zu: »Hör zu, Mann. Ich bin genauso sauer wie ihr. Und es ist meine Schuld. Ich hätte merken müssen, daß das große Geld im Tresor blieb. Aber wir haben ja noch die näch – «

Bobby schrie: »Du bist doch wohl völlig bescheuert! Diese Knallköpfe von der Bank lassen für uns nur Krümel draußen, und ich riskiere doch nicht noch einmal meinen Arsch für weitere drei Riesen!«

Aha, der Machogegenangriff, dachte Rice bei sich, lächelte und sagte: »Ich werde Eggers dazu bringen, daß er für uns in den Tresorraum geht. Derselbe Geiselplan, für zwanzigmal so viel Geld. Ich werde ihn persönlich abfangen, wenn er die Bank betritt, und ihn dann zwingen, euch anzurufen, um die Bestätigung zu erhalten, daß ihr sein Flittchen festhaltet. Wenn er einwilligt, den Tresor auszuräumen, werde ich ihm sagen, er soll sich ohne Mucks an seinen Tisch setzen, die Hände immer sichtbar. Dann gehe ich über die Straße und lasse ihn nicht aus den Augen. Wenn der Wächter und die Schalterbeamten ankommen und das Bargeld herausgeholt wird, greift sich Eggers dann alles, was er bei sich tragen kann, und geht über die Straße, um mich zu treffen. Er muß sich ausdenken, wie er das gut über die Bühne bringt, sonst wird seine Fluppe kleingehäckselt. Dann gehe ich mit ihm zu seinem Wagen und verpasse ihm einen Betäubungspfeil.«

Bobby grinste wie ein Ghoul im Männlichkeitswahn und sagte: »Nimm mal an, er willigt nicht ein?« Rice ging zu Joe hinüber und legte grob einen Arm um seine Schultern. »Dann mache ich ihn auf der Stelle alle und nehme das Geld. Aber er wird einwilligen. Er trägt immer einen weiten Anzug. Viel Platz, und ich werde ihm sagen, nur Hunderter. Seid ihr dabei, Partner?«

Bobby jauchzte und sprang hin und her und versenkte dabei imaginäre Basketbälle in genauso imaginären Körben. Rice verstärkte seinen Griff um Joes Schultern. Joe wand sich frei und starrte ihn an, und Rice wurde klar, daß er der Schlauere von den zweien war. Joes Augen flehten; Rice flüsterte: »Zwei Tage noch, und es ist vorbei.« Joe sah Bobby an, der seine Reflektion im Wandspiegel im links-rechts-Körpertreffern eindeckte. Rice steckte zwei Finger in den Mund und ließ ein lautes, schrilles Pfeifen ertönen.

Das Geräusch machte dem Affentanz ein Ende. Bobby lehnte sich gegen den Spiegel und sagte in übertriebenem Barrioslang: »Dreitausendzweihundert. Her mit dem Zaster, Genosse.«

Mit einem genauso übertriebenen Scheißefressergrinsen bewegte sich Rice zum Bett und begann im Zeitlupentempo damit, das Geld noch einmal abzuzählen. Zuerst teilte er es in zwei und schob seine Hälfte unter das Kissen, dann teilte er die verbleibende Hälfte in zwei Stapel. Das vollbracht, hielt er Joe das erste Geldbündel hin, Bobby das zweite. Beide Brüder stopften das Geld in sämtliche Hosentaschen, und, was dort keinen Platz mehr fand, in ihre Blousons. Als auch der letzte Heller verstaut war, ließ Rice langsam seine Augen über sie streifen und schüttelte den Kopf. Seine Komplizen sahen aus wie zwei habgierige Kanaken mit Elephantasies; wie eine immens hohe Dosis Ärger.

Bobby ließ seine Knöchel knacken; Joe sah Rice an und platzte heraus: »Was ist mit dieser anderen Sache, Duane? Erzählst du uns das jetzt?«

Rice lehnte sich auf dem Bett zurück und schloß die Augen, um den Ärger zu verdrängen. »Ja. Ich dachte mir, vielleicht kennen Hawley und Eggers einander. Erinnert euch, wir wissen nicht, wer ursprünglich diese Dinger ausbaldowert hat, wie er es erfahren hat, wen er kannte, diese Sachen halt. Ich werde die Zeitungen verfolgen, um zu sehen, ob sie Hawley und Issler erwähnen, und ich möchte, daß ihr Eggers und Confrey lose beschattet, seht, ob Cops oder Feds herumschnüffeln. Wenn das der Fall ist, müssen wir den Raubzug abblasen. Ich rufe euch morgen am späten Abend an. Wenn nichts brenzlig riecht, langen wir Freitag morgen zu.«

Bobby zog an seinen Knöcheln und sagte: »Was für 'ne Art Zusatzjob wirst du abziehen?«

Rice öffnete die Augen, hielt sie aber abgewendet von den Brüdern. »Noch ein bißchen Terror ins Spiel bringen, für den Fall, daß Eggers aufmüpfig wird. Ich werde seine Bude zu Kleinholz machen und ein paar Küchenmesser mitgehen lassen, die ich dann mitbringe, wenn ich ihm die Daumenschrauben anlege. So kann ich ihm sagen, daß ihr sein Flittchen mit einem Messer, auf dem seine Fingerabdrükke sind, in kleine Stückchen hacken werdet. Das und die Tatsache, daß seine Bude verwüstet wurde, sollte ihn friedlich halten.«

Bobby jauchzte und sprang hoch und berührte die Decke; lose Geldscheine begannen aus seinen Hosentaschen herauszupurzeln. Rice sagte: »Wie war deine Bilanz als Boxer?«

»Elf, sechzehn und zero«, sagte Bobby. »Niemals volle Distanz gegangen, niemals k. o. gewonnen oder verloren. Mein bestes Ergebnis waren sieben Runden gegen Harry »Headhunter« Hungerford. Verloren wegen Verletzung. Warum fragst du?«

»Ich frage mich, wie du's nur geschafft hast, so lange zu überleben.«

Bobby kicherte und schob Joe in Richtung der Tür. »Sauberer Lebenswandel, anonyme gute Taten und Vertrauen in Jesus, Duane-o«, sagte er und knetete währenddessen die Schultern seines Bruders. »Und ein guter Wachhund. Mach dir keine Sorgen. Ich werde ein guter Schatten für Eggers und Baby sein.« Er sperrte die Türe auf und wackelte beim Rausgehen mit den Augenbrauen. Rice konnte ihn den ganzen Rückweg zum Parkplatz kichern hören.

Das Geld sicher unter dem Kissen, versuchte Rice zu schlafen. Jedesmal, wenn er dabei war, wegzudämmern, ergriff der Stakkato-Rhythmus einer völlig unsinnigen Nummer der Vandals, »Microwave Slave«, Besitz von ihm, und in seinem Kopf erschien Vandy in dem schäbigen Hauskleid, das sie trug, wenn sie das Stück sang. Schließlich schien es leichter, wach zu bleiben. Als er seine Augen öffnete, sah er, wie die Häßlichkeit des Zimmers mit der Häßlichkeit der Musik verschmolz. Das durchgescheuerte Kabel an der Kochplatte; eine Staubspur unter der Frisierkommode; Fettflecken entlang sämtlicher Wände. Ein zurückbleibendes Echo von Bobby Garcias Schau als Psychokasper brachte das Faß zum überlaufen. Rice packte das Geld und sein Rasierzeug in die Aktentasche und machte sich auf die Suche nach einer neuen Bude.

Er fand ein Holiday Inn an der Ecke Sunset und La Brea und zahlte 480 Dollar für eine Woche im voraus. Keine Fettflecken, kein Staub, keine senilen Schluckspechte, die den Parkplatz verstopften. TV, gute Aussicht, saubere Leintücher und täglicher Zimmerservice.

Nachdem er den Löwenanteil seiner Beute vertaut hatte, fuhr Rice hoch zum Boulevard und gab einen Riesen für Kleidung aus. Bei Pants West kaufte er sechs Paar Cord Levis und eine Auswahl an Unterwäsche; bei Millers Outpost erstand er ein halbes Dutzend sportlicher Hemden. Seine letzte Station war der Londonshop, wo ein Verkäufer mißbilligend auf seine Tätowierungen sah, während er ihm zwei Sportkombinationen anmaß. Er spielte mit dem Gedanken, ein paar Fetzen für Vandy zu kaufen, schminkte es sich aber schließlich ab: Wenn er sie erst vom Koks weggebracht hatte, würde sie gesünder und schwerer sein und ein paar Nummern größer brauchen.

Die einzige Verbindung zum weißen Prolltum, die jetzt noch gekappt werden mußte, war der Wagen. Nachdem er seine Klamotten in seiner Bude abgeladen hatte und in ein neues Hemd und Hosenpaar geschlüpft war, fuhr er zu einem Abschnitt der South Western Avenue, von dem er wußte, daß dort Repo-Plätze waren.

Zwei Stunden und sechs Höfe brachten ihm Null und Nichts – die Wagen sahen scheißig aus, und keiner der Verkäufer wollte ihn einen Blick unter die Motorhaube werfen lassen. Im siebten Hof, einer G. M. Repo-Verkaufsstelle an der Ecke 28th und Western, traf er schließlich ins Schwarze. Ein gelangweilter Verkäufer in einer mit Wagenschlüsseln überfüllten Kabine sagte ihm nur, er solle sich einen Satz diagnostischer Werkzeuge greifen und nach Belieben jeden Schlitten abklopfen. Rice überprüfte Steuerung, Batterien, Getriebe und die gesamten Motoren von fünf Einheimischen, bevor er fand, was er suchte: einen schwarzen 76er Trans-Am mit Vierganggetriebe und vielen Pferdchen – gut unter der Haube und noch besser anzusehen – , ein Wagen, der bei jeder Clique, zu der er und Vandy sich Einlaß verschaffen wollten, Eindruck schinden würde. Der Verkäufer wollte viertausend. Rice hielt 2500 in bar dagegen. Der Verkäufer sagte: »Schieb's rüber«, und Rice tat es. Er wußte, daß der Scherzbold gemerkt hatte, daß er es mit einem ausgeschlafenen Jungen zu tun hatte. Nachdem er die Kaufurkunde unterschrieben und die Quittung eingesteckt hatte, ging Rice auf die Straße und sah einen alten Penner, der im Schatten seines 69er Pontiacs an einer Pulle nuckelte. Er warf ihm die Schlüssel seiner vormaligen Rostlaube zu und sagte: »Fahr los, Daddy, fahr.« Dann schlenderte er zurück zu seinem schnittigen Kraftpaket von Wagen. Als er einstieg und den Motor aufheulen ließ, rauschte der Penner schon mit qualmenden Reifen im Pontiac die Western herunter, die Flasche immer an den Lippen.

Und jetzt Vandy.

Rice fuhr nordwärts zum Sunset Strip und genoß dabei das Gefühl seines Trans Am. Er vermied es, das Tempo allzusehr zu variieren oder andere Rennfahrerfeuerwerke abzubrennen; nach dem Gesetz hatte er nun die Bewährungsauflagen verletzt, und Strafzettel bedeuteten eine Personalienkontrolle und sofortiges Desaster.

Der Strip war nur wenig befahren, auf den Gehsteigen war noch weniger Betrieb – Schulmädchen von der Fairfax High, die sich in ihrer Mittagspause als Nutten ein paar Dollar extra verdienten, Rausschmeißer, die vor den Massagesalons und Outcall Offices fegten. Rice bog von Sunset zur Gardner und parkte. Das lavendelfarbene Vierparteienhaus, das die »Silver Foxes« beherbergte, sah im Tageslicht glatt und nichtssagend aus wie ein x-beliebiges Haus spanischen Stils in Hollywood. Er ging darauf zu und drückte auf den Klingelknopf unterhalb des Emblems in dem sexy Fuchs.

Ein junger Mann in weißen Latzhosen und einem ärmellosen T-Shirt mit dem Aufdruck »Michael Jackson Tour 84« öffnete die Tür und versperrte den Durchgang mit einer Hände-an-der-Hüfte-Pose. Rice musterte seine Muskeln und hielt ihn für einen Bodybuilder, der nicht einmal ein Huhn quetschen konnte; reine Verzierung und ein bißchen Papperlapapp für das Geschäft mit den Schwulen. »Kann ich Ihnen helfen?« fragte er.

Rice sagte: »Ein paar Freunde aus der ›Industrie‹ sagten, das hier wäre *der* Ort für weibliche Begleitung. Ich bin für ungefähr eine Woche in der Stadt und ich habe nicht viel Zeit, um bei den Parties die Runde zu machen. Normalerweise ist es ja nicht meine Art, dafür zu zahlen, aber Sie wurden mir *sehr* empfohlen.« Er seufzte, erfreut von seiner Vorstellung – nicht eine Spur von Hawaian Gardens und Soledad in seiner Sprache.

Der Jüngling spannte seine Muskeln und imitierte Rices Seufzer. Es klang wie ein Schmollaut. »Jeder zahlt irgendwie dafür, das ist die Herpesgeneration. Wer waren diese Leute, die uns empfohlen haben?«

Rice deutete auf das Büro, das er an den breiten Schultern des Jünglings vorbei kurz sehen konnte. »Jeffrey Jason Rifkin, der Agent, und ein paar seiner Kumpel. Ich habe ihre Namen nicht behalten. Können wir reingehen?«

Der Jüngling nickte und trat gerade soweit zur Seite, daß Rice sich seitwärts durch die Tür zwängen konnte. Ihre Arme streiften sich, und Rice hatte das Gefühl, daß sich ihm der Magen umdrehte, als der Jüngling einen leisen, wohlgefälligen Grunzlaut ausstieß.

Der Raum war ganz in Weiß, ausgestattet im modernen dänischen Stil/High Tech – weiße Wände und Teppichböden, Metallröhrentisch, Rattanstühle mit weißem Stoffbezug. Szenenfotos aus Rockvideos waren an den Wänden aufgehängt: Elvis Costello im 50er-Jahre-Outfit auf einen Atompilz aufkopiert; Bruce Springsteen beim Aufspringen auf einen Güterzug. Diana Ross bis auf die Knochen durchnäßt bei ihrem Konzert im Central Park. Rice setzte sich ohne Aufforderung und sah zu, wie der Jüngling einen weißen Rolodexordner auf dem Tisch durchblätterte. Seine Lippen bewegten sich beim Lesen. Er stellte ihn sich bei einem obszönen Paarungsvorgang mit Bobby Garcia vor; das hielt seinen Ekel nieder und ließ ihn kalt werden.

Mit einem seufzenden Schmollaut blickte der Junge auf und sagte: »Ja, Mister Rifkin ist einer unserer Kunden. Tatsache ist, wir haben schon jede Menge »Füchse« zu seinen Motiv-Parties geschickt.«

»Motiv-Parties?« platzte es automatisch aus Rice heraus, und er wußte auf der Stelle, daß es die falschen Worte waren.

Der Jüngling kniff die Augenbrauen zusammen. »Ja, Motiv-Parties. Viele unserer »Füchse« sind aufstrebende Schauspielerinnen, und sie mögen Motiv-Parties, weil sie da ihre schauspielerischen Fähigkeiten besser zur Geltung bringen können als bei einem normalen Auftrag. Halt Sklavenköniginnen spielen oder Oben-Ohne-Cowgirls, so in der Art. Was tun Sie denn in der »Industrie«?«

Rice sagte: »Ich bin Talentscout«, und entnahm dem verwirrten Gesichtsausdruck des jungen Mannes, daß es ein veralteter Begriff war. »Ich war für eine Weile weg vom Fenster«, fügte er hinzu, »und Jeffrey Jason hilft mir, wieder auf die Beine zu kommen. Es ist schwer, wieder in dieses Geschäft reinzukommen.«

»Ja«, sagte der junge Mann. »Das ist es. Was für einen Fuchs suchen Sie denn?«

Rice streckte seine Beine und glättete seine Hemdbrust, dann sagte er: »Hören Sie zu, ich bin sehr wählerisch, was Frauen angeht. Wenn ich genau beschreibe, was ich will, können Sie dann in Ihren Unterlagen oder was immer Sie haben nachschauen und mir was raussuchen?«

Der junge Mann sagte: »Wir können sogar noch etwas Besseres tun. Wir haben Aktfotografien von allen unseren Füchsen.«

Er faßte tief in die oberste Tischschublade und zog eine weiße Plastikmappe heraus, die er Rice gab. »Laß dir ruhig Zeit, Süßer; das ist ein Paradies für Fuchsjäger, und niemand drängt dich.«

Beim Öffnen der Mappe hatte Rice das irrsinnige Gefühl, oberhalb des Schrittes entzwei gerissen zu werden. Auf der ersten Seite stand ein Sermon über seltene Fuchsarten und die Erfüllungen von Wunschträumen, auf lavendelfarbenes Papier geschrieben; auf der zweiten Seite begannen die Frauen. Nackt in identischer zurücklehnender Haltung posierend, waren sie alle rundheraus schön oder rundheraus verderbt sinnlich, super gebaut, nach Art magerer Models und vollkurviger Maiden. Weiß, schwarz, orientalisch und *latina,* sie alle waren purer Sex.

Rice blätterte langsam weiter und bemerkte dabei leere Flächen, wo früher andere Fotos eingeklebt waren; er las den Humbug, der unter Vornamen und Körpermaßen jedes Mädchens abgedruckt war. »Aufstrebende Schauspielerin« und »Aufstrebende Sängerin« waren die üblichen Unterüberschriften, und daneben standen reißerische Sexfantasien, angeblich von den »Füchsen« selbst geschrieben. Die lächerlichen Darstellungen flotter Dreier und Vierer erweckten in ihm den Wunsch zu würgen, und er blätterte rasch zum Ende der Mappe durch, das Augenmerk nur auf den Körper, den er in- und auswendig kannte, gerichtet. Als er ihn nicht fand, sah er kurz zu dem jungen Mann auf und sagte: »Sind das alle Frauen, die Sie haben?«

Der Jüngling nickte und spannte seine Muskeln. »Es ist schwer, Ihren Wünschen zu entsprechen. Diese Füchse sind die *crème de la crème*.«

Rice erwog, ehemalige Füchse zur Sprache zu bringen, dann hatte er einen Einfall. »Hören Sie mal zu, kennen Sie die meisten Mädchen, die von hier aus arbeiten?«

»Einige. Ich sitze hier erst seit einer guten Woche. Warum?«

Rice sagte: »Ich war auf der Suche nach einer Mieze, die ich hier rauskommen sah, als ich letztes Mal in L. A. war. Ungefähr eins siebzig, fünfzig Kilo, blond, dünn, sieht nach was aus. Preppy-Klamotten. Klingelt's?«

Der junge Mann schüttelte den Kopf. »Nein... Ich bin neu hier, und außerdem, die Betreiber würden die Füchse nicht in Preppy-Kram rumlaufen lassen – kein Sex-Appeal.«

Rice kam ein anderer Gedanke. »Pech. Hören Sie mal, da ich dieses spezielle Mädchen nicht gefunden habe, hätte ich gerne von Ihnen eine Empfehlung. Ich stehe auf Grips. Ich möchte eine smarte Mieze – eine, mit der ich reden kann.«

Der junge Mann lächelte, nahm die Mappe in die Hand und blätterte sie durch, dann reichte er sie Rice. »Die da«, sagte er, »Rhonda. Sie hat einen Masters Degree in Ökonomie und ist echt groovy. Eine echte Gripskatze.«

Rice studierte die Fotografie. Rhonda war eine große, dralle Frau mit einem dunkelbraunen Afro; tiefgebräunt außer dem Bikiniweiß über Brüsten und Hüfte. Sie wurde beschrieben als »angehender Börsenmakler«, und ihre Fantasie war aufgeführt als »Orgien mit reichen, intelligenten, schönen Männern auf meiner eigenen Privatinsel im Mittelmeer«. Rice fand, daß sie klug aussah und vermutlich das geistesgestörte Geblubbere mit den Wunschvorstellungen nicht selbst geschrieben hatte. Er schlug die Mappe zu und sagte: »Fein. Können Sie sie in das Holiday Inn am Sunset und La Brea schicken, in einer Stunde?«

Der Jüngling gab wieder seinen Seufz-Schmollaut von sich. »Ich rufe Sie an. Rhonda kostet dreihundert Dollar die Stunde, minimum eine Stunde. Alle unsere Füchse nehmen darüber hinaus dankbar Trinkgelder entgegen. Rhonda trägt bei sich Visa-, Mastercard- und American-Expreß-Drucker und Formulare für den Grundtarif, aber Trinkgeld geben Sie bitte in bar. Welche Zimmernummer?«

»Achthundertvierzehn.«

»Wir verlangen eine Freundschaftsgebühr von einhundert Dollar für Neu-Fuchs-Jäger.«

»Wie eine Jagdlizenz?«

Der Jüngling kicherte: Rice fand, er klang exakt wie Bobby »Boogaloo« Garcia. »Das ist gut. Ja. Sie können es so nennen. Bargeld bitte, und Ihren Namen.«

Rice fischte einen Hunderter aus seiner Hemdtasche und steckte ihn in den Ordner. »Harry ›Der Fuchsjäger‹ Hungerford.« Der Jüngling kicherte, als er den Namen niederschrieb, und beim Verlassen des Gebäudes fragte sich Rice, ob denn die Welt nur aus Schwächlingen, Zuhältern, Irren und Sex-Strolchen bestand.

Wieder zurück im Holiday Inn, schlug er die Zeit damit tot, vor dem Fernseher auf die Meldung eines Überfalles zu warten. Nirgends wurden der Raubzug oder ein Filialleiter auf Angels Dust erwähnt, schon gar nicht die Sache mit der Geiselnahme – die Fettsäcke von Bankoberen hatten vermutlich die Medien abgeblockt, um ihr Gesicht zu wahren. So weit, so gut – aber langsam ging ihm das Geld aus.

Gerade als die Kurznachrichten endeten, klingelte es an der Tür. Rice griff sich ein Bündel Zwanziger aus der Aktentasche und steckte es unter die Matratze. Dann ging er zur Tür und öffnete sie.

Die Frau, die ihm in einem grünen Strickkleid und einem Pelzmantel gegenüberstand, war eine Verfeinerung ihrer Fotografie. Anstelle anzüglicher Aufmachung und Make-ups sah Rice Klasse, die sogar Vandy in Bestzustand Konkurrenz machte. Kein Make-up auf einem

Gesicht voll klassischer Schönheit; eine große Hornbrille, die das Gesicht betonte und sogar noch schöner machte; eine Rolex an ihrem linken Handgelenk, ein Attaché-Köfferchen in der rechten Hand. Rices Augen streiften über ihren Körper, bis er sich dabei ertappte und sie wieder auf ihr Gesicht richtete. Verärgert über seinen Mangel an Selbstkontrolle, sagte er: »Hi, komm rein.«

Die Frau trat ein, vollzog dann, als die Tür geschlossen war, eine Drehung nach Art eines Fotomodells, während der sie ihr Attaché-Köfferchen auf dem Boden abstellte und ihren Mantel auf einen Stuhl warf. Rice schätzte ihre Bewegungen ab. Irgendwie machte sie nicht den Eindruck einer Nutte.

Ihre Stimme war kühl, beinahe spöttisch. »Dereinst war die Fuchsjagd der Privatsport des Landadels. Heute können einfach geborene Aristokraten von eigenen Gnaden, viel beschäftigte Männer mit Geschmack, die keine Zeit zu verlieren haben, dieses Vergnügen mit Silver Foxes genießen – der ultimative sinnliche THERAPIESERVICE für Führungskräfte von heute.«

Rice sagte: »Heilige Scheiße«, und machte einen Schritt nach hinten. Mit seinen Absätzen stieß er gegen das Attaché-Köfferchen und es fiel um. Aus einem Impuls heraus beugte er sich nach unten und öffnete es. Darin waren drei metallene Kreditkartenstanzer, ein Stapel Rechnungsformulare und ein Exemplar von »Wohlstand und Armut« von George Gilder. Die Frau lachte, als er das Köfferchen zuschnappen ließ. Dann sagte sie: »Ich bin Rhonda. Die meisten Kunden finden dieses Intro entweder ganz toll, oder es macht sie verlegen. Sie waren ungläubig. Es war niedlich.«

Rice wurde rot. Das letzte Mal war er in der sechsten Klasse »niedlich« genannt worden, als er Hawaian Gardens den Spitznamen »Hawaian Garbage« verpaßt hatte. Carol Douglas hatte »Du bist so niedlich, Duaney« gerufen und war den Rest des Schuljahres hinter ihm her gewesen. »Niedlich, häh? Zu irgendwelchen Schlüssen gekommen?«

Rhonda nahm ihre Brille ab und hakte sie an einem Bügel in ihr Decolleté ein. »Sie ist aus Fensterglas. Ich habe sie nur getragen, um intellektueller zu wirken. Ja, ich bin zu einem Schluß gekommen – du willst keinen Sex.«

Rice nahm auf der Couch Platz und bedeutete Rhonda, dasselbe zu tun. Als sie sich eine Armeslänge entfernt niederließ, sagte er: »Du bist eine schlaue Lady. Ist das eine Rolex-Imitation?«

Rhonda wurde rot. »Ja. Woher wußtest du das?«

»Ich hab mich früher mit einer Hollywoodclique herumgetrieben.

Jeder hatte falsche Rolexuhren und sie haben immer davon geredet, wie *ihre* Rolex echt wäre, aber die aller anderen unecht.«

»Nennst du mich unecht?«

»Nein, ich versuche nur herauszufinden, ob du mir keinen Scheiß erzählst.«

»Bist du denn ehrlich? Du siehst anders aus als alle Hollywoodgestalten, die ich je gesehen habe. Was für ein Süppchen hast du gekocht?«

Rice lachte. »Ich habe gestohlene Wagen verkauft. Soll ich näher darauf eingehen?«

»Wenn du willst. Es ist dein Geld.«

Rice sagte: »Ich bin auf der Suche nach einer Frau. Meiner Freundin. Ein Freund eines Freundes sah sie oben am Strip in der Nähe der ganzen Strichzentralen. Ich war sechs Monate im Gefängnis, und es ging ihr nicht besonders und ich – «

Rhonda legte eine Hand auf seinen Arm. »Und du hast angenommen, wenn sie dringend Geld braucht, würde sie auf den Strich gehen?«

Rice zog seinen Arm weg und sagte: »Ja. Sie hat mich im Gefängnis besucht, und ich habe gemerkt, daß sie völlig fertig war vom Koksen.« Er dachte an Vandy und an Gordon Meyers – »Es ein echter pharmazeutischer Stoff, Baby«. – »Duane hätt' es nicht so gerne.« Diese Worte, verstärkt von einer Evokation, in der Vandys Schulmädchenkleidung lose an ihrer ausgemergelten Gestalt baumelte, ließ die Worte regelrecht aus ihm herauspurzeln. »Und ich weiß, sie hat es nur getan, wenn sie wirklich am Ende war und auch dann nicht gern, und sie ist Sängerin, und viele Mädchen von Silver Foxes sind angehende Sängerinnen, und vielleicht dachte sie, sie könnte sich selbst behelfen, während ich – «

Ein seltsamer und sanfter Ausdruck in Rhondas Augen ließ ihn inne halten. Er bewegte sich zum Bett und wühlte unter der Matratze, bis seine Hände voll mit Geld waren. Dann ging er zurück und ließ den Haufen Zwanziger in ihren Schoß fallen. »Das ist nur der Anfang«, sagte er. »Finde sie, und es gibt viel mehr«. Rhonda zählte das Geld und faltete es zu einem straffen Bündel. »Sechshundert. Wie heißt sie? Hast du ein Bild von ihr?«

Rice nahm das Bild aus seiner Brieftasche und reichte es ihr. »Anne Vanderlinden. Sie wird auch ›Vandy‹ genannt.«

Rhonda sah das Foto an und sagte: »Scharfe Katze. Hat sie – «

Rice brüllte: »Sag das nicht!« Er fing sich und senkte seine Stimme. »Sie ist kein gottverfluchtes Tier, sie ist mein Mädchen.« Als er wiederum Rhondas seltsamen Blick wahrnahm, sagte er: »Starr mich nicht so an.«

Rhonda sagte: »Entschuldigung«, dann klopfte sie auf die Couch. Rice setzte sich neben sie. Sie legte vorsichtig eine Hand auf sein Knie und fragte: »Wie heißt du?«

Rice stieß ihre Hand weg. »Duane Rice. Machst du mit?«

»Ja. Erzähle mir ein paar Sachen über dich und Anne. Wer sie ist, was sie gern tut, solche Sachen. Hing sie auch mit dir in der Hollywoodszene herum?«

Rice starrte die Wand an und straffte die Geschichte im Kopf. Dann sagte er: »Erstens: Ich weiß, daß sie nicht auf dem Strip anschafft; diese Läden hab ich bereits abgeklappert. Zweitens hatte sie in L. A. außer mir eigentlich keine Freunde. Das letzte Mal habe ich sie vor fast drei Wochen im Gefängnis gesehen. Sie hat unsere gemeinsame Bude leergeräumt. Sie – «

Rhonda drückte seinen Arm. »Erzähl mir von der Hollywoodszene.«

»Ich wollte gerade dazu kommen. Vandy singt. War früher Leadsängerin einer Barband in Vegas, Vandy and the Vandals. Ich war so eine Art Manager für sie. Ich habe einem Agenten namens Jeffrey Jason Rifkin ein paar Gefallen getan, und er hat uns mit dieser Clique von Hollywoodleuten zusammengebracht. Ich habe eine Weile gebraucht, aber schließlich habe ich geschnallt, daß diese Leute ausnahmslos Parasiten waren, die Vandy nicht im geringsten nutzen konnten. Aber ich habe Wagen an sie verscherbelt und eine Menge Geld verdient. Ich hatte einen dicken Batzen auf der hohen Kante für Vandys Rockvideos – «

»Was?«

»Rockvideos. Das war doch mein Plan: genügend Kohlen zusammenkratzen, um Rockvideos mit Vandy zu produzieren. Es ging voran, aber dann wurde ich hopsgenommen.«

Rhonda sagte sanft: »Schau mal, Duane, ich bin jetzt seit über einem Jahr bei Silver Foxes, und ich habe Vandy niemals gesehen oder von ihr gehört. Aber viele Callgirls verlegen sich auf was anderes, besonders hier in der Gegend, wo es dieses viele Geld aus Film und Musikindustrie gibt. Und besonders Mädchen wie Vandy, angehende Sängerinnen, die darauf aus sind, voranzukommen und Leute zu treffen, die ihrer Karriere nützen können. Kannst du mir folgen?«

Rice äffte Rhondas sanfte Stimme nach. »Ich folge dir insoweit, daß ich merke, ich soll mich auf etwas gefaßt machen. Spuck's schon aus; ich habe dir so viel Geld ja nicht für leeres Gewäsch gegeben.«

Rhonda steckte das Geldbündel in ihr Decolleté, in Rices Augen war es ihre erste hurenhafte Geste. Sie sagte kalt: »Manche Mädchen gehen nicht länger auf den Strich, weil sie schwer kokainabhängig werden oder Angebote bekommten, mit Leuten aus der Industrie zusammenzuleben. Die meisten dieser Männer erwarten von ihren Mädchen, daß sie ihren Freunden zu Sex-Diensten stehen, Männern, die ihnen Gefallen tun können. Die Mädchen bekommen freie Kost und Unterkunft und Koks, und wenn sie sehr viel Glück haben, Kleinstrollen in Filmen und Rockvideos. Es gibt einen speziellen Namen für sie in der Industrie. Kokshuren.«

Rice drückte die Bezeichnung in sich hinein: Er kostete sie, probierte sie. Er sah Rhonda an und erwog, sie »Börsenmaklergroopie« und »Geldfickerin« zu schimpfen, aber er war nicht in der Lage dazu. Die große Frage sprang in sein Hirn und blieb wie angeleimt haften: War es mit Meyers passiert?

Rhonda starrte ihn mit großen, traurigen Rehaugen an, wie Carol Douglas damals in Hawaian Garbage. Rice knetete seinen tätowierten Bizeps und sagte: »Was kriege ich für diese sechshundert?«

»Dreihundert«, sagte Rhonda. »Silver Foxes bekommen drei. Ich wollte dir das nicht erzählen, Duane.«

»Wer sich vor der Wahrheit fürchtet, ist ein kleiner Scheißer. Du gehörst dazu, hab ich recht?«

»An der Peripherie, aber niemand hält mich aus.«

»Ich weiß. Du verdienst dir nur nebenher dein Geld fürs Studium.«

»Sei nicht so häßlich, ich will dir bloß helfen. Diese Typen, mit denen du und Vandy rumgehangen seid, war das A-, B-, C- oder D-Schickeria?«

»Was?«

Rhondas Stimme verriet Verzweiflung. »Im Film und Musikgeschäft gibt es vier verschiedene Kreise: A, B, C und D. Die A's sind die absoluten Topkater, B's sind eine Stufe darunter, und so weiter. D's sind die Luschen, die sich glücklich schätzen können, wenn sie überhaupt Arbeit bekommen. Ich fragte mich nur, ob Vandy jetzt mit jemandem zusammen ist, den sie in eurer Clique kennengelernt hat.«

Rice schüttelte den Kopf. »Nix da. Ich habe sie von den Männern ferngehalten, und sie traut Frauen nicht über den Weg. Zu welcher Clique gehörst du?«

Der Seitenhieb ließ Rhonda die Augen senken, dann sagte sie: »Zu jeder Clique mit Geld. Wenn Vandy in L. A. ist und irgendwo im Umfeld der Industrie ist, werde ich sie finden. Kann ich dich hier anrufen?«

Rice schaute sich in seinem neuen Heim um und fragte sich, ob sein Gespräch mit der Börsenmaklerin/Hure den Ort zu sehr verstunken hatte, um noch dort zu schlafen. »Nein«, sagte er, »Vielleicht haue ich ab.« Er nahm einen Notizblock und einen Stift vom Telefontischchen und schrieb Louie Calderons illegale Nummer auf. »Du kannst mich da anrufen und eine Nachricht hinterlassen, vierundzwanzig Stunden non-stop. Wenn es dir gelingt, Vandy zu finden, überschütte ich dich mit Geld.«

Rhonda nahm den Papierzettel, stand auf und sammelte ihr Diplomatenköfferchen und den Pelzmantel auf. Rice beobachtete, wie sie auf die Tür zuging. Als ihre Hand auf dem Türknopf lag, drehte sie sich um und sagte: »Ich melde mich.«

Rice sagte: »Finde sie für mich.«

Rhonda zeichnete mit dem Finger ein Dollarzeichen in die Luft und schloß die Tür hinter sich.

Als der Abend dämmerte, fühlte Rice, wie der Stinktiergestank seiner neuen Bude auf den Pelz rückte. Er wußte, es kam nicht von Rhonda, oder Psycho-Bobby Garcia, oder Hawley oder irgend jemand anderem. Es kam daher, daß sein Hirn einfach schon zu lange im eigenen Saft schmorte, ohne einen Ansprechpartner außer Leuten, die er benutzen wollte. Es war so, wie es die ganze Zeit gewesen war, bevor er Vandy getroffen und begonnen hatte, die Dinge ins Rollen zu bringen.

Er brachte den schwarzen 76er Trans Am ins Rollen.

Zuerst zickzackte er aus dem Parkplatz des Holiday Inn heraus, dann kreuzte er auf dem Boulevard herum. An Ampeln schaltete er in den Leerlauf und blieb im zweiten Gang, bis er auf Western kam. Dort, in Richtung Norden, schaltete er rapide in den dritten. Er schätzte den Verkehr ab und gelobte, die Bremse nicht zu berühren, bevor er das Griffith Park Observatorium erreicht hatte.

Also drückte er auf die Hupe, als er auskuppelte, einfädelte und schaltete, und dann hatte er Hollywood hinter sich gelassen, und die Parkstraße lag vor ihm. Dann wurde die ganze Welt ein schmaler Streifen aus Asphalt, Scheinwerferleuchten und einer brüchigen weißen Linie.

110, 130, 140. Bei 150, auf der langen Steigung, die zum Observatorium hinführte, kam der Trans Am ins Schwimmen. Rice lenkte zum Straßenrand und ging vom Gas. Dabei wurde er der Ansicht des neonerleuchteten Beckens von L. A. gewahr. Sofort dachte er an Vandy und schätzte die Entfernungen ab, dann wendete er und fuhr auf die kleinen Lichtpunkte zu. Er wußte, daß sie ihre alten Jagdgründe markierten.

Ihre alte Wohnung stand bereits zum Verkauf. Auf dem Vorrasen stand ein Schild, das vernünftige Zahlungsmodalitäten anbot, und neben der Tür, die er aus den Angeln getreten hatte, war frischer Putz. *Splitsville, Cold City, Nada.*

Er fuhr zu dem Seven-Eleven auf Olympic und Bundy, zu dem er früher immer Vandy geschickt hatte, um Tiefkühlpizzas und seine Autofachzeitschriften zu besorgen. Eine neue Nachtschicht hinter dem Tresen musterte ihn prüfend, wie wenn er ein Ladendieb wäre. Der Stinktiergestank kam wieder, und so griff er sich eine Lokalzeitung aus West-L. A. und einen Schokoriegel und warf dem Knallkopf einen Ein-Dollar-Schein hin.

Auf dem Parkplatz aß er die Hälfte des Schokoriegels und sah sich die Titelseite an. Vandalismus in den Schulen des Pico-Robertson-Gebietes; Kirchenräuchereien in Rancho Park; kleiner Aufruhr auf dem Westwood Boulevard. Dann blätterte er um, und alles spielte verrückt.

Der Artikel war betitelt: »Ehemaliger Sheriff leitet Sicherheitspersonal in Filiale der California Federal«, und daneben war eine Großaufnahme von Gordon Meyers. Rices Hände begannen zu zittern. Er legte die Zeitung auf die Haube des Trans Am und las: »Der Distriktspersonaldirektor der California Federal Bank, Denis J. Lafferty, gab heute bekannt, daß Gordon M. Meyers, 44, der kürzlich aus dem Department des Los Angeles County Sheriffs ausgeschieden ist, der neue Leiter des Sicherheitspersonals der Pico-Westholme-Filiale ist und dort Thomas O. Burke ersetzt, der vor zwei Wochen an einem Herzanfall starb. Meyers, der den Großteil seiner Dienstzeit als Wärter im Trakt für psychisch gestörte Häftlinge des Landeszentralgefängnisses abgeleistet hat, sagte: ›Ich werde das Beste aus dem Job machen. Nach einer Woche fühle ich mich bei Cal Federal schon wie zu Hause. Es ist toll, mit normalen, nicht kriminellen Leuten zu arbeiten‹.«

Rice las den Artikel noch dreimal, dann nahm er seine Hände von der Motorhaube. Sie zitterten immer noch, und er konnte sehen, wie die Blutgefäße in seinem Arm pulsierten. Ein Schrei bildete sich in seiner Kehle, dann sprang das »Death Before Dishonor«, das in seinen linken Bizeps eingeritzt war, hervor und beruhigte ihn. Mit immer noch leichtem Zittern fuhr er zu Pico und Westholme.

Die Bank war klein, dunkel und ruhig, ein schäbiger Job für einen schäbigen Ex-Cop mit bekloppten, schäbigen kriminellen Fantasien.

Rice fuhr langsam daran vorbei, einmal, zweimal, dreimal, und jedesmal zwang er sich zu sagen: »Duane hätt' es nicht so gern«, und : »Wer die Wahrheit scheut, ist ein kleiner Scheißer«, und: »Es ist geschehen.« Bei der vierten Runde kam nur noch: »Es ist geschehen, es ist geschehen, es ist *geschehen.*«

Jetzt, wo er es selbst wußte, stellte er den Trans Am ab und dachte nach. Rein und raus in drei Minuten. Einen Block von der 405 in beide Richtungen, zwei Minuten vom Santa Monica Ost/West, fünf vom Wilshire. 50/25/25 mit den Garcias; dann adios, Kanaken. Die Hauptschlüssel aus dem Repo-Hof für einen narrensicheren Abgang. *Bring die Dinge ins Rollen.*

Rice lehnte sich zurück und gab sich Vorstellungen an Vandy hin, an Auftritte an der Ostküste, an die Szene von New York, die keine Tomaten vor den Augen hatte, und an große Häuser in Connecticut. Dann bombardierte der Lärm in seinem Kopf die Bilder: guter Metall-auf-Metall-Krach, den er als das Zusammenprallen von Zahnrädern erkannte, das Anspringen von starken Motoren, deren Kraft durch die Zylinder schoß.

9

Lloyd saß im Vorbüro des FBI-Bankraubdezernats von L. A. Er massierte seine mullbandagierte rechte Hand und sann über seinen unverhofften beruflichen Aufschwung nach. McManus hatte ihn in Frisco angerufen und es ihm mitgeteilt: Seine Suspendierung war beendet, er war wieder im Dienst und zur Zusammenarbeit mit den Feds verdonnert; melden Sie sich morgen früh bei Special-Agent Kapek im FBI-Hauptbüro, und bauen Sie keine Scheiße. Der »Aufschwung« war eine Art Auslaufen, schloß er, eine List, um ihn beschäftigt und friedlich zu halten, während sich die hohen Tiere einen diskreten Weg ausdachten, ihn effektiv zur Hölle zu blasen. Auf dem Rückflug und während der Taxifahrt war er überschäumend glücklich gewesen, aber das alles fiel beim Anblick des Gesichtes, das der Büroangestellte/Rezeptionist zog, als er seine Marke vorzeigte, ins Nichts zusammen. Es mußte eine Drecksaufgabe sein, sonst hätten sie sie einem Field-Lieutenant gegeben. Seine goldenen Zeiten waren tot und vorbei.

Eine streng aussehende Frau steckte ihren Kopf durch die Verbindungstür und sagte: »Sergeant Hopkins?«

Lloyd stieß sich mit beiden Händen aus seinem Stuhl; seine rechte

Hand pochte. »Ja. Ich soll zu Special-Agent Kapek kommen. Ist er schon da?«

Die Frau kam auf ihn zu, in den Händen eine Pappmappe und ein Bündel loser Blätter. »Er wird bald hier sein. Er sagte, Sie möchten bitte warten und diese Berichte lesen.«

Lloyd nahm die Blätter mit seiner unversehrten Hand und setzte sich wieder. Er entließ die Frau mit einem Kopfnicken. Als er wieder allein war, öffnete er die Mappe und lächelte, als er sah, daß sie eine Reihe von Verbrechensberichten des L. A. P. D. enthielt.

Der erste Bericht war von einer Tagesstreife der West-Valley-Division eingereicht worden und beschrieb im Detail Ereignisse vom Mittwoch, dem 7. 12. 1984, die also weniger als vierundzwanzig Stunden zurücklagen. Auf einer Routinestreife über die Woodman-Avenue stießen die Beamten der Einheit Vier-Charlie-Z auf einen Weißen mittleren Alters und männlichen Geschlechts, der in das offene Fenster eines 1983 Cadillac Seville urinierte. Als sie nähertraten, kamen sie zu dem Schluß, daß der Verdächtige stark unter Einfluß von Narkotika stand, und wiesen ihn vorsichtig auf seine Rechte hin, bevor sie ihn wegen Erregung öffentlichen Ärgernisses und Trunkenheit in der Öffentlichkeit festnahmen. Der Mann schrie wirres Zeug, als ihm Handschellen angelegt wurden, aber die Beamten waren in der Lage, die Worte »Banküberfall« und »Strahlenwaffe« herauszuhören.

Auf der Haftstation des West-Valley-Reviers wurde der Verdächtige durchsucht. Seine Papiere wiesen ihn aus als Robert Earle Hawley, 47, Besitzer des Cadillac Seville. Da ihm der Name bekannt vorkam, fragte der einweisende Beamte beim Commander der Tagschicht nach und erfuhr, daß das Sicherheitspersonal der Bank of America am Woodman und Ventura beim Betreten der Bank zur Öffnungszeit die Bargeldbehälter geplündert vorgefunden hatte, und daß der Leiter der Bank, Robert Hawley, vermißt wurde.

Hawleys Inhaftierung wurde zurückgestellt. Das FBI-Bankraubdezernat wurde von der Festsetzung des Filialleiters benachrichtigt, und ein Team von Detectives fuhr ihn zur Ausnüchterung in das U. S. C. County General Hospital. Nachdem man zu dem Schluß gekommen war, daß Hawley unter Einfluß von Angels Dust stand, verabreichte man ihm eine Dosis des Gegenmittels Aretan. FBI-Special-Agent Peter Kapek und ein Team von Detectives des L. A. P. D. wiesen ihn wiederum auf sein Recht zu schweigen und während der Befragung einen Anwalt dabei zu haben hin. Hawley nahm diese Rechte nicht in Anspruch und lieferte den Beamten die folgende Darstellung seiner Aktivitäten dieses Morgens:

Um 7 Uhr 45 erhielt er einen Telefonanruf von einem unbekannten Mann, der ihn anwies, in der Wohnung seiner »Freundin«, Sally Issler, anzurufen. Der Mann sagte Hawley (der verheiratet ist), daß Miss Issler getötet werde, falls seinen Forderungen nicht entsprochen werde, und daß er in exakt drei Minuten zurückrufen werde. Hawley rief Miss Issler an. Ein Mann mit mexikanischem Akzent meldete sich und holte dann Miss Issler an den Apparat. Sie schrie, zwei Männer mit Schußwaffen und Messern hielten sie gefangen, und er solle tun, was immer deren Freund sage. Hawley sagte, das werde er, und hängte ein. Der Mann rief zurück, wie er gesagt hatte, und beschied Hawley, ihn am Woodman in der Nähe der Bank in zehn Minuten zu treffen. Er warnte ihn, sein Telefon sei angezapft, und jeder Versuch, die Polizei zu kontaktieren, hätte unweigerlich den Tod von Miss Issler zur Folge. Hawley traf den Mann in der Nähe der Bank und beschrieb ihn als »Weiß, Ende Zwanzig, hellbraunes Haar, blaue Augen, 1,80–1,85, 70–75 kg, sauber gepflegte Kinn- und Schnurrbärte, bekleidet mit einem mittelbraunen Dreiteiler.« Der Mann zwang Hawley, die Bank zu öffnen und den Inhalt der Geldbehälter, ungefähr sechzigtausend Dollar in Reisechecks, in eine Aktentasche zu leeren. Dann ging er mit ihm zu seinem Wagen zurück, wo er mit etwas, das aussah, wie eine »Strahlenwaffe«, zweimal auf ihn schoß. Schürfwunden an Hawleys Hals und Schlüsselbein, sowie kleine Metallpfeile, die noch in seiner Kleidung steckten, ließen darauf schließen, daß er die Wahrheit sagte. Beamte wurden zur Wohnung von Miss Issler geschickt. Sie fanden sie gefesselt und geknebelt, aber ansonsten unversehrt. Sie erzählte ihnen, daß die Männer, die sie festhielten, zwar Skimasken trugen, die ihre Gesichter verdeckten, aber offensichtlich Mexikaner waren. Sie sprachen fließend Englisch mit mexikanischem Akzent. Ein Mann, der »leiser sprechende« der beiden, war groß und schlank; der andere, der ihr »obszön gekommen« war, war klein und muskulös. Sie schätzte beide Männer auf Anfang Dreißig und sagte, sie waren beide mit Army 45er Automatics mit befestigten Schalldämpfern bewaffnet.

Lloyd überflog die restlichen Berichte und erfuhr, daß Hawley wegen Vergiftungserscheinungen behandelt wurde und daß ihm weder ein Schwanzwedlerstuß noch irgendwas den Raub betreffendes zur Last gelegt wurde, und daß Sally Issler wegen Schocks in einem örtlichen Krankenhaus behandelt und dann wieder entlassen wurde. Er begann die disparaten Fakten zu verarbeiten. Sie wiesen auf soliden Verbrecherverstand hin. Er wollte gerade noch ein weiteres Mal die Anfangsseiten durchgehen, als er spürte, daß ihn jemand beim

Lesen beobachtete. Er hob die Augen und sah einen großen Mann um die dreißig, der sich an der Tür herumdrückte. »Pete Kapek«, sagte der Mann. »Nettes Ding, häh? Gut?«

Lloyd erhob sich. »Bankraub ist nicht mein Bier, aber ich nehme es.« Er ging zur Tür hinüber. Kapek streckte seine rechte Hand aus, bemerkte dann den Verband und wechselte zur Linken. Lloyd sagte: »Lloyd Hopkins«, und zwang sich einen Handschlag ab. Kapek sagte: »Ich habe gehört, Sie haben Köpfchen. Was ist Ihr Eindruck, so ganz spontan?«

Lloyd betrat Kapeks Büro und ging direkt zum Fenster und seinem Ausblick auf Downtown L. A. sieben Stockwerke tiefer. Die Augen auf einen Strom ameisenartiger Menschen gerichtet, die über die Figueroa krabbelten, sagte er: »So ganz spontan, warum ich? Ich bin auf Mord spezialisiert. Zweitens, was ist mit Hawley? Vermutlich fiel die Wahl auf ihn, weil seine Affäre mit Issler ihn besonders empfindlich für so eine Erpressungsgeschichte machte. Wiederum vermutlich wußte seine Frau nichts von der Issler. Aber warum hat er es dann so schnell ausgespuckt?«

Kapek lachte. »Es stand nicht im Bericht, aber der Anrufer sagte Hawley, er habe Infrarotbumsfotos von ihm und Sally. Er drohte mit der Bloßstellung der Affäre ebenso wie mit Sallys Ermordung. Ich stufte Hawley als Schlappschwanz ein und schlug ihm ein Geschäft vor. Er redet, und wir erheben keine Anklage gegen ihn wegen der Schwanzwedlerei und werfen die ganze Sauerei nicht den Medien zum Fraß vor. Gut?«

Lloyd drehte sich um und sah Kapek an. Er bemerkte Aknenarben, die sein FBI-Image untergruben und ihn mehr wie einen Cop wirken ließen. »Ja, gut. Auch noch ganz spontan: Erstens, wir haben's mit schlauen Burschen zu tun. Blödere Kerle hätten sich direkt auf Hawleys Frau gestürzt, direkt bei ihm in seiner Bude, und hätten sie als Geisel benutzt, was eventuell Hawley schnurstracks zur Polizei getrieben hätte. Das ist beeindruckend. Wenn die falschen Burschen auf die Idee, ein Familienmitglied als Geisel zu verwenden, gekommen und einmal damit durchgekommen wären, machten sie damit weiter, bis jemand getötet wird. So wie es aussieht, ist das hier vermutlich eine einmalige Angelegenheit, was uns wieder zurück zur Issler führt. Ist sie an den Detektor geschlossen worden?«

Kapek setzte sich hin und stupfte mit dem Stift auf die Blätter auf seinem Tisch. »Sie ist sauber. Noch keine Polygraphie, aber während sie im Krankenhaus war, habe ich ein Spurensicherungsteam und Fingerabdruckspezialisten ihr Apartment unter die Lupe nehmen lassen. Sie fanden Spuren eines Brecheisens an der Nebentür und Abdrücke von Gummihandschuhen auf allen Oberflächen, die die Mexikaner berühren mußten. Wir haben einen Satz brauchbarer Abdrücke gefunden, und das Team hat die halbe Nacht damit zugebracht, sie anhand von DMV, Armee- und Paßunterlagen mit denen von Sally, Hawley, und einer Liste von Freunden und Verwandten, die Sally uns gegeben hat, zu vergleichen. Wissen Sie, was dabei rauskam? Die obigen Nicht-Verdächtigen und ein Satz mit ungeklärter Herkunft, von dem sich später herausstellte, daß er von einem erbsenhirnigen L. A. P. D.-Streifengrünling stammte, der die ganzen Schwarzweißen vor dem Haus gesehen hatte und dazuzustoßen gedachte. Die Leute von der Spurensicherung haben zerstampfte Blütenblätter gefunden, die durch die Seitentür hereingebracht wurden; die Bohnenfresser haben auf ihrem Weg hinein ein Blumenbeet zertrampelt. Nein, Sally-Baby steckt *nicht* drin.«

Lloyd sagte: »Shit. Kompetente Fingerabdrucksleute?«

Kapek lachte. »Die besten. Ein Bursche ist voll abgedreht. Er hat die Bettpfosten eingepinselt und logisch geschlossen, daß Sally es gern von oben hat. Gut?«

»Nur dienstags. Schieben wir mal den offensichtlichen Kram beiseite. Der Anrufer trug Handschuhe, und Hawley kann ihn nicht aus unserer Verbrecherkartei herausfischen?«

»Richtig.«

»An beiden Tatorten keine Augenzeugen?«

»Richtig.«

»Die Bankchecks machen mir zu schaffen. Wieviel Bargeld können die bringen – fünfundzwanzig auf den Dollar?«

»Wenn überhaupt. Aber sie sind grün – und aus geraumer Entfernung, so während einer Ausguckerei, könnten sie schon wie echtes Geld wirken, was unsere Jungs nicht so schlau aussehen läßt.«

Lloyd nickte. »Angestellte und Ex-Angestellte, der Umgang von Issler und Hawley?«

»Wird gerade nachgeprüft. Wenn wir diese Sache nicht in einer Woche oder so geklärt haben, werde ich einen Mann in die Bank einschleusen. Die Auswahl unserer Ansatzmöglichkeiten wird kleiner. Gut?«

Lloyd sammelte seine Gedanken, indem er aus dem Fenster auf die tiefhängenden Wolken sah, die die Spitze der Wolkenkratzer streiften. »Nein, nicht gut. In einem der Berichte stand, die Issler habe bemerkt, daß die Mexikaner Armee-45er trugen. Es ist seltsam, daß einer Frau so etwas auffällt.«

Kapek lachte leise in sich hinein. »Sexistisch. Isslers Vater war Berufsoffizier. Sie weiß, wovon sie spricht. Diese alten, schweren 45er werden allerdings langsam rar. Vielleicht ein Ansatz.«

Lloyd nickte stumm und beobachtete, wie dunkle Wolken das Restaurant auf der Spitze des Occidental Buildings verschlangen; einen Moment lang vergaß er, daß dieser »Fall« vermutlich sein letzter war. Er drehte sich um, um Kapek anzusehen, und sagte: »Das heißt, wir müssen herausfinden, wie und woher die Täter Wind von Hawley und Issler bekommen haben und ob sie beide mit anderen Filialleitern befreundet sind, die sich in ähnlich anfälliger Position befinden. Das ist eine säuisch beschissen schwere Aufgabe, das herauszubekommen.«

Kapek klatschte sich auf beide Hüften. »Wir wär's mit einer Kontaktanzeige in einem der Anzeigenblätter – ›Bankmanager, die in außereheliche Romanzen involviert sind, mögen sich bitte melden, um als Köder zu fungieren!‹ Nein, ich habe Hawley und Issler bereits dahingehend gefragt – nix. Das ist eine einmalige Sache, verübt von Schlaumeiern, die sich unter Kontrolle haben. Jetzt kommt die Preisfrage: Was werden Sie in dieser Sache unternehmen?«

Lloyd gebot Kapeks Eifer mit einer abgehackten Handbewegung Einhalt. »Nein. Zuerst mal, wie wollen wir es halten? Ich habe Untersuchungen geleitet, und ich habe allein gearbeitet, aber ich habe noch nie als Verbindungsmann zum FBI gearbeitet. Ich bin mir darüber im klaren, daß es Ihre Untersuchung ist, aber ich möchte wissen, was ich verlangen kann, wen ich mit etwas beauftragen kann, und wieviel Spielraum ich habe, es auf meine Art zu tun.«

Kapek murmelte »Ihre Art« vor sich hin und sagte dann laut und deutlich: »Die Untersuchung ist *folgendermaßen* strukturiert: L. A. P. D. befaßt sich mit dem Issler-Kidnapping unter der Leitung der Lieutenants der entsprechenden Abteilung der Detectives von West Valley. Er weiß, daß Sie der Verbindungsmann sind; er wird Ihnen jede Information und Unterstützung geben, die Sie brauchen. Ich lasse gerade drei Mann den Umgang von Issler und Hawley überprüfen, so wie die Restaurants und Motels, die sie frequentierten, oder ähnliches. Sie werden Daten über die Leute zusammentragen, auf die sie stoßen, um sie dann anschließend mit R & I des L. A. P. D.s durchzugehen und nach Verbindungen zu suchen. Das mit den Reisechecks ist ein Schuß ins Blaue, aber die Seriennummern sind landesweit bekanntgegeben worden, und die West Valley-Cops haben ihre Spitzel darauf angesetzt. Ich will, daß Sie zwischen den Abteilungen hin und her pendeln. *Sie* haben vermutlich noch Spitzel bis zum Sack hoch, und ich möchte, daß Sie sie gebrauchen. In unseren Computern und Akten ist absolut gar nichts über weiße/mexikanische Banditenteams – nichts. Punkt. Ganz zu schweigen von welchen, die sich auf Kidnapping und Überfall verlegt haben. Dieses Ding klingt nach Straßengangstern auf dem Weg zu höheren Ehren – eher Ihr Revier als meins. Das übernehmen Sie dann.«

Lloyd atmete die Erklärung seines Status' als zweite Geige förmlich ein; es war ein Gefühl, als ob böse, kleine, bürokratische Bienen um sein Hirn schwirrten. Seine Stimme war beklommen und heiser, als er sagte: »Dann lassen Sie uns verflucht noch mal ans Werk gehen. Sie haben Hawley schon eingeschüchtert, also greifen Sie sich seine Kreditkartenabrechnungen, damit wir erfahren, wo er mit Sally gebumst hat. Vertrauen Sie nicht darauf, wie er diese Dinge im Gedächtnis hat – im Unterbewußtsein wird er Ihnen ans Bein pinkeln. Setzen Sie ihn unter Druck, nehmen Sie ihn unter die Lupe, fördern Sie zu Tage, was für Dreck er am Stecken hat. Gut?«

Kapek kicherte: »Sollen wir ihn mit dem Gummischlauch verprügeln? Ihm mit einer Buchprüfung der Steuerbehörde drohen? Er hat seinen Sohn auf dem College, der schwul ist. Ihn unter Druck setzen, indem ich es in die Abendnachrichten bringe? Sachte, Sergeant, sachte. Der Mann kooperiert ja.«

Das Schwirren wurde ohrenbetäubend. Lloyd sah aus dem Fenster, riß seine Augen aber wieder zurück, als die Vorstellung eines Sprunges aus dem siebten Stock ins Nichts immer verlockender wurde. »Ich hätte es gern selbst mal mit der Issler versucht«, sagte er. »Ich möchte sie nach ihren alten Freunden befragen, und ich möchte ihr Telefon zu Hause und bei der Arbeit anzapfen. Ich werde sacht mit ihr umgehen.«

Kapek stand auf, legte seine Hände auf den Tisch und lehnte sich nach vorn, so daß sein Gesicht nur wenige Zentimeter von Lloyds war. »Unmißverständlich nein. Dieser Befehl kommt direkt von Ihrem eigenen unmittelbaren Vorgesetzten. Captain McManus trug mir persönlich auf, Sie von ihr fernzuhalten, und von allen anderen Frauen, die jenseits des Levels von formlosen Befragungen in diese Untersuchung verwickelt sind. Er sagte mir, wenn Sie gegen diese Order verstoßen, wird er Sie auf der Stelle vom Dienst suspendieren. Er meint es ernst, und wenn Sie mich in dieser Sache hintergehen, werde ich es ihm wie ein geölter Blitz melden.«

Auf einmal unternahmen die Bienen einen Kamikazeangriff. Lloyd blickte nieder auf seine bandagierte Hand und sah, daß er die Fensterleiste so fest gepackt hatte, daß Blut durch den Verbandstoff hindurchsickerte. Er stierte aus dem Fenster auf eine dunkle Regenwolkenmasse. Als er sah, daß das Occidental Building jetzt völlig im Finstern lag, sagte er: »Es ist Ihr Spiel, G-Man. Ich rufe Sie alle 24 Stunden an, wenn sich nichts Dringendes ergibt. Rufen sie mich zu Hause oder im Parker-Center an, wenn Sie irgend etwas erfahren. Gut?«

»Gut.«

»Was hat Ihnen McManus noch erzählt?«

»Er deutete an, daß Sie psychische Probleme betreffs der Jagd nach Rockschößen haben. Ich sagte ihm, meine Frau hat einen Schwarzen Gürtel in Karate, also habe ich diese Probleme nicht.«

Lloyd lachte. »Es ist Ihr Spiel, aber meine letzte Jagd. Ich werde diese Schwanzlutscher festnageln.«

Kapek deutete zur Tür. »Setz dich in Marsch, harter Hecht.«

Lloyd setzte sich in Marsch, zuerst in einem Taxi ins Parker-Center, wo er sich offiziell zum Dienst zurückmeldete, dann in einem 79er Matador zum West Valley-Revier. Er blieb vor den nordwärts ziehenden Sturmwolken, die das L. A. Becken bis auf die Knochen zu durchnässen drohten.

Im leeren Mannschaftsraum von West Valley las er die Berichte, die von Kriminalbeamten angelegt worden waren, die die Anwohner in der Nähe der beiden Tatorte noch am späten Abend des vorherigen Tages befragt hatten. Das Abklappern aller Häuser am Woodman und Ventura war eine völlige Lusche – drei Hausfrauen hatten den bewußtlosen Hawley in seinem Cadillac bemerkt, aber niemand hatte ihn in Gesellschaft eines anderen Mannes gesehen. Das Klinkenputzen in Sally Isslers Nachbarschaft hatte noch weniger gebracht – keine männlichen Mexikaner, allein oder zu zweit unterwegs, waren auf der Straße gesehen worden, und keine unbekannten oder verdächtigen Fahrzeuge waren in der Nähe des Apartmenthauses oder davor geparkt gewesen.

Sally Isslers offizielle Aussage, gemacht, als die Wirkung der im Krankenhaus verabreichten Beruhigungsmittel nachgelassen hatte, war aufschlußreicher. Zur Person der zwei Männer befragt, die sie gefangen gehalten hatten, hatte sie ausgesagt, daß der »große, schlanke« Mann »passiv für einen Verbrecher« wirkte; »leise sprechend, eventuell sogar gebildet«, und daß der »kurze, muskulöse« Mann »wie ein Sexualverrückter wirkte, wie einer dieser Mexikaner, die jede Frau, die ihnen über den Weg läuft, anmachen«. Auf die Frage, was genau der kleine Mann sagte, verweigerte sie die Antwort.

Lloyd rief bei Telecredit an und verlangte die Aufzeichnungen der jüngsten Kreditkartentransaktionen von Robert Hawley und Sally Issler, mit besonderem Augenmerk auf Restaurant- und Bar-Rechnungen und Motelübernachtungen. Der Telefonist versprach, ihm die Informationen telefonisch ins Parker-Center durchzugeben.

Lloyd hakte verschiedene Möglichkeiten in seinem Kopf ab und hinterließ eine Nachricht für den Lieutenant, der die Ermittlungen über Issler durchführte, ihn im Center anzurufen, dann schrieb er ein Memo nieder, das als Rundschreiben an alle L. A. P. D.-Divisionen geschickt werden und eine Personenfahndung einleiten sollte: »An alle Einheiten. Gesucht wird ein Zwei-Mann-Überfallsteam: männliche Mexikaner, Anfang Dreißig, der eine groß, schlank und ›leise sprechend‹, der andere klein, muskulös und möglicherweise ein Sexualverbrecher. Beide sind bewaffnet mit Colt 45 Armeemodellen mit Schalldämpfern. Achten Sie ebenfalls auf Bank of America-Reiseschecks der Marke Greenback, Seriennummern und Nennwerte sind aufgeführt im Raub-Bulletin der West Valley Div. vom 7/12/84. Leiten Sie bitte alle Rückfragen und Befragungsberichte an Det. Sgt. Hopkins, Abteilung Kapitalverbrechen, Div. × 4209.«

Auf dem Weg nach draußen ließ Lloyd das Memo beim Schicht-Commander, der ihm zusicherte, daß es rechtzeitig rausgeschickt werde, um noch auf die *Rote Liste* der Nachtschicht zu kommen. Dann fuhr er zurück zum Parker-Center, dieses Mal direkt in die Sturmwolken.

Er befand sich am östlichen Rand von Hollywood, als der Regen einsetzte. Hawley, Issler und mexikanische Banditen rollten aus seinem Kopf, und Janice nahm ihren Platz ein, erstarrt in der exakten Einstellung des Bildes vor seinen Augen, als er sie das letzte Mal gesehen hatte. Nachdem er das Regal des Rechtsanwalts k. o. geschlagen hatte, war er durch Chinatown gelaufen; er hatte seine blutige Hand in seinen Hemdschoß gepreßt, fühl- und ziellos, bis es auf einmal regelrecht zu schütten begann und er merkte, daß er nur ein paar Blocks von Janices Apartment entfernt war. Er klopfte an die Tür, und sie wurde von Roger geöffnet, der einen Bademantel trug und hinter dem sich ein kläffender Dackel versteckte.

Roger selbst wich zurück, als fürchtete er einen Schlag. Lloyd lief an ihm vorbei in die Küche, wobei er seine Hand fest zusammenhielt, um kein Blut auf Janices persischen Teppich zu vertropfen. Der Hund kläffte, knurrte und schnappte nach seinen Knöcheln, als er ein Geschirrtuch um seine aufgeschlagenen Knöchel wickelte.

Dann war Janice hereingekommen, in der Hand einen Krug mit

eisgekühlten Daiquiris. Beim Anblick von Lloyd machte sie einen Satz nach hinten, und der Krug fiel auf den Boden, und die sprudelnde Mischung aus Bananen und Rum spritzte in alle Richtungen. Lloyd hob die Hand und sagte: »Oh Shit, Jan«, und der Dackel machte sich daran, die glitschige Flüssigkeit aufzulecken. Roger betrat die Küche, als der Hund vom Alkohol zu taumeln begann. Er versuchte ihn zu fassen, rutschte aber auf Bananenresten aus und fiel mit dem Hintern voran zu Boden. Der betrunkene Vierbeiner leckte sein Gesicht, und Janice lachte so heftig, daß sie sich an Lloyd festhalten mußte, um nicht umzufallen. Er stützte sie mit seinem unverletzten Arm, und sie drückte sich an ihn, bis er fühlen konnte, wie sie ineinander verschmolzen, wie sie es früher getan hatten. Dann brach Roger den Zauber des Augenblicks, indem er losblubberte, wie sein Mantel ruiniert wäre, und Janice löste sich von ihrem Ehemann und ging wieder zu ihrem Geliebten. Aber etwas hatte wieder aufgefunkt. Lloyd flüsterte: »Ich liebe dich«, als er sich aus der Küche zurückzog. Janice formte ein ›Ja‹ mit ihren Lippen und berührte ihre Brüste mit den Händen.

Wieder in seiner Kabine im Parker-Center, ließ Lloyd die Funken vor sich hin glühen, als er sich Gedanken über die logistische »Drecksarbeit« machte. Zuerst machte er Notizen für Computer-Cross-Checks, dann schrieb er ein Memo an alle Departments, das das gesamte Personal der Detective Division auf den Fall und seine wesentlichen Fakten aufmerksam machte. Die Arbeit prägte die Fakten noch tiefer in seinen eigenen Kopf ein und verdrängte den Gedanken, die Sache in die Länge zu ziehen und so das Unvermeidbare hinauszuschieben.

Das Gefühl der Unvermeidbarkeit bohrte in ihm wie Sporen und trieb ihn hinunter in den Computerraum im vierten Stock, wo er den Programmierer Suchfragen nach weiß/mexikanischen Überfallteams mit ihren gegenwärtigen Aufenthaltsorten, männlichen Mexikanern mit Verurteilungen wegen bewaffneten Raubüberfalls und Sexualdelikten, zuletzt aktenkundigen und mutmaßlichen Waffenhändlern, die die Gangs belieferten, eingeben ließ. Die Resultate kamen zwanzig Minuten später – ein Ausdruck von vierzig Namen und den dazugehörigen Vorstrafenregistern. Die ersten beiden Kategorien waren völlige Fehlanzeige; die zwölf gemischtrassigen Banden hatten alle mindestens zwei Mitglieder, die zur Zeit inhaftiert waren, und die neun Mexikaner, die beide Vorstrafen aufwiesen, waren alles Männer zwischen achtundvierzig und einundsechzig.

Lloyd nahm die Liste der Waffenhändler mit hoch in seine Kabine und las die einundzwanzig Namen und Vorstrafenregister durch. Die Schwarzen darunter strich er sofort aus – Latino- und schwarze Gangster haßten einander wie die Pest. Das eliminierte dreizehn Namen, und der Ausdruck zeigte, daß vier der übrigen acht Männer wegen verschiedener Delikte im County-Jail und im State Prison waren. Er notierte sich die vier Namen, die noch blieben: Mark McGuire, Vincent Gisalfi, Luis Calderon und Leon Mazmanian. Dann rief er den seiner Informanten an, dem er am meisten traute, und gab ihm die Namen, eine kurze Zusammenfassung des Hawley/Issler-Falls und die Zusicherung eines Hunderters für gute, harte Informationen. Die Drecksarbeit so hinter sich gebracht, blickte er aus dem Fenster auf den Regen und fragte sich, was Janice machte. Dann ballte er seine verletzte Hand zu einer Faust zusammen und sah nach, ob der Verband noch dicht war. Er war es, die Wunde war trocken, und er zog den Verband herunter und warf ihn in den Papierkorb.

10

Am Morgen seines zweiten bewaffneten Überfalls erwachte Joe Garcia und fand sich Auge in Auge mit einer weiteren plattgedrückten 45er-Patrone, diesmal oben auf der Matratzenfüllung, die aus seiner Sealy Posturepedic ausgetreten war, als er schlief. Als er sich auf den Rücken rollte, sah er das Bauholz, das die Handwerker für die Wiederherstellung seiner Schlafzimmerwand aufgestapelt hatten, und fügte das verbogene Metallstück denen hinzu, die er bereits aus seinen Kleidern und Büchern und Schallplatten herausgepult hatte. Elf. Bobby hatte beide Waffen leergeschossen, insgesamt also vierzehn Kugeln. Ein Stapel seiner Science-Fiction-Taschenbücher, seine Pendletons und sämtliche alten Buddy-Holly-Scheiben waren draufgegangen, und drei der kleinen Drecksdinger versteckten sich immer noch. Sie warteten nur darauf, ihm zu sagen, daß er, obwohl er beinahe zwei Riesen in der Tasche hatte und Bobby für den Schaden aufkam, einunddreißig war, und sich rapide auf ein Schwarzes Loch zubewegte. Nahm man mal an, das Ding von heute brachte zehnmal soviel Geld bei einem zehnmal so gefährlichen Plan, dann bewegte er sich wenigstens reich auf das Schwarze Loch zu. Doch dann würde Bobby ihn zu irgendeinem schmierigen Schwindel überreden, bei dem schnelles Geld zu machen sei, und er bewegte sich pleite auf das Schwarze Loch zu. Als er sich aus dem Bett stieß, lief es Joe kalt den

Rücken herunter, und es gelang ihm, die Ursache dingfest zu machen: Vor zwei Tagen war er ein echter schwerer Junge geworden. Wenn er schon keine Zukunft hatte, dann doch immerhin mit Stil.

Dann wurden seine Augen der Handfeuerwaffe mit Schalldämpfer gewahr, die auf seiner Frisierkommode lag, und die Ursache machte ihn dingfest und verwandelte sein Knie in Gummi. In einer Stunde würde er Straftaten begehen, die ihn für den Rest seines Lebens ins Gefängnis bringen konnten oder ihm auf der Stelle eine Kugel einbrachten. Die eine wirklich gute Zeile aus seinem »epischen« Song, an dem er schon so lange rumbastelte, brachte das Faß zum Überlaufen und ließ seine Arme wie Glibberpudding zittern: »... and death was a thrill on Suicide Hill.«

Joe versuchte das Zittern zu unterdrücken, indem er an Bobby dachte. Er wußte, er würde sauer oder deprimiert oder dankbar werden, wenn er damit fortfuhr, ihn vollzublubbern. Während er sich anzog, erinnerte er sich daran, wie sie in Lincoln Heights aufgewachsen waren, und wie Bobby ihn gehalten hatte, wenn der Alte wieder einmal voll nach Hause kam und nach etwas suchte, auf das er eindreschen konnte; wie er ihn an sein Bett gefesselt hatte, damit er weggehen und ohne ihn spielen konnte; wie alle Nachbarn ihre Familie verachteten, weil nur zwei Kinder zu haben bedeutete, daß sie schlechte Katholiken waren, und wie Bobby die Kinder verprügelte, die behaupteten, sie wären in Wahrheit verkleidete Juden. Bobby rettete damals seinen Arsch, aber als Pater Chacon ihre alte Dame dazu überredete, gegen den Rat des Arztes doch zu versuchen, noch mehr Bälger zur Welt zu bringen, und sie während der Geburt starb, prügelte Bobby die Scheiße aus ihm heraus, als er den bescheuerten alten Priester einen *puto* nannte.

Und Bobby schleppte ihn durch Einbruch und Gefängnis; und Bobby spuckte auf seine Träume; und er konnte sich von ihm absetzen; aber er mußte in L. A. bleiben wegen des Musikgeschäfts, und wenn er in L. A. blieb, fand Bobby ihn, und Bobby brauchte ihn, denn ohne ihn war Bobby ein todsicherer und endgültiger Kandidat für die Gummizelle in Atascadero.

Die Bestandsaufnahme beruhigte Joe soweit, daß er sich rasieren und seine Tarnausstattung anlegen konnte, die aus geschäftsmännischem Anzug und glänzenden schwarzen Schuhen bestand. Aber als er die 45er in seinen Gürtel steckte, kam das Zittern wieder. Dieses Mal bekämpfte er es mit Vorstellungen von Gitarren, Verstärkern, und Aufnahmegeräten im Wert von zehn Riesen. Das funktionierte so lange, bis Bobby in den Eingang sprang, die Arme erhoben wie der

Werwolf vom Dienst, und knurrte, »Auf geht's, *pindejo.* Ich bin hunnnggrig.«

Die Brüder fuhren zu ihrem Ziel.

Sie parkten an Studio und Gage und stopften genug Münzen für zwei Stunden in den Parkometer. Dann gingen sie zu Fuß die drei Blöcke nach Norden zur Hildebrand. Der Straßenverkehr war spärlich, der Fußgängerverkehr non-existent. Um 8:17 erreichten sie Christine Confreys Haus im Ranch-Stil. Ihr roter Toyota war in der Einfahrt geparkt. Bobby sagte: »Geh, wie wenn du der Hausherr wärst;« Joe flüsterte: »Bleib ultrakalt.« Bobby grinste. »Jetzt, kleiner Bruder.«

Sie gingen durch die Einfahrt direkt zur Hintertür. Joe hielt nach Zeugen Ausschau, während Bobby ein Metallineal aus seiner Jackentasche nahm. Er ließ es zwischen Tür und Türpfosten gleiten und drückte nach oben. Das Schloß sprang auf, sie traten ein in einen winzigen Raum, der mit Garten-Klappstühlen gefüllt war. Joe legte den Riegel wieder vor und fühlte, wie sein Schweiß im Moment des Entsetzens über den Einbruch eiskalt wurde: Wenn sie gesehen wurden, war es vorbei.

Bobby beäugte die eigentliche Haustür und hob ein beschmutztes Handtuch vom Boden auf; Joe fingerte ein Stück Nylonschnur aus seiner Gesäßtasche, dann beobachtete er, wie die Lippen seines Bruders einen lautlosen Countdown abzählten. Bei »fünf« legten sie Skimasken und Handschuhe an; bei »eins« stürmten sie los und drängten schnellen Schrittes durch die Tür.

Der Verbindungsgang war ruhig. Joe hörte Musik von einer Tür am entfernten linken Ende und nahm diese Seite des Korridors. Er wußte, daß ein Teil seines Jobs als Wachhund darin bestand, derjenige zu sein, der sich das Mädchen griff. Als die Musik lauter wurde, preßte er sich an die Wand; als die Musik das Pochen seines Herzens übertönte, sprang er durch die offene Tür und auf die Frau, die gerade mit einem Fuß auf dem Rand der Badewanne stand und ein Rasiermesser schnittbereit über ihrem Bein hielt.

Die Frau schrie, als Joes Arme sie umfingen; das Rasiermesser durchschnitt einen Teil ihrer Wade. Bobby stürmte ins Badezimmer und wickelte das Handtuch über ihren Kopf, stopfte ihr einen großen Fetzen davon in den Mund und würgte so ihre Schreie ab. Joe zog das Kleid an den Brüsten zusammen, damit sie nicht herausragten, dann wickelte er die Schnur um sie, drückte ihre Arme an ihre Seite. Als er die Schnur verknotet hatte, hob er das Mädchen vom Boden auf. Sie trat aus und schlug um sich und hielt immer noch das Rasiermesser fest umklammert. Er flüsterte: »Psst, psst, psst. Wir werden Ihnen nichts tun. Wir wollen nur Geld. *Wir wollen nur Geld.*«

Bobby holte seine Klebebandrolle heraus und zog ein langes Stück frei, dann entfernte er das Handtuch. Die Frau gab einen kurzen Kreischlaut von sich, bevor er in der Lage war, das Klebeband um ihren Kopf zu schlingen und es an ihren Mund zu drücken. Als er das Entsetzen in ihren Augen sah, begann sein ganzer Körper zu zucken, und er flüsterte: »Verflucht, bring sie zur Ruhe.«

Joe lockerte den Griff, mit dem er die Frau umfaßt hielt, als Bobby aus dem Badezimmer stolperte. Mit einer Hand nahm er seine 45er heraus und hielt sie vor sie; mit der anderen glättete er ihr zerzaustes Haar. »PSST. PSST. Wir werden ihnen nichts tun. Dies ist ein Überfall. Es hat mit Ihnen zu tun und mit Ihrem Freund Eggers. Sie müssen zwei Dinge tun: Sie müssen ohne Angst sein, aber Sie müssen so tun, als ob Sie Angst hätten, wenn das Telefon klingelt und Sie mit Ihrem Geliebten reden. Mein Kumpel ist ein Irrer, aber ich kann ihn unter Kontrolle behalten. *Behalten Sie die Ruhe, und Ihnen geschieht nichts.*«

Christine Confreys Zittern nahm ein klein wenig ab; Joe konnte fühlen, wie sie überlegte. Als sie das Rasiermesser fallen ließ, lockerte er seinen Griff und schob sie in den Korridor. Dort war Bobby, an die Wand gelehnt, und machte das Daumen-hoch-Zeichen. »Das Telefon wird sehr bald klingeln«, kicherte er.

Joe nickte und brachte Christine ins Schlafzimmer. Er bedeutete Bobby, draußen zu bleiben. Er bemerkte das Telefon auf einem Nachttischchen; es sah aus wie etwas, das gleich explodieren würde. Als es schrill klingelte, sah er seiner Gefangenen in die Augen. »Behalten Sie die Ruhe«, flüsterte er, während er sacht das Klebeband von ihrem Mund zog.

Er nahm den Hörer beim fünften Klingeln ab und sagte: »Eggers?«, beantwortet von einem »J-ja, Chrissy. B-bitte g-geben sie sie mir.« Er nickte Christine zu und hielt die 45er hoch, damit sie sie sehen konnte. Dann reichte er ihr den Hörer.

Sie faßte ihn mit zitternden Händen und versuchte Worte zu formen. Joe unterdrückte ein Verlangen, ihr Haar glatt zu streichen. Endlich fing sich ihre Stimme. »John, hier sind diese zwei Männer. Sie sind bewaffnet und sie sagen, daß sie nur Geld wollen.« Sie beobachtete, wie Joe über den Lauf seiner 45er strich, und ihre Stimme wurde schneller. »Bitte, John, verflucht. Sei jetzt nicht so verflucht gemein – tu, was immer sie dir zu tun auftragen, oder sie werden mich umbringen. Sie – «

Joe griff sich den Hörer und legte seine freie Hand auf Christines Hand. Er sagte: »Begriffen, Eggers?« und bekam als Antwort: »Ja, du Tier.« Joe sagte: »Tu einfach, was unser Freund sagt.« Dann hängte er ein.

Christine Confrey drehte ihren Kopf frei und sagte: »Was nun?« Joe dachte an Streifenwagen mit quietschenden Reifen und Bullen mit Schrotflinten. »Jetzt warten wir«, sagte er. »Höchstens eine Stunde. Dann erhalten wir einen weiteren Anruf, kleben dir den Mund zu, und du siehst uns nie wieder.«

»Du bist ein schleimiges Stück mexikanischer Scheiße«, antwortete Christine Confrey. Joe ertappte sich dabei, gerade zustimmend nicken zu wollen, aber sagte statt dessen: »Ganz ruhig.« Sein Gesicht kam unter der Skimaske ins Schwitzen. Sie fühlte sich wie ein Leichentuch an.

Sie warteten stumm. Christine saß auf dem Bett, Joe stand an der Schlafzimmertür. Er sah auf seine Uhr und hörte zu, wie Bobby kicherte, als er durch die Wohnung streifte. Es war, wie wenn sein Verstand zweigeteilt war, und jede Hälfte arbeitete auf etwas Schlechtes hin. Nach zweiunddreißig Minuten, in denen Joe die Timex angestarrt hatte, explodierte Bobbys Kichern mit einem großen Lachanfall. Dann flog die Tür auf, und der Geistesgestörte mit der Skimaske stand da, eine Illustrierte in der Hand, und knurrte: »Schau mal das Sexheftchen an, Genosse. Super-duper-Muschi.«

Christine deutete auf die Illustrierte, die Bobby schwenkte, schnappte nach Luft und bekam dann heraus: »I-i-ich war neunzehn! Ich brauchte das Geld, und ich habe es nur behalten, weil John gern sieht, wie ich damals aussah und ich – «

Joe bewegte sich zum Bett und wickelte das abgezogene Stück Klebeband um Christines Mund. Bobby war in seinem Rücken und hielt das Exemplar von *Beaverooney* offen; er tippte mit dem rechten Zeigefinger auf die Bilder darin. »Scharf, Brüderchen! Ist diese Hure gut wie Gold, oder heule ich den Mond an? Scharf!«

Um Bobby zu beschwichtigen, warf Joe einen Blick auf das doppelseitige, Beine-breit-Nacktbild. »Ja, aber behalte bitte deine Fassung. Behalte deine beschissene Fassung.«

Bobby schubste ihn beiseite und setzte sich auf den Bettrand. Christine zerrte an Schnur und Klebeband, strampelte mit den Beinen bei dem Versuch, sich wegzudrehen, und verzerrte die Lippen beim Versuch zu schreien. Ein Sturzbbach Urin befleckte die Vorderseite ihres Kleides und rann an ihren Oberschenkeln herunter. Bobby kreischte: »Super-duper«, und faßte beide Knöchel mit der linken

Hand und drückte sie aufs Bett, während seine rechte Hand über ihrer Hüfte kreiste in einer Parodie eines Haifisches, der gleich angreift. Er grunzte: »Da-da-da-da«, und Joe erkannte es als die Titelmelodie des »Weißen Hais«. Bobbys Haifischhand vollführte langsame Achterfiguren; Bobby selbst flüsterte: »Wir wußten, daß du gut bist, Baby, aber ich wußte nicht, wie gut du bist. Gut wie Gold. Ich bin der Haifischmann, Baby. Da-da-da-da. Ich besorg's dir super-duper mit der Flosse und noch besser mit der Schnauze.«

Joe wimmerte: »Nein, nein, nein«, als Bobby seine Zunge durch das Loch in der Skimaske steckte und seinen Kopf senkte; als Bobbys Mund Christines Bein berührte, kreischte Joe: »Nein, du verfluchter Sex-Strolch, nein!«

Das Telefon klingelte. Bobby riß den Kopf hoch, als Joe auf den Nachttisch zuging. Er zog die 45er aus dem Hosenbund und zielte damit direkt zwischen die Augen seines Bruders. »Laß es weiterläuten, *pluto*. Der Hai möchte etwas Schnauze geben, und kein weicharschiger Wachhund wird ihn davon abhalten.«

Joe wich an die Wand zurück; das Telefon klingelte sechs weitere Male, dann hörte es auf. Bobby kicherte und begann laut zu schlürfen. Christine preßte ihre Augen zu und versuchte ihre Hände zum Gebet zusammenzubringen. Joe schloß seine Augen, und als er Bobby kichern hörte »Der Haifisch taucht«, stolperte er aus dem Schlafzimmer, im Kopf Bilder von Tränengas, Hackebeilchen und Tod.

Dann krachte es auf einmal laut an der Rückseite des Hauses. Joe öffnete die Augen und sah Duane Rice den Korridor entlang rennen, Aktentasche und 45er in den Händen und ohne Skimaske und falschen Bart. Das Haus wurde still, dann hallte Bobbys »Haimann, Haimann« wie Donner. Rice brach ins Schlafzimmer, und Joe hörte ein Geräusch, das er noch nie zuvor gehört hatte: Bobby kreischte vor Entsetzen.

Er rannte zur Tür des Schlafzimmers und sah hinein. Rice hatte Bobby am Boden und drosch auf seinen Leib ein. Christine Confrey war immer noch auf dem Bett und versuchte zu schreien. Ihr Kleid war über ihren Bauch hochgezogen, und ihr Schlüpfer war um ihre Knöchel gerollt. Joe rannte zum Bett und zog das Kleid herunter, dann faßte er Duane Rices Schultern und schrie: »Hör auf, hör auf, du bringst ihn um.«

Rices Kopf und Fäuste zuckten im selben Augenblick zurück, und er drehte sich, um zu der Stimme aufzusehen. Joe sagte: »Bitte«, und Rice mühte sich auf die Beine und keuchte: »Nimm die Aktentasche.«

Bobby stöhnte und rollte sich zu einer Kugel; Christine versuchte ihren Kopf in den Leintüchern zu vergraben. Rice fühlte, wie das pochende Rot, das ihn verzehrte, nachließ. Als Joe zurückkam, in der Hand die Aktentasche, drückte er seine Schultern an die Wand und zischte: »Hör mir gut zu, dann kommen wir durch. Schaff Psycho hier weg und halte ihn an der kurzen Leine, so kurz wie nie zuvor. Fessele die Frau noch besser, und laß dieses Stück Scheiße nicht in ihre Nähe. Wenn ich herausfinde, daß er sie auch nur noch einmal angefaßt hat, bringe ich ihn um. Glaubst du mir?«

Joe nickte und sagte: »Ja.« Rice ließ ihn los, öffnete die Aktentasche und machte sich daran, mehrere Handvoll Geld herauszunehmen, die er auf das Bett fallen ließ. Als die Tasche halb leer war, deutete er auf den Haufen und sagte: »Euer Anteil. Ich rufe dich heute abend an. Aus einem unerfindlichen Grund vertraue ich dir, also kümmere dich um ihn.«

Joe blickte auf die Bargeldbündel, die die zerwühlten Leintücher und Christine Confreys Beine bedeckten, und sah dann herunter auf Bobby, der sich langsam auf die Knie aufrichtete. Er drehte sich um, um nach Duane Rice zu sehen, aber er war schon weg.

Rice zwang sich, langsam zu dem Trans Am zu gehen, der einen Block von Christine Confreys Haus geparkt war. Er schwang den Aktenkoffer wie Mister Braver Bürger und fragte sich, wie gut die Frau sein Gesicht wohl gesehen hatte, und warum ihr Gesicht für den Bruchteil einer Sekunde genau wie das von Vandy ausgesehen hatte. Dann fiel ihm ein, wie Joe Garcia seinen Bruder bei ihrem ersten Treffen einen Sexstrolch geschimpft hatte, und wie er es als Alberei abgetan hatte. Eggers war völlig weggetreten vom *Angels Dust,* aber Bobby Boogaloo hatte sie an den Rand des Abgrunds gebracht.

Nachdem er die Aktentasche im Kofferraum verstaut hatte, fuhr Rice die Gage runter bis zur Studio, und an der Ecke sah er den 77er Camaro der Garcias am Straßenrand geparkt. Er fuhr auf den Parkplatz eines Schnapsladens auf der anderen Straßenseite, um den Abgang der Brüder zu beobachten und zu sehen, ob die Bullen sich der Bude der Confrey näherten. Wenn keine Streifenwagen über sie herfielen, und Joe & der Sexstrolch gut waren, hatten sie es geschafft, und Pico und Westholme war immer noch im Bereich des Möglichen.

Er dachte an die Beute, an die schiere Kühnheit, Eggers sterile Höhle ein bißchen aufzumischen, und an den Ausdruck auf seinem Gesicht, als er ihm die Messer zeigte, die er gestohlen hatte, und hinzufügte: »Christine Confrey, ritsch, ratsch. Deine Fingerabdrücke. *Du weißt, was ich will.*« Der Gesichtsausdruck besserte sich, als der

Raubzug seinen Lauf nahm und der Bankmann begriff, daß gehorchen der einzige Ausweg war. Und obwohl die Beute wahrscheinlich allerhöchstens zwölf Riesen ausmachte, war es immer noch doppelt so viel wie beim ersten Mal – ein gutes Omen und ein noch besserer Appetitanreger.

Nach zehn Minuten waren weder Streifenwagen noch unmarkierte Personenwagen aufgetaucht, und er konnte die Gage ganz hoch schauen und sehen, daß das Haus immer noch ungestört war. Seine Hände pochten von den Schlägen, die er Bobby Garcia verpaßt hatte, und er umklammerte das Lenkrad, um den Schmerz unter Kontrolle zu halten. Nach zwanzig Minuten schwenkten die Garcias von einem Block östlich der Gage auf den Studio Boulevard. Sie gingen Seite an Seite und trugen Einkaufstüten, die ihre Gesichter teilweise verdeckten. Bobby hinkte, vermutlich hatte er Unterleibsschmerzen, und Joe redete ihm die ganze Zeit gut zu, mehr wie ein Vater als wie ein kleiner Bruder. Rice lächelte, als sie in ihren Camaro stiegen und wegfuhren. Für einen ängstlichen Trittbrettgangster hatte Joe Garcia ganz schön Mumm. Wenn er den Mumm des Sexstrolchs drei Stunden lang im Zaum halten konnte, würde er Pico und Westholme wahr werden lassen.

Als er »heim« zum Holiday Inn kam, tauschte Rice seinen Bankräuberanzug ein gegen eine neue Hemd-Jeanskombination und zählte den Erlös des Eggers/Confrey-Jobs. Seine Hälfte der willkürlichen Teilung kam auf fünftausendeinhundertfünfzehn Dollar. Das Geld zu liebkosen, schien obszön, und er erinnerte sich an das, was ihm ein weichherziger alter Bulle in Soledad erzählt hatte: Ficke keine Huren, denn sonst sehen allmählich alle Frauen wie Huren aus. Christine Confreys entsetztes Gesicht fiel ihm wieder ein, und er fragte sich, ob alle Frauen, wenn man eine Frau liebte, anfingen, so wie sie auszusehen? Und obwohl Christine und Vandy physisch das Gegenteil voneinander waren, war ihre Ähnlichkeit seltsam.

Rice sah auf das Telefon und spielte mit dem Gedanken, die Schmiere anzurufen und auf Christine hinzuweisen, verwarf es dann beim zweiten Gedanken als schieren Selbstmord und wählte die illegale Nummer von Louie Calderon.

Louie nahm beim ersten Läuten ab. »Am Apparat.«

»Duane. Irgendwelche Nachrichten für mich?«

»Duane das Hirn. Wie hängt der Schwanz?«

»Ein später Meter. Irgendwelche Anrufe?«

»Ja. Wenn ein Nigger und ein Mexikaner gleichzeitig vom Dach des Occidental Buildings springen, wer prallt zuerst am Boden auf?«

»Jesus, Louie, wer?«

»Der Nigger, denn der Mexikaner muß auf dem Weg nach unten anhalten und seinen Namen auf die Mauer sprühen.« Louie bekam einen Lachanfall, fing sich wieder und sagte: »Ich fand es witzig, und ich bin ein verfluchter Mexikaner. Stift parat?«

»Ich merk's mir so. Schieß los.«

»Okay. Ruf Rhonda an – 654-8996. Supersexy Stimme, Duane, wirklich toll.«

Rice sagte »Ja« und hängte auf, dann wählte er Rhondas Nummer. Nach dem sechsten Läuten kam die schläfrige Stimme der anschaffenden Börsenmaklerin aus der Leitung. »Ja?«

»Hier ist Duane Rice. Hast du was für mich?«

»Mach dich auf was gefaßt, Duane.«

»Sag's mir!«

Rhonda atmete tief aus, und sagte dann: »Ich habe herausgefunden, daß Anne eine Zeitlang für Silver Foxes angeschafft hat, vor ein paar Monaten. Jetzt ist sie zu einem Mann gezogen – einem Videoentrepreneur. Ich bin ziemlich sicher, daß es so eine Kokshurensache ist. Er ist schwer drin in Rockvideos und, nun, ich...«

Rice sagte: »Ganz langsam jetzt, und du bist einen Riesen reicher. Name, Adresse und Telefonnummer. Ganz langsam.«

»Kannst du mir das Geld Montag oder Dienstag geben? Ich fahre übers Wochenende zu den Thermen, und die Rate für mein Auto ist fällig.«

Rice schrie: »Sag's mir, zur Hölle, du verfluchte Hure!«

Rhonda brüllte zurück: »Stan Klein, Mount Olympus Etates, Nummer vierzehn. Du bist eine größere Hure als ich, und ich will mein Geld!«

Klein, der Dopedealer, der ihn vermutlich verpfiffen hatte und dafür verantwortlich war, daß sie ihn wegen Autodiebstahls hochgenommen hatten.

Klein, der Gigolo, der seiner Meinung nach schon immer scharf auf Vandy gewesen war, und –

Das Hotelzimmer drehte sich; ein Adrenalinschub strömte durch Rice wie die Drogendosis, die ihn drei Jahre seines Lebens gekostet hatte. Das Telefon fiel zu Boden, und durch einen langen roten Tunnel hallte das Echo von Rhondas Stimme: »Es tut mir leid, Duane, es tut mir leid. Es tut mir wirklich leid.«

Alles spielte verrückt, dann traf es ihn wie Eiswasser und Starkstrom gleichzeitig.

Du kannst ihn nicht töten.

Du kannst ihn nicht töten, weil sie dich mit ihm in Verbindung bringen können.

Du kannst ihn nicht töten, weil sie Vandy mit ihm in Verbindung bringen können und sie dann im Sybil Brand-Frauengefängnis ausquetschen können, und sie ein gefundenes Fressen für die Lesben dort ist.

Du kannst ihn nicht töten, weil dann Sense war für dich und Vandy mit der Rockszene in New York und mit dem Haus in Connecticut, und –

Es war genug Eiswasser-Treibstoff. Rice rannte zum Trans Am. Als zusätzliche Versicherung ließ er die 45er unter dem Kopfkissen liegen. Rhondas Flehen klang immer noch aus dem Telefon: »Es tut mir scheißleid, aber ich brauche Geld! Du hast es versprochen! Du hast es versprochen!«

Mount Olympus war ein besseres Wohngebiet mit zweistöckigen Villen im mediterranen Stil bei der Fairfax im unteren Teil der Hollywood Hills. Rice fuhr langsam die Zufahrtsstraße hoch und suchte nach Stan Kleins rotem Porsche mit dem persönlichen Nummernschild »Stan the Man«. Als er nur Benze, Caddys und Audis sah, meistens farblich zu den entsprechenden Häusern passend, bog er in die leere Auffahrt von Nummer 14 und nahm beim Aussteigen einen schmalen Schraubenzieher aus dem Handschuhfach.

Die Fenster waren zu hoch, um heranzureichen, aber die Tür machte keinen stabilen Eindruck. Rice läutete, wartete zwanzig Sekunden, läutete dann noch einmal. Als er hörte, daß sich drinnen nichts tat, steckte er den Schraubenzieher direkt über dem Schloß in den Türrahmen und zog. Das billige Sperrholz brach, und die Tür ging auf.

Er trat ein, schloß die Tür und machte sich im Kopf eine Notiz, keine Fingerabdrücke zu hinterlassen. Das Eingangsfoyer war dunkel, aber zu seiner Linken konnte er ein großes Wohnzimmer mit hoher Decke sehen.

Rice ging hinein und staunte. Jeder freie Zentimeter an Boden und Wand war mit Stereo- und Videogeräten bedeckt. V. C. R.s und Betamaxrecorder waren entlang einer Wand vom Boden bis zur Decke gestapelt; Heimcomputerterminals, Fernsehapparate und riesige Pappkartons, die bis oben hin mit Sony-Walkmans gefüllt waren, waren am Boden aufgereiht. Drei Pac-Man-Automaten waren neben der Tür aufgestellt, und der Rest des Raums wurde von Stapeln kleiner Pappschachteln eingenommen. Rice bahnte sich einen Weg in das Wirrwarr und griff sich willkürlich eine Schachtel heraus. Rhonda der Fuchs und ein nackter Mann waren auf der Hülle abgebildet, unter der Aufschrift: »Help me, Rhonda« – The Beach Boys. Privates Sammlerstück – erhältlich nur bei Stan Man Enterprises, Postfach 83 16, L. A., Calif 90036.

Alles wurde rot.

Rice durchwühlte jede Schachtel im Raum, studierte jeden Umschlag. Misthaufenweise nackte Frauen und goldene Oldies, aber keine Vandy. Er wurde wieder ruhig und kalt, als er oben auf einem Farbfernseher ein Telefon und einen Anrufbeantworter entdeckte. Er drückt auf den »Nachricht«-Knopf und bekam: Hallo, hier ist Stan Klein am Apparat für Stan Man Enterprises. Annie und ich sind bei Videodreharbeiten, aber Montag abend wieder zurück. Sprich mit dem Piepton, Tschüß.«

Rice drückte »Anrufe«. Zuerst kam Bandrauschen, gefolgt von einem Piepton und einer männlichen Stimme: »Stanley Baby, hier ist Chick. Hör zu, Annie war affengeil. Unglaublicher Schädel. Also, hör zu, wenn's dir zeitlich paßt, können wir ja so um Dienstag rum über den Anzeigenraum reden? Ruf zurück.« Piep. »Stan, hier ist Ward Carter. Ich... äh... möchte mich bedanken für die, äh, Eskimogastfreundschaft. Annie war fabulös. Was das Pornovideo angeht, es ist zwar völlig illegal, was die Songrechte angeht, aber ich bin sicher, ich kann es arrangieren mit diesem Kerl, den ich kenne und der eine Kette von X-rated Motels betreibt. Er gehört zum Syndikat, und du weißt ja, wie sehr diese Burschen auf Blondinen stehen, vielleicht kannst du ja eine entsprechende Party arrangieren? Wir sprechen uns so um Montag.«

Den Rest der Mitteilungen hörte er nicht mehr; ein grauenhaftes Heulen übertönte sie. Rice fragte sich, woher das Geräusch wohl kam. Als seine Augen zu brennen anfingen, wußte er, daß er zum ersten Mal seit der sechsten Klasse in Hawaian Garbage wieder weinte.

11

Lloyd schlief in seiner Kabine im Parker-Center, als das Telefon klingelte. Er erwachte ruckartig, zog seine Beine vom Tisch und sah auf die Uhr: 2 Uhr 40. Nachmittagsnickerchen: ein weiteres Zeichen unaufhaltsam heranrückenden Alters. Er griff sich den Hörer und sagte: »Abteilung Kapitalverbrechen. Hopkins.«

»Peter Kapek. Wir haben noch einen. Ich habe hier den Filialleiter; er hat eingewilligt, ohne Anwalt zu reden. West L. A. FBI-Gebäude, vierter Stock, Befragungsräume. Fünfundvierzig Minuten?«

»Dreißig und ein paar zerquetschte«, sagte Lloyd und hängte ein. Er schaffte die Strecke in fünfunddreißig, mit Bleifuß und Blaulicht, dann rannte er die Treppen hoch zu den Büros der FBI Criminal Division. Die Rezeptionistin sah auf seine Marke und wies ihn in Richtung eines langen Korridors, der aufgeteilt war in Plexiglaskabinen auf der einen und Abhörräume auf der anderen Seite. Am hinteren Ende blickte er durch die Einwegscheibe und sah Peter Kapek und einen Mann mittleren Alters in einem Tweedanzug an einem Metalltisch sitzen. Der Mann wirkte gefaßt, Kapek angestrengt, wie er sich Notizen auf einem Schmierblock machte.

Lloyd schritt quer durch den Vorraum zu der Kabine, in der eine Stenotypistin mit Kopfhörern die Befragung niederschrieb. Er sagte: »L. A. P. D.«, und die Frau nickte und riß die lange Papierrolle ab, die aus ihrer Maschine quoll. »Es ist vollständig«, sagte sie. »Sie haben nicht sehr viel verpaßt.«

Lloyd nahm das Papier und zog es straff. Er kniff die Augen zusammen, um die Computerschrift zu entziffern:

14 Uhr 45; 9. 12. 84, W. L. A. FED. CRIM. DIV.
Anwesend: SA PETER KAPEK, JOHN BROWNELL EGGERS, HAUTFARBE: WEISS, GESCHLECHT: MÄNNLICH, GEB.: 28. 6. 39, KEINE HAFTBEFEHLE; KEINE VORLADUNGEN; KEINE VORSTRAFEN.
Betr.: ÜBERFALL AUF DIE SECURITY PACIFIC BANK, 7981 LANKERSHIM BLVD., VAN NUYS.
DER BEFRAGTE VERZICHTETE AUF RECHTSBEISTAND.
P. K.: MISTER EGGERS, ICH MÖCHTE, DASS SIE VERGESSEN, WAS SIE DEN L. A. P. D.-BEAMTEN VOM REVIER AUF DER FAHRT HIERHER BEREITS ERZÄHLT HABEN. ICH MÖCHTE EINE CHRONOLOGISCHE REKONSTRUKTION DER HEUTIGEN EREIGNISSE! LASSEN SIE SICH ZEIT, UND SEIEN SIE SO DETAILIERT, WIE ES IHNEN BELIEBT.
J. E.: SELBSTVERSTÄNDLICH. ICH GING HEUTE MORGEN FRÜHZEITIG ZUR BANK – GEGEN 8 UHR 30 – WEIL ICH NOCH EINIGE PAPIERE DURCHSEHEN MUSSTE. ALS ICH GERADE DIE TÜR AUFSCHLIESSEN WOLLTE –
P. K.: ENTSCHULDIGEN SIE, MR. EGGERS. WAR NOCH JEMAND IN DER BANK?

J. E.: Nein, niemand. Das Personal kommt erst um 9 Uhr 15.

P. K.: Danke. Fahren Sie bitte fort.

J. E.: Als ich gerade die Tür aufschliessen wollte, trat ein Mann an mich heran. Es war ein weisser Mann, um die dreissig, ungefähr 1,80, vielleicht 170 Pfund, mittelbraunes Haar, sauber, gepflegter Oberlippen- und Kinnbart. Er trug einen billigen hellbraunen, dreiteiligen Anzug und eine Aktentasche, und ich sah ihn weder in ein Fahrzeug einsteigen, noch aussteigen.

(Lange Pause)

Der Mann zeigte mir eine Waffe in einem Schulterhalfter und sagte mir, dass *er* derjenige war, der zwei Nächte zuvor in mein Haus eingedrungen war. Ich hatte das bereits der Polizei gemeldet. Er liess mich die Tür aufschliessen, dann ging er mit mir zu meinem Tisch. Er sagte mir, dass er Geld aus dem Tresor wolle, so viel wie ich bei mir nach draussen tragen könne, sobald das Zeitschloss bei Geschäftsbeginn aufging. Dann… *(Pause)*

Dann zog der Mann ein Messer, dass er aus meiner Küche gestohlen hatte. Er sagte mir, dass zwei seiner Komplizen meine Frau und meine Tochter in unserem Ferienhaus in Lake Arrowhead als Geiseln gefangen hielten, und dass sie, wenn ich nicht mitspielte, erst vergewaltigt und dann mit einem weiterem meiner Messer, von dem er wusste, dass meine Fingerabdrücke darauf waren, zerstückelt wurden. Ich sagte, dass ich mitspielte, und flehte den Mann an, seine Partner meiner Familie nichts antun zu lassen.

P. K.: Weiter, Mr. Eggers. Bitte langsam.

J. E.: Der Gedanke an meine Frau und an meine Tochter als Geiseln entsetzte mich. Der Mann befahl mir, mich an meinen Tisch zu setzen. Gesicht zum Fenster, Hände im Schoss, und so bis Geschäftsbeginn zu verweilen. Er sagte, er würde auf der anderen Strassenseite sein und mich beobachten und warten. Um 9 Uhr 35 sollte ich mit dem Geld nach draussen gehen, und er würde mich finden. Er sagte, wenn ich die Polizei anriefe oder zur festgelegten Zeit nicht

DRAUSSEN WAR, BEDEUTETE DAS DEN TOD FÜR MEINE FRAU UND MEINE TOCHTER – WEIL SEINE PARTNER SIE UM GENAU 9 UHR 40 TÖTEN WÜRDEN, WENN ER IHNEN NICHT »ALLES KLAR« SIGNALISIERTE.
(Pause)
UM 9 UHR 30, ALS DAS GELD AN DIE SCHALTER VERTEILT WAR, STÜRZTE ICH MICH AUF DEN INHALT EINES SCHALTERFACHS. ICH KONNTE NICHT MEHR KLAR DENKEN, ICH MURMELTE IRGEND ETWAS ÜBER EINE BARABHEBUNG, STOPFTE DAS GELD IN MEINE TASCHEN UND GING HINAUS. ALS ICH AUSSER SICHTWEITE DER BANK WAR, SCHNAPPTE MICH DER RÄUBER UND ZWANG MICH, IHM DAS GELD ZU ÜBERGEBEN. DANN FÜHRTE ER MICH ZU MEINEM WAGEN UND LIESS MICH HINTER DEM FAHRERSITZ PLATZ NEHMEN UND SCHOSS AUF MICH MIT DIESER STRAHLENPISTOLE, UND ICH VERLOR DAS BEWUSSTSEIN. ALS ICH WIEDER ZU MIR KAM, GEGEN EIN UHR, HATTE ICH FURCHTBARE KOPFSCHMERZEN. ICH RANNTE ZU EINEM MÜNZTELEFON UND RIEF MEINE FRAU IN ARROWHEAD AN, UND SIE UND KATHY WAREN UNBEHELLIGT-.NIEMAND HATTE SIE GEFANGEN GEHALTEN! ICH WAR REINGELEGT WORDEN! DIE POLIZEI WAR IN DER BANK, WEIL ICH STUNDENLANG VERSCHWUNDEN WAR, UND DEN REST KENNEN SIE.
P. K.: WENN WIR NOCH EINMAL ZURÜCKGEHEN. MR. EGGERS, KÖNNTEN SIE IRGENDWELCHE AUFFÄLLIGEN EIGENHEITEN DES BANKRÄUBERS BESCHREIBEN?

Der Computerausdruck endete. Lloyd reichte ihn der Stenotypistin zurück und ging durch den Gang und starrte den Filialleiter durch die Einwegscheibe hindurch an. Er fragte sich, wieviel von diesem Mist Kapek für bare Münze nahm. Er dachte, »Zur Hölle damit« und klopfte an die Tür. Er trat zur Seite, damit Eggers ihn nicht sehen konnte. Sekunden später kam Kapek in den Flur, sah Lloyd und lächelte. »Ist dieser Pfeifenkopf nicht glatt wie Hundescheiße? Wie gefällt er Ihnen?«

Lloyd imitierte das Lächeln. »Erstatten Sie Anzeige gegen ihn?«

»Womit? Meineid? Das ist wohl eher Ihre Tour. Bis jetzt haben wir nur einen Schürzenjäger, der versucht, seinen guten Ruf zu wahren. Abgesehen von der Affenscheiße mit Lake Arrowhead und der Nichterwähnung seines Zuckerschnuckelchens sagt er die Wahrheit. Ich werde ihn ein bißchen unter Druck setzen und ihn dann mit Bitten und

Feilschen dazu bringen zu kooperieren, in dem ich ihm Immunität betreffs seiner Geliebten zusage.«

Lloyd schüttelte den Kopf. »Kapek, das können wir nicht tun. Das ist jetzt das zweite Mal in drei Tagen, und die Vorgehensweise wird immer riskanter. Wir brauchen für diese Sache eine Fahndung in den Medien. Haben Sie ihm Hawley und Issler vor den Latz geknallt?«

»Er kennt sie nicht. Das glaube ich auch hundertprozentig. Diese ganze Sache geht mir allmählich auf die Nerven, Hopkins. Konnten sie irgend etwas aus Ihren Unterlagen erfahren? Von Ihren Informanten?«

Lloyd faßte Kapeks Arm und führte ihn den Gang hinunter, außer Hörweite der Stenokabinen. »Gehen sie nicht so fair mit diesem Scherzbold um«, sagte er. »Er ist aalglatt und ein sturer Bock, und er wird uns mehrere Tage damit vertun lassen, seine Geliebte zu identifizieren.«

Kapek machte seinen Arm mit einem Ruck frei. »Er wird mitspielen. Sobald ich ihn frage, ob er fremd geht, klappt er zusammen.«

»Quatsch! Soll ich's noch mal rekonstruieren? Das mit den gestohlenen Messern kauf ich ihm ab – unsere Burschen. Eggers ist nicht smart genug, sich so was einfallen zu lassen. Der Raub spielte sich so ab, wie er es dargestellt hat. Unsere Jungs haben Pech gehabt mit den Reiseschecks, und sie sind sauer. Nur, daß Eggers aus dem PCP-Rausch erwachte und versuchte, seinen Arsch zu retten. Er machte den Anruf nach Arrowhead von einem Münztelefon aus, vermutlich mit einer Kreditkarte, damit es schriftlich festgehalten wird, und er ließ sich wieder einen klaren Kopf machen, bevor er wieder zur Bank ging, um seine Sinne beisammenzuhaben. Er sollte bis über beide Kiemen bedröhnt sein, aber er ist Mister Klarheit in Person. Wenn Sie Ehebruch auch nur erwähnen, wird er sein Maul so klein machen wie das Arschloch eines Wanderkrebses.«

»Nein, *wird er nicht.*«

Lloyd murmelte: »Scheiße. War das wahr mit dem Einbruch in seiner Bude?«

»Völlig«, sagte Kapek. »Ich habe den Bericht vor einer Stunde gelesen – keine Zeugen, keine Abdrücke – nichts.«

»Augenzeugen in der Bank?«

»Zero.«

»Scheiße! Lassen Sie uns Eggers die Daumenschrauben anlegen.«

»Sie sind ein Prügelbulle, Hopkins. Ich nicht. Eggers ist ein großer Mann, so daß die Angels Dust-Dosis ihn nicht so fertig gemacht hat wie Hawley. Wir machen es auf meine Art.« Er schüttelte den Kopf und machte Anstalten wegzugehen. Lloyd trat vor ihn und ließ seine Stimme besänftigend klingen. »Hören Sie zu, vertrauen Sie mir mal. Drehen Sie die Heizung im Verhörzimmer hoch, bringen Sie ihn dazu, sein Jackett auszuziehen. Sie werden eine Einstichspur oder ein Heftpflaster in einer seiner Ellenbogenbeugen entdecken. Ich schätze, er hat nicht einmal in der Bude seiner Geliebten vorbeigeschaut, um zu sehen, ob sie okay ist. Der Schwanzlutscher hat auf der Stelle den Familiendoktor aufgesucht und dann begonnen, seinen Arsch zu decken. Setzen Sie ihn auf freien Fuß, wie wenn alles Paletti wäre, und er wird uns direkt zu ihr führen.«

Kapek lächelte. »Gut. Aber wenn da keine Spur und kein Pflaster ist, machen wir es auf meine Art.« Er ging zum vorderen Ende des Korridors und sprach mit der Rezeptionistin. Dann kam er zurück und blinzelte. »Gut?«

Fünf Minuten später wurde es allmählich wärmer im Korridor; zehn Minuten später war es ausgesprochen heiß. Lloyd beobachtete durch die Einwegscheibe, wie John Eggers auf seinem Stuhl hin und her rutschte und schließlich sein Jackett auszog. Kapek machte es ihm nach und rollte dann seine Ärmel hoch. Dieses Mal machte es Eggers dem FBI-Mann nach, und als Lloyd die Augen zusammenkniff, konnte er das kleine, kreisförmige Heftpflaster auf der Innenseite des linken Ellenbogens sehen.

Kapek stand auf und streckte sich. Dann ging er an Eggers vorbei auf den Korridor. Als er Lloyd sah, schloß er die Tür und sagte: »Sie hatten Recht. Ich schicke Olio in fünf Minuten mit einem Taxi heim. Folgen Sie ihm, aber wenn er zu seiner Torte geht, schreiten Sie nicht ein, sondern rufen mich an.«

Er zog langsam einen Finger über seine Kehle. »Das meine ich ernst. Außerdem sollten wir uns noch einmal treffen. Van Nuys-Revier um sechs?«

Lloyd sagte: »Sei dort oder bleib fort«, dann wischte er eine Schweißspur von seiner Stirn und ging die Treppen hinunter. Auf dem Parkplatz stellte er sich neben den Seitenstraßeneingang und wartete auf die Ankunft des Taxis. Kurz darauf fuhr ein Yellow Cab vor und rollte zum Hintereingang des Gebäudes. Heraus kam John Eggers, die Jacke über die Schulter geschwungen. Er stieg ein. Als das Taxi in die Veteran Avenue einbog, zählte Lloyd bis fünfundzwanzig und machte sich an die Verfolgung.

Er holte das Taxi auf der Auffahrt zum 405 in Richtung Norden ein und ließ ein Auto zwischen sie kommen, als sie in Richtung Valley fuhren. Bei Ventura verließ das Taxi den Highway und schwenkte ostwärts. Er blieb in der mittleren Spur, und der Fahrer gondelte so wuterregend langsam, daß Lloyd den Wunsch verspürte, ihn mit der Schnauze seines unmarkierten Fahrzeugs zu rammen und ihn den gesamten Weg zu Eggers Ziel zu schieben. Gerade als er glaubte, daß seine Verzweiflung jetzt bald ihren Höhepunkt erreichen würde, bog das Taxi ruckartig hart links in die Gage Avenue und fuhr in Richtung Norden. Lloyd wurde kribbelig. Die Gegend war zu abgewirtschaftet für einen leitenden Bankangestellten mittleren Alters; sie fuhren zur Bude seiner Freundin. Als das Taxi an der Ecke zur Hildebrand an den Rand fuhr, rollte er weiter und schaute durch seinen Seitenspiegel nach hinten. Eggers stieg aus und lief die Treppen eines bescheidenen Hauses im Rancho-Stil hinauf und öffnete die Tür. Lloyd parkte und ging die Straße hinunter zu seinem Ziel. Er suchte die Fenster nach geeigneten Lauschplätzen ab. Er entschied sich, um das Haus herumzustreifen, und ging durch die Einfahrt, die Ohren gespitzt nach Schluchz- und Trostlauten. Er war um die ganze Rückseite herum auf der anderen Seite, als er den Klang eines reinen, harten, weiblichen Zorns hörte. »...und du bist an allem schuld, du Bastard! Sie hatten vor, mich in Ruhe zu lassen, bis der Fiese dieses dreckige Bilderalbum fand, in das du so verschissen verliebt bist!« Ihre Stimme nahm den Ton an, den man gegenüber Kleinkindern anschlägt: »Das arme Johnnyleinchen ist überfallen worden, und es hat sooo Angst, daß das Bankileinchen und das Ehefrauileinchen von seiner Affaire mit Chrissileinchen Wind bekommen werden. Oooh. Das böse alte Räuberleinchen hat Johnnyleinchen eine Dosis Hundebetäubungsmitteleinchen verpaßt, und sein Brooksileinchen Anzug ist gaaanz zerknittert worden. Oooh.« Ein scharfes, lautes Geräusch von Fleisch auf Fleisch war zu hören, dann, ganz sanft und vor Verachtung triefend, die Stimme der Frau: »Der Kerl, der dich beraubt hat, ist verflucht mehr ein Mann, als du es je sein wirst. Denke darüber nach, John. Das nächste Mal, wenn du losblubberst von all den Opfern, die du gebracht hast, um bei mir sein zu können, denke an diesen Mann, der einen seiner Partner verprügelt hat, um zu verhindern, daß ich vergewaltigt werde.«

Eggers Erwiderung war kriecherisch wie ein getretener Hund. »Aber du wirst doch der Polizei nichts erzählen? Chrissy, mein Job – *unsere* Zukunft hängt davon ab, daß dies hier unter uns bleibt.«

»Nein«, sagte die Frau, »ich werde nichts erzählen. Ich mache mir zuviel aus dir, um dich auf diese Art zu treffen. Aber nimm dir *das* mit auf den Weg, wenn du morgen deine Frau in Arrowhead siehst.

Er war sexy, und irgendwann einmal, wenn wir bumsen, werde ich an ihn denken, an den Mann, der dich schwach und töricht aussehen ließ. Und jetzt geh aus meinen Augen.«

Lloyd lehnte sich an die Hauswand und lauschte dem Klang eines kraftlosen, fußstampfenden Abgangs. Als die Tür zuknallte, trat das Weinen der Frau in den Vordergrund, und er wartete, bis die Schluchzer verstummten, bevor er zur Vordertür ging. Als er läutete, zitterten seine Hände. Er sah auf den Namen, der über dem Klingelknopf angeklebt war – Christine Confrey –, und fragte sich, wie die Frau mit der impulsiven Stimme wohl aussah.

Die Tür schwang auf, und er sah es. Chrissy Confrey war eine kleine Frau mit einem Gesicht aus lauter perfekt zusammenpassenden Teilen: hohe Wangenknochen, breite Nase und spitzes Kinn. Ihr Haar war glatt und lang, und ihre Tränen waren bereits getrocknet. Ihr gutes Aussehen ließ Lloyd zusammenzucken, und er realisierte, daß er nicht wußte, wie er die Befragung durchziehen sollte. Er hielt seine Polizeimarke vor sich und sagte: »L. A. P. D. Ich weiß alles darüber, Miss Confrey. Zwei Mexikaner mit Skimasken, einer leise sprechend, der andere der Bursche, der versucht hat, sich an Ihnen zu vergehen, und der Weiße, von dem Sie sprach – «

Christine Confrey versuchte die Tür zuzudrücken. Lloyd klemmte seinen Fuß in den Türrahmen und drängte sich in die Wohnung. Er schob die Tür und Christine, die dahinter stand, mit der Schulter beiseite und hielt seine Hände in einer Keine-schlechten-Absichten-Pose hoch. »Ich weiß, was Sie durchgemacht haben«, sagte er. »Alles, was ich will, ist, daß Sie sich ein paar Fotos anschauen. Werden Sie das tun?«

Christine zischte: »Raus«; Lloyd machte einen Schritt auf sie zu. »Sie können Ihre Aussage vor einem weiblichen Beamten machen, und ich werde versuchen, Ihre Beziehung zu Eggers herauszuhalten. Das ist der zweite dieser Überfälle, und ich möchte, daß Sie ein paar Fotos anschauen, die die anderen Opfer vermutlich nicht gesehen haben. Es wird nicht lange dauern.«

Ihr Gesicht wurde zu einer haßverzerrten Maske, und Christine sagte: »Lassen Sie doch John Eggers Ihre Bilder anschauen. Das ist sein Schlamassel, nicht meiner.«

»Das werde ich auch«, sagte Lloyd, »aber ich brauche auch Sie. Opfer tendieren dazu, das Aussehen ihrer Angreifer zu verdrängen und schnelle *Cross-Check I. D.'s* können sehr hilfreich sein. Ich weiß, daß Sie den Mann gut sehen konnten.«

Christines Gesichtsmaske verhärtete sich so stark, daß Lloyd dachte, ihre Züge würden bersten. »Sie sind der Angreifer. Wie ein Spanner am Fenster. Raus!«

Lloyd lehnte sich an die Tür und fragte sich, was zu tun war. Er beobachtete, wie Christine Confrey vor ihm nicht von der Stelle wich, ihre Füße gekrümmt wie die eines verängstigten, zum Angriff bereiten Tiers. Strategien, ihr gut zuzureden, nachzugeben oder Druck zu machen, formten sich in seinem Hirn, um dann wie Luftblasen zu zerplatzen, als die mißhandelte Frau seinem Blick standhielt. Schließlich griff sie an; sie warf den Kopf zurück und spuckte ihn an. Lloyd wischte den Klumpen Speichel von seiner Hemdbrust und retournierte mit eisiger Stimme: »Ihre Art, häh? Okay, versuchen wir's so: Wenn wir diese Drecksäcke nicht schnappen, wird es wieder und wieder passieren. Ihre Gefühle und Eggers' Job und Ehe zählen nicht. Das heißt, Sie werden sich die Karteiaufnahmen nach Ihrem sexy Retter durchsehen. Ich weiß, daß er ein stattlicher Bursche ist mit seinem flotten Bart und – «

Lloyd hielt inne, als sich Verwirrung auf Christines Gesicht zeigte. Ihm ging ein Licht auf. Der Bart, den Hawley und Eggers beschrieben hatten, war falsch – ein Grund, warum Hawley nicht in der Lage gewesen war, die Täter zu identifizieren. Angenommen es war nur ein Dreimannteam; der weiße Partner hatte vermutlich die Mexikaner angerufen, um sie darüber zu informieren, daß er mit Eggers Erfolg gehabt hatte. Er hatte entweder keine Antwort oder durch den »leisen« Mann Kenntnis der bevorstehenden Vergewaltigung erhalten. Er war in Panik geraten und zum Ort der Geiselnahme gefahren und war ohne seine Verkleidung in das Haus gekommen.

Lloyd starrte Christine immer noch an, als er sagte: »Ziehen Sie sich an. Ich nehme Sie als wichtige Zeugin in Gewahrsam.«

Christine Confrey spuckte vor Lloyds Füße, machte damit seinem Stieren ein Ende und ging dann in den Rückteil des Hauses. Als sie fünf Minuten später in das Wohnzimmer zurückkam, trug sie leichtes Make-up, einen frischen Rock und eine andere Bluse. Als sie die Tür abschloß, sagte sie: »Fassen Sie mich nicht an.«

Sie fuhren in völliger Stille zum Van Nuys-Revier. Christine rauchte Kette und stierte aus dem Fenster, Lloyd fuhr einen kreisförmigen Umweg, um sich etwas Zeit zum Nachdenken zu verschaffen. Ein Gedankengang dominierte: Da L. A. P. D. und FBI ihre Verbrecherkarteien nach Vorstrafenregistern und physischen Daten geordnet hatten, hatte man Hawley vermutlich nur Aufnahmen verurteilter bewaffneter Räuber und von Männern, die seiner »Backen- und Schnauzbart«-Beschreibung entsprachen, gezeigt. Eggers und Confrey mußten nun im Parker-Center die gesamte Kartei aller weißen Männer zwischen 25 und 40 sichten, aber ihm blieben weniger als zwei Stunden, bis er Kapek treffen mußte, und wenn er in dieser Zeit das Maximum an Informationen aus Chrissy Confrey herausleiern wollte, mußte er ihr Karteibilder vor die Nase halten, solange das Gesicht des weißen Räubers noch frisch in ihrem Gedächtnis war, und es Kapek und den Feds überlassen, sich um ihre Aussage und ihren Umgang zu kümmern. Freudig erregt, endlich selbst eine gute Spur zu haben, fuhr Lloyd auf den Parkplatz des Reviers. Christine stieg aus, ohne auf Anweisungen zu warten, und ging gesenkten Blicks vor ihm durch die Eingangstür des Reviers. Lloyd schloß zu ihr auf und wies sie in den Mannschaftsraum; ein Cop in Zivil trat mit einem fragenden Ausdruck im Gesicht an sie heran. Lloyd sagte: »Bitte setzen Sie sich, Miss Confrey«, dann flüsterte er zu dem Beamten in Zivil: »Hopkins, Abteilung Kapitalverbrechen. Die Frau ist ein Tatzeuge. Ich möchte ihr einige Karteien zeigen; männliche Weiße mit Verurteilungen wegen Straftaten ohne Gewaltanwendungen. Nur so eine Ahnung von mir. Können Sie das für mich tun?«

Der Cop nickte und ging in die Kabine mit den Akten, die an den Mannschaftsraum anschloß. Lloyd sah, daß Christine sich im Stuhl des stellvertretenden Commanders niedergelassen hatte, und sich von seinen Zigaretten bediente. Er sah auf die Uhr, und es wurmte ihn, daß er sie wieder draußen haben mußte, bevor Kapek kam – buckeln vor einem elenden G-Mann, der zehn Jahre jünger war als er. Als die ganze Angelegenheit wurmig wurde, ging er hinüber, und sagte: »Machen Sie mit?«

Christine blies Rauchringe in seine Richtung. »Natürlich, Officer.«

Der Cop in Zivil kam mit einem Stapel loser Mappen zurück und legte sie vor Christine auf den Tisch. Lloyd öffnete den obersten und sah, daß die Ordner einen Mann pro Seite zeigten, mit einer Großaufnahme des Profils, einer Ganzaufnahme von vorn und einer von der Seite. Unter den Schwarzweißfotos standen der Name des Mannes, sein Geburtsdatum, Verhaftungsdatum und -grund. Mit Schreibmaschine getippt, zusammen mit einer fünfstelligen Aktennummer.

Lloyd nahm einen Bleistift aus seiner Tasche und hielt ihn über das erste Blatt mit Aufnahmen. »Studieren Sie die Bilder sorgfältig«, sagte er. »Wenn Sie den Mann eindeutig identifizieren können, sagen Sie es mir. Ich werde Sie studieren und mir ein Zeichen bei denen machen, auf die Sie irgendwie reagieren. So können wir, falls Sie niemanden identifizieren, aus ähnlich aussehenden Männern ein Fahndungsbild zusammensetzen.«

Christine drückte ihre Zigarette aus und zündete sich eine neue an. »Ich sah ihn nur für eine Sekunde, und ich habe nur gesagt, er sei sexy, um John weh zu tun.«

»Das ist mir klar. Sehen Sie sich die Bilder nur sorgfältig an.«

»Und Presse und Fernsehen werden das von John und mir nicht erfahren?«

Lloyd lächelte und log glatt. »Genau.«

Eine Stunde lang rauchte Christine und betrachtete die Aufnahmen männlicher, weißer Verbrecher. Lloyd saß neben ihr und achtete auf Zeichen des Wiedererkennens in ihrem Gesicht. Zweimal sagte sie: »So ähnlich, aber er ist es nicht«; drei weitere Male hielt sie den Ordner hoch und studierte die Bilder noch einmal genau, um dann doch den Kopf zu schütteln. Lloyd markierte die Seiten, auf die sie am heftigsten reagiert hatte, und als Christine durch den letzten Ordner hindurch war, notierte er sich die Namen dieser Straftäter. Dann ging er in den Aktenraum, um die betreffenden Unterlagen durchzusehen, mit der äußerst geringen Chance, auf irgendeine Verbindung zu stoßen, die seine Hirnsäfte anregte.

Er überflog die fünf Akten; vorrangig nach den gegenwärtigen Aufenthaltsorten der Verbrecher, aktenkundige Komplizen und vorbestraften Brüdern. Er erfuhr, daß George James Turner vor zehn Monaten bei einer Rassenauseinandersetzung in San Quentin erstochen worden war und zwei Brüder Mitte Vierzig hatte; daß Thomas Lemuel Tucker auf Bundesbewährung in Alaska und ein Waise war; daß Alexander »Ramo« Ramondelli eine Schwester und Krebs hatte und an letzterem im Vacaville-Gefängniskrankenhaus starb; daß Duane Richard Rice ein Einzelkind war und im County-Gefängnis ein Jahr wegen schweren Autodiebstahls absaß; daß Paul Prescott Orchard einen geistig behinderten jüngeren Bruder hatte und der Obhut seines staatlichen Bewährungshelfers entflohen war. Das mit den »aktenkundigen Komplizen« war ein völliger Schuß in den Ofen – keine bekannten Namen, keine Funken. Es war an der Zeit, einen Bericht zusammenzuschustern, um Kapek zu beschwichtigen, die Medien zu bluffen, die Reaktionen seiner Informanten einzuholen und das Spiel erst einmal den Feds zu überlassen.

Lloyd schrieb die Aktennummer in eine Mitteilung an den Lieutenant der Abteilung, der die Untersuchung des Issler-Überfalls leitete. Er wies ihn an, sie durch einen Polizeizeichner unter Zuhilfenahme des neuen Augenzeugen der Bundespolizei auswerten zu lassen. Er gab die Nachricht beim Büroleiter ab und ging dann zurück zu Christine. Er sagte: »Gehen wir. Ich fahre Sie nach Hause.«

Sie gingen gerade durch die Tür, als Lloyd Peter Kapek sah, der mit großen Schritten die Treppe hoch und auf sie zukam. Er sah auf die Uhr: 5:30. Der jüngere G-Man hatte durch seine frühe Ankunft seine schlauen Pläne ausmanövriert.

Kapek beäugte Christine mißtrauisch; mit einem Male tat die Geliebte des Bankmanagers Lloyd leid. Er zog Kapek schnell außer Hörweite von Christine, als sich dieser – bebend vor Wut und begierig nach einer Erklärung – langsam aber sicher einem stummen Siedepunkt näherte. »Ich mußte schnell handeln, sonst wäre es nichts gewesen mit ihr. Rufen sie mich zu Hause an, und ich werde Ihnen alles erklären. Wenn es Ihnen nicht paßt, ficken Sie sich ins Knie und lassen Sie mich abrufen. Sie ist Ihre Zeugin, aber gehen Sie gut mit ihr um...«

Kapek wurde vor Zorn rot wie eine Rande. Lloyd nickte Christine zu und ging dann zurück ins Revier. Der Officer vom Dienst reichte ihm ein Blatt Papier. »Hab gerade den Anruf bekommen, von der Telefonzentrale vom Parker-Center. Klingt für mich wie ein Informant.«

Lloyd sah auf die Nachricht. Da stand: Louie Calderon handelt mit Army 45ern. (Verläßliche Information – bitte Rückruf wg. Details.)

12

Das Restaurant war kühl und dunkel; die mexikanische Musik leise und harmlos; die abgetrennte Nische groß und plüschig – ein guter, lauschiger Platz, einen Verbrecherplan zu erörtern. Wie er so am Eistee nippte und auf die Garcias wartete, fühlte Duane Rice, wie der Hauch des Wahnsinns von seinen vierundzwanzigstündigen Nonstop-Aktivitäten abfiel. Alles würde klappen; was er getan hatte, seit er Stan Kleins Wohnung verlassen hatte, bewies, daß er alles tun konnte.

Nachdem er die Bude durchwühlt hatte, um herauszubekommen, wo der »Videodreh«, bei dem sich Vandy und Stan befanden, stattfand/ablief, und nichts gefunden hatte, wußte er: Entweder er kümmerte sich jetzt ums Geschäftliche, oder er drehte durch. Und so war er dann an der Bank bei Pico/Westholme vorbeigefahren und hatte sich den Grundriß des Erdgeschosses gemerkt. Dann hatte er die anliegenden Seitenstraßen nach Fluchtwagen abgeklappert. Um die Ecke der Graystone bemerkte er einen 81er Chevy Caprice, der in der Einfahrt eines Hauses geparkt war, dessen Vortür überquoll von mit Gummiringen zusammengehaltenen Zeitungen. Er war näher herangetreten und hatte den Namen auf dem Briefkasten nachgesehen – Latham –, dann auf den Zeitungsjungen gewartet und ihm weisgemacht, er wäre ein Freund der Lathams und ach ja, wann kamen sie denn überhaupt wieder? Der Junge sagte nächsten Freitag. Volltreffer. Das war schon einmal ein Fahrzeug; ein weiteres brauchte er noch.

Dann hieß es *denken* oder durchdrehen, und er zwang sich dazu, sich wieder an kleinste Details zu erinnern, bis hin zu dem Arschtritt, mit dem sie ihn aus dem Loch befördert hatten. Er benötigte dazu eine halbe Stunde intensivster Konzentration, die sein Hirn heißlaufen ließ, aber schließlich kam er darauf.

Im Burger King, vom Bowl Motel weiter unten auf der Straße, da gab es eine fette Drecksau von Sicherheitskraft, der gegenüber der Kundschaft mit seinen Sechzehn-Stunden-Schichten prahlte und dem ganzen Geld, das er damit machte, und wie er das meiste davon für seinen 78er Malibu mit 327 PS-Motor und B&M Halbautomatik ausgab. Er stand niemals auf dem Parkplatz, mußte aber irgendwo in der Nähe geparkt sein. Nach einem letzten Umsehen im Gebiet von Pico/Westholme fuhr er vor zum Hollywood und fand den Malibu geparkt auf der De Lonpre, einen halben Block vom Burger King entfernt. Das machte zwei – fehlten nur noch die Schlüssel.

Er fuhr zu einem Kunstutensiliengeschäft und kaufte ein großes Stück Bildhauerwachs. Dann machte er noch einen Abstecher zum Parkplatz des Repo-Unternehmens auf South Western. Sie machten den Laden um neun Uhr dicht und hatten keinen Nachtwächter. Ein kurzer, einfacher Ruck mit dem Meißel, und er war in der Verkäuferkabine. Sie hatten einen Übervorrat an Hauptschlüsseln für alle neueren Chevys, und so sah er von seinem Vorhaben ab, Wachsabdrücke zu machen, und ließ die Schlüssel einfach mitgehen. Die zwei Fluchtfahrzeuge waren so gut wie sein.

Danach rief er Rhonda an und erwischte sie gerade noch, als sie zu ihrem Wochenende in »The Springs« aufbrechen wollte. Sie sagte ihm, daß sie nicht wußte, wo Vandys und Kleins Videodreh ablief und ob Vandy in irgendeinem von Kleins Pornovideos mitspielte. Sie sagte, sie würde mit Leuten in »The Springs« sprechen und eine Nachricht hinterlassen, falls sie irgendwelche konkreten Informationen erhalten sollte. Sie erwähnte mehrere Male Geld, und er versprach, Montag abend bei »Silver Foxes« anzurufen, um einen Treff zu vereinbaren.

Dann kam der schwere Teil – die Garcia-Brüder zu überreden: beide zu dem Pico/Westholme-Ding; Joe dazu, den Wachhund zu spielen. Die härteste Tour würde sein, vor Bobby zu Kreuze zu kriechen. Obwohl er wußte, daß es das einzig Richtige war, hatte er doch ein mächtig schlechtes Gefühl dabei, und er war erleichtert, als er sie anrief und niemand an den Apparat ging.

Was ihn wiederum um Mitternacht hier sitzen ließ, mit nichts zu tun, niemandem, der ihm dabei Gesellschaft leistete, und weit davon entfernt, schlafen zu können. Das Holiday Inn war nun völlig eingedeckt vom Stinktiergestank, und so zog er wieder zurück in das gleiche Zimmer am Bowl Motel, wo ihm die gleichen alten Fettflecke und Staubschlieren zwar einen Gruß entboten, ihm aber nicht beim Einschlafen halfen. Und weil er jetzt wachbleiben mußte, um mit Joe Garcia zu sprechen, hieß es entweder *Auf!* oder durchdrehen.

Also machte er sich *Auf!*, fuhr den Trans Am wie ein schlaffer alter Mann und rastete auf eine seltsame Art und Weise aus, eine Art und Weise, in der das hochtrabende, steife Englisch, das er aus Polizeiberichten kannte, seinen Kopf mit Gedanken füllte, die er nicht laut aussprechen, nicht einmal laut denken wollte.

Im Gegensatz zu Stan Klein ist Gordon Meyers kein aktenkundiger Umgang. Im Lauf seiner Karriere als Nachtwärter in Modul 2700 hatte er nur milde Abneigung der Tausenden von Gefangenen, die er beaufsichtigte, auf sich gezogen, und die waren alle psychisch gestörte Störenfriede, die nicht dazu in der Lage waren, bewaffneten Raubüberfall und Mord zu verüben; besagte unbekannte Täter waren offensichtlich erfahrene Bankräuber mit größter Wahrscheinlichkeit auf Bewährung von San Quentin und Folsom, haftgewöhnt und unbewußt besessen vom Wunsch, Straftaten zu begehen, in der Hoffnung, Wiederholungstäterstrafen von zehn bis lebenslänglich zu erhalten.

Das Bewährungshelfer/Cop/Gehirnklempner-Kauderwelsch nagte an ihm; schließlich dachte er an Vandy, um es niederzuhalten. Er dachte an den aktenkundigen Umgang Stan Klein, an den er keinen Finger legen konnte, und wurde sehr ruhig, ja großspurig. Er entschloß sich dazu, Stan Mans neuester Tour auf den Grund zu fühlen, und machte sich daran, die Nachtportiers in Pornomotels danach zu befragen, ob sie gute »Bumsmusik« auf Lager hätten. Die ersten drei Rezeptionisten nahmen seinen Zehner und sagten nein; der vierte sagte ja und bot ihm einen speziellen »Kurzzeittarif« für ungestörtes Anhören an. Er wappnete sich innerlich und nahm das Angebot an.

Auf allen der sechs Kassetten, die auf dem Videorekorder vor dem schweißbefleckten Bett aufgestapelt waren, standen Stan Mans Name und sein Postfach. Er schob eine in das Gerät und machte das Licht aus. Als er auf das Stan Man-Emblem blickte, begann er mit einem Male zu zittern, und ihm kam ein blitzartiger Gedanke: Er wollte nicht, daß es Vandy war, aber wenn es Vandy war, wäre er wenigstens nicht so verflucht allein. Er verfluchte sich selbst, drehte den Ton lauter und ließ das Programm über sich ergehen.

Ein Discorhythmus, dann lutschte eine abgespannte Frau an einem Schwanz von eselartigen Dimensionen, während Donna Summer »She works hard for the money« krakeelte. *Fade-out.* Firmenzeichen, dann machte Rhonda der Fuchs es gleichzeitig mit vier Kerlen, während die Beach Boys sie anjammerten, ihnen doch zu helfen. Leerbilder, verschwommenes Firmenzeichen. »This land is your land« auf der Tonspur, Mondale und Ferraro bei einer Handschütteltour auf dem Bildschirm, gegengeschnitten mit Aufnahmen eines Mädchens in einem rotweißblauen Négligé, das einem Bimbo im Uncle-Sam-Kostüm einen blies.

Keine Vandy.

Wenn du Huren bumst, sehen bald alle Frauen wie Huren aus.

Wenn du eine Frau liebst, sehen bald alle Frauen wie sie aus.

Rice verpaßte dem Videorekorder einen Fußtritt, rannte aus dem Zimmer und quer über den Sunset zu einer Telefonzelle. Er wählte die Nummer der Garcias; Joe nahm nach dem ersten Läuten ab. Alles, was er herausbekam, war »Hallo?«, bevor Duane »das Hirn« ihn förmlich überrollte:

Willst du nach New York gehen, weg von deinem scheißbescheuerten Bruder, und dort deine Musiksache durchziehen?

Wollt ihr beide, du und Bobby, zwei Drittel von narrensicheren hundert Riesen, rein und raus am Montagmorgen in sechs Minuten?

Willst du für den Rest deines Lebens ein verschissener *pachuco* bleiben, oder willst du da raus?

Bringe deinen Bruder dazu, morgen mittag um zwölf mit dir ins La Talpa zu kommen. Sag ihm, ich entschuldige mich, sag ihm, ich brauche ihn.

Die Worte steckten noch in seiner Kehle. Joes endgültige Antwort würde für immer in seinem Hirn kleben bleiben: »Ich bin dein Mann, Duane. Und mach dir keine Sorgen wegen Bobby. Er hat's gern, wenn man ihn schlägt. Tatsache ist, er hat gesagt, daß du ihn an einen Priester erinnerst, den er früher mal gekannt hat.«

»Danke, daß du mein Gesicht geschont hast, Duane-o. Der alte Haifisch schuldet dir was dafür. Ich habe gestern abend 'ne Kerze für dich angezündet. Dachte mir zwar, daß du Protestant bist, aber was zur Hölle macht's.«

Rice sah auf und registrierte, wie Bobby Garcia in die Nische glitt, die rechte Hand ausgestreckt. Er schüttelte sie, froh darüber, daß das Restaurant dunkel war und das schleimige Stück Haifischscheiße die Verachtung auf seinem Gesicht nicht wahrnehmen konnte. Er dachte, *nur schön kalt bleiben,* und sagte: »Tut mir leid, Bobby. Ich habe durchgedreht.«

Bobby nahm ihm gegenüber Platz und bediente sich aus der Schale mit Nachos und Salsa, die auf dem Tisch stand. Zwischen wölfischen Bissen brachte er heraus: »Kein Streß, kein Gewinn, kein Schmerz. Der kleine Bruder kommt gleich. Du hast noch einen Fischzug in petto?«

»Ja. Einfache Rein-Raus-Bankchose.« Bobby pfiff. »Super-duper. Der Kleine sagte was von hundert Riesen. Ist's wahr?«

»Wenn ich lüge, soll meine Nase länger werden.«

Bobby kicherte und ließ eine Haifischhand über die Schale mit den Nachos gleiten. »Dann muß sie schon bis zur Damentoilette gehen, denn deine ersten zwei super-duper Riesenfischzüge haben mir und dem Kleinen ungefähr einen Dollar achtundneunzig eingebracht, und ich beginne allmählich, mich wie der unterste in einer Gruppensexszene mit einer mongolischen Menschenpyramide zu fühlen.«

Rice holte tief Luft. Er hoffte, genau den richtigen Ton zu treffen, um Haischiß ausreichend um den Bart zu gehen. »Das waren alles Informationen aus zweiter Hand, nach denen ich handelte. Ich war verrückt, mich darauf zu verlassen. Aber wir haben es zweimal glatt über die Bühne gebracht. Wir sind auf einem guten Rutsch einer Glückssträhne, und das jetzt ist ganz auf meinem Mist gewachsen. Ich habe es schon lange im Kopf gehabt, wartete nur auf die richtigen Partner.«

Bobby griente. »Ich hoffe, es ist kein Rutsch in den Gulli. Ich war da schon zweimal, und ich mache mir nichts aus einem dahingeschlunzten dritten Mal.«

»Das hier wird dir gefallen – es entspricht dir.«

»Ja? *Mir?* Groß, dunkel und stattlich? Ausgestattet wie ein Hengst?«

»Nein. Gemein, einfach und offensichtlich. Leicht zu begreifen, so daß ich weiß, es wird dir schmecken.«

Bobby kicherte. »Du sagst das magische Wort – schmecken. Weißt du, wie man Torten aufreißt, ohne ein Wort zu sagen? Du mußt nur an der Bar sitzen und dir mit der Zunge einen Scheitel ziehen.«

»Es ist deiner würdig, Bobby. So einfach und stillos, daß es schon wieder Klasse hat.«

Eine Kellnerin brachte ihnen Speisekarten. Rice nahm sie und sagte: »Wir bestellen in ein paar Minuten.« Als sie wegging, sagte Bobby: »Wir hätten uns ein kaltes Buffet reinziehen sollen. Das Schamhaarbuffet: alles, was man essen kann, für neunundsechzig Kröten.« Rice fühlte eine Schleimwoge über sich zusammenschlagen. Dann war Joe Garcia da und sagte: »Duane, wie steht's?«

Duane sagte: »Hart und fest«, und linste angestrengt durch die Sitzecke, um sich ein Bild davon zu machen, wie sich der Mitläufer hielt. Nicht schlecht, schloß er; verängstigt, aber vermutlich vom Bargeld bedröhnt, und vermutlich hatte er noch mehr Schiß davor, eine Verbrecherlaufbahn mit Haischiß Bobby fortzusetzen. Ein geborener Mitläufer im Begriff, den Führer zu wechseln.

Die Kellnerin kehrte zurück. Die Brüder bestellten Carta Blanca; Rice noch einen Eistee. Als sie die Getränke brachte, verfielen die drei Partner in Schweigen. Dann sah Rice die Garcias direkt an und wußte, daß sie ihm den Plan abkaufen würden: das Blabla, die Wahrheit, die ganze Enchilada.

»Schnuckelige kleine Cal Federal am Pico in der Nähe des West L. A. Autobahnkreuzes. Eine Kamera – wir schießen sie aus. Eine Sicherheitskraft in Zivil – ein Suffkopp. Große Lohnauszahlungen am zwölften und sechsundzwanzigsten jeden Monats, deshalb schlagen wir am zwölften, diesen Montag, zu. Ich habe mir einen Wagen für die Anfahrt angeguckt, einen weiteren für die Flucht – gehört einer Familie direkt um die Ecke der Bank. Die Leute sind weg, im Urlaub, und ich habe einen Hauptschlüssel für Wagentüren und Zündung. Wir gehen rein in Anzügen und mit falschen Backen- und Schnurrbärten und tragen Aktenkoffer mit uns. Sechs Kassenschalter, zwei pro Mann. Ich kenne eine leerstehende Garage in Hollywood, wo wir den Fluchtschlitten verstauen können. Rein, raus, und schon auf dem Freeway, wenn die Bullen auftauchen. Gleich geteilt durch drei. Ich habe dieses Ding schon lange ausbaldowert, aber ich wußte nicht, wie weit ich auf euch zählen konnte. Seid ihr dabei?«

Bobby leerte sein Bier in einem Zug, faßte in die Schale und zerkrümelte den Rest der Nachos, dann legte er seine Hände mit den Handflächen nach oben auf den Tisch. Rice legte seine Rechte darauf; Joe besiegelte die Partnerschaft mit beiden Händen. Rice sagte: »Ihr wißt, wie ihr euch anziehen und was ihr mitbringen müßt. Wir treffen uns Montag morgen um zehn an der Ecke Melrose und Highland.«

Die Partner zogen die Hände zurück und standen auf. Bobby zwängte sich aus der Sitzecke, ging vor zur Kellnerin und begann leise die Titelmelodie des »Weißen Hais« zu summen. Joe sah Rice an, schluckte und sagte: »Meinst du das ernst mit New York und der Musik?«

Rice lächelte. »Wir hauen Mittwoch ab. Bleib nach dem Job bei mir. Wir müssen noch meine alte Dame aufsammeln, dann müssen wir nur noch dich von Haischiß da drüben fernhalten. Comprende?«

»Si, comprendo, mano.« Joe streckte seine Hand nach Gefängnisart aus; Rice drehte nach unten zu einem gutbürgerlichen Händedruck. »Diese Low-Rider-Scheiße ist kalter Kaffee. Wenn du diese Tour in New York abziehst, lachen sie dich glatt aus der Stadt.«

13

Lloyd fuhr zum Hintereingang des West L. A. Federal Building und drückte auf die Hupe. Peter Kapek ging zu dem Wagen und stieg ein. Lloyd erwartete einen Rüffel für die Art, wie er die Confrey angegangen war, und war daher verblüfft, als der jüngere G-Man sagte: »Gute Arbeit mit der Freundin. Ich habe eine gute Aussage von ihr bekommen. Keine eindeutige Identifikation, was den Weißen betrifft, aber Confrey und Eggers haben mit einem L. A. P. D.-Zeichner ein Phantombild erarbeitet. Es wird bis morgen früh überall verteilt sein. Wohin fahren wir? Und, übrigens, Sie sehen wie wandelnde Scheiße aus.«

Lloyd legte den Matador auf den Wilshire. »Haben Sie denn nicht die vollständige Nachricht erhalten? Wir werden einen mutmaßlichen Waffenschieber in die Zange nehmen. Luis Miguel Calderon, alias ›Likable Louie‹, männlicher Mexikaner, Alter neununddreißig, zwei Verurteilungen wegen Hehlerei, ehemaliges Mitglied einer Jugendgang, das mit zunehmendem Alter zum kleinen Geschäftsmann wurde. Er hat einen Laden für Fahrzeugteile in Silverlake, der Gegend, aus der ich stamme. Ein Informant, dem ich vertraue, sagte, er handelt mit Army 45ern. Und ich sehe wie wandelnde Scheiße aus, weil ich die ganze Nacht Polizeiarbeit geleistet habe.«

Kapek lachte. »Gut! Irgend etwas erfahren?«

Lloyd schüttelte den Kopf. »Eigentlich nicht. Ich habe das Umfeld der Security Pacific und von Confrey durchforscht: Brawley von der Van-Nuys-Kripo konnte keine Leute erübrigen. Ich habe jeden Bericht über die sozialen Kontakte von Hawley und Issler achtmal gelesen – mir fiel nichts auf. Dann habe ich ein paar Medienfiguren angerufen und ihnen alles verklickert. Montag abend wird es überall erhältlich und vernehmbar sein, was uns genau achtundvierzig Stunden Zeit gibt, eine Strategie auszudenken. Was ist los, G-Man? Sie fangen ja gar nicht an, auf kleiner Flamme zu brodeln wie sonst.«

Kapek spielte mit den Knöpfen des Funkgeräts. »Nennen Sie mich nicht G-Man, das ärgert mich. Ich habe Sie wegen Confrey nicht verpetzt, weil ich hörte, mit welcher Hochachtung die Leute vom Morddezernat im Parker-Center über Sie sprachen, und weil ich Sie langsam tatsächlich ein bißchen mag. Außerdem habe ich von der Confrey eine gute Aussage bekommen. Ihr Angreifer entpuppte sich *nicht* als Vergewaltiger, sondern mehr als eine Art psychotischer Cunnilinguist. Er zog seine Nummer ab – von wegen, er sei ein Hai – und tauchte dann runter zu Chrissies Muschi. Ich habe es in das landesweite Computernetz eingefüttert – nichts – und ich habe ein Memo angelegt, falls beim L. A. P. D. irgendwelche Meldungen von Sexualverbrechen eintreffen – vielleicht ziehen wir was an Land.«

»Einen Haifisch?«

»Arschlustig. Wir brauchen eine konkrete Spur, Hopkins; hypothetisch haben wir alles abgedeckt. Unsere Augenzeugen haben alle regionalen und überregionalen Verbrecherkarteien durchgesehen – nichts. Die Männer, die das Umfeld der Opfer überprüft haben, haben gar nichts herausgebracht, und ich lasse gerade einen Agenten mit Hawley und Eggers ihre Kreditkartenabrechnungen durchgehen – alle Orte und Lokalitäten, an denen sie sich mit ihren Freundinnen getroffen haben, müssen ja erst mal überprüft werden. Wenn sich bis Montag nichts getan hat, plaziere ich Leute in den Büros, in denen Issler und Confrey arbeiten.«

Lloyd nickte und sagte: »Mir geht da so was im Kopf herum, das die Verbindung zwischen Hawley und Eggers herstellen und gleichzeitig erklären könnte, warum die Täter ihren Einsatz erhöht haben. Mir schwant, daß beide Burschen Reiseschecks klauen – zumindest Hawley. Ungefähr folgendermaßen: Während sie die B. of A. auskundschaften, sehen die Räuber, wie Hawley die grünen Reiseschecks stiehlt, die aus der Entfernung wie Bargeld aussehen. Sie denken sich, daß Bargeld über Nacht in den Kassenschaltern gelassen wird – «

Kapek unterbrach ihn. »Hawley sagte, daß der Mann, der ihn bedrohte, die Bankschecks wollte, daß er ausdrücklich nach ihnen verlangte.«

Lloyd schüttelte den Kopf. »Das ist nur Hawley, der Langfinger, der versucht, seinen Arsch ins Trockene zu bringen und so im Dunkeln zu lassen, warum die Täter ausgerechnet auf seine Bank verfallen sind. Die Täter haben entweder gesehen, daß Eggers auf ähnliche Art und

Weise klaut, oder sie dachten sich – und das ist bei ihrer sonstigen Intelligenz unwahrscheinlich –, daß alle Banken loses Bargeld über Nacht draußen lassen. So kommen sie nach dem geringen Ertrag der Reiseschecks zu dem Schluß, daß Eggers auch nur ein weiterer Scheckdieb ist, sagen sich ›Zur Hölle damit‹, und beschließen, Eggers zum Tresor zu schicken. Gut?«

Kapek grinste und sagte: »Hat Hand und Fuß. Aber was tun wir dagegen?«

»Lassen Sie sich von den Leuten aus ihrer Bankbetrugsabteilung einen gerafften Schnellkurs über Scheckschwindeltouren verabreichen. Vielleicht können die uns etwas erzählen, das wir dazu verwenden können, Hawley und Eggers auszuquetschen. Ich habe da so ein Gefühl. Ich denke mir, wenn diese Burschen lange Finger machen, dann aus Verzweiflung – Liquiditätsprobleme, über die sie nicht sprechen können. Und das läßt mich wiederum an gewisse Laster denken – Glücksspiel, Rauschgift, Sex. Sex ist am unwahrscheinlichsten, weil sie ihre außerehelichen Verhältnisse haben. Ich werde mal Nachfragen bei jedem Sittendezernat im Valley anleiern – vielleicht stehen unsere Jungs bei irgendwelchen Buchmachern oder Kredithaien schwer in der Kreide, oder auf wüste Perversionen, von denen wir keinen Schimmer haben. Wenn wir ein paar Sittenschnüffler ihre Informanten melken lassen, erfahren wir vielleicht etwas.«

Kapek stieß Lloyd mit dem Ellenbogen an und sagte: »Gut! Wir haben übrigens nichts vorliegen wegen der Reiseschecks, aber wegen der Liquiditätsprobleme werde ich die Bankkonten der Burschen durchleuchten und mal sehen, was ich da erfahre.«

Lloyd schluckte die Worte lautlos und dachte an seine Familie, als der vertraute Stadtteil näherrückte. »Sie haben mich gar nicht gerüffelt wegen des Brennstoffs, den ich den Medien geliefert habe«, sagte er. »Am kommenden Montag abend wird vielen unschuldigen Menschen der Arsch auf Grundeis gehen. Ich dachte eigentlich, daß ein empfindsamer Bursche wie Sie deshalb sauer wäre.«

Kapek wurde rot. »Es war das einzig Richtige. Ich hätte noch einen Tag oder so gewartet und es dann auch getan. Allerdings werde ich die Unterredungen mit den Familien durchführen, und zwar diskret.«

»Wir sind gleich da, G-Man. Irgendwelche Vorstellungen, wie wir dieses Gespräch gestalten sollten?«

»Nein, Sie?«

»Ja. Wollen wir doch mal sehen, wie lang die Lunte von ›Likeable Louie‹ ist.«

Lloyd fuhr rechts ran und deutete auf das weiße Adobegebäude, das Louies *One-stop Pit Stop* beheimatete.

»Keine Gewalt?« sagte Kapek.

»Keine Gewalt.«

»Dann bin ich einverstanden.«

Sie gingen über die Straße und durch die sperrangelweit offene Vordertür der Garage in einen kleinen Raum, der mit Stapeln runderneuerter Reifen gefüllt war. Ein Chicano-Jüngling, der gerade vor einem Wandspiegel einen Pickel ausdrückte, beäugte sie mißtrauisch, und Lloyd sagte: »Wo ist Louie?«

Der Jüngling quetschte ein letztes Mal an dem Mitesser und griff nach einer Gegensprechanlage, die oben auf der Verbindungstür angebracht war. Lloyd sagte: »Laß das lieber sein«, und bedeutete Kapek vorzugehen. Der Junge zuckte mit den Achseln, und Kapek schob sich durch die Tür. Lloyd folgte ihm auf dem Fuße, elektrisiert von dem Gedanken an ein aufregendes Verhör.

Die eigentliche Garage war riesig, mit hydraulischen Hebebühnen, Laden voller Autoersatzteile und einem großen, befahrbaren Freiraum, der zu einem Hintereingang und einem Werkhof führte. Lloyd und Kapek gingen langsam und waren Gegenstand wissender, erkennender Seitenblicke der Mechaniker, die unter den Hebebühnen arbeiteten. Ein korpulenter Mann sah kurz zu ihnen herüber, und Lloyd erkannte ihn nach der Karteiaufnahme: Luis Calderon.

Er kam herüber und lächelte. Dabei entblößte er vorstehende Zähne und ein Vermögen an Zahngold. »Guten Nachmittag, Officers. Suchen Sie mich?«

Lloyd zückte seine Marke. »Hopkins, L. A. P. D. Das ist Special Agent Kapek, FBI. Wir würden gern mit Ihnen reden.«

Calderon seufzte. »Habe ich denn eine Wahl?«

Lloyd seufzte zurück. »Ja, die haben Sie. Hier oder auf dem Rampart Revier.«

»Das kenne ich schon«, sagte Calderon. »Gehen wir hinten hinaus an die frische Luft.«

Lloyd glaubte einen Mißton in seiner Stimme zu vernehmen und sagte: »Nein. In dein Büro.«

Calderon seufzte erneut und wollte auf den Straßeneingang der Garage zugehen. Lloyd klopfte ihm auf die Schulter. »Nein, Louie. Dein richtiges Büro, wo du deinen Schreibtisch hast und deine Geschäftsunterlagen und Rechnungen.«

Louie drehte sich um und ging zu einer hölzernen Treppe neben der Werkzeugkiste. Er stieg sie hoch. Lloyd ließ Kapek zwischen sie kommen. Er wußte, daß die Reaktion des Mechaniker/Schurken auf den kleinen Besuch von der Bundespolizei irgendwie unkoscher war. Als Calderon die Bürotür öffnete, drängte er sich vor ihn und machte sich schnell ein Bild von dem Raum. Rußbefleckte Wände, ein mit Papier übersäter Schreibtisch, ein Kühlschrank und an der Wand befestigt ein *Playboy*-Playmate, das vermutlich einen Safe verbergen sollte. Zwei Telefone auf dem Tisch, eins rot, eins schwarz; ein Klemmbrett mit Notizpapier war an das rote gelehnt. Auf den ersten Blick nichts Belastendes.

Calderon öffnete den Kühlschrank, nahm ein Coors heraus und setzte sich hinter den Tisch. Er zog die Lasche von der Dose und sagte: »Habe meinen Hafturlaub, meine Bewährungszeit glänzend hinter mich gebracht. Zahle meine Steuern und gebe mich nicht mit kriminellem Gesindel ab. Mein einziges Laster ist der Gerstensaft. Ich bin ein Super-duper-Pichler. Wären Spritzbestecke nicht verboten, ich spritzte das Zeug. Ich bin ein schaumkronenschlürfender Mutterschänder. Ich gieße das Zeug morgens auf meine Rice Crispies, und manchmal rasiere ich mich sogar damit. Ich geb's meinem Hund, damit er sein Schappi damit runterspülen kann. Wäre ich schwul, ließe ich mir das Zeug in den Arsch blasen. Ich bin ein super-duper-mutterschänderisches wandelndes Bierfaß. Wie kommt es also, daß ihr reinplatzt wie ein Sturmkommando, wo doch alle Cops von Rampart wissen, daß es sich mit Likeable Louie gut auskommen läßt?«

Lloyd sog das Geblubber auf und genoß die Spannung, die darunter lag. Er sah zu Kapek, der echt amüsiert vor sich hin kicherte, und sagte: »Ich bin nicht vom Rampart Revier, und ich bin auch nicht hergekommen, um deine Richard-Pryor-Nummer über mich ergehen zu lassen. Ich könnte ja mal deine Arbeiter nach Arbeitserlaubnissen abklopfen und brächte bestimmt ein paar schnucklige Verstöße gegen die Einwanderergesetze zutage, und ich würde auch zu gern mal die Nummern auf deinen Motorblöcken überprüfen. Eine dritte Verurteilung wegen Hehlerei bedeutet mindestens fünf Jahre. Zuchthaus, Louie, und was du dort in den Arsch geblasen bekommst, ist nicht Coors.«

Louie Calderon nippte an seinem Bier. Lloyd sah, daß seine Salve zwar gesessen, den Mann aber nicht ins Wanken gebracht hatte. Er spürte, daß Kapek ruhig blieb, weil er wahrhaft Respekt hatte, und setzte nach: »Bist du ein Spitzel für die Rampart-Schnüffler, Louie?«

Calderon lächelte; Lloyd konnte beinahe fühlen, wie der Blutdruck des fetten Mannes auf Null fiel, als er sagte: »Es ist allgemein bekannt, daß sich mit Likeable Louie gut auskommen läßt.«

Lloyd drehte sich einen Holzstuhl zurecht und nahm Calderon gegenüber darauf Platz. Er lächelte und deutete mit dem Daumen über seinen Rücken auf Kapek. »Louie, dieser Mann da ist ein Agent der Criminal Division des FBI. Warum hast du mich nicht nach ihm gefragt?«

»Weil er mir, wenn er nicht wegen einer erstklassigen Getriebeüberholung gekommen ist, völlig schnuppe ist. Ist mir wurst, ob er steht, klebt, lebt oder geht.«

»Wie kommt's, daß du zwei Telefone hast, in verschiedenen Farben?«

»Der schwarze Apparat ist fürs Geschäft, der rote ist meine Direktleitung ins Weiße Haus. Ronnie läutet mich manchmal an. Wir gehen dann zusammen Weiber aufreißen.«

»Wer ist dein Kontaktmann bei den Rampart-Schnüfflern?«

»Wer ist Ihr Schneider? Ihr Anzug ist zum Kotzen.«

Das schwarze Telefon läutete. Calderon nahm ab und sprach auf spanisch in den Hörer. Lloyd sah Kapek mit hochgezogenen Augenbrauen an; der FBI-Mann sagte: »Kein Wort.« Lloyd schüttelte den Kopf und verfolgte, wie Likeable Louie im Maschinengewehrtempo sprach, aufhängte und dann sagte: »Okay, wollen wir einmal sehen, ob ich das richtig sehe. Ihr braucht eine Gefälligkeit, und jemand in Rampart hat gesagt, ich könnte helfen. Ihr habt eure Muskeln spielen lassen, um mich auf die Probe zu stellen, um zu sehen, ob man mir vertrauen kann. Ich habe die Spielerei satt. Was braucht ihr?«

Lloyd bemühte sich gerade, sein allerentwaffnendstes Lächeln aufzusetzen, als das rote Telefon läutete. Louie nahm den Hörer ab und sagte: »Ja«, nickte dann und schrieb etwas auf das Klemmbrett. Lloyd schielte herüber und sah, daß das oberste Blatt zur Hälfte mit Bleistiftgekritzel gefüllt war. Calderon sagte ein letztes Mal ja und hängte auf. Lloyd sah auf die Adern an seinem Hals und erkannte die Anzeichen eines wild pochenden Herzens. »Wer ist dein Kontaktmann bei den Rampart-Schnüfflern?«

Louies Stimme war rauh; Lloyd bemerkte, daß er allmählich ernstlich beunruhigt wurde. »Warum fragen Sie mich das dauernd, Mann?«

Lloyd leitete seine dritte Salve mit seinem finstersten, Unheil und Ärger verkündenden Blick ein. »Ich bin in Silverlake aufgewachsen. Ich war in den Dogtown Flats, damals, als du in den Alpines warst. Meine Eltern leben immer noch drüben an Griffith Park und St. Elmo, deswegen habe ich es gern ruhig und sicher hier. Rampart hat die Lage hier ziemlich gut im Griff, weil sie Informanten wie dich haben, die die wirklich üblen Burschen, die ohnehin jeder haßt, verpfeifen. Du darfst also illegale Einwanderer einstellen und mit gestohlenen Autoteilen handeln, und meine Eltern können nachts beruhigt ins Bett gehen. Richtig, Louie?«

»R-r-r-richtig«, stotterte Louie.

Lloyd erhob sich und zog eine 45er Automatik aus seinem Schulterhalfter. Er hielt sie direkt vor Louie Calderons zitterndes Gesicht und sagte: »Da sind diese drei Burschen, die sich an Frauen vergreifen und Banken hochnehmen, und vielleicht haben sie ihre Knarren von dir. Ich sage dir jetzt, wie der Hase läuft: Wenn du die Waffen vertickt hast, bleiben dir vierundzwanzig Stunden, mir die Namen zu geben. Wenn du es nicht warst, hast du achtundvierzig Stunden, herauszufinden, wer's war und an wen er sie verkauft hat. Wenn ich nicht binnen achtundvierzig Stunden das eine oder das andere von dir höre, gehe ich zum Commander der Rampart-Schnüffler und verklickere ihm, daß du der Obermufti aller Waffenhändler von L. A. County bist.« Er ließ seine Visitenkarte mit dem Aufdruck »Abteilung Kapitalverbrechen« auf den Tisch fallen und steckte die Waffe zurück ins Halfter. »Paß auf dich auf, Genosse.«

Als sie wieder beim Wagen waren, sah Kapek Lloyd an und sagte: »Hölle und Verwesung.«

Lloyd schloß auf und stieg ein. »Wegen Calderon?«

Kapek nahm auf dem Beifahrersitz Platz. »Nein, wegen Ihnen. Wieviel daran war jetzt Bluff?«

»Alles außer meiner Drohung. Calderon hatte diesen selbstzufriedenen Gesichtsausdruck und einen ganzen Scheißhaufen illegaler Einwanderer für sich arbeiten, und er wollte nicht, daß wir sein Büro sehen. Ich schätze, er verpfeift Drogendealer an die Rauschgiftfahnder von Rampart, und im Austausch dafür drücken sie bei den Illegalen die Augen zu. Ich kenne den Commander von Rampart – für gute Informationen drückt der die Augen bei Kleinigkeiten zu, aber hinter Gewaltverbrechern ist er her wie der Leibhaftige hinter den Seelen. Wenn er herausfindet, daß Louie mit Waffen handelt, ist der gute Louie tot und begraben.«

»Aber *ist* er unser Waffenhändler?«

»Ich weiß es nicht. Wichtig ist vor allen Dingen, daß er Schiß hat. Er ist in der Zwickmühle, mit Lieutenant Buddy ›Bad Ass‹ Bagdessarian und mir auf der einen Seite, den Bankräubern und dem Kainsmal des Spitzels auf der anderen Seite. Wir müssen ihn ununterbrochen beschatten lassen – ihre Leute – die örtlichen Cops kennt er zu genau. Er ist ein Veteran der Chicano-Gangszene, ein Verbrecher mit Verbindungen, und kann verdammt noch mal auch nicht unser Mann sein, aber doch in der Lage, uns zu ihm zu weisen. Vielleicht verpfeift er auch ohne Umschweife die Bankräuber, um seinen Arsch vor Buddy zu retten. Egal wie, *wir haben die Karten verteilt.* Wann können Sie die Überwachung dransetzen?«

»Sobald Sie mich beim Hauptbüro absetzen. Was machen Sie jetzt?«

Lloyd betätigte den Anlasser und ließ den Wagen zügig auf die Tomahawk Street schießen. »Noch einmal den ganzen Papierkram durchlesen, dann meine Ideen für Brawley von der Van-Nuys-Kripo zu Papier bringen. Anschließend werde ich einen alten Kumpel von mir aufsuchen. Er ist Richter am Landesgericht, und er ist senil und ein rechtsradikaler Wirrkopf. Seine einzige Freude besteht darin, Haft- und Durchsuchungsbefehle auszustellen. Ich schenke ihm jede Weihnachten eine Kiste Scotch, und er unterschreibt, was immer ich von ihm will. Unmittelbar, bevor Louies Zeit um ist, werde ich seine Haustür durchschreiten, in der Hand eine 12er Schrotflinte und ausreichende Rechtsmittel, jeden einzelnen Papierfetzen, den er besitzt, zu beschlagnahmen. Gut?«

Kapek war blaß; seine Stimme war wackelig. »Hölle und Verwesung.«

»Das sagten Sie schon mal. Eine Sache noch. Ich bin mir fast sicher, daß das rote Telefon der Grund dafür war, daß Louie uns nicht in seinem Büro wollte. Er betreibt entweder ein Wettbüro oder einen illegalen Auftragsdienst.«

»Was ist das?«

»Ein Zwei-Weg-Auftragsdienst. Wird meistens von Bewährungsflüchtlingen und ihren Familien benutzt. Er hatte ein beschriebenes Clipboard neben dem Telefon – sicherlich Botschaften. Calderons Haus ist direkt neben der Garage, und er läßt vermutlich jemanden von dort aus eine Nebenleitung permanent weiterleiten. Manchmal sind diese Nummern völlig korrekt von der Telefongesellschaft zugeteilt; manchmal illegale Zuschaltungen, die man nicht zurückverfolgen kann. Ich will, daß alle Leitungen, die Calderon hier hat, abgehört werden. Das erfordert eine Bundesermächtigung – ihr Ressort. Bringen Sie das hin?«

Kapeks Farbe kehrte langsam zurück, aber eine dünne Schweißschicht kroch über seine Stirn. Er wischte sie mit dem Ärmel weg und sagte: »Frühestens Montag. Bundesrichter gehen übers Wochenende alle auf Tauchstation, um nicht dauernd wegen irgendwelcher Bescheide belästigt zu werden. Sie sind wahrhaft scharf auf diese Burschen, nein?«

Lloyd lächelte. »Ich werde vermutlich bald und gegen meinen Willen vorzeitig in den Ruhestand geschickt. Ich habe vor, meinen Abgang in guter Harter-Hecht-Manier zu gestalten.« Er hielt vor dem FBI-Gebäude in der Innenstadt, und Kapek stieg aus. Als Lloyd zum Parker-Center raste, ging ihm das blasse Gesicht des jüngeren G-Man nicht aus dem Kopf, und er wußte, er hatte ihm jetzt die Untersuchung aus der Hand genommen.

Obwohl er bereits vierundzwanzig schlaflose Stunden hinter sich hatte, gab Lloyd noch eins drauf und hängte noch weitere volle vierundzwanzig Stunden dran an seinen Fall.

Im Parker-Center suchte er in den entsprechenden Unterlagen nach jeder Rufnamenvariation von »Hai« und sammelte einen ganzen Haufen von Daten, die sich alle auf schwarze Jugendbanden bezogen. Nutzlose Banalitäten. Eine Karteiüberprüfung aktenkundiger männlicher mexikanischer Sexualverbrecher mit einer Vorliebe für Cunnilingus erbrachte sieben Namen, aber drei der Männer waren gegenwärtig inhaftiert, und die anderen vier waren über fünfzig – viel zu alt für Sally Isslers und Christine Confreys »Ende Zwanzig/Anfang Dreißig«-Einschätzung. Blieb als letzte Möglichkeit noch, die Fakten über den »Hai« und oralen Mißbrauch den Berichten über Sexualverbrechen hinzuzufügen und alle L. A. P. D.-Informanten entsprechend zu instruieren.

Peter Kapek rief am frühen Abend an. Louie Calderon befand sich unter konstanter fließender Überwachung. Die Agenten führten ein detalliertes Protokoll über alle seine Aktivitäten und überprüften die Fahrzeugkennzeichen und Adressen aller Personen, mit denen er in Kontakt kam. Ein Agententeam studierte gerade seine Akte nach möglichen Verbindungen zu bewaffneten Raubüberfällen. Alles, was Likeable Louie betraf, war geregelt, ebenso die fortlaufenden Sondierungen der näheren Vergangenheit von Robert Hawley, Sally Issler, John Eggers und Christine Confrey. Am Montag sendeten die »Augenzeugennachrichten« von Channel 7 ihren »warnenden« Bericht über die Bankräuber/Erpresserbande, ohne Erwähnung der versuchten Vergewaltigung. Das ließe es weiterhin zu, den Familien der männlichen Opfer die »große Frage« der Untersuchung zu stellen: *Wie kamen die Täter an die Informationen über die außerehelichen Verhältnisse?*

Spät am Abend brachte Lloyd von zu Hause telefonisch die Untersuchung des Sittendezernats in Gang, die er gegenüber Kapek erwähnt hatte. Dann las er die bereits existierenden Akten und konzentrierte sein Denken auf diese eine Frage. Er fand vier logische Antworten:

durch Kontakte zu den Familien der Opfer;

durch Kontakte zu den Freunden und Bekanntschaften der Opfer;
durch Kontakte in den beiden Banken;
durch den Zufallsfaktor: überhörte Gespräche an Treffpunkten wie Bars, Restaurants oder anderen öffentlichen Versammlungsplätzen und durch Informationsquellen, die die vier Verdächtigen bewußt oder unbewußt nicht preisgeben wollten.

Lloyd wußte, daß die vierte »Antwort« am wahrscheinlichsten war, und las die Akte des Falles noch zweimal durch. Dann schrieb er ein Memorandum mit seinen Schlußfolgerungen nieder.

0330 Uhr; 11. 12. 84
An: *S. A. Peter Kapek, Det. Lieut. S. Brawley*
Betr.: Hawley/Issler – Eggers/Confrey – Untersuchung.
Gentlemen,
da ich an jedem Teilbereich dieser Untersuchung teilgenommen habe, und nachdem ich die Akte des Falls dutzendmal gelesen habe, bin ich, was den Zugang der Tätergruppe zu Informationen über die vier Opfer angeht, zu einem Schluß gekommen, der von plausiblen, hypothetischen Annahmen, die auf existierenden Fakten basieren, getragen wird. Wir wissen, daß Robert Hawley und John Eggers, beide Bankfilialleiter mittleren Alters, in keiner wahrnehmbaren persönlichen oder professionellen Art und Weise miteinander in Verbindung stehen. Erschöpfendes Aktenstudium erbrachte keine gemeinsamen Nenner außer:
1. identische Tätigkeiten;
2. Langzeitehen, die zu gedeihen scheinen, trotz der Tatsache, daß beide Männer ein außereheliches Verhältnis unterhalten;
3. die besagten außerehelichen Verhältnisse selbst; beide mit Frauen Ende Zwanzig.
Bei den implizierten Frauen fehlen auf gleiche Weise jegliche Verbindungen. Alle Opfer leben und arbeiten in San Fernando Valley, und doch zeigen Befragungen und Überprüfungen der Kreditkartenabrechnungen, daß diese zwei heimlichen Liebespaare zu keiner Zeit während der gesamten Dauer der Affären auch nur einmal in denselben Restaurants und Bars gegessen und getrunken haben. Die Chancen, daß eine Verbrecherbande die Existenz zweier solch potentiell lukrativen und risikoanfälligen Beziehungen voneinander unabhängig herausfindet, sind minimal. Ich bin der Meinung, es gibt ein

funktionsfähiges Bindeglied zwischen Hawley/Issler – Eggers/Confrey, eines, das die vier Hauptpersonen entweder absichtlich oder unbewußt zurückhalten. Ich bin der Meinung, alle vier Hauptpersonen sollten dazu gebracht werden, sich rigorosen Lügendetektortests zu unterziehen, und – sollte es damit nicht gelingen, das Bindeglied aufzudecken – Penthotal (Wahrheitsserum) und/oder Befragung unter Hypnose – extreme Untersuchungsmethoden, die meiner Meinung nach in diesem Fall gerechtfertigt sind. Außerdem, da die wesentlichen Faktoren dieser Verbrechensreihe morgen nacht von den Medien ausgestrahlt und veröffentlicht werden (von mir im Interesse der öffentlichen Sicherheit freigegeben), erachte ich es für ratsam, daß die vier Hauptpersonen in Gewahrsam genommen und Montag morgen von Journalisten ferngehalten werden, um schockähnliche Erschütterungen durch innerfamiliäre Reaktionen auf die Bloßstellung der Affären zu vermeiden. Ich bin verantwortlich für die Weitergabe der Daten an die Medien und war mir über die vollen Auswirkungen im klaren. Meine Kontaktpersonen von Presse und Fernsehen sagten zu, eine Bitte um Informationen in ihre Berichterstattung einzuschließen und besagte Informationen an uns weiterzureichen.

Hochachtungsvoll,
Lloyd W. Hopkins,
1114,
Abt. Kapitalverbrechen

Als er endete, sah Lloyd aus dem Küchenfenster und bemerkte, daß der Morgen dämmerte. Die Sache mit der Familie bedrückte ihn, und er lief rastlos durch das untere Stockwerk des Hauses, das er einst mit vier Frauen geteilt hatte; in ihrer Abwesenheit hatte er die vier Räume für sich in Beschlag genommen. Jeder Schritt ermüdete ihn noch mehr und machte ihm gleichzeitig bewußt, daß er arbeiten mußte. Schließlich gab er dem Bedürfnis nach und ließ sich in den großen Ledersessel fallen, in dem er früher immer mit Penny gesessen war.

Neue Gedanken kamen ihm keine, und auch der Schlaf blieb aus. Er starrte auf das Telefon, hoffte, daß es klingelte, was immerhin eine kleine Eingebung nach sich zog: Louie Calderons Telefonnummer oder Nummern. Lloyd rief die leitende Aufsicht bei Bell an und gab seinen Namen und die Dienstnummer an, dann stellte er fieberhaft seine Frage. Die Frau meldete sich mit einer traurig unfieberhaften

Antwort zurück: Louie Calderon, 2192 Tomahawk St., L. A., hatte ein Privat- und ein Geschäftstelefon – mit derselben Nummer. Das rote Telefon war also völlig illegal.

Weitere lähmende Schlaflosigkeit folgte, kurzzeitig unterbrochen durch einen Anruf von Peter Kapek. Die erste Überwachungsschicht hatte soeben gemeldet, daß Louie Calderon seine Bude nur einmal verlassen hatte, um sechs Uhr morgens. Er war zur Ecke vorgelaufen und hatte eine Kiste Bier gekauft. »Bierschlürfender Mutterschänder«, sagte Kapek und versprach, sich mit dem Bericht der nächsten Schicht zu melden.

Lloyd rasierte, duschte und zwang sich, eine Packung kalten Frühstücksfleisches zu essen, das er mit einem halben Liter Milch und einer Handvoll Vitamintabletten herunterspülte. Immer noch nicht fähig zu schlafen, sah er im Briefkasten nach der Post des vorigen Tages. Drei Rechnungen und eine Postkarte von Penny. Vorn Fishermans Wharf, hinten ihre formvollendete Handschrift: Daddy – laß nicht locker. Rogers Hund hat auf Moms geliebten Teppich gepinkelt. Rog hat sich geweigert, die Reinigung zu bezahlen. Moms Reaktion: »Euer Vater, trotz seiner vielen Fehler, respektierte den Haushalt und ließ sich nie lumpen. Laß nicht locker, Daddy. Liebe Liebe Liebe – Pinguin.«

Dieser Hoffnungsschimmer verurteilte Lloyds Streben nach wohltuender Bewußtlosigkeit zum Scheitern. Er fühlte eine geistige zweite Luft kommen und wählte die Privatnummer von Richter Wilson D. Penzler, darauf eingestellt, erst eine rechtsradikale Rhapsodie über sich ergehen lassen zu müssen, bevor er seinen Wunsch nach einem Durchsuchungsbefehl äußerte. Die Haushälterin des Richters meldete sich und sagte, daß sich Seine Ehren in Lake Tahoe befanden und erst Mittwoch in sein Heim und auf den Richterstuhl zurückzukehren gedachten. Lloyd legte auf, nahm dann den Hörer gleich wieder hoch, um Buddy Bagdassarian in Rampart anzurufen und Louise Calderon hochgehen zu lassen. Sein Finger senkte sich auf die erste Nummer, als ihn Vorsicht innehalten ließ. Nein. Buddy würde den ganzen Plan umwerfen und Louie direkt an den Kragen gehen. Besser, man gab dem Bierschlürfer noch etwas Spielraum.

Das Tageslicht kam und ging wieder. Lloyd blieb ruhelos wach. Er hangelte an einer imaginären Kette von Haifischen, Chicano-Gangschurken seiner alten Nachbarschaft und seiner Familie. Er wägte eben ab, ob er das Licht einschalten oder in der Dunkelheit bleiben sollte, als das Telefon klingelte.

Er bekam gerade noch »Hallo?« heraus, dann meldete sich schon Kapek. »Die dritte Schicht hat sich gerade über Funk gemeldet. Das wandelnde Bierfaß, seine Frau und die Bälger sind gerade aufgebrochen. Sie folgen in gebührendem Abstand. Ich habe mir außerdem Calderons Gefängnisakte geholt. Sein Umfeld wird gerade durchleuchtet. Was haben Sie gemacht?«

Lloyd erschauderte leicht, als sich der Gedanke festsetzte. »Nachgedacht. Ich muß weg, Peter. Ich rufe Sie morgen an.« Er hängte auf, holte seine Einbruchswerkzeuge aus der Küche und machte sich auf den Weg zu seinem speziell für Einbrüche ausgerüstetem L. A. P. D.-Fahrzeug

Likeable Louies *One-Stop Pit Stop* und das darangebaute Adobegebäude waren still und dunkel, als Lloyd auf der gegenüberliegenden Straßenseite der Tomahawk Street parkte und den für den Bruch nötigen Mumm zusammenkratzte. Während er die chirurgischen Gummihandschuhe überstreifte, rief er sich seinen vorherigen Besuch in der Garage noch einmal ins Gedächtnis und überlegte, wie er am besten hineinkam. Das Haus war vermutlich zu gut gesichert, die Straßenseite zu gut einsehbar. Es kam also nur der Hintereingang in Frage.

Lloyd besah sich den Inhalt seiner leinenen »Einbrechertasche« und entnahm ihr einen batteriebetriebenen Bohrer, verschiedene Rohraufsätze, einen Satz Dietriche, ein Stemmeisen, eine Dose Mace gegen etwaige Wachhunde und eine große fünfzellige Taschenlampe. Er durchwühlte den Rücksitz, fand eine alte Aktentasche, die ein anderer Beamter liegengelassen hatte, und steckte seine Werkzeuge hinein. Dann ging er durch die Gasse, die diagonal über die Tomahawk Street führte.

Der Vollmond ermöglichte ihm eine gute Sicht auf den Hintereingang, und aus den anliegenden Häusern dröhnende Musik überdeckte jeden eventuellen Lärm. Lloyd betrachtete den Stacheldrahtzaun, der den Werkbereich umschloß, und fand sich damit ab, ein paar Schnitte abzubekommen; er warf einen Blick auf die Rollschienentür und wußte, es war das Fenster daneben oder nichts.

Er atmete tief ein, warf die Tasche über den Zaun und hievte sich die Maschen hoch. Seine rechte Hand schmerzte von dem Bücherregal, das er in Frisco zerdeppert hatte, und er mußte sie permanent entlasten. Als er den Stacheldraht erreichte, rollte er sich hoch und verließ sich bis zur letztmöglichen Sekunde auf den Schutz seiner Jacke. Dann hakte er seine Finger in die Drahtlitzen ein und drückte die Beine durch, bis er das scharfe Metall los war und ihm nur noch ein Sprung aus vier Metern Höhe bevorstand. Er stieß sich mit seinem ganzen Gewicht ab und landete mit den Füßen voran auf einem Flecken ölglatten Teers.

Kein Hund; keine näherkommenden Geräusche. Lloyd hob die Tasche auf und nahm die Taschenlampe heraus, dann ging er zu dem Fenster und verglich dessen Durchmesser mit seinem Körperumfang. Knapp, aber machbar, entschied er, schlug die Scheibe mit dem Ende der Taschenlampe ein und warf die Tasche durch die Öffnung, dann zwängte er sich durch das Loch, und wieder bekamen seine Jacke das meiste und seine Beine ein paar kleine Schürfwunden ab. Mit den Händen zuerst landete er in der Garage, wo ihn der Geruch von Benzin und Motoröl förmlich überfiel.

Immer noch kein Hund; immer noch nichts, was darauf hinwies, daß man ihn entdeckt hatte. Lloyd rappelte sich auf, nahm Taschenlampe und Tasche an sich und orientierte sich erst einmal. Als sich seine Augen an die Dunkelheit gewöhnt hatten, konnte er die Treppe ausmachen, die zu Louie Calderons privatem Büro führte. Lloyd ging auf Zehenspitzen herüber und die Treppe hoch. Dann versuchte er es mit der Tür. Sie war unverschlossen. Er atmete tief durch und stieß sie auf. Dann knipste er die Taschenlampe an und leuchtete damit in Richtung des Tisches. Der Lichtstrahl zeigte direkt auf das rote Telefon und das Clipboard. Er ging zum Tisch und merkte sich die exakten Standorte der Rechnungsbelege und Bierdosen darauf. Dann zog er Stift und Notizblock aus seiner Gesäßtasche und nahm auf Louie Calderons Stuhl Platz. Er hielt die Taschenlampe mit der linken Hand, schob eine halbgeleerte Büchse Coors zur Seite und legte an ihre Stelle den Notizblock. Als er mit der Lampe direkt das Clipboard anstrahlte, wurde das Büro darum herum völlig dunkel, und er vollführte seine Niederschrift in einem augenzermürbenden Lichttunnel. 11/12-A. M.– Ramon V. – Ruf 629-8811 (Mu & Bru) an, bevor du mit B. H. sprichst.

11/12 – P. M.-Duane-Rhonda sprach mit Freunden in P. S., Stan Klein kommt am späten Montagabend zurück, vergiß nicht Mon. abend anzurufen – priv. (654-8996) – Arb. (658-4371) – will Kohle.

11/12 – P. M. – Danny C. – Ruf zu Hause an.

11/12 – P. M. – Julio M. – ruf zu Hause an.

11/12 – P. M. – Gerge V. Rückruf Louise, B. H.. Keine Übertretung.

Nach Beendigung der Abschrift steckte Lloyd den Block zurück in seine Tasche und stellte die Bierdose an die richtige Stelle zurück, erfreut, daß es ein illegaler Auftragsdienst und kein Wettbüro war. Er richtete die Taschenlampe auf den Boden und ging auf demselben Weg wieder nach unten. Auf dem Weg zur Vordertür griff er sich eine Schachtel mit Zierradkappen, in der Hoffnung, den Verdacht auf irgendwelche Nullbons, die leichte/schnelle Beute im Sinn hatten, zu lenken. Wie immer nach einem Einbruch fing er auf dem Heimweg an zu zittern, und wie immer folgte die Einsicht, die er nach jedem Einbruch hatte: Verbrechen war ein gehöriger Nervenkitzel.

In seiner Küche schrieb Lloyd die aufgenommenen Namen noch einmal ab, um sie mit Louies Akte zu vergleichen. Dann wählte er die drei Nummern, die er ausfindig gemacht hatte.

Die erste war ein trauriger Schuß in den Ofen. Lloyd gab vor, ein Freund von »Ramon« zu sein, und fragte die Mutter nach seinem Verbleib. Er erfuhr, daß Ramon Freitag aus Chino entlassen wurde und bis jetzt weder seinen Bewährungshelfer noch seine Familie kontaktiert hatte. Die Frau hatte entsetzliche Angst, daß er wieder zurück in Silverlake war und an der Nadel hing.

Die zwei Nummern für Rhonda waren sogar noch trister – beides auf Band gesprochene Nachrichten, die laut und deutlich »Prostitution« trompeteten: »Hi, hier spricht Rhonda. Wenn Sie wegen meinem Geschäft oder ihrem Vergnügen oder umgekehrt angerufen haben, hinterlassen Sie bitte eine Nachricht. Tschüß!«

»Hier ist ›Silver Foxes‹. Schöne Frauen jeder Überzeugung für jede Gelegenheit. Bitte hinterlassen Sie Ihren Namen, Ihre Kundennummer und Ihre Wünsche nach dem Piepton.«

Lloyd legte auf und fügte diese Information seiner A. K.-Checkliste hinzu. Der trällernde Tonfall der letzten Ansage klang immer noch in seinen Ohren, als er das Licht löschte und sich auf die Couch flezte. Während er auf den Schlaf wartete, von dem er wußte, daß er jetzt kommen mußte, spielte er mit den Worten. Das sinnlose Gebrabbel völliger Übermüdung überkam ihn. Er wußte, was dahintersteckte: Die Gelegenheiten seiner Überzeugung waren alle vertan. Die Endgültigkeit des Gedankens half, und die Bewußtlosigkeit war schon beinahe da, als er noch einmal nach einem Rettungsring griff: *eine Apokalypse konnte ihn retten.* Dieser Gedanke war zu furchterregend, um damit zu spielen. Lloyd wies den Gedanken mit seiner gesamten Willenskraft von sich und schlief traumlos.

Präzisionsarbeit.

Rice sah auf die Uhr, als er den 78er Malibu in den Schatten einer Baumgruppe neben der Freeway-Ausfahrt lenkte. Um 9 Uhr 43 hatte er den Wagen gefilzt, um 9 Uhr 56 die Brüder aufgelesen, die bis zu den Kragenspitzen hin ausstaffiert waren und gierig aussahen. Um 10 Uhr 03 hielt er bei einem Seven-Eleven am Rande von Hollywood, um sich eine letzte Sache zu verschaffen – eine Denkpause – , und jetzt, um 10 Uhr 22, blieb nichts mehr, als es durchzuziehen. Als er die Bremse anzog, warf er einen kurzen Blick auf Bobby und Joe. Ihre Anzüge paßten, und ihr andersfarbiges Gesichtshaar ließ sie beinahe nicht wie Mexikaner aussehen. Ihre Aktentaschen waren groß und abgewetzt. Alles lief perfekt. »Jetzt«, sagte er.

Sie gingen zu Fuß den halben Block zur Ecke Pico und Westholme und warteten an der Ampel. Als die auf Grün schaltete, übernahm Rice die Führung und schritt den Brüdern voran. Vor der Bank angekommen, linste er durch das Fenster und machte sich ein Bild davon, wie es drinnen aussah: sechs Schalter zur Linken, eine abgetrennte Wartelinie, an der niemand stand, die Angestellten an ihren Tischen zur Rechten in einem mit Teppichboden versehenen Abschnitt. Keine bewaffneten Wächter; kein Zeichen von Gordon Meyers; die Überwachungskamera, die sich in ihrer Halterung über der Tür hin und her bewegte. Perfektion.

Die Brüder schlossen zu ihm auf, und Rice ließ sie zuerst durch die Tür gehen. Als sie auf halbem Wege zu den Schaltern waren, nahm er eine Dose Seven-Eleven-Rasierschaum aus seiner Jackentasche, schüttelte sie und machte einen Testspritzer auf den Boden. Als der Schaum auf dem Boden aufklatschte, wurde es ihm klar: Wenn du in seine Augen blickst, wirst du es wissen.

Rice stieß die Türen auf, drehte sich und streckte seinen rechten Arm zur Kamera hoch. Er verfehlte sie mit dem ersten Sprüher, traf die Linse aber mit dem zweiten voll. Als er wieder auf den Fersen stand, sah er, daß niemand an den Schreibtischen ihn bemerkt hatte, und daß Joe und Bobby bei einer Pappstellwand in der Nähe des letzten Schalters herumtrödelten. Er faßte in seine Aktentasche und zog seine 45er heraus, dann ließ er die Sprühdose auf den Boden fallen. Das Geräusch ließ den Mann am vordersten Tisch die Augen heben und die Waffe sehen. Rice brüllte: »Überfall! Ganz ruhig, alle, sonst seid ihr ganz tot!«

Eine Sekunde lang hielt alles inne. Ruckartig schossen Köpfe hinter dem Kassenschalter hoch; die Garcias zogen ihre 45er, stellten sich in Position und hielten die Aktentasche auf. Dann folgten Überraschung und Unruhe, und vor den Augen von Rice wurde es schwärzlich rot. Er schluckte und hörte den Schrei einer Frau, die auf Joe Garcias Waffe mit Schalldämpfer starrte. »Oh Gott – oh Gotts«, prasselten aus jedem Winkel der Bank auf ihn ein. Er schluckte etwas, das wie Blut schmeckte, rannte zu Bobby, drückte ihm seine Aktentasche in die Hand und sagte: »Drei Minuten. Mach sie voll.«

Bobby ließ sein Haifischgrinsen aufblitzen und richtete die Waffe auf den Bankangestellten, der direkt vor ihm stand, und zischte: »Füttere den Hai, Mutterschänder, sonst stirbst du.« Der Mann stopfte das Bargeld bündelweise in die Aktentasche, und Bobby schob Rices Tasche hinüber zum nächsten Schalter und knurrte: »Du auch, Hure, du verflucht noch mal auch.« Die Frau schüttete ganze Schubladen mit Papier- und Münzgeld in die Tasche, und Kleingeld rollte über den Schalter auf den Boden. Als beide Angestellte zurücktraten, leere Schubladen zeigten, und sich dann auf die Knie duckten, glitt Bobby weiter zum nächsten Schalter. Aus den Augenwinkeln warf er einen kurzen Blick auf Joe. Der Kleine hatte bereits drei Schalter ausgeräumt und hielt die Angestellten mit zittrigen Händen in Schach. Tränen und Schweiß troffen von seinem Gesicht und durchnäßten seinen falschen Bart. Sein Gesicht war so rot wie das eines Babys, und seine Unterlippe flatterte so stark, daß sein ganzer Kopf mitzitterte. Von irgendwoher in der Bank schrie Duane Rice: »Wo ist der verfluchte Sicherheitsschef?!« im Tonfall eines hundertprozentig Geistesgestörten. Bobby manövrierte beide Aktentaschen und seine Waffe vor die letzte Angestelltc, und es durchfuhr ihn wie ein Stromstoß, als er sah, daß es eine flotte junge Blondine war.

»Wo ist der Wächter?! Wo ist der verfluchte Sicherheitsmann?!«

Bobby hörte Rices Rufe, dann drehte er sich um, um die Blondine näher zu studieren. Sie hatte ihre drei Schubladen offen und das Geld auf dem Schalter aufgestapelt. Bobby schaufelte es in die Aktentasche, die ihm am nächsten war, und kitzelte das Mädchen mit seinem Schalldämpfer am Kinn, als er die Tasche zudrückte. »Magst du Meeresfrüchte, *chiquita*?« sagte er. »Wie wär's mit einer netten, saftigen Haifischwurst? Geht runter wie Butter mit einem netten, blonden Fotzenburger.«

Vor Rices Augen geriet die ganze Bank ins Wanken. Seine Stimme klang, wie wenn sie nicht ihm gehörte, und die Leute, die vor ihren Tischen kauerten, sahen aus wie furchterregende rote Tiere. Er wandte sich also ab, so daß er sie nicht sehen mußte, und sah Haifisch-

Bobby eine junge Angestellte übel anmachen. Er fragte sich, ob er es stoppen sollte, als auf einmal Gordon Meyers aus einer Tür neben dem Tresorraum trat.

Da wußte er es.

Rice hob seine 45er; Meyers sah ihn und drehte sich, um wegzulaufen. Rice feuerte drei Schüsse ab. Der Rücken von Meyers weißem Hemd explodierte in Purpurrot im selben Augenblick, als er den dreifachen Rückstoß des Schalldämpfers spürte. Der weggedröhnte Bedröhntenwärter krachte in eine amerikanische Flagge an einer Fahnenstange, und beide fielen zu Boden. Die Bank wurde eine einzige gigantische Lärmexplosion, und durch all das hindurch hörte Rice die Stimme einer Frau: »Abschaum! Abschaum! Abschaum!«

Beim letzten Schimpfwort der Blonden drehte sich Bobby um, sah einen toten Mann am Boden und Duane Rice und seinen Bruder, die ihm bedeuteten, sich zu beeilen. Er drehte sich noch mal, um dem Mädchen zum Abschied das Thema des »Weißen Hai« zu hinterlassen und wurde von einem Speichelklumpen mitten ins Gesicht getroffen. Als er ihn wegwischte, sah er ihren riesigen offenen Mund und wußte, daß wahr sein würde, was immer sie auch sagte. Er stieß die 45er auf ihre Zähne und feuerte zweimal. Die Schüsse rissen ihren Hinterkopf ab. Bobby sah, wie Blut und Hirn die Wand hinter ihr hochspritzten, als es sie von den Füßen riß. Der Rückstoß wirbelte ihn herum, und dann war Joe da, griff sich die zwei Taschen und schob ihn zur Tür. Draußen stand Rice mit der dritten Tasche auf dem Gehsteig und schob hastig ein neues Magazin in seine Waffe. Aufgelöst in Schweiß und Tränen und zitternd von Kopf bis Fuß stürzten die Brüder durch die Türen; Rice drückte Joe die Tasche in die Hand und schaffte es, von irgendeinem kühlen Punkt innerhalb seines eigenen Zitterns herauszubekommen: »Geht ums Eck zum Wagen.« Die Garcias legten los, halb stolpernd, halb rennend, und die drei Geldtaschen schlugen gegen ihre Beine. Rice war im Begriff, ihnen zu folgen, als aus dem Nichts eine Sirene ertönte und ein Streifenwagen mit blinkendem Warnlicht auf dem Gehsteig direkt auf ihn zuraste.

Rice fuchtelte wie ein Wilder und ließ sich auf die Knie fallen, eine Verwundung vortäuschend, weil er wußte, daß der Schalldämpfer seine Reichweite praktisch auf Null brachte. Als der Streifenwagen langsamer wurde und bremste, wich er nicht von der Stelle, wußte, sie mußten ihn gesehen haben; als der Wagen ein letztes Mal ruckelte, zählte er bis zehn, sprang auf und richtete die 45er auf die Windschutzscheibe. Die Cops waren einen knappen Meter entfernt und wollten gerade mit Schrotflinten in den Händen aussteigen, als er den Abzug siebenmal durchzog, die Waffe in Brusthöhe. Die Windschutzscheibe explodierte/flog in tausend Stücke, und Rice warf sich auf den Boden und rollte sich zur Beifahrertür. Er wechselte die Magazine. Als beide Türen geschlossen blieben, stand er auf, sah zwei blutdurchtränkte blaue Uniformen und nach Luft schnappende Gesichter und feuerte weitere sieben Mal, alles in die Köpfe. Blut und Knochensplitter spritzten auf sein Gesicht, und in der Entfernung konnte er weitere Sirenen heulen hören.

Plötzlich fuhlte er sich sehr ruhig und völlig Herr der Lage. Er rannte über den Parkplatz der Bank und durch die Gasse, die parallel zum Greystone Drive verlief, sprang dann über einen Maschendrahtzaun und landete in einem zementierten Hinterhof. Die Auffahrt führte ihn zur Straße, und dort, neben dem 81er Chevy-Caprice, standen Joe und Bobby. Keine Nachbarn; keine neugierigen Kinder; keine Augenzeugen.

Rice ging durch einige Vorgärten zu dem Chevy, schloß die Fahrertür auf, dann die Beifahrertür. Die Brüder stiegen hinten ein (mit den Aktentaschen) und kauerten sich unaufgefordert nieder. Rice startete den Wagen und fuhr rückwärts heraus, dann langsam den Greystone hinunter bis zur Westholme, dann über Pico zum Freeway. Sie fuhren nordwärts auf dem 405, als auf einmal das Kreischen der Sirenen ohrenbetäubend wurde. Die vierzig Meter hohe Freewayerhöhung gestattete Rice eine perfekte Aussicht auf die Bank und die Straße davor. Sie war voll mit Polizeiwagen, die Stoßstange an Stoßstange standen und aus denen Pumpgun-schwingende Cops hervorquollen. Von Osten her näherten sich Hubschrauber. Es sah aus wie an einer Kriegsfront.

Rice fuhr vorsichtig in der mittleren Spur; die Herausforderung und Notwendigkeit in einem ungewohnten Fahrzeug seine Panik in Zaum zu halten, lenkte seine Gedanken von den vergangenen zehn Minuten ab. Als sie die unmittelbare Umgebung verließen, verebbte der polizeiliche Lärm, abgesehen von einzelnen Streifenwagen, die in entgegengesetzter Richtung an ihnen vorbeirasten. Dann erreichte er den Wilshire Boulevard, und es klang, als ob Hubschrauber und Sirenen bei ihnen im Auto wären, und ihm fiel wieder ein, daß er nicht allein war.

Der Hubschrauber/Sirenen-Lärm war eine Kombination von Joe Garcia, der schluchzte und keuchend atmete, und Bobby, der versuchte zu reden. Rice dachte an Straßensperren auf dem Freeway und bog auf die Montana Avenue-Ausfahrt. Er drehte sich nach hinten, um einen Blick auf die Brüder zu werfen, und sah, daß sie immer noch auf dem Boden lagen, die Arme umeinander geschlungen, so daß er nicht sagen konnte, wer welcher war. Der Anblick war obszön, und das getrocknete Polizistenblut, das er auf seinem Gesicht spürte, machte es noch schlimmer. Als er auf eine friedliche, lärmfreie Straße kam, reinigte er seine Wangen mit seinem Ärmel und sagte: »Benehmt euch verflucht noch mal wie Menschen, und wir kommen aus dieser Sache heil raus.«

Bobby befreite sich aus der Umarmung mit seinem Bruder und der Ansammlung von Aktentaschen. Rice sah im Rückspiegel, wie er sich in den Rücksitz lehnte und dann Joe aufhalf. Als er ihre angeklebten Bärte sah, riß er seinen ab und schätzte ihre Überlebensfähigkeit ab. Joe zuckte in einem fort und saß auf seinen Händen, um sein Zittern unter Kontrolle zu bekommen. Haischiß sah aus, als stünde er nur zwei Sekunden vor einem Lachanfall, der bis zum Lungenplatzen andauern mußte. Er wußte, daß sie bestenfalls Scheiß-Partner waren, und sagte: »Nehmt eure Bärte ab und zieht Jacken und Hemden aus. Wir werden jetzt den Wagen loswerden, dann in mein Motel gehen und die Lage ein bißchen abkühlen lassen. Bobby, noch einmal die Haifischtour und du bist ein verflucht toter Bohnenfresser.«

Bobby zuckte zusammen. Seine Stimme war leise, weit entfernt von einem Kichern. »Ich mußte es tun, Duane. Ich wußte, was diese Hure sagen wollte, und das dürfen nur Priester zu mir sagen.« Er begann, auf lateinisch vor sich hin zu murmeln, und griff sich dann eine der Aktentaschen vom Boden. Seine wirren Gebete überschlugen sich, als er hineinfaßte, ein Bündel Hunderter herauszog und es aufriß.

Explosionsartig schoß schwarze Tinte aus dem Geldbündel, scharfe Strahlen, die Bobby im Gesicht trafen und von seiner Brust abgelenkt wurden und die Rückfenster vollspritzten. Eine zweite Reihe von Spritzern brach über Joe herein und er warf sich auf die Tasche und fing die restlichen Strahlen mit dem Körper auf. Rice fuhr an den Straßenrand und schrie: »Zieht die Hemden aus und kurbelt die Fenster herunter«, und Bobby wischte die Tinte aus seinen Augen, riß die Reste seines Bartes ab und begann damit am Fenster neben sich herumzuwischen.

Rice beugte sich nach hinten auf den Rücksitz und versetzte Bobbys Gesicht mit der rechten Faust einen unbeholfenen Schlag, der ihn nur streifte, aber doch dazu zwang, mit dem Wischen innezuhalten und reflexartig wegzuducken und die Fensterkurbel freizulassen. Rice stürzte sich darauf und kurbelte das Fenster herunter. Im selben Moment öffnete Joe mit pechschwarz getränktem Oberleib das gegenüberliegende Fenster. »Die Rückseite«, zischte Rice, wurstelte sich aus seinem Jacket und riß sich sein weißes Hemd vom Leib. Er reichte beides Joe, der sie auf die Rückscheibe drückte und Tinte aufsaugen ließ, bis sie voll waren wie ein Schwamm. Als sie nur noch nutzlose, triefende Lumpen waren, zog er sie weg und ließ die restliche Tinte auf die Sitzlehne rinnen. Dann machte er den Oberkörper frei und ging daran, die Kleider seines Bruders herunterzuziehen, wobei er fortwährend murmelte: »Ruhig, Bobby, ganz ruhig, der Wachhund ist ja da.«

Rice warf einen Blick auf das tintenbeschmierte Fenster und sah, daß es für eine schlechtgemachte Glastönung durchgehen mochte; er sah zu den Garcias und wußte, daß der Mitläufer vom Start weg mehr Mumm in den Knochen hatte. »Wir fahren nach Hollywild, Genossen«, sagte er. »Nur drei barbrüstige Hengste auf einer Spritztour.«

Eine halbe Stunde später hielt Rice vor einer leerstehenden Pennerabsteige auf Cahuenga, zwei Blöcke vom Bowl-Motel. Er schaltete den Motor ab, stieg aus und sah in den Kofferraum. Keine Extrakleidung, nur ein verranzt aussehender Schlafsack. Er nahm ihn raus und schob ihn durch das Seitenfenster zu Joe Garcia, der immer noch Bobby gut zuredete wie einem Kleinkind. »Wickel die Aktentaschen da rein und bringe deinen Bruder auf meine Bude. Verhaltet euch wie Chikano-Scheißer auf einem Spaziergang, und niemand nimmt euch hops.« Er sah auf die schwarze Schicht auf ihren Brüsten, dann ging er zurück zu der Garage, von der er beim verfluchten Herrgott hoffte, daß sie immer noch leerstand.

Sie tat es.

Rice machte sich einen Durchgang frei, trat Haufen leerer T-Bird-Flaschen beiseite und ging dann zum Wagen. Joe und Bobby standen stumm daneben, den unregelmäßig zusammengerollten Schlafsack zu ihren Füßen. Rice sagte: »Los«, und fuhr dann den Wagen rückwärts in die Garage und schloß die wackelige Tür dahinter.

Als er auf die Straße zurückkam, fühlte er sich fast schon gut. Dann hob er den Schlafsack auf, und zwei Groschen und ein Penny kullerten aus den Falten und fielen auf den Boden. Vor sich sah er die Garcias in die Gasse vor dem Motel einbiegen. Er versuchte an Vandy und die Rettungsmission zu denken, aber das mickrige Kleingeld auf dem Boden hielt ihn davon ab.

15

Als er über den Wilshire zum West-L. A. Federal Building fuhr, merkte Lloyd, daß am Straßenbild irgend etwas nicht stimmte, daß etwas fehlte. Als er am Winchell-Donut-shop vorbeifuhr, den die örtlichen Cops am liebsten frequentierten, kam es ihm: Er hatte seit Beverly Hills keinen Streifenwagen mehr gesehen, und der war vom B. H. P. D. gewesen. Als er sein Funkgerät einschaltete, sagte ihm der Dispatcher, warum: »Code 4. Code 4. Alle Streifeneinheiten im Gebiet von Pico und Westholme und der Bank, die nicht unmittelbar mit der Kontrolle von Menschenaufläufen oder Haus-um-Haus-Durchsuchungen zu tun haben, sollen wieder normalen Dienst aufnehmen. Code 4. Code 4.«

Lloyd befestigte sein Rotlicht und schaltete die Sirene an, machte dann eine Kehrtwende und raste zu Pico und Westholme. »Bank« ließ »Sie« durch seinen Kopf schießen, und »Haus-um-Haus-Durchsuchung« bedeutete Gewalt. Als er zwei Blöcke vom Ort der Ereignisse entfernt war, passierte er eine Reihe von Streifenwagen, die mit eingeschalteten Scheinwerfern langsam nordwärts fuhren.

Lloyd fühlte eine Welle Übelkeit hochsteigen, drückte das Gaspedal durch und bremste dann ab, als Pico, eine Barrikade aus aufgebockten Umleitungsschildern und eine Straße voll aneinander geparkter Streifenwagen in seiner Windschutzscheibe erschienen. Er bremste und parkte auf dem Gehsteig, rannte dann den restlichen Block und streckte während dessen die Marke an die Jackenbrust.

Zwei junge Beamte mit Pumpguns bemerkten ihn und stiegen über einen Holzbock, aber sie drehten die Mündungen ihrer 12er Schrotflinten nach unten, als sie seine Marke sahen. Lloyd bemerkte ihre roten Gesichter und wackligen Knie und sagte, was er bereits wußte: »Einer von uns?«

Der größere der jungen Cops antwortete ihm in einer Stimme, die sich sehr bemühte, kühl und unbeteiligt zu klingen: »Zwei von uns, zwei Tote in der Bank, keine Verdächtigen in Gewahrsam. Es ist vor 45 Minuten passiert. Welcher Abteilung – «

Lloyd stieß den Beamten beiseite und stieg über das Umleitungsschild, dann ging er um die Ecke auf Pico und bahnte sich mit Ellbogen seinen Weg durch den überfülltesten Tatort eines Verbrechens, den er je mit eigenen Augen gesehen hatte. Regelrechte Knäuel von Kriminalbeamten waren ineinandergeschlungen, konferierten über ihren Notizblöcken, bemühten sich angestrengt, einander zu hören, durch das Rauschen der Funkgeräte, das aus Dutzenden von Dienstfahrzeugen herausknisterte; junge Streifenbeamte standen bei ihren Wagen und sahen grimmig, verängstigt und wie kurz vor dem Explodieren vor Zorn aus. Immer noch schwirrten dunkelrote Lichter, und der Gehsteig war vollgepfropft mit Spurensicherungspezialisten, die Kameras und Spurensicherungskoffer trugen, gebrüllte Gespräche kämpften gegen den Lärm der Funkgeräte an, und Lloyd pickte dieses und jenes heraus und wußte, *sie* waren es gewesen.

»...Bursche drinnen sagte 45er Automatics, Schalldämpfer, und – «

»...dieser Max hat diese Angestellte dreckig angemacht und hat sie dann einfach und verfickt umgenietet und – «

»Eine Frau sagte, ein Weißer, zwei Mexikaner, eine andere sagte, nur Weiße. Das ist das – «

In der Entfernung konnte Lloyd sehen, wie am Dach eines Fahrzeugs von der Spurensicherung das Licht ein rotes Schimmern reflektierte. Er schob sich an einem Team von Sanitätern vorbei, die auf dem Gehsteig direkt vor der Bank standen, und wappnete sich innerlich, als er unter dem Licht einen Streifenwagen stehen sah, dessen Rückscheibe von getrocknetem Blut bedeckt war. Ein Techniker stand neben dem Wagen und bestäubte ein Pistolenmagazin; ein weiterer S. I. D.-Mann lag auf der Haube, die Kamera auf die zersplitterte Windschutzscheibe gerichtet, und machte Aufnahmen. Lloyd wußte, daß er es genau wissen mußte, und trat hinzu.

Die sterblichen Reste zweier junger Männer waren auf dem Vordersitz erstarrter Tod. Jeder Zentimeter des Marineblaus ihrer Uniformen hatte nun den rötlichen Braunton gerinnenden Blutes. Beide hatten großkalibrige Eintrittswunden im Gesicht und gaffende, Hirnmasse absondernde Löcher, wo früher ihre Hinterköpfe gewesen waren. Der Fahrer hatte seinen Dienstrevolver lose auf dem Sitz neben sich liegen, und der andere Polizist hatte seine rechte Hand am Kolben der zum Wagen gehörenden Remington Pumpgun, den Zeigefinger halbdurchgezogen am Abzug.

Lloyd wischte sich Tränen aus den Augen und stakste durch das »Tatort«-Seil vor den doppelten Glastüren der Bank. Ein Techniker, der die Türgriffe mit Pulver bestrich, murmelte: »Hey, Sie können doch nicht«, und Lloyd faßte ihn am Revers und schubste ihn auf den Gehsteig, bedeckte dann seine Hände mit den Jackenärmeln und stieß die Tür auf. In der Bank sah ihn ein Kordon hochrangiger Kriminalbeamter, trat zur Seite und warf einander besorgte Blicke zu.

Lloyd stellte sich auf die Zehenspitzen, um das Innere der Bank zu überschauen, angestrengt bemüht, etwas anderes zu sehen, als die

Zivilbeamten, die fast den ganzen Bodenraum verdunkelten. Er reckte den Hals und konnte so ein S. I. D.-Team wahrnehmen, das hinter einem Kassenschalter die Konturen eines weiblichen Körpers markierte und ein weiteres Team, das vor dem Schalter mit Staubsaugern nach auswertbaren Partikeln suchte. Ein gerichtsmedizinischer Assistent kratzte das Hirn der Frau von der Wand und in eine Plastiktüte, und hinten in der Bank, nahe dem Tresorraum, redeten Peter Kapek und ein halbes Dutzend FBIler mit verstört wirkenden Leuten.

Lloyd schlängelte sich in Kapeks Richtung. Weitere Gesprächsfetzen drangen an sein Ohr, eine Frau, die wimmerte: »Der große Mexikaner war so verängstigt und sah so lieb aus«, ein junger Uniformierter, der einem anderen erzählte: »Der Sicherheitskerl war ein völlig Irrer, hat mich immer mit wirrster Scheiße vollgelabert. Hey, das ist doch Lloyd Hopkins, du weißt doch, ›Crazy Lloyd‹.«

Als er seinen Namen hörte, drehte sich Lloyd um und sah die Beamten an, die sich ihrerseits abwandten und in einen Pulk von Beamten in Zivil zurückwichen. Lloyd stellte sich erneut auf die Zehenspitzen, um nach Kapek Ausschau zu halten, und sah, wie sich die Menge teilte und eine Gasse schuf. Eine Sekunde später gingen durch diese Gasse zwei gerichtsmedizinische Assistenten, die eine mit einem Tuch bedeckte Bahre trugen, und als Lloyd Blut durch die weiße Baumwolle sickern sah, trat er hinzu und riß das Tuch herunter.

Lloyd ignorierte die schockierten Ausrufe der Bahrenträger und starrte die Leiche eines weißen Mannes mittleren Alters an. Brust und Magen wiesen drei große Löcher auf, umrandet von verbranntem und zerfetztem Gewebe, offensichtlich von großkalibrigen Patronen herrührende Austrittswunden.

In den Rücken geschossen.

Kaliber 45 Qualitätslöcher.

Sie.

Bevor er den Toten wieder bedecken konnte, spürte Lloyd einen harten Klaps auf der Schulter. Als er sich umdrehte, stand da Captain John McManus, Beine breit, Hände an den Hüften, das Gesicht puterrot mit der Aussicht, alsbald purpur zu werden. Sie starrten einander in die Augen, und Lloyd wußte, daß im Nachgeben die einzige Gewinnchance bestand. Er hob die Hände und suchte nach wogenglättenden Worten, als McManus vortrat und ihm ins Gesicht flüsterte: »Sie verfluchter Nekrophiler. Ich habe Ihnen doch gesagt, daß Sie sich auf keinen Fall mit Morduntersuchungen befassen sollen, auch wenn sie mit Ihrer Aufgabe als Verbindungsmann oder sonst irgend etwas zusammenhängen. Sie sind hiermit von dieser Sache abberufen. Das hier ist ein zweifacher Polizistenmord, und ich will schießwütige Vigilantenscheißköpfe wie Sie nicht einmal in entfernter Nähe davon haben. Ein Wort des Protestes, und ich lasse Sie von Braverton suspendieren. Wenn Sie sich in diesem Fall einmischen, nehme ich Ihnen das Abzeichen ab und leite ein Verfahren wegen Behinderung der Justiz ein. Und jetzt gehen Sie heim und warten auf meinen Anruf.«

Lloyd stieß den Captain beiseite und drängte sich hinaus auf den Gehsteig. Ein E. B.-Fernsehteam war jetzt innerhalb der Absperrung und interviewte eine Gruppe hochrangiger Polizeisprecher. Jemand schrie: »Das ist Lloyd Hopkins, den holen wir uns!« Und plötzlich war ein Mikrofon vor seinem Gesicht. Er riß das Mikrofon aus der Hand des Mannes, der es hielt, und schleuderte es in Richtung des Streifenwagens, in dem die zerstörten Leichen der zwei jungen Männer ruhten, dann rannte er durch die Menschenmenge zu seinem eigenen Dienstwagen, ohne Absicht, nach Hause zu gehen.

Lloyd fuhr zu Louie Calderons Wohnung, zu wütend, weiterzudenken als *sie*. Er schlug auf das Lenkrad, als er FBI-Überwachungsfahrzeuge auf der anderen Straßenseite und in der Gasse beim hinteren Liefereingang postiert sah. Er parkte einen Block weiter bei einem Tante-Emma-Laden, entschärfte seine Anspannung, indem er sich am Lenkrad festkrallte, bis die Anstrengung sein Hirn fühllos werden ließ und ihn ein Anflug von Ruhe überkam und ihm erlaubte, sich seine eigenen Fragen rational zu beantworten.

Calderon hochnehmen? Bohren, drängen, drohen und ihm Angst einjagen, bis er sich in die Hose machte? Nein – ihm mit Buddy Bagdessarian und dem Durchsuchungsbefehl zu kommen war immer noch das Beste.

Was war in der Bank geschehen? – »Dieser Bohnenfresser hat diese Angestellte schmutzig angemacht und sie dann einfach und verfickt umgenietet«; »der große Mexikaner war so verängstigt und sah so lieb aus.« *Warum wurde der Mann auf der Bahre in den Rücken geschossen? Wer hatte die zwei Cops erschossen – der Hai oder der weiße Mann?*

Die einzige sinnige Antwort war Wahnsinn; die einzige Strategie für jetzt, darauf zu warten, daß Louie Calderon abschob, um dann seine Bude von der Decke bis zum Boden auf den Kopf zu stellen. Die einzige leichte Frage war, ob er McManus gehorchen sollte oder nicht.

Nein.

Lloyd ließ sich zum Warten nieder und behielt den Beobachtungswagen, der einen Block vor ihm geparkt war, im Auge. Eine Stunde, zwei, drei, vier. Nichts tat sich, außer daß ein Strom von Kunden und Mechanikern die Garage verließ. Bei Einbruch der Dämmerung ging er in den Laden und kaufte die Abendausgabe der *Times* und des *Examiners*. Das Gemetzel vom Pico Boulevard bestimmte die Schlagzeilen beider Zeitungen, und die *Times* brachte die ganze Story der ersten beiden Überfälle vollständig mit den Namen, der Erwähnung der Geliebten und mit schwerwiegenden Spekulationen, daß die Geiselüberfälle mit dem Überfall zusammenhingen, bei dem es vier Tote gegeben hatte. Die Namen der zwei toten Polizisten waren ausgelassen, und die Opfer in der Bank wurden aufgeführt als Karleen Tuggle, 26, und Gordon Meyers, 44, ein erst kürzlich in den Ruhestand getretener L. A. County Deputy-Sheriff und »Security Chief« der Bank. California Federal setzte eine Belohnung von fünfzigtausend Dollar aus für Informationen, die zur Verhaftung der Mörder/Räuber führten, die Stadtverwaltung von L. A. weitere fünfundzwanzigtausend Dollar. Wie vorauszusehen, kündigte Chief Gates »die größte Menschenjagd in der Geschichte von Los Angeles« an.

Das alles ließ Lloyd die Tränen in die Augen schießen. Er stellte sich vor, wie er Likeable Louies fetten Hals zudrückte, bis entweder sein Hirn oder drei Namen herausplatzten: Dann sah er Calderon höchstpersönlich aus der Garagentür treten und in einen Dodge-Lieferwagen am Straßenrand einsteigen. Als er losfuhr, folgte der FBI-Wagen in nicht allzu subtiler Drei-Wagen-Längen Entfernung. Lloyd bekam wieder sein typisches Einbruchszittern und behielt die Haustür im Auge. Dann fuhr der Überwachungswagen aus der Gasse hervor. Der Fahrer stieg aus, setzte sich auf Calderons Vortreppe und zündete sich eine Zigarette an. Lloyd schlug mit den Handflächen aufs Lenkrad, was Schock/Schmerzwelle durch seine verletzte Hand schießen ließ. Kapek, von McManus ins Licht gesetzt über seine Vorliebe für Einbrüche, schirmte die Untersuchung ab gegen solche Harthecht-Tollkühnheiten. Lloyd fühlte sich aufgerieben, machtlos, und unerklärlich erschöpft. Er fuhr heim, um nachzudenken.

Als er durch die Haustür ging, hörte er Husten aus der Richtung des Wohnzimmers. Er zog seine 38er, drückte sich eng an die Wand des Eingangsfoyers und bewegte sich an ihr entlang, schaltete dann die Deckenbeleuchtung ein und trat vor, den Waffenarm ausgestreckt und mit der linken Hand umfaßt. Als er sah, wer in seinem Lieblingsledersessel saß, sagte er: »Jesus Christus.«

»Tun Sie nicht so überrascht«, sagte Captain Fred Gaffaney. »Sie wissen, warum ich hier bin.«

Lloyd steckte seine 38er wieder ins Halfter. »Nein, ich weiß es nicht.«

»Reden Sie mich mit ›Sir‹ an.« Lloyd musterte den Hexenjäger. Gaffaney sah noch kälter aus, als es seiner üblichen Gefriertruhen-Kühlstufe 4 entsprach; alles Menschliche was aus ihm gewichen:

»Was tun Sie hier, Captain?«

Gaffaney fummelte an seinem Kreuz-und-Flaggen-Anstecker herum und sagte mit der emotionslosesten Stimme, die Lloyd je gehört hatte: »Mein Sohn, Officer Steven D. Gaffaney, wurde heute morgen im Dienst niedergeschossen und getötet. Er war 22. Ich habe seine Leiche gesehen. Ich habe sein Hirn gesehen, verspritzt über den ganzen Rücksitz eines Streifenwagens, und seine halbheruntérhängende Kopfhaut. Ich zwang mich hinzuschauen, um den Mut aufzubringen, zu Ihnen zu kommen.«

Lloyd stand regungslos in der Tür. Er merkte, worauf Gaffaney herauswollte. Den Bruchteil einer Sekunde lang erschien es wie Erlösung, dann sperrte er sich gegen den Gedanken und sagte: »Ich schwöre Ihnen, daß ich sie finde, und wenn es heißt, sie oder ich, werde ich sie töten. Sie haben eine Hinrichtung im Sinn, und ich bin kein Killer.«

Gaffaney zog eine Mappe aus seiner Jackentasche und legte sie auf das Tischchen neben sich. »Doch, das sind Sie. Ich weiß eine ganze Menge über Sie. Im Sommer 1970, als Sie an Venice Vice ausgeliehen waren, freundeten Sie sich mit einem jungen Streifenpolizisten an, der noch nie mit einer Frau geschlafen hatte. Eines Nachts borgten Sie sich eine Wanne von der Central Division und nahmen ein halbes Dutzend Huren in Venice hoch und brachten sie in die Wohnung des Streifenpolizisten. Sie machten ihnen diverse Angebote: ihnen beiden zu Diensten zu sein, oder Verhaftung aufgrund von Einstichspuren, ausstehenden Haftbefehlen oder simpler Prostitution. Die Nutten willigten ein, und sie rauchten Marihuana mit ihnen und bumsten mehrere von ihnen, und die Huren zogen mit einem Großteil ihres Bargeldes ab, als ihnen dann Schuldgefühle kamen. Ich habe eidesstattlich beschworene Auslassungen von dreien dieser Huren, Hopkins. Ich weiß, daß Sie versuchen, sich mit Ihrer Familie auszusöhnen. Denken Sie daran, was sie empfinden werden, wenn der *Big Orange Insider* die Auslassungen auf der Titelseite bringt.«

Lloyd fühlte, wie sich die alte Schande irgendwo in der Nähe seines Herzens niederließ und sagte: »Ich habe das bei meiner Familie wiedergutgemacht, und diese Story ist Schnee von gestern – nur eine weitere billige miese Kerbe in meiner Reputation. Alter Kram.«

Gaffaney klopfte auf den Ordner, klopfte dann auf seinen Anstekker. »Hier ist etwas, an das Sie sich vermutlich nicht mehr erinnern, weil Sie zu bedröhnt waren. Nachdem die Huren gegangen waren, führten Sie noch ein langes Gespräch über Pflicht und Courage mit dem Streifenpolizisten. Der junge Mann bezweifelte seine eigene Fähigkeit, im Dienst zu töten, und Sie erzählten ihm, wie Sie während der Unruhen von Watts einen ›bösen‹ Kollegen von der Nationalgarde töteten, der eine Gruppe unschuldiger Schwarzer ermordet hatte. Ich habe die Unterlagen Ihrer alten Einheit überprüft. Ihr Mannschaftsführer, Staff Sergeant Richard Beller, wurde mutmaßlich während der Unruhen getötet, aber seine Leiche wurde nie gefunden, und er wurde auch nicht bei Kämpfen mit irgendwelchen Aufständischen gesehen. Aber er war mit Ihnen in der Nacht seines Verschwindens auf Erkundungspatrouille. Der Streifenbeamte ist jetzt Lieutenant im Devonshire Revier. Er ist ein wiedergeborener Christ und ein Protégé von mir. Ich habe eine beschworene eidesstattliche Versicherung von ihm, die Ihre Aktivitäten in dieser Nacht im Jahre 1970 bis ins kleinste Detail beschreibt und diese Konversation fast wörtlich wiedergibt. Lieutenant Dayton hat ein brillantes Gedächtnis. Was ist los, Hopkins? Sie sehen geschwächt aus.«

Eine alptraumhaftige Rückblende auf den Leichnam von Richard Beller ließ Lloyd vor Entsetzen erstarren. Er bebte am ganzen Körper und versuchte zu sprechen. Seine Zunge und sein Gaumen und sein Gehirn verweigerten die Koordination, und er zitterte noch heftiger.

»Sie sehen also, in welcher Position Sie sich befinden«, sagte Gaffaney, »ich verabscheue Sie, aber Sie sind der beste Detective, den das Department je hervorgebracht hat, und ich brauche Sie.« Er deutete zum Eßzimmer. »Auf Ihrem Tisch sind Kopien der existierenden Berichte über die Pico-Westholme-Morde. Soviel ich weiß, hängt der Überfall mit zwei anderen zusammen, die Sie mit dem FBI bearbeiteten, das verschafft Ihnen also einen zusätzlichen Vorteil. Ich werde meinen ganzen Einfluß daran setzen, daß Sie der Ermittlung zugeteilt werden, selbständig. Ich bin sicher, es wird mir gelingen. Was immer Sie brauchen, von weiteren Berichten bis hin zu Leuten für die Drecksarbeit, Sie bekommen es – rufen Sie mich einfach an. Sollten Sie nicht einwilligen, garantiere ich Ihnen Ihre Kreuzigung in Form einer Mordanklage.«

Lloyd sah seinen Ankläger an und sah aufprojiziert auf seine mitleidlos kalten Gesichtszüge die Gesichter von Richard Beller und dem Hollywood-Schlächter. Er versuchte zu sprechen, aber sein Hirn war immer noch reinster Glibberpudding.

Gaffaney stand auf und ging an ihm vorbei zur Tür. Als seine Hand am Riegel war, sagte er: »Finden Sie sie, und ich werde Mitleid haben. Aber Sie dürfen nicht verhaftet werden. Töten Sie sie, oder bringen Sie sie zu mir.«

16

Jetzt ging es um Präzisionsarbeit in einem Wirbelsturm; darum, eiskalt zu bleiben in einer fegefeurigen Hitzewelle, die dazu bestimmt war, sie zu Aschenpartikeln zu rösten. Um 7 Uhr unterzog Rice den Überlebenswillen der Garcias einer erneuten Überprüfung. Bobby war ruhig, saß in einem Sessel neben dem Ankleidetisch und las in der Gideonbibel, die zum Zimmer gehörte. Joe war angespannt wie ein Trommelfell, tief in sich selbst versunken und starrte abwechselnd auf die Wände und die nicht von Tinte verfärbten sechszehn Riesen auf dem Bett. Geduscht und in Rices eigenen Sachen gekleidet, wirkte der Mitläufer durchaus so, als habe er ausreichend Saft/Mumm durchzuhalten, und die goldenen Oldies, die er jetzt schon seit Stunden leise vor sich hinsummte, bauten ihn ausreichend auf, nicht blindlings zu fliehen. Um 7 Uhr 10, zum zweiten Mal an diesem Tag, sagte Rice: »Okay, Bobby, du bleibst hier. Joe und ich werden meine alte Dame aufsuchen. Wenn wir zurückkommen, teilen wir das Geld auf und trennen uns. Rühr dich nicht vom Fleck und bleibe cool.«

Bobby sah von seiner Bibel auf und vollzog eine seltsame Geste, die Rice für katholisch hielt. Joe wandte seine Augen von dem Geldstapel, und die Melodie, die er summte, sprang drei Oktaven höher. Rice erkannte »Blueberry Hill« und sagte: »Auf geht's, Wachhund. Machen wir hin.«

Gemächlich fuhren sie im Trans Am die Highland hinunter, bogen am Franklin rechts ab und fuhren westwärts in Richtung der Siedlung am Mount Olympus. Joe faßte herüber, um das Radio anzustellen, aber Rice berührte seine Hand und sagte: »Nein. Wir können am Flughafen eine Zeitung kaufen. *Wenn wir freie Bahn haben.* Jetzt bist du besser dran, wenn du's nicht weißt.«

Joe schluckte und nahm sein Summen wieder auf. Rice musterte ihn offen. Es sah so aus, als suche er nach den zur Musik passenden Worten.

Bei Fairfax schwenkte Rice auf den Strip und hielt bei ein paar Münztelefonen auf dem Parkplatz einer Texaco-Tankstelle. Er bemerkte einen Zeitungsständer neben den Zellen, warf dreißig Cent ein und zwang sich, die Titelseite der *Times* zu lesen. Die Schlagzeile schrie es regelrecht heraus. »Vier Tote bei Banküberfall in West-L. A.«, und der Untertitel lautete: »Überfall mit zwei weiteren in Verbindung gebracht«.

Rice überflog die Abschnitte, die im Detail auf ihre ersten beiden Geiselfischzüge eingingen, vollständig mit den Namen der Opfer und Täterbeschreibungen, die Christine Confrey geliefert hatte, die Kuh, die er vor Haischiß-Bobby gerettet hatte. Worte sprangen ihn an: »Größte Menschenjagd in der Geschichte von L. A.«; »Neben Freewayausfahrten gefundenes gestohlenes Fahrzeug mutmaßlicher Fluchtwagen, aber keine Fingerabdrücke entdeckt«; »Insgesamt 75 000 Dollar an Belohnungen ausgesetzt«.

Der echte Klopper kam auf Seite zwei: Eine Phantomzeichnung von *ihm*, die ebenfalls durch die freundliche Hilfe von Chrissi Confrey zustande gekommen war. Die Ähnlichkeit war ungefähr zu drei Vierteln akkurat, und Rice knüllte die Zeitung zusammen, trat dann in die Telefonzelle und wählte die Privatnummer von Rhonda, der Füchsin.

»Hallo?«

Rice atmete erleichtert aus. »Duane. Willst du dein Geld, plus einen kleinen Extrabonus für Zusatzinformationen?«

»Hast du sie gefunden?«

»Grad so. Wir fliegen in ein paar Tagen nach New York. Ich brauche die Namen einiger Leute aus dem Musikgeschäft – solide Leute, nicht Kokainschleimbeutel. Kennst du Leute, die dort Kontakte haben?«

Nach einem langen Moment des Schweigens sagte Rhonda: »Sicher. Aber hör zu, ich bin völlig ausgebucht bis spät morgen abend. Kannst du mich morgen nacht um 12 vor Silver Foxes treffen?«

»Früher geht's nicht?«

»Ich muß ein bißchen rumfragen, das braucht seine Zeit.«

Rice sagte: »Ich werde da sein«, hängte auf und ging zurück zum Wagen. Joe verschluckte sich happig an seinen Songtexten, als er einstieg und mit rauchenden Reifen den Fairfax zu den Hollywood Hills hochschoß. Als sie etwas nördlich von Franklin waren, lenkte Rice den Trans Am auf ein großes, leerstehendes Grundstück und gab dabei dem Unterboden des Fahrzeugs Saures. Er schaltete die Scheinwerfer ab, ging langsam vom Gas und ließ den Wagen hinter einer langen Gestrüpphecke zum Halten kommen.

Rice drehte die Zündung aus und sagte: »Warte hier«, dann stieg er aus und kämpfte sich durch die Hecke hindurch. Die Zufahrtsstraße von Mount Olympus war direkt vor ihm, und unmittelbar darüber konnte er Stan Kleins Haus sehen. Die Lichter waren aus, und der Porsche stand weder in der Einfahrt noch auf der Straße. Er ging zum Wagen zurück, nahm die 45er aus dem Halfter und legte sie ins Handschuhfach. Als Ersatz zog er ein Schnappmesser mit Druckknopf raus. »Rein und raus, Wachhund«, sagte er. »Du hast eine Aufgabe und nur diese eine Aufgabe. Sieh zu, daß ich ihn nicht töte.«

Sie warteten.

Rice saß vollkommen bewegungslos und starrte auf die Zufahrtsstraße, wartete darauf, daß sich Licht in Nummer vierzehn zeigte; Joe musizierte im Geiste. Die Nacht kühlte ab, und ein leichter Nieselregen tröpfelte auf die Windschutzscheibe. Dann, kurz nach ein Uhr, gingen die Lichter im Haus an.

Rice stupfte Joe an und gab ihm das Messer, dann deutete er durch die Windschutzscheibe auf ihr Ziel. Joe stieg aus dem Wagen und durch die Hecke, mit wackeligen Knien, die Hände in den Jackentaschen, um das Zittern zu unterbinden. Rice schloß zu ihm auf. Sie überquerten den Asphalt, dann stürzte Rice die Treppen hoch und drückte den Klingelknopf.

Stimmen hallten im Haus; Rice hörte die von Vandy und erkannte am Tonfall, daß sie müde und mißgelaunt war. Joe stand neben ihm, mit aufgerissenen und von Panik erfüllten Augen. Dann wurde die Tür aufgeworfen, und da stand Stan Klein und ließ sein Scheißefressergrinsen aufblitzen, das allerdings von dem Zucken um seine Schläfen herum Lügen gestraft wurde. »Disco-Duane und Freund«, sagte er. »Wann bist du rausgekommen?«

Rice schätzte Klein ab. Rote Nase vom übermäßigen Koksgebrauch, nutzlose Muskeln vom übermäßigen Bodybuilding; offenscheißiger, aufgesetzter, drogeninduzierter Wagemut als Brennstoff für die Auseinandersetzung. Stanman zuckte mit den Achseln und täuschte einen Seufzer vor. »Ich denke nicht, daß ich dich sehen will, Mann/Alter.«

Mit fester Stimme sagte Rice: »Sie weiß nicht, was sie will. Hol sie.«

Klein zog geräuschvoll den Rotz in der Nase hoch und deutete auf Joe. »Wer ist das... Tonto? Der starke, stumme Helfer? Was geht ab, Kemo Sabe?«

Durch die halboffene Tür sah Rice die stockdünnen Beine eine schmiedeeiserne Treppe heruntergehen. Er ging direkt auf den Anblick zu und stieß Klein zurück. Joe war direkt hinter ihm und glitt an Klein vorbei, just als der murmelte: »Hey, du kannst nicht – «

Sie.

Rice sah Vandy am Fuße der Treppe. Sie trug einen rosa Rundkragen-Sweater und irischgrüne Cordhosen. Sie wirkte ausgezehrt, aber ihr Gesicht war pure Aschenbrödelschönheit. Ihre Stimme war nur noch ein blasser Abklatsch ihres alten Vibratogurrens: »Ich will nicht mir dir gehen, Duane.«

Rice stand bewegungslos, fürchtete sich davor zu handeln oder das Falsche zu sagen. Joe zitterte mit den Händen in den Taschen. Stan Klein trat zu einem Tischchen neben der Treppe und schaufelte ein Häufchen Kokain auf eine einkantige Rasierklinge. Er flezte sich hin und zog es in die Nase, dann lachte er. »Du hast die Lady gehört. Sie will nicht mit dir gehen.«

Darauf vorbereitet, rot zu sehen und es niederzuhalten, bewegte Rice seine Augen hin und her zwischen Vandy und Klein und *roch* förmlich die Bank, im Augenblick bevor dort alles durchgedreht war. Vandy nibbelte an ihrer Nagelhaut, Klein zog sich noch eine Nase Koks hoch. Vandy sah aus wie die toten kleinen Mädchen auf KZ-Photos. Dann quietschte Joe Garcia wie ein verängstigter Hase: »Duane, er hat eine Waffe.«

Klein stand neben einer Reihe von Pac-Man-Automaten nahe dem Wohnzimmereingang, leckte Koks von seinen Fingern und richtete eine kleine Automatik auf Rice. »Komm zu mir, Annie«, sagte er.

Vandy ging mit ruckartigen Kleinmädchenschritten zu Klein. Er legte den linken Arm um sie und liebkoste ihre Wange, ohne aufzuhören, auf Rice zu zielen. Er hielt ein Auge auf Joe und sagte: »Du warst eine verfluchte Belustigung für die ganze Bande. Wenn du nicht so ein spitzenmäßiger Autodieb gewesen wärst, hätten wir dich glatt aus L. A. rausgelacht. Der größte Lacher war, wie du Connections gemacht hast, um Annies Karriere voranzutreiben, einen Millionen-Dollar-Rockvideo-Star aus ihr machen wolltest. Laß dir das auf deinen Weg zur Tür zusammen mit Pancho schmecken: Ich werde aus Anni einen Rockvideo-Star machen. Sie wird zuerst die Königin der Pornovideos werden und dann die Leiter hochklettern. Ich produziere einen Streifen mit ihr und diesem Burschen, den ich nach Zentimetern bezahlen muß, und ich rede von schwer zweistelligen Zahlen. Annie weiß, was gut ist für ihre Karriere, und sie wird es tun, weil sie weiß, ich bin kein scheißblöder Träumer wie du.«

Kein Rot, aber brenzliger Kurzschlußgeruch fraß an Rices Nasenflügeln und brannte in seinen Augen. »Du hast mich verpfiffen, wegen der Wagen, Mutterschänder.«

Klein biß in Vandys Ohr und sah dann Rice direkt an und sagte: »Nein, Duanileinchen, ich war's nicht. Annie war's. Sie wurde eingebuchtet wegen Prostitution und hat sich aus einer Entziehungskur herausgeredet, in dem sie dich verzinkt hat. Romantisch, hä?«

Jetzt das Rot.

Rice machte einen langsamen, bedächtigen, geraden Schritt auf die Frau zu, die er liebte, und ihren Zerstörer. Vandy schrie; Klein drückte ab. Die Waffe klemmte, und er zog den Schlitten zurück, warf die Patrone aus, lud durch und feuerte. Der Schuß verfehlte und schlug neben der Treppe in die Wand ein. Rice ging einfach weiter. Joe drückte sich eng an den Pac-Man-Automaten, der am weitesten von Klein entfernt war, und starrte den Mann an, den er im Zaum halten sollte, der einfach weiterging. Klein feuerte erneut; der Schuß traf die Wand direkt über Rices Kopf. Er ging immer weiter und war in kürzester Entfernung von seinem Angriffsziel, als Klein die Waffe an Vandys Kopf setzte, mit ihr einen Schritt nach hinten machte, und murmelte: »Neinneinneinneinnein.«

Rice hielt inne; Joe gönnte sich einen letzten, bombigen musikalischen Paukenschlag, zog das Schnappmesser aus der Tasche. Er sprang mit dem Messer voran und drückte den Knopf im selben Moment, als Klein herumwirbelte und auf ihn zielte.

Die Pistole klemmte; Vandy fiel zu Boden. Joe erwischte Klein voll im Magen und riß mit beiden Händen nach oben. Blut spritzte aus Kleins Mund, und Rice griff nach der Waffe. Joe sah, wie er damit auf Vandy und den sterbenden Mann zielte, und wußte, daß Rice vorhatte, die ganze verfluchte Welt wegzublasen. Er rappelte sich auf und griff sich einen tragbaren Fernseher auf dem Pac-Man neben ihm. Er schleuderte ihn nach vorn, und Rice drehte sich und lief in den Schlag und wurde von dem Plastik/Glas-Geschoß frontal erwischt. Er sank auf Stan Kleins Leiche nieder; und Joe und Vandy ergriffen die Flucht.

17

Nur das wiederholte Durchlesen der Berichte über den Pico-Westholme-Mord lenkte seine Gedanken vom Watts des Sommers '65 ab, und selbst dann wirkten die Fakten, die so in sein Gedächtnis eingeprägt wurden, eher als Selbstanklage denn als Indizien, die auf *sie* hinwiesen. Karleen Tuggle, Gordon Meyers, Officer Steven Gaffaney und Officer Paul Loweth waren von Schüssen aus einer 45er getötet worden, die zwei Streifenbeamten und Meyers von Kugeln aus ein und der selben Waffe, Tuggle durch Schüsse aus einer anderen Pistole – solide ballistische bestätigte Informationen. Drei für den weißen Mann; eine für den Hai.

Und *er* hatte Richard Beller mit einer Waffe des gleichen Typs getötet.

Die Aussagen der Augenzeugen waren hysterisch, aber mittels Vergleichen gelang es ihm, eine Rekonstruktion zu erstellen: Die Täter betreten die Bank, der weiße Mann spritzt Rasierschaum auf die Überwachungskamera. Das bedeutet, daß der lautlose Alarm ausgelöst wird, wenn das Objekt nicht innerhalb von zwei Minuten freigemacht wird. Die Mexikaner stürzen sich auf die Schalter, der Hai dreht beim Anblick von Karleen Tuggle durch, kommt ihr obszön, sie reagiert, und er fetzt sie weg. Der weiße Mann brüllt nach dem »Security Boß«. Gordon Meyers erscheint, macht auf dem Absatz kehrt und flieht, und der Weiße schießt ihn in den Rücken.

Die wesentlichen Sachen waren berücksichtigt: keine Augenzeugen außerhalb der Bank; der 78er Malibu, der neben der Freeway-Ausfahrt gefunden wurde und übersät war mit Abdrücken von Handschuhen, war später am selben Tag von seinem Besitzer als gestohlen gemeldet worden, einem Mietbullen in einem Burger King in Hollywood. Ausgehend von der Annahme, daß die Täter im Gebiet von Hollywood wohnten, wurden Haus-zu-Haus-Überprüfungen angeordnet, die Beamten führten die Phantomzeichnungen des weißen Mannes mit sich. Was das Anfahrtsfahrzeug betraf, war alles klar.

Der Fluchtwagen war mit größter Wahrscheinlichkeit ein 81er Chevy Caprice, der einer Familie gehörte, die ums Eck von der Bank lebte. Nachbarn hatten ihn drei Stunden nach dem Überfall als gestohlen gemeldet. Er war jetzt der heißeste Wagen auf der Fahndungsliste des L. A. County und der Gegenstand eines detaillierten Rundschreibens. Lloyd erschauderte. Jede männliche Person, die beim Fahren dieses Wagens gesehen wurde, war so gut wie tot, und damals, 1959, hatte er den Großteil seines Studiums in Stanford damit finanziert, daß er Chevys geklaut hatte.

Sie.

Ich.

Lloyd blickte aus dem Fenster auf seinen vernachlässigten Vorgarten und dachte an den neuen *Ihn,* Gordon Meyers. Ein Team von L. A. P. D.-Schnüfflern überprüfte gerade seine Personalakte nach seinem Umgang und möglichen Rachemotiven, und Gaffaney hatte seinen Papieren einen hastig zusammengestellten Zusatzbericht beigefügt. Als die Morgendämmerung herankroch und eine weitere schlaflose Nacht abhakte, las Lloyd den Bericht zum fünften Mal.

Gordon Michael Meyers, geb. 15. 1. 40, L.A. Highschool-Abschluß 1958, 1964 Eintritt ins Sheriffs-Department während einer Personalknappheit, aufgrund deren die Eintrittsanforderungen an Rekruten gesenkt worden waren. Nach der obligatorischen achtzehnmonatigen Gefängnisausbildung Lennox Station zugeteilt. Als für den Straßendienst zu uneffektiv beurteilt, neuzugeteilt der Nachtschicht in der Abteilung für nichtgewalttätige psychisch gestörte Gefangene des County-Gefängnisses. Behielt diesen Dienst siebzehneinhalb Jahre bis zu seiner Pensionierung. Unverheiratet, Eltern auf Altenteil in Arizona. Adresse: 411 Seaglade, Redondo Beach.

Das Telefon läutete.

Lloyd zuckte in seinem Sessel zusammen; das schrille Geräusch wirkte auf ihn wie ein Pistolenschuß. Als er realisierte, daß es keiner war, nahm er den Hörer ab und sagte: »Ja?«

Die schneidende Stimme in der Leitung gehörte McManus: »Sie sind wieder dran an dem Fall. Zwei hohe Tiere haben an den nötigen Fäden gezogen. Bauen Sie keine Scheiße.«

Lloyd hängt auf. Ein schrecklicher Gedanke schoß durch seinen Kopf: Der verurteilte Killer bekam Bewährung. Er kam auf die Füße, streckte sich und überlegte sich dabei mögliche Wege: den Fall noch einmal mit Kapek durchgehen? Nein – das war jetzt seine Sache. Calderon hochnehmen? Nein – in vierundzwanzig Stunden war Richter Penzler wieder da, um seinen Durchsuchungsbefehl zu unterzeichnen, und zusammen mit Buddy Bagdessarian konnte er Likeable Louie vollendet ausquetschen. Es war an der Zeit herauszufinden, warum Gordon Meyers in den Rücken geschossen worden war. Ein weiterer gräßlicher Gedanke ließ ihn zusammenzucken. Die 45er, mit der er Richard Beller getötet hatte, lag in seiner Schreibtischschublade, geölt, mit Dumdum-Geschossen geladen und in einem Schulterhalfter.

Sie.

Ich.

Ich oder sie,.

Wir.

Lloyd schnallte die Waffe um, die ihm durch seine Feuertaufe hindurchgeholfen hatte, und brach dann auf, um seine Mordanklage zunichte zu machen.

Auf der Sepulveda südwärts nach Redondo Beach entdeckte er zwei Wagenlängen hinter sich einen Schatten. Als er vom Gas ging und rechts einfädelte, sah er, daß es ein unmarkiertes Fahrzeug der Metro-Division war und sich von seinem Matador durch eine graugrüne Lackierung und eine riesige Peitschenantenne unterschied. Er verlangsamte, bis er nur noch kroch, und ließ den Wagen bis an seine Stoßstange herankommen. Als der Fahrer bremste, starrte Lloyd in seinen Rückspiegel und kochte vor Zorn, als er auf den Vordersitzen zwei klassische Metro-Obermacker sah – stramme weiße Männer Mitte Dreißig mit Bürstenhaarschnitten und identischen Windjacken: so hatten sich Gaffaney oder McManus gegen mögliche Fehltritte rückversichert. Lloyd zeigte den Cops den Mittelfinger und fuhr scharf rechts durch den Parkplatz eines Schnapsladens und schlingerte in die Gasse dahinter. Als er weder Fahrzeuge noch Fußgänger sah, drückte er aufs Gas, bis die Gasse endete und bog dann in eine ruhige Wohnstraße. Er nahm die Straße mit 150, wurde dann langsamer und fuhr willkürlich zickzack, bis er in Sichtweite des Redondo Beach Piers war. Er parkte bei einem Muschelimbiß und sah sich nach dem Metro-Fahrzeug um. Es war nirgends zu sehen. Erregt von der Geschwindigkeit, fuhr Lloyd langsam zu Seaglade 411.

Es war eine Garagenwohnung im Schatten des Piers. Lloyd parkte und besah sich das Vorderhaus. Kein Wagen in der Einfahrt, und das alte weiße Holzgebäude stand still im Licht der frühen Morgensonne. Nirgends waren Pressefahrzeuge zu sehen, und bei angestrengtem Hinsehen konnte er erkennen, daß an die Tür von 411 kein polizeiliches Siegel geheftet war. Er wußte, daß die zwei hohen Tiere, von denen McManus sprach, Gaffaney und aller Voraussicht nach der »Big Chief« persönlich waren, und griff sich einen Spurensicherungskasten vom Rücksitz, ging die Einfahrt hoch und trat die Tür ein.

Der Sonnenlichtschwall erhellte ein farbloses Wohnzimmer, fleckenlos sauber, aber mit Sofa, Sessel, Cafétisch und Bücherregal, die nicht zusammenpaßten. Lloyd stand in der Tür und ging wiederholt mit den Augen den Raum ab, nahm dabei eine Fülle von winzigen Details wahr, die alle zusammen das Wort *Einzelgänger* buchstabierten: teurer Fernseher, Portraits von Meyers als einzigem Wandschmuck, die ihn allein in seiner Sheriff-Uniform zeigten und allein stehend mit einer Angelrute und einer Reihe Forellen, keine Zeitschriften oder Aschenbecher oder bewegliche Bar für Gäste.

Lloyd schloß die Tür und ging in ein kleines Eßzimmer. Dabei fiel ihm die erste Anomalie auf: Alle Möbel im Wohnzimmer waren rechtwinklig zueinander gestellt; hier waren Tische und Stühle planlos arrangiert. Die Küche war weitere Bestätigung des Einzelgängertums: im Kühlschrank nur Tiefkühlgerichte, in der Spüle Teller und Geschirr für eine Person, im Schrank ein Dutzend Flaschen billiger Bourbon.

Das Schlafzimmer ging seitlich von der Küche ab. Lloyd schaltete eine Wandlampe ein und spürte ein leichtes Kribbeln. Alles in dem kleinen viereckigen Raum war tadellos sauber und ordentlich, vom armeemäßig gemachten Bett bis hin zum perfekt angeordneten Nachttischchen mit einem Wecker genau in der Mitte. Aber der Ankleidetisch war herausgezogen worden, und die drei Fotoalben, die darauf standen, waren ungleichmäßig wieder zurückgestellt worden, eines verkehrt herum. Die Bude war durchsucht worden.

Lloyd bemühte sich, in den eigenen Fußspuren zur Wohnungstür zurückzugehen, öffnete seinen Spurensicherungskasten und nahm ein Fläschchen mit Fingerabdruckspuder und einen kleinen Pinsel heraus. Er zog chirurgische Gummihandschuhe aus dem Kasten, streifte sie über und lockerte seine Finger mit ein paar Streckübungen. Dann machte er sich an die Arbeit, um festzustellen, *wie* einsam genau Gordon Meyers gewesen war, und ob der Budendurchsucher seine Sache verstand.

Er entdeckte, daß Meyers ein hundertprozentiger Einzelgänger war, und der Durchsucher ein Profi.

Zwei gute Stunden bestäubte Lloyd abdruckerhaltende Oberflächen und verglich Fingerabdruckspitzen unter einer Lupe. Er konzentrierte sich auf Türen, Türklinken und Türrahmen und fand übereinanderliegende Schmierabdrücke und brauchbare Abdrücke eines Daumens und eines Zeigefingers, alles »Grabsch«-Abdrücke, die wahrscheinlich von einer Person hinterlassen wurden, die durch die Wohnung ging und die Türen öffnete und hinter sich wieder schloß. Auf denselben Oberflächen waren auch glatte Handschuhabdrücke, ebenso auf den Bücherregalen im Wohnzimmer und den Schutzumschlägen der Bücher dort. Alle linken und rechten Daumen- und Zeigefingerabdrücke stimmten in zehn Vergleichspunkten überein, und es waren keine abweichenden und nicht dazugehörenden brauchbaren Abdrücke zu finden. Meyers und der Mann, der sein Apartment durchsucht hatte. Wonach?

Lloyd suchte unter den Möbeln, hinter den Büchern. Nichts. Er sah in der Küche und im Eßzimmer nach: nichts als Koch- und Eßutensilien. Der Schreibtisch in Meyers Schlafzimmer war nur eine saubere oder wieder sauber angeordnete Ansammlung von Sparbüchern, Kugelschreibern, Bleistiften, Lohnabrissen und Steuerformularen, und in seinem Kleiderschrank waren nur L. A. S. D.-Uniformen und billige Zivilkleidung.

Blieben noch die Fotoalben.

Lloyd bestäubte die Rücken und hielt Lupe und Stiftlampe darauf, um die Resultate zu beurteilen. Als er verschmierte Abdrücke und etwas, das wie Handschuhschlieren aussah, entdeckte, machte er sich daran, die Alben Seite um Seite zu studieren.

Die ersten beiden Alben enthielten Fotografien von Gorden Meyers, wie er mit diversen trophäenbringenden Fischen posierte, sauber mit angeklebten Fotoecken auf das schwarze Papier aufgezogen. Lloyd bestäubte drei willkürlich ausgewählte Aufnahmen und erhielt jungfräulich glänzende Oberflächen – keine Latents, keine Handschuhabdrücke.

Das dritte Fotoalbum enthielt Cop-Erinnerungen – offene Gruppenaufnahmen von Sheriff-Deputies in Uniform und von Meyers selbst mit Häftlingen in blauer Leinenkleidung. Lloyd blätterte durch das Buch und wurde kalt, als er zu einer Seite mit Aufnahmen kam, deren Ecken aus den Fotohaltern herausragten. Er wurde noch kälter, als er sah, daß auf der gegenüberliegenden Seite zwei Bildfelder leer waren.

Er dachte, *schau auf der Rückseite nach Beschriftung, genau wie es der Durchsucher getan hat,* und fingerte an der Aufnahme, die vor ihm lag, herum. Als seine Handschuhe die Aufgabe schwierig machten, wurde er eiskalt. Dann bestäubte er die unsauber wieder hereingesteckten Fotos und förderte auf einem Bild von Meyers und einem anderen Deputy einen perfekten linken Daumenabdruck zutage. Er hielt die Lupe darüber und erinnerte sich an die Übereinstimmungen bei den linken Daumen, die er für Meyers gehalten hatte. Wirbel und Linien dieses Abdrucks waren entschieden anders. Lloyd stellte das Fotoalbum wieder zurück, steckte die Aufnahme in einen Beweisstückumschlag, packte seinen Kasten zusammen und machte, daß er herauskam aus der sauberen Einzelgängerwohnung.

Vierzig Minuten später war Lloyd im Parker-Center und reichte die bestäubte Aufnahme Officer Artie Cranfield vom SID. Er sagte: »Geben Sie das in den Zentralcomputer ein, den, der auch die Unterlagen der Armee und der Fahrzeugzulassung gespeichert hat. Ich bin oben in meinem Büro. Wenn Sie was finden, besorgen Sie mir einen Computerausdruck aus dem Archiv.«

Artie lachte. »Sie klingen aber sehr bestimmt heute, Lloyd.«

Lloyds Lachen war humorlos. »Ich bin dazu autorisiert, vom großen Mann persönlich. Es geht um die Cop-Morde, also beeilen Sie sich verflucht noch mal.«

Artie spurtete los und Lloyd hielt sich damit beschäftigt, die Überwachungsberichte über Louie Calderon zu ordnen, die über seinen Tisch verstreut lagen. Ihm ging der Gedanke durch den Kopf, Peter Kapek anzurufen, und ein Treffen zu vereinbaren, aber dann sah er eine Nachricht an sein Telefon gesteckt: Sgt. Hopkins – treffen Sie sich mit S. A. Kapek im Downtown Fed. Building oder rufen Sie ihn dort an – 14. 12. 9 Uhr 40. Er war sich noch unschlüssig, ob er anrufen oder vorbeifahren sollte, als Artie atemlos zurückkam und ihm einen Papierordner reichte. »Ich hab's durchlaufen lassen. Er gehört zu uns, Lloyd.«

Lloyd erschauderte und dachte sich: *Gaffaney,* dann las er die L. A. P. D.-Personalakte durch, eine Hand auf die Frontal- und Profilaufnahmen gelegt, die auf der ersten Seite aufgeheftet waren.

Die Akte detaillierte die zwölfjährige Polizeikarriere des Sergeanten der Metropolitan Division, Wallace Dean Collins. Alter 34. Sie war beeindruckend: erstklassige Fitneßzeugnisse und eine Anzahl von Belobigungen für »verdienstvollen Dienst«. Lloyd überflog die Aufzählung der »Spezialaufgaben/-trägen« von Collins. Einzelbeschattung, Drogenfahndung, V-Mann im Sittendezernat, dann auf Empfehlung von Captain Fred Gaffaney ein Transfer zur Metro. Seit seinen Tagen als Streifenpolizist hatte Collins mit Sergeant Kenneth R. Lohmann von der Central Division zusammengearbeitet, und ein Zusatz des Personalleiters von Central besagte, daß Lohmann ebenfalls designiert war für Dienst in Metro – bei der nächsten freiwerdenden Stelle.

Lloyd zog seine Hand von dem Bild und lächelte. Collins war der Fahrer des Wagens, der ihm auf der Sepulveda gefolgt war. Er sah den hin und her rutschenden Artie Cranfield an und sagte: »Wie haben Sie die Akte so schnell bekommen?«

Artie zuckte mit den Achseln. »Ich erzählte dem Mann im Personalbüro, Sie hätten das spezielle Okay von Braverton und höher. Warum?«

Lloyd reichte die Akte zurück. »Nur Neugierde. Bringen Sie das zurück ins Personalbüro, behalten Sie das Foto und verlieren Sie kein Wort darüber, okay?«

»Stumm wie ein Grab«, sagte Artie.

Lloyd fuhr zum Downtown Federal Building und dachte an Möglichkeiten, Gaffaney fertig zu machen und die Mordanklage abzuwürgen, die über seinem Kopf schwebte. Als er bei Sixth and Union rechts ranfuhr, hielt das Metro-Fahrzeug behutsam zwei Wagenlängen hinter ihm, am Steuer Collins.

Als er ausstieg und die Tür zuknallte, bewegten sich Lloyds Gedanken von Erpressung bis hin zu einem spektakulären Doppelselbstmord, der Gaffaneys Karriere zugleich mit der seinen zerstörte. Doch dann überwog die Neugier angesichts von Collins' Durchsuchung der Bude von Gordon Meyers, und er rannte die Treppe hoch zu Kapeks Büro, klopfte an die Tür und sagte in seinem befehlendsten Ton: »Los, G-Man. Wir machen eine Spazierfahrt.«

»Wohin?«

»Ein Rendezvous der harten Hechte.«

Sie fuhren durch Downtown L. A. nach Osten. Lloyd stumm, ein Auge auf die Straße gerichtet und das andere auf den Metro-Wagen, der ihnen hinter einem langsam fahrenden Cadillac folgte. Kapek befingerte seine Aknenarben und starrte Lloyd an. Schließlich brach er die angespannte Stimmung: »Ich habe mich dazu gezwungen, mich ausschließlich auf die ersten beiden Überfälle zu konzentrieren, und ich glaube, ich habe eventuell eine hypothetische Verbindung zwischen Hawley und Eggers aufgetan.«

Lloyd wurde aus dem Plan, den er ausbrütete, herausgerissen. »Was?«

»Hören Sie zu: Ich habe die Bankkonten beider Männer überprüft und etwas Seltsames herausbekommen. Sie haben beide an den gleichen Tagen ähnlich hohe Summen Bargeld abgehoben – am 17. Oktober und am 1. November. Zwei Fünfhundert-Dollar-Abhebungen für Hawley, zwei á sechshundert für Eggers. Man wird nicht schlau daraus – beide Burschen zahlen sonst alles mit Schecks. Diese Abhebungen waren von ihren Einzelkonten – nicht den Gemeinschaftskonten, die sie mit ihren Frauen teilten. Was denken Sie?«

Lloyd pfiff und sagte: »Sitte/Sodom und Gomorrha. Ich habe meine Rundfrage im Sittendezernat bereits getätigt, also rufen Sie die Squad Commander an und lassen Sie ihre Informanten nach spezifischer Information ausquetschen. Was geschah an diesen Tagen? Buchmacher, die schwer zulangen? Hahnenkämpfe, Hundekämpfe? Ich halte Eggers oder Hawley nicht für Drogenköpfe, aber ich könnte mir Sally und Chrissie schon beim Reinziehen diverser Näschen vorstellen, großzügig von ihren Mackern spendiert. Übrigens, wie haben denn die jeweiligen Familien auf die respektiven Liebchen reagiert? Gab's da irgendwelche Reaktionen?«

Kapek atmete traurig aus. »Hawleys Frau ist ausgezogen. Eggers hat seinen Job verloren, weil er uns wegen der Confrey angelogen hat und weil der große Boß von Security Pacific einen Koller gekriegt hat, als er von den toten Cops hörte und Eggers die Schuld gab. Eggers'

Frau ist immer noch oben in Arrow Head, und er ist hochgefahren um klar Schiff zu machen. Sowohl Hawley als auch Eggers weigern sich, weitere Gespräche mit uns zu führen – auf Anweisung ihrer Anwälte.«

Lloyd sagte: »Scheiße. Ich habe ein Memo niedergeschrieben, in dem ich verlangte, daß man sie als wichtige Zeugen in Gewahrsam nimmt, um genau das zu vermeiden, aber dann ging es drunter und drüber. Übrigens, wir werden beschattet. Hinter uns ist ein Wagen von der Metro Division.«

Kapek sah in den Rückspiegel. »Geht es also darum? Und was ist Metro?«

Sie verließen die Innenstadt und kamen in den Industrie-Destrikt von East-L. A. Lloyd sagte: »Metro ist eine Spezialeinheit des L. A. P. D., eine vielseitige Angriffstruppe. Jugendbandenkämpfe in Watts? Laßt Metro ran. Zu viel Drogen in den Schulen? Metro verpaßt Kaugummibläsern in der Vesperpause den dritten Grad. Die Einheit ist effektiv, aber voll mit rechtsradikalen Spinnern. Und es geht darum, daß sie mir einen Wachhund verpassen wollen. Wir fahren zum L. D. River und parken dort. Folgen Sie mir und tun Sie, was ich Ihnen sage.«

Jetzt schwieg Kapek. Lloyd fuhr von Alameda ab und passierte die Brew-102-Brauerei, nahm dann die Straße der Strom- und Wasserwerke bis zu dem Damm, der den knochentrockenen »Fluß« übersah. Ihr Schatten blieb vierzig Meter hinter ihnen, und Lloyd fuhr langsamer und parkte am Rand des Dammes. Er sah ein letztes Mal in den Rückspiegel und sagte: »Ich setze darauf, daß sie denken, wir treffen einen Informanten. Los.«

Sie gingen seitwärts die Betonsteigung herunter, und Gipsreste knackten unter ihren Füßen. Als sie das Flußbett erreichten, orientierte sich Lloyd und sah, daß die alte Wartungshütte noch existierte und auf einem Teerschlackenfundament befestigt war, um zu verhindern, daß sie in der Flutzeit weggeschwemmt wurde. Er wies Kapek dorthin, und mühsam gingen sie herüber durch eine Hindernisstrecke aus leeren Weinflaschen und Bierdosen. Als sie im Schatten der verrotteten Blechtür der Hütte standen, verdrehte Lloyd seinen Kopf seitwärts und konnte die beiden Metro-Cops sehen, die über den Rand des Dammes linsten.

»Bleiben Sie hier stehen«, sagte er. »Schauen Sie einfach weiter in die Richtung, in die ich losgehe, und sehen Sie dauernd auf die Uhr, wie wenn Sie jemanden erwarteten.«

Kapek nickte. Er sah verwirrt und ein bißchen wütend aus. Lloyd ging um die Ecke der Hütte, dann kletterte er auf die gegenüberliegende Seite des Dammes und kam hinter einer Reihe aufgegebener Wagen auf ebenen Boden. Tief geduckt bewegte er sich bis ans Ende der Reihe, stand dann auf. Zwischen sich und dem Metrowagen sah er nur ein kurzes Stück asphaltierter Straße; Collins und sein Partner waren vierzig Meter weit entfernt, sie beschatteten immer noch Kapek.

Lloyd sprintete zum Wagen und öffnete die Fahrertür. Das Geräusch ließ die beiden Cops herumfahren und losrennen. Lloyd klappte das Handschuhfach auf – nichts – dann bemerkte er ein Attaché-Köfferchen auf der Fußablage, mit der Aufschrift »Sgt. K. A. Lohmann«. Er öffnete es und wühlte durch leere Berichtsformulare und Beweisstücktüten und wollte schon aufgeben, als seine Hände eine Tüte streiften, in der zwei glänzende Fotografien steckten. Er stopfte den Beutel in seine innere Jackentasche und sprang rückwärts aus dem Wagen, als Collins vor ihm auftauchte.

Die offene Tür zwischen ihnen, hielt Collins inne und kam dann auf Zehenspitzen näher. Zehn Yards hinter ihm sah Lloyd seinen Partner, einen ängstlichen Ausdruck im Gesicht. Als Collins die Positur eines erfahrenen, vorsichtigen Straßenkämpfers einnahm, knallte ihm Lloyd die Tür gegen die Beine und warf ihn damit rücklings zu Boden.

Collins kam auf die Beine und begann blindlings um sich zu schlagen; Lloyd wich den Schlägen aus und zwang ihn mit einer Linken in den Solarplexus auf die Knie. Collins schnappte nach Luft und hielt sich den Magen. Lloyd ballte die rechte Faust. Der alte Schmerz war immer noch da, und so schlug er statt dessen einen linken Aufwärtshaken. Collins griff sich an die Nase und fiel auf den Bauch. Seine Beine zuckten. Lloyd stand über ihm und zischte: »Sagt Captain Fred, ich brauche keine Versicherung/Rückendeckung.«

Der andere Cop stand zitternd neben dem Wagen. Lloyd machte einen Schritt auf ihn zu, und er wich zurück. Dann trat Peter Kapek zu ihnen und stellte sich genau zwischen sie. Kopfschüttelnd sah er Lloyd an und sagte: »Kriegen Sie es nicht satt, dauernd irgendwelche Leute zu schikanieren? Sind Sie nicht ein bißchen alt für so eine Scheiße?«

18

Zuerst dachte er, es wäre eine schreckliche, neue Art von Zorn, die von seinem ganzen Körper Besitz ergriff und ihn von Kopf bis Fuß schmerzen, kotzen und doppelt sehen ließ. Dann hielt er es für etwas noch Merkwürdigeres – einen Verteidigungsmechanismus, den sein Verstand in Gang gesetzt hatte, um die Wahrheit daran zu hindern, ihn zu dem Punkt zu treiben, wo alles hellrot und von Stinktiergestank verseucht war. Ein mitläuferischer *puto* hatte ihn außer Gefecht gesetzt und war mit seinem Mädchen abgehauen, und wenn er einen Koller kriegte und verrückt spielte, war er so tot wie ein verfluchter Flußkiesel, denn er war der meistgesuchte Mann in L. A., eine hochdekorierte wandelnde Zielscheibe für jeden Cop, der schnaufte.

Aber der Wahrheit ins (häßliche) Gesicht zu sehen und den Trans Am mit dem nötigen Savoir-faire durch den heißesten Teil der Stadt zu fahren, half in keinster Weise, den Aufruhr in seinem Hirn zu unterdrücken, und er konnte nicht sagen, ob er sich in einer Halluzination befand oder ob er selbst die Halluzination war.

In der Morgendämmerung war er erwacht, ausgestreckt über Stan Kleins Leiche. Alles kam ihm wieder, und er kam auf die Beine, torkelnd, stolpernd und kotzend und rannte ins Freie zum Wagen. Als er losfuhr, sah er auf einmal alles doppelt und lenkte hinter die Gestrüpphecke und verlor das Bewußtsein. Als er wieder zu sich kam, war es besser, und er fuhr auf Nebenstraßen ins Zentrum von Hollywood. Dann wurde es brutal.

Als er den Burger King auf Highland passierte, sah er Cops Zettel an Kunden verteilen; andere Cops klapperten die Häuser auf Selma und Delongpre und die kleinen Sackgassen nördlich des Boulevards ab. Als er an der Grünanlage zwei Blocks vom Bowl Motel vorbei rollte, sah er weitere Cops weitere Zettel austeilen, diesmal an die Penner, die den Park zum Pennen benutzten. Das Motel, Haischiß-Bobby und das Geld waren dort, frei von Cops, aber mit der Aura einer gigantischen Falle. Er sah hoch zu den Palmen, die den Ort umgaben und sah auf einmal alles dreifach. Dann dachte er, versteckt in den Palmenwedeln, Scharfschützen mit Elefantenbüchsen zu sehen. Scharfe Hunde knurrten überall, dann verwandelte sich das Geräusch in das Surren von Hubschrauberrotoren. Als er schließlich einen deutschen Schäferhund hinter dem Steuer eines Volkswagens sah, hakte es bei ihm aus, und er lachte laut auf und rieb die blutverkrustete Schmarre, die die linke Seite seines Gesichts bedeckte. Er fuhr zu einem Münztelefon und rief Louie Calderon unter der illegalen Nummer an, und Louie schrie, daß die Bullen ihn als den Waffenhändler festgenagelt hätten und daß sein Arsch vierundzwanzig Stunden nonstop beschattet würde. Er hatte ihnen noch keinen Namen geliefert, aber die Scheiße war mächtig am Dampfen, und Crazy-Lloyd Hopkins höchstpersönlich hatte ihn schikaniert.

Er hatte aufgehängt und war noch einmal Highland abgefahren. Noch mehr Bullen auf den Straßen: eine Gruppe von Beamten in Zivil klapperten jedes Haus auf dem Block ab, wo er den 81er Caprice verstaut hatte. Er wollte sich schon sturzflugartig auf Haischiß und das Geld stürzen, als er ein Häufchen zusammengeknülltes Papier im Rinnstein bemerkte. Er fuhr rechts ran, stieg aus und hob das erste Blatt, das er fassen konnte, auf. Es war die Zeichnung von ihm, die er in den Zeitungen gesehen hatte und darunter der Text »Weißer Mann, Alter 25–30, einsfünfundsiebzig bis -fünfundachzig, siebzig bis fünfundachtzig kg.«

Das Bowl Motel blinzelte ihm einladend zu, dann explodierte es in seinem Hirn. Bobby hatte vermutlich mit dem Geld das Weite gesucht, oder die Cops warteten darauf, schießwütig und aufgeputscht von der Aussicht auf Ruhm und Ehre. Vandy war alles, was ihm noch blieb.

Er stieg wieder in den Trans Am und auf einmal kam alles zusammen.

Gehirnerschütterung.

Um Mitternacht triffst du Rhonda bei den silbernen Füchsen und bringst sie dazu, den Botengang zum Motel zu machen, um das Geld zu holen. Versprich ihr einen fetten Anteil oder gar nichts. Vandy versteckte sich vermutlich irgendwo bei ihren dreckarschigen Koksfreunden. Zwinge Rhonda, dir zu helfen, sie zu finden.

Rice sah auf seine Uhr. Ein Uhr vierzehn, zwölf Stunden seit seinem K. O. Eine Welle der Übelkeit überkam ihn und verursachte Magenkrämpfe, die bis zu seinem Kopf hochdrangen und es vor seinen Augen verschwimmen ließ. Durch den Schmerz hindurch kam ihm die furchterregendste Idee der ganzen Horrorshow des vergangenen Monats:

Du mußt die Gehirnerschütterung in den Griff bekommen, damit du überleben kannst, um Vandy zu bekommen und deine Hände auf das Geld zu legen und Joe Garcia zu töten.

Rice fuhr zurück zur Villa von Stan Klein und schritt durch die unverschlossene Haustür, wie wenn ihm das Ding gehörte. Er erübrigte Stan-Mans Leiche und dem See getrockneten Blutes daneben nur einen beiläufigen Seitenblick, rannte die Treppen hoch ins Badezimmer, öffnete den Medizinschrank und las die Etiketten. Darvon, Placedil, Dexedrin, Percodan. Ihm fielen die tausend Polizeilehrstunden über Drogen in Soledad wieder ein, und er schluckte trocken zwei Percos und drei Dexis herunter. Er dachte an seine versoffenen Eltern, die aus der Tür gingen und niemals wiederkamen und mußte beinahe würgen. Dann ging er ins Schlafzimmer und ließ sich aufs Bett fallen. Die weiche Oberfläche ließ ihn an Vandy denken, und als die Drogen zu wirken begannen, den Schmerz linderten und ihn mit einer neuen, unsteten Energie erfüllten, fragte er sich, ob sie es wert war, daß man für sie tötete.

19

Lloyd knipste das Licht in seiner Kabine an und sah, daß die Papiere auf seinem Schreibtisch durchwühlt worden waren. Er suchte nach einem unbewegten Gegenstand zum Draufschlagen, erinnerte sich dann an Kapeks »Sind Sie nicht ein bißchen zu alt für so eine Scheiße?« und den angewiderten Abschiedsgruß des jüngeren G-Mans, als er ihn abgesetzt hatte. Nur Fred Gaffaney lohnte den Einsatz von Gewalt, und er war viel zu stark, um sich mit ihm anzulegen. Beruhigt vom Haß auf den Jesusfanatiker, nahm er den Plastikbeutel für Beweisstücke aus seiner Tasche und studierte die zwei Fotografien darin.

Die Aufnahmen zeigten Gordon Meyers und einen jungen Mann in Zivilkleidung an einem Restaurant- oder Nachtclubtisch sitzen. Auf beiden strahlte Meyers breit, aber auf dem einen Foto hing der Kiefer des jungen Mannes herunter, wie wenn er unangenehm überrascht wäre; auf dem anderen hielt er einen Arm hoch, um sein Gesicht zu bedecken.

Lloyd musterte das Gesicht. Er wußte, daß er die stumpfen Wangenknochen, eng zusammenliegenden Augen und den Bürstenhaarschnitt früher schon einmal gesehen hatte. Dann wurde er der Ähnlichkeit gewahr. Er rannte zum Switchboard, um sich aus einer Zeitung Bestätigung zu holen, und erhielt sie in Form eines schwarz umrandeten Fotos auf der zweiten Seite der *Times:* Der junge Mann auf den Aufnahmen war der verstorbene Officer Steven Gaffaney.

Lloyd lächelte; die Verbindung verschaffte ihm das Gefühl, einen Kreuzigungsnagel an Jesus-Freds Herz anzulegen. Er rannte zurück in seine Kabine und wählte die Nummer von Dutch Peltz im Hollywoodrevier. Als sich Dutch mit »Hier Peltz« meldete, sagte Lloyd: »Keine Zeit für Höflichkeiten, Dutch-man. Ich befasse mich mit den Cop-Morden und ich brauche eine Gefälligkeit.«

»Sprich's aus.«

»Dave Stevenson immer noch Commander von West-L. A. Station?«

»Ja.«

»Bist du immer noch dicke mit ihm?«

»Ja.«

»Gut. Würdest du ihn anrufen und nach Gaffaney befragen, dem toten Streifenpolizisten? Alles, aber auch wirklich alles, nicht das offizielle Geseiere, sondern die ungeschönte Wahrheit?«

Dutch sagte: »Rufe dich in zehn Minuten zurück«, und hängte ein. Lloyd wartete neben dem Telefon, bereit, sich beim ersten Klingeln darauf zu stürzen. Nach acht Minuten läutete es wie eine kreischende Sirene. Er nahm ab, und Dutch redete los:

»Stevenson nannte Gaffaney ein mißratenes Jüngchen, eine Nervensäge und einen Blödmann, Zitat Ende. Seine Kollegen hatten was gegen ihn, weil er ihnen immer religiöse Predigten hielt und mit seinem Vater prahlte und damit, wie dessen Einfluß ihn die Beförderungsleiter in Rekordzeit hochklettern lassen würde. Außerdem war der Junge ein Dieb. Er klaute Schreibwaren, daß es krachte, und stahl immer Munition aus dem Waffenlager. Interessant, nicht?«

Lloyd pfiff. »Ja. Hat Stevenson irgend etwas davon zur Meldung gebracht? Hat er – «

Dutch unterbrach ihn. »Ja, er hat. Er hat die Diebstähle der Intelligence Abteilung gemeldet, nicht der Abteilung für Internes, weil dies das Terrain von Gaffaney Senior ist. Mehr wollte Dave nicht ausspucken. Ich hab gerade noch einen Freund in Intelligence angerufen. Er wird's für mich auf dem Q. T. nachsehen. Wenn er was findet, lasse ich's dich wissen. Wonach angelst du, Lloyd?«

»Ich weiß es nicht, Dutch. Tust du mir noch einen Gefallen?«

»Schieß los.«

»Ruf den Manager von Cal Federal an und vereinbare eine Unterredung zwischen ihm und mir in fünfundvierzig Minuten. Er wird zwar vermutlich von Cops belagert worden sein, aber erzähle ihm, ich wäre neu bei den Ermittlungen, mit neuen Fragen an ihn.«

»Gemacht. Schnapp sie dir, Lloyd.«

Lloyd sagte: »Tue ich«, und hängte auf. Er wußte, diese Aussage galt eher Fred Gaffaney als *ihnen.*

Der Manager der California Federal war ein Schwarzer mittleren Alters und hieß Wallace Tyrell. Lloyd stellte sich ihm in der Büroabteilung der Bank vor, und folgte ihm dann nach hinten in sein Privatbüro. Tyrell schloß die Tür hinter ihnen und sagte: »Captain Peltz sprach von neuen Fragen. Worin bestehen die?«

Lloyd lächelte und nahm Platz im einzigen Besuchersessel im Raum. »Erzählen Sie mir von Gordon Meyers.«

Tyrell setzte sich vorsichtig in den Drehstuhl hinter seinen Tisch und sagte: »Das ist keine neue Frage.«

»Erzählen Sie's mir trotzdem.«

»Wie Sie wollen. Meyers arbeitete erst seit guten zwei Wochen für die Bank. Ich stellte ihn ein, weil er ein pensionierter Polizist mit zufriedenstellenden Referenzen war und weil er ein niedriges Gehaltsangebot akzeptierte. Abgesehen davon, erschien er mir als ein geschwätziger, gutmütiger Mann, einer mit väterlichem Interesse an den Polizisten in der Gegend. Er – «

Lloyd hielt seine Hand hoch. »Nun mal ganz langsam, Mr. Tyrell. Es ist sehr wichtig.«

»Wie Sie wünschen. Meyers pflegte sich die örtlichen Polizisten im Café nebenan zu schnappen, augenscheinlich um Räuberpistolen auszutauschen. Ich habe ihn mehrere Male dabei gesehen. Mir war offensichtlich, daß die Beamten ihn für eine Nervensäge hielten. Außerdem sprach Meyers mehrere Polizisten an, die hier Konten hatten. Im Wesentlichen machte er auf mich den Eindruck eines einsamen, leicht desperaten Typs von Mann.«

»Dennoch dachten Sie nicht daran, ihn zu feuern?«

»Nein. Einen Mann als Sicherheitschef anzustellen, spart Geld und erspart einem, einen alten Rentner mit einer Waffe hier herumhängen zu haben, der die Kunden dauernd an mögliche Banküberfälle erinnert. Meyers bewältigte die Sicherheitsvorkehrungen für den Tresorraum und Schließfachtransaktionen adäquat und diente als Wächter – ohne Uniform. Es war extrem kosteneffektiv. Wie ich bereits sagte, Sie stellen mir damit keine neuen Fragen.«

Lloyd starrte Tyrell fest an und sagte: »Wie neu ist denn das? Verschwanden während der Zeit, in der Meyers hier arbeitete, irgendwelches Bargeld oder irgendwelche Wertsachen aus Schließfächern?«

Tyrell seufzte und sagte: »Das ist eine neue Frage. Ja, zwei Kunden brachten das Fehlen einer kleinen Anzahl von Schmuckstücken aus ihren Fächern zur Sprache. Das passiert manchmal, die Leute sind vergeßlich bei ihren Transaktionen, aber selten zweimal in einer Woche. Wenn es noch einmal vorgekommen wäre, hätte ich die Polizei gerufen.«

»Verdächtigten Sie Meyers?«

»Er war der einzige, den man verdächtigen konnte. Er hatte die Aufsicht über den Tresorraum; ein Teil seines Jobs bestand darin, den Kennschlüssel einzustecken, wenn der Kunde seinen Schlüssel einfügte – unsere Fächer haben ein Doppelschloß. Er hätte Wachsabdrükke einiger Kundenschlösser machen können – in seinem Lebenslauf steht, er arbeitete als Schlosser, bevor er dem Sheriffs-Department beitrat. Außerdem ist jetzt Hochbetrieb bei Schließfachtransaktionen – die Leute holen ihre Juwelen für Weihnachtsparties und lösen ihre Wertpapiere ein. Wenn Meyers sehr vorsichtig war, hatte er reichhaltig Gelegenheit zu klauen.«

»Haben Sie das den anderen ermittelnden Beamten mitgeteilt?«

»Nein. Es schien nicht wesentlich zur Sache zu sein.«

»Ich danke Ihnen, Mr. Tyrell, ich mag Ihren Stil.«

»Ich gebe mir Mühe«, sagte Tyrell.

Als er von der Bank wegfuhr, purzelten Erinnerungen der jüngsten Zeit in Lloyds Kopf hin und her. Während des Pandämoniums, das dem Pico-Westholme-Blutbad gefolgt war, hatte er einen jungen Streifenbeamten einem anderen erzählen hören: »Der Sicherheitsbursche war ein völlig Irrer. Er hat mich immer mit wirrster Scheiße vollgelabert.« Die Cops hatten das Weite gesucht, als er sie bemerkte, aber ihre Gesichter waren immer noch in seinem Gedächtnis gespeichert und nun Teil des verschwommenen, aber klarwerdenden Blickfeldes des Gaffaney-Ablegers des Falles. Als er einen Blick auf die Uhr am Armaturenbrett warf, sah er, daß es drei Uhr vierzig war, zwanzig Minuten vor dem Ende der Tagschicht. Er konzentrierte sich ausschließlich auf diese Gesichter und fuhr zum West L. A. Revier, um sie zum Reden zu bringen.

Sein Timing war perfekt.

Der Parkplatz des Reviers war wie ein Ameisenhaufen, ein- und ausfahrende Streifenwagen, hin und her laufende Streifenbeamte, die Berichtsblöcke und standardisierte Schrotflinten trugen. Lloyd stand neben der Tür zum Umkleideraum und studierte die Gesichter, was ihm verwirrte Antwortblicke der eintretenden Beamten einbrachte. Das Gewusel war im Abklingen, als er die zwei aus der Bank mit ihrem Kram näher kommen sah.

Lloyd ging auf sie zu, um es kurzentschlossen und ohne Umschweife fair, aber hart durchzuziehen. Als sie ihn sahen, wandten die Streifenbeamten ihre Augen beinahe unisono ab, und liefen weiter in Richtung der Tür des Umkleideraums. Lloyd räusperte sich, als sie an ihm vorbeigingen, und rief dann: »Hierher, Officers.«

Die zwei jungen Männer drehten sich um. Lloyd las die zu den Gesichtern gehörenden Namensschilder. Der große rothaarige Cop namens Corcoran war der, der die Bemerkung in der Bank gemacht hatte; der andere, ein bebrillter Jüngling namens Thompson, war der, mit dem er gesprochen hatte. Lloyd nickte ihnen zu und sagte: »Ich untersuche die Morde in der Bank, Gentlemen. Corcoran, Sie sagten, Zitat: ›Der Sicherheitsbursche war ein völlig Irrer. Er hat mich früher immer mit wirrster Scheiße vollgelabert.‹ Sie haben das Thompson hier erzählt. Sie können diese Aussage mit mir näher erörtern, oder mit einem Team von I. A. D.-Bullen. Was würden Sie vorziehen?«

Corcoran wurde rot, dann antwortete er: »Keine Frage, Sergeant. Ich wollte es eigentlich den Kriminalbeamten erzählen, aber es ist mir entfallen.« Er blickte zu Thompson. »Stimmt's nicht, Tommy? Erinnerst du dich, wie ich es dir erzählt habe?«

»D-das ist richtig«, stammelte Thompson. »W-wirklich, Sarge.«

Lloyd sagte: »Redet. Laßt nichts aus, was den Sicherheitsmann betrifft.«

Corcoran sprach: »Tommy und ich haben so Mittag gegessen mit ihm, zweimal, letzte Woche. Er kam rüber zu unserem Tisch, zückte seine Rentenmarke vom Sheriffs-Department und setzte sich ungefragt. Er stellte dann so seltsame Fragen. Sollten Prostitution und Gras legalisiert werden? Ob wir nicht dachten, Cops gäben die besten Hurenhalter ab, weil sie die Nuttenpsyche so gut kannten? Ob wir nicht dachten, das County könnte die Kosten senken, indem es Gras legalisierte und es von den Häftlingen oben in Wayside ernten ließ? Völlig bekloppt. Ich d – «

Thompson unterbrach. »Ich konnte nicht glauben, daß dieser Clown zwanzig Jahre als Cop durchgehalten hatte. Er wirkte wie von einem anderen Stern. Aber ich wußte, daß er auf irgend etwas hinaus wollte. Naja, und das zweite Mal als er in unseren Lunch hereinplatzte, versuchte er wirklich abgeklärt zu wirken, und fragte uns, ob wir irgendwelche Hehler kennen, die ›gut mit uns arbeiten‹. Unglaublich! Er dachte wohl, Polizisten und Hehler sind dicke Kumpels.«

Lloyd fühlte, wie das verschwommene Bild wieder einen Grad schärfer wurde, und sagte: »Erzählt mir von Steven Gaffaney. Und scheut euch nicht, offen zu sein.«

Die Partner wechselten einen schnellen Blick, dann sagte Corcoran: »Niemand von der Tagschicht konnte ihn ausstehen. Er war ein religiöser Knallkopf vom Stamme Nimm, der immer die billigen Restaurants aufsuchte, die Rechnung verschwinden ließ und einen Quarter Trinkgeld liegen ließ. Ich hörte Gerüchte, daß er Zeug aus dem Revier klaute, und daß sein alter Herr, irgendein Obermotzcaptain, die Instruktoren an der Akademie schmierte, daß sie ihn durchkommen ließen. Wa – «

Lloyd unterbrach: »Was ist die Quelle dieses letzten Gerüchts?«

Corcoran starrte auf den Boden. »Ich hörte den Squadroom Lieutenant mit Lieutenant Stevenson reden. Der Boß hieß ihn schweigen.«

»Wie kamen Gaffaney und sein Partner miteinander aus?« fragte Lloyd.

»Paul Loweth konnte ihn nicht ab«, sagte Thompson. »Als sie einander zugeteilt wurden, verlangte Paul einen anderen Partner, wegen inkompatiblen Persönlichkeiten. Sie nahmen sogar verschiedene Code siebener, weil Paul es nicht ertragen konnte, mit Gaffaney zu essen.«

Lloyd sagte: »Hier ist die Kardinalfrage. Haben Sie Gordon Meyers und Gaffaney jemals zusammen gesehen?«

Beide Beamten nickten bestätigend mit den Köpfen, und Corcoran sagte: »Ungefähr vier oder fünf Tage vor den Morden sah ich Meyers und Gaffaney im Café neben der Bank wie alte Kumpel miteinander reden. Ich habe nicht gehört, worüber sie sprachen; Tommy und ich ließen uns am Tresen nieder, damit uns der Irre nicht wieder auf den Wecker fiel.«

Lloyd machte eine elegante Verbeugung und sagte: »Ich danke Ihnen, Gentlemen«, dann rannte er zu seinem Matador und fuhr zu Seaglade 411.

Immer noch kein Wagen in der Einfahrt; immer noch tat sich nichts im Vorderhaus; immer noch kein »Tatort«-Zettel an der Tür der Garagenwohnung. Wieder trat Lloyd die Tür ein, dieses Mal zersplitterte das Holz am Schloß. Im Bewußtsein, daß die Bude bereits zwei professionelle Durchsuchungen hinter sich hatte, ging er schnurstracks in die Küche und suchte in den Schubladen, bis er ein großes, gezahntes Steakmesser fand. Dann ging er ins Schlafzimmer, hievte die Matratze hoch und suchte nach verräterischen Schlitzen oder Nähten. Als er eine lange Naturdarmnaht in der Nähe des Kopfteils entdeckte, grub er das Messer hinein und rupfte Füllmaterial heraus, bis seine Klinge auf einen harten Gegenstand stieß.

Lloyd zog das Messer zurück und steckte seine Hand hinein. Er berührte eine flache Metalloberfläche. Er lockerte sie mit den Fingern und zog sie heraus.

Es war eine Schachtel für Angelzubehör, viereckig, ungefähr zwei Inches tief und unverschlossen. Lloyd nahm den Deckel ab. Darin waren ein halbes Dutzend Dieboldt-Sicherheitsschlüssel, Gußwachskugeln, lockere bunte Edelsteine und ein zusammengerolltes Papierbündel. Als er es aufrollte und die Lampe neben dem Bett anschaltete, lächelte er. Keine Verschwommenheit mehr – Gaffaneys Rolle in dem Fall war jetzt kristallklar.

Die Seiten waren ein offizielles L. A. P. D.-Formular – ein Fahrzeugplan der Tagschicht der West-L. A. Division mit den Namen der Beamten, ihren Sektoren und Einheitsnummern in einer Kolumne, ihren Dienstdaten in einer anderen. Die Liste detaillierte November/Dezember 1984, und neben dem Sektor G 4 waren die Namen »T. Corcoran/J. Thompson« durchgestrichen, während der Name S. Gaffaney mit Ausrufezeichen, gefolgt von Fragezeichen versehen war. Lloyd erhob sich und steckte das Formular in seine Tasche. Er wunderte sich, daß das gewohnte Jagd-High ausblieb. Lange Augenblicke vergingen, bis ihm der Grund dafür kam. Gaffaney junior hatte vermutlich nicht Zeit gehabt, den gestohlenen Schmuck entgegenzunehmen, oder der Versuchung schlichtweg widerstanden. Die zwei Aufnahmen im Nachtclub belegten vermutlich Meyers zweiten Versuch, ihn zu rekrutieren. Der Junge war innerhalb der Departements bereits als Dieb abgestempelt; Kleptomanie in der zweiten Generation genoß keine Erpressungsparität mit Mord der ersten, und die Sache mit Gaffaney hatte vermutlich nur zufällig mit *ihnen* zu tun. Sie.

Lloyd dachte an Louie Calderon, und an Richter Penzler, der es sich immer noch in Lake Tahoe gut gehen ließ. Er dachte an die leeren Durchsuchungsbefehlsformulare in seinem Tisch im Parker-Center und an die Unterschriften, die er in seiner Collegezeit auf gestohlenen Lohnschecks gefälscht hatte. Um eine Mordanklage abzuwürgen, war Fälschung nur recht und billig und sogar noch rechter als ein Mittel, an *sie* heranzukommen. Ein Gedanke blieb während der ganzen Fahrt zum Center in Lloyds Hirn: *Wer waren sie?*

20

Abenddämmerung. Joe Garcia sah Anne Atwater Vanderlinden an und fragte sich zum dreitausendsten Mal, wer sie war. Zusammengekauert in seinem Schlupfwinkel im Griffithpark, den er entdeckt hatte, als er auf der Highschool war, beobachtete er, wie sie Kette rauchte und die Lichter anstarrte, die überall im Becken von L. A. ansprangen. Sie war mit ihm geflohen, weg von ihrem Lover, den er getötet hatte, und ihrem vorherigen Lover, der hinter ihr her war; keine Tränen, keine Anzeichen von Furcht, bis ihr die Zigaretten ausgingen und sie vor einem Schnapsladen einen Anfall bekam. Mumm, Oberflächlichkeit oder drogenbedingte Erschöpfung?

Sie war in seinem Armen eingeschlafen, und er fühlte sich stark, wie er sie so festhielt, obwohl er wußte, daß er ein toter Mann war. Lag es an ihr, oder hätte es jede andere Frau getan?

Sie hatten den ganzen Tag abwechselnd geschlafen und geredet, und er erzählte ihr von Bobby und dem Geld, aber nicht von der Bank und den toten Cops. Sie registrierte es mit einem Achselzucken und dem Aussehen einer gelangweilten reichen Göre ohne irgendeine Verbindung zu toten Männern und Blutgeld. Dumm, gefühllos oder nur ausgebrannt?

Ihre seltsamen kleinen Reden machten es auch nicht gerade leichter, aus ihr schlau zu werden. Im Laufe des Tages war sie immer wieder aufgewacht und hatte dann Sachen gesagt wie »Duane und Stan hatten dasselbe Karma«, oder »Stan war ein Pragmatiker. Duane dachte nur, er sei einer«, oder »Duane verstand meine Musik nicht, deshalb war es leicht, sich von ihm zu trennen«, und war dann wieder eingenickt. Nach einem fünfzehnstündigen Crash-Kurs in engem Beisammensein war alles, was er wußte, daß sie nicht wußte, daß sie sich ohne irgendwas weit jenseits des Flusses ohne Wiederkehr befanden.

Anne deutete auf die Lichter, die im Turmgebäude von Capitol Records angingen. »Stan wollte mich mit einem Produzenten dort zusammenbringen. Bist du je im Gefängnis gewesen?«

»Ja.«

»Ich wußte es. Es sind deine Kleider. Du trägst die Sorte Kleidung, die Duane immer trug, wenn er versuchte, irgendwo dabei zu sein, wo er nicht hingehörte.«

Joe hatte ein Bild von sich selbst mit Tinte durchnäßt vor Augen und sagte: »Das sind Duanes Sachen. Du weißt, daß wir von hier weg müssen. Wir können hier nicht ewig bleiben.«

»Ich weiß. Kleidung sollte das Jugendumfeld einer Person widerspiegeln, dann, beim Ausstrahlen von Karma, transformieren sie, was man trägt. Was hast du in deiner Jugend getragen? Du weißt schon, Preppy wie ich, oder Mod, oder Surfer, was?«

Joe beobachtete, wie Anne eine Zigarette anzündete, dann ausatmete und die Luft einsog, wie wenn sie ihr anstelle von Koks ein High verschaffen könnte. Er sagte: »Das ist nicht der richtige Zeitpunkt, um über Mode zu reden. Wir haben weder Auto noch Geld und einen Irren auf den Fersen. Ich kann nicht in meine Bude oder ins Motel, weil er dort sein wird. Aber wir müssen los, und ich muß was essen.«

Anne sagte: »Ich habe Freunde, die uns helfen können, und ich kann Geld beschaffen. Beantworte nur meine Frage.«

»Wie? Indem du deinen Arsch zu Markte trägst?«

»Sag das nicht! Ich kann Sex geben, ohne dabei mein Karma preiszugeben! Sag so was nicht!«

Joe legte eine Hand auf ihren Arm und sagte: »Ssst. Es tut mir leid, aber ich stecke tief in der Scheiße.«

»Dann beantworte meine Frage.«

Joe seufzte. »Als ich aufwuchs, kleidete ich mich wie ein lächerlicher mexikanischer Gangster. Karierte Stronzohemden mit zugeknöpftem Kragen auch bei dreißig Grad, Khakihosen mit Schlag, die am Boden entlangwischten, mit Spucke polierte Marineschuhe und eine Pfadfinderkappe. Es war ein Witz, und es hatte nichts mit Karma zu tun.«

»Alles hat mit Karma zu tun.«

»Ich habe gestern nacht einen Mann getötet. Hast du keine Angst?«

Anne schniefte. »Ich hatte einen Dilaudid Black Beauty Speedball genommen, kurz bevor es zum Krach zwischen Stan und Duane kam, und ich komme jetzt langsam davon runter. In ungefähr einer Stunde werde ich richtig Schiß haben. Du tust wie ein harter Bursche, aber du redest wie ein College-Absolvent. Du bist irgendwie nicht ganz echt.«

Nur Bobby wußte das von ihm.

Joe legte seine Arme um Anne und flüsterte: »Es ist wegen dieses Songs, den ich nicht schreiben kann, und wegen Bobby und Stronzos und Khakis und Dingen, die ich tun muß, aber nicht mehr tun kann. Ergibt das einen Sinn für dich?«

Anne schluchzte tränenlos an seiner Brust. »Neinneinneinneinnein.«

Joe flüsterte zurück: »Du gibst nur vor, es nicht zu wissen, du machst Musik, daher weiß ich, daß du es weißt. Hör zu. Ich erzähle dir jetzt genau, was wir tun werden. Wir laufen die Observatory Road nach Vermont herunter und stehlen dann irgendeinen teuren Preppy-Wagen. Dann gehen wir zu diesen Freunden von dir und verschaffen uns etwas Geld und machen, daß wir die Stadt verlassen. Sag ja, wenn du meinst, wir können das schaffen.«

Anne gab einen erstickten Laut von sich und nickte mit dem Kopf. Joe sah hinaus auf die Skyline von L. A. und wußte zum ersten Mal in seinem Leben, daß es ihm gehörte – denn jetzt konnte er es hinter sich lassen.

21

Lloyd hielt gegenüber von Likable Louies One-Stop Pit-Stop. Als er kein FBI-Fahrzeug sah, schnappte er seinen gefälschten Durchsuchungsbefehl und seine Ithaca Pumpgun, rannte über die Straße und klopfte an die Tür des angebauten Hauses. Ein Gefühl, nahe dran zu sein, ergriff Besitz von ihm, und er entsicherte die Waffe und hebelte eine Patrone in die Kammer.

Die Tür wurde vorsichtig geöffnet. Eine lange Kette hielt sie am Rahmen. Eine mexikanische Frau linste durch den Spalt und sagte: »Luis ist nicht da. Polizei hat ihn mitgenommen.«

Lloyd sah, daß sie sich mit der Polizei auskannte. »Sie meinen Bundesbeamte?« sagte er. »FBI?«

»Luis weiß Bescheid über die Männer, die ihn beobachten. Das waren L. A. Cops, grüner Wagen, große Antenne.«

Lloyd erschauderte. Metro hatte sich die Information über Calderon unter den Nagel gerissen. »Wann?« fragte er.

»Halbe Stunde. Ich habe den Anwalt benachrichtigt.«

Lloyd rannte zurück zum Wagen und raste mit Bleifuß die zwei Meilen zum Rampart Revier, in der Hoffnung dort Lieutenant Buddy Bagdessarian oder einen anderen Kriminalbeamten, der Calderon kannte, zu finden. Als er im Hof parkte, sah er keine Streifenfahrzeuge, nur Zivilwagen, und wußte, das das Revier nur minimal besetzt war – vermutlich, weil jede verfügbare Einheit der Hollywood Division bei der Netzfahndung nach den Copkillers half. Dann sichtete er quer auf dem Parkplatz des Schichtkommanders geparkt ein graugrünes Fahrzeug der Metro. Das Gefühl, nahe dran zu sein, wurde klaustrophobisch, und er rannte, so schnell er konnte, ins Revier.

Ein einzelner Beamter tat am Frontpult Dienst. Lloyd verlangsamte seinen Schritt und trat langsam heran. Er wußte, daß das frühabendliche Revierszenarium viel zu ruhig war, völlig unkoscher. Der Diensthabende zog eine Grimasse, als er ihn kommen sah. Er machte eine Bewegung in Richtung des Gegensprechapparates an der Wand hinter ihm, änderte dann seine Absicht und drückte seine Hände ineinander. Lloyd erreichte das Pult und sah neben der Dienstmarke des Mannes einen Kreuz-und-Flaggen-Anstecker befestigt. Sein Kopf schwirrte vor Abscheu. Er wollte schon dem Mann die Insignien von der Brust reißen, als ihn ein ersticktes Geräusch innehalten und die Ohren danach spitzen ließ.

Ein kurzer Moment der Stille, dann wieder das Geräusch. Dieses Mal wußte Lloyd, daß es ein Schrei war. Er rannte durch einen langen

Korridor auf das Echo zu, an der Haftannahme und den Ausnüchterungszellen vorbei zu einer halbgeöffneten Lagerraumtür. Hinter der Tür verschmolzen die Schreie mit einem Hagel anderer Geräusche: Würgelaute, sich überschlagende Obszönitäten, lautes Klatschen. Lloyd zwang sich, bis zehn zu zählen, eine alte Strategie, um wieder zu Sinnen zu kommen. Dann flog eine schlagringbewehrte Faust in hohem Bogen durch den Raum, den die Tür frei ließ, gefolgt von einem Blutschwall. Bei sieben griff er an.

Collins und Lohmann sahen auf, als die Tür aufflog; Louie Calderon, die Hände hinter dem Rücken an einen Stuhl geschlossen, spuckte Blut und trat blindlings mit den Füßen nach den Metro-Cops. Lloyd kam ohne Umschweife herein, beide Fäuste geballt und in Schulterhöhe gerichtet. Ohne Raum zum Ausholen, teilte er ruckartige Schläge aus und erwischte Lohmann am Hals und streifte Collins an der Brust. Calderon warf seinen Stuhl zu Boden; kippte mit dem Stuhl um; Collins stolperte über ihn und verfehlte Lloyds Kopf mit einem weiten rechten Rundumschlag. Lloyd faßte sein Handgelenk, als der Schlag seine Schulter streifte und stieß ihm sein Knie voll in den Unterleib. Louie Calderon stöhnte unter dem Gewirr von Füßen. Lohmann stürzte sich mit zwei metallverstärkten Fäusten auf Lloyd, und der Schwung warf beide zurück in die Tür. Dann griffen Hände Lloyd von hinten und zogen ihn aus dem Raum, auf ihm immer noch Lohmann, der sich zu befreien versuchte. Als sich der Schlagringschwinger freigemacht hatte, hatte Lloyd freie Bahn. Er trat Lohmann ins Gesicht und fühlte, wie seine Nase brach.

Lloyd wurde in eine Zelle auf der anderen Seite des Korridors geschleudert. Als der Kreuz-und-Flaggen-Beamte die Tür sicherte, stand er auf, faßte durch die Gitter und riß sein Abzeichen ab. Das polierte Oval knallte auf den Boden, und der Beamte hob es auf, sah Lloyd an und zischte: »Satan.«

Lloyd lachte ihm ins Gesicht, spuckte dann in sein Gesicht. Collins brüllte: »Geh zurück an das verfluchte Pult!« und der Kreuz-und-Flaggen-Mann ging halb, rannte halb den Korridor entlang und außer Sichtweite. Lloyd beobachtete, wie Collins seinem Partner auf die Füße half. Lohmann schneuzte Knorpel und blutigen Schleim aus beiden Nasenflügeln und spuckte auf den Boden, was nach hinten rannte. Collins ließ ihn den Kopf nach hinten beugen und ging dann, einen Arm um seine Schultern gelegt, mit ihm nach vorn ins Revier.

Louie Calderon lag immer noch auf dem Boden des Lagerraums seitlich verdreht in seinem Stuhl. Lloyd sah, wie er nach Luft schnappte und kurze Schluchzlaute ausstieß. Sein eigener Atem ging fast wieder normal, als Collins zurückkam, den Stuhl aufhob und einen Finger unter Likable Louies Kinn legte. »Du wirst mir drei Namen nennen«, sagte er. »Ein Bundespolizist hat deinen kleinen Jungen mit einer Betäubungspistole gesehen. Wir wissen, daß du der Waffendealer bist.«

Calderon riß sein Kinn los. »Deine Mutter ist der Dealer«, brabbelte er undeutlich. »Sie verdealt Aids in einer Lesbenbar.«

Collins schlug ihn in den Magen und warf den Stuhl wieder auf den Boden. Calderon rang nach Luft, begann dann zu hecheln, mit den Füßen auszuschlagen und den Schultern zu ringen. Der Stuhl krümmte sich gegen den Boden, als er sich wand, und eine nach der anderen brachen die Holzleisten in der Lehne. Collins stand über Calderon, bis der wieder zu Atem kam und loskreischte: »Schweinebulle, Schweinebulle, Schweinebulle.« Dann kniete Collins neben ihm nieder und sagte: »Die drei Namen.«

Calderon holte tief Luft und sagte: »Deine Mutter, deines Partners Mutter und Crazy Lloyds Mutter. *Chinga su madres todos*. Lesbische Sau, die es mit drei Niggern gleichzeitig treibt. *Puto! Puto! Puto!*«

Collins sagte: »Schweinebulle gibt's nicht«, steckte seinen rechten Daumen und Zeigefinger hinter Calderons Ohr und drückte auf die Halsschlagader. *»Die drei Namen.«*

Lloyd kniff die Augen zusammen und sah, wie Calderons Gesicht allmählich dunkelrot wurde. Er krallte sich in die Gitter und rüttelte heftiger und heftiger an ihnen. Es war, wie wenn er das erste Glied einer Druckkette war, die direkt durch die Gitter zu dem harten Hecht und seinem Opfer ging, und wenn er nachließe, würde er niemals an *sie* herankommen. Dann, als Calderons Gesicht aussah wie eine Zwetschge vor dem Platzen, merkte er, was er da tat, und schrie: »Nein!«

Verblüfft öffnete Collins seinen Griff. Er sah herüber zu Lloyd, und Lloyd merkte, wie sich seine eigenen Augen in ihn bohrten. Er wußte, es konnte nicht sein, und hielt seine Hände vors Gesicht. Er sah nichts und fühlte, wie all seine Sinnenkraft in seine Ohren ging und er ein Flüstern wahrnahm:

»Die Namen. Ich mache dich zum Krüppel fürs Leben, wenn du sie mir nicht gibst.«

»Nein. Nein. Zur Hölle mit dir. Nein. Nicht. Bitte nicht.«

»Denke an deine Familie. Stell dir deine Frau in Tehachapi vor, wo sie wegen Drogendelikten sein wird, wenn du es mir nicht sagst.«

»Nein. Nein. Nein. Bitte, bitte. Nein.«

»Die drei Namen. Stell dir deine Kinder in einem schlechten

Kinderheim vor. Hast du in letzter Zeit mal die Nachrichten verfolgt? Jede Menge Sexualmißbrauch in diesen Häusern. *Gib mir die drei Namen.*«

»Nein. Nein. Nein.«

»Nein? Nein? ›Ja‹, sonst lasse ich eine weibstolle lesbische Polizistin bei deiner Frau eine Leibesvisitation nach den Rauschmitteln durchführen, und ich weiß, daß sie sie finden wird.«

»Nein. Nein. N – «

»Sag's mir, Louie.«

»Nein. Die machen mich fertig.«

»Die werden dich nicht fertig machen, aber ich.«

»Nein.«

»Sage nicht Nein zu mir, sage Ja, sonst mache ich deine Familie fertig.«

»Ja. Ja. Duane Rice. Bobby Garcia. Joe Garcia.«

Sie.

Lloyd schloß die Augen und dachte zurück: »Duane/Rhonda« Nachricht auf Calderons illegaler Nachrichtenliste; Christine Confreys verwirrte Reaktion auf die Karteifotografien von Duane Richard Rice, der mutmaßlich gerade ein Jahr wegen schweren Autodiebstahls im County-Gefängnis absaß. Er drückte sich an die Gitter, um besser sehen und hören zu können.

Collins kauerte neben Calderon und schloß die Handschellen auf, die ihn an den Stuhl fesselten. »Es gibt eine Menge Bobby und Joe Garcias«, sagte er. »Erzähle genaueres von ihnen.«

Likable Louie wurstelte sich aus dem Stuhl, streckte langsam die Arme und massierte seine wunden Handgelenke. »Bobby ›Boogaloo‹ Garcia, der Ex-Boxer. Sein Bruder Joe.« Seine Stimme war erfüllt vom Selbstekel des frischgebackenen Spitzels. Lloyd hielt die Augen geschlossen, um dem Mann etwas von seiner Würde wiederzugeben. Er hielt sie geschlossen, bis er ein Klopfen auf seiner Schulter fühlte.

Collins stand direkt vor der Zelle. Lloyd sah, daß seine Augen braun waren, nicht grau wie die seinen, aber daß sie trotzdem irgendwie genauso waren. »Ich lasse Sie nach einer Weile vom Wachhabenden rausholen«, sagte er. »Aber halten Sie sich raus, das ist unsere Angelegenheit.«

Lloyd konnte an keine Erwiderung denken. Er starrte Collins nach, als dieser zurück zum Lagerraum ging und Calderon zur Zelle neben Lloyd half. Immer noch zu betäubt, um zu sprechen, hörte er, wie die Tür auf- und wieder zugeschlossen wurde, gefolgt von Schritten, die sich aus dem blutbespritzten Korridor entfernten. Dann sagte Louie

Calderon von jenseits der Peripherie seines Blickfeldes: »Lassen Sie nicht zu, daß sie den Jungen töten. Bobby und Duane sind todeswürdiger Abschaum, aber der Junge war nur zu schwach, Nein zu sagen. Lassen Sie nicht zu, daß sie ihn töten.«

22

Auf halbem Wege nach Vermont, in Los Feliz, realisierte Joe Garcia, daß er nicht wußte, wie man einen Wagen stiehlt. Er hatte neun Millionen Tratschereien über Kurzschließen und das Anbohren von Lenkradsäulen gehört, und damit hatte es sich auch schon. Anne Vanderlinden lief neben ihm und blubberte irgendwelchen Unfug über Karma und die schnieken Häuser, an denen sie vorbeikamen. Ihre Stimme wurde immer fieberhafter, und wenn das Licht der Straßenlampen auf ihre Augen fiel, glänzten sie wild und irrsinnig.

Dann drang ein Fetzen von Bob Seger and the Silver Bullett Band an Joes Ohr, und er sah flackernde Scheinwerfer. Er riß Anne zur Seite, als eine gelbe Corvette hart links abbog und mit quietschenden Reifen in einer Einfahrt neben ihnen zum Halten kam. Ein junger Mann stieg aus dem Wagen und stolperte über den Rasen und durch den Eingang eines großen Hauses im Tudor-Stil. Joe ließ Anne auf dem Gehsteig und sah sich die Corvette genauer an. Die Schlüssel steckten in der Zündung. Er sah zum Haus und dort in den Fenstern Licht an-, dann ausgehen, jetzt oder nie.

Er ging zurück zu Anne und drängte sie zum Wagen. Sie stieg auf der Beifahrerseite ein und begann im Handschuhfach zu wühlen. Joe glitt hinter das Lenkrad und erzitterte, als er die Schaltung am Boden sah, und realisierte, daß er nicht wußte, wie man mit Handschaltung fuhr. »Zur Hölle« vor sich hinmurmelnd, erinnerte er sich daran, wie Bobby seinen alten Volkswagen gefahren hatte, und beobachtete, wie Anne eine Medikamentenflasche öffnete und Pillen in ihren Mund stopfte. Er fand den Leergang; er drückte das Kupplungspedal; er schaltete die Zündung ein. Bob Seger dröhnte los. Joe schaltete brachial in den Rückwärtsgang und manövrierte sich zentimeterweise aus der Einfahrt. Anne kicherte: »Fahr zum Strip, und wir rufen meine Freunde an!« und Joe mahlte sich durch die Zahnräder der Gangschaltung. Zweimal würgte er den Motor ab, aber schließlich gelang es ihm, Kupplung und Schaltung so zu bedienen, daß sie weiterfahren konnten. Der Augenblick auf dem Hang kam wieder, zehnmal so stark, und sie ruckelten auf Hollywood zu.

23

In der Entfernung das Geknattere von Funkgeräten; die Suchscheinwerfer von Helikoptern, die in unregelmäßigen Abständen über das Motel strichen. Duane und Joe weg seit über vierundzwanzig Stunden, vermutlich tot. Zweimal hatte das Funkgerät gekreischt: »81er Chevrolet Caprice.«

Bobby »Boogaloo« Garcia wußte, daß sie es auf ihn abgesehen hatten. Die Stunden der Bibellektüre und Gebete hatten aber auch gar nichts gefruchtet. Er würde allein sterben, exkommuniziert, fern von Gott und seinem Bruder und mit zwei 45er Automatics und sechszehn Riesen in bar als einzigen Gesellen.

Niemand, um ihn zu betrauern;

niemand, mit dem er reden konnte in der Nacht, in der ihm endlich alle Schuppen von den Augen fielen;

keine Chance, den Opfern alles zurückzuzahlen und mittels letzter guter Taten und Bußen doch noch in den Himmel zu rutschen;

niemand, der ihm für seine Sünden die Absolution erteilte.

Zuerst, als er es in seinen Kopf hineinbekam, fühlte er eine Art Friede. Doch dann surrten die Hubschrauber immer weiter und ließen fortwährend ihre Scheinwerfer aufblitzen und erregten dadurch den Unwillen der alten Saufköpfe, die auf dem Parkplatz pichelten. Sie begannen zu zetern und ihre leeren Fuselflaschen an die Wand zu knallen. Das machte ihn wütend, erweckte in ihm den Wunsch, es ihnen zu zeigen, obwohl er doch wußte, daß dieses Aufbegehren seine allerschwerste Sünde war. Das war der lustigste Teil daran. Halb wollte er es zugeben und einen sauberen Abgang haben; zur anderen Hälfte wollte er es ihnen bei seinem Abtritt wahrhaftig zeigen; denn das war es, was er vierunddreißig Jahre lang getan hatte; und wenn er jetzt davon Abstand nahm, bedeutete das, daß er nie existiert hatte.

Megaphone kläfften vom oberen Teil des Blocks; Hubschrauberscheinwerfer durchfluteten alle fünf Minuten den Himmel; die Penner heulten wie Niggertodesengel. Schließlich entschloß sich Bobby, für seine Schulden einzustehen. Er zog seinen Stuhl unmittelbar vor die Tür und legte die Bibel auf die rechte Lehne, lud dann beide 45er und schraubte wegen der größeren Reichweite die Schalldämpfer ab. Er ließ Patronen in beide Kammern gleiten und setzte sich hin, die Waffen im Schoß. Wenn sie die Tür eintraten, wußte er, was er zu tun hatte.

24

Drei Minuten, nachdem seine Zellentür von einem Revierschließer geöffnet worden war, befand sich Lloyd in einer Telefonzelle an der Ecke von Rampart und Temple und durchsuchte seine Taschen nach Kleingeld.

Sein erster Anruf galt dem Nachtdienst des Archivs des Zentralgefängnisses, wo ein Auskunftsbeamter ihm mitteilte, daß Duane Richard Rice, Weißer männlichen Geschlechts, geb. 16. 8. 56, einszweiundachtzig, einundachtzig kg, hellbraunes Haar, blaue Augen, wegen eines Straferlasses am 30. November auf freien Fuß gesetzt worden war, nachdem er sechs Monate einer einjährigen Strafe wegen schweren Autodiebstahls abgesessen hatte. Er hatte eine vorherige Verurteilung, wegen Totschlags im Straßenverkehr, und im Staatsjugendgefängnis von Soledad drei Jahre einer Fünfjahresstrafe verbüßt. Er unterstand den jeweiligen Bewährungsaufsichten des Countys und des Staates, und seine letzte bekannte Adresse lautete 1164 South Barrington, West Los Angeles. Lloyd setzte nach und fragte die Beamtin, in welchem Zellblock Rice im County-Hauptgefängnis untergebracht gewesen war. Nach einem Moment des Nachschlagens meldete sie sich wieder und sagte: »Zweitausendsiebenhundert.«

Der Irrentrakt – Verbindung zu Gordon Meyers.

Aber warum? Lloyd rief die Bewährungsabteilung des Los Angeles County an und bekam eine Telefonistin an den Apparat, die ihn mit einer Reihe von Verwaltungsangestellten verband, die ihn zu guter Letzt zur Privatwohnung der leitenden Beamtin der County-Behörde durchstellten. Die Chefin tätigte selbst eine Reihe von Anrufen und läutete Lloyd in seiner Telefonzelle mit den nötigen Informationen zurück: Duane Richard Rice hatte sich bei seinem Bewährungshelfer nach seiner Entlassung aus dem Gefängnis nicht gemeldet und seine Wohnung auf South Barrington aufgegeben. Er war nun de facto ein Bewährungsflüchtling, und ein richterlicher Haftbefehl war bereits ausgestellt worden.

Lloyd hängte ein und versuchte sich die Nummern aus Calderons Nachrichtenblock wieder ins Gedächtnis zu rufen. Nach einer Minute fielen sie ihm ein: Rhonda, 654-8996; *Silver foxes,* 658-4371.

Er wählte Rhondas Nummer und hörte den Anfang einer aufgezeichneten Nachricht, hängte dann auf und rief die Telefongesellschaft an und brachte seine Forderungen vor. Ein Supervisor gab ihm die Informationen, die er wollte: Rhonda Morell, 961 North Vista; *Silber Foxes,* 1420 North Gardner. Lloyd lächelte, als er es niederschrieb. Die Adressen lagen nur ein paar Blöcke auseinander. Er fuhr nach West Hollywood, seine 45er lose auf dem Sitz neben sich liegend.

961 North Vista war ein modernes Gebäude mit zwei Wohngeschossen um einen zementierten Innenhof herum. Das Türschild am Haustor führte R. Morell in Nummer zwanzig an. Lloyd studierte das Schema der Numerierung und kam zu dem Schluß, daß Rhondas Wohnung genau in der Mitte des ersten Stockwerks sein mußte. Er ging dahin, die 45er ans Bein gepreßt.

Lichter waren keine an, aber er drückte trotzdem auf den Klingelknopf unter dem Namensschild, dann trat er zur Seite. Eine volle Minute verstrich, ohne daß als Reaktion auf sein Klingeln irgendwelche Geräusche erklangen. Keine Rhonda.

Lloyd ging außen herum zu dem Parkplatz auf der Hinterseite des Gebäudes. Der Platz von Nummer zwanzig war leer. Er fühlte sich unruhig, aber *nahe dran,* und fuhr die drei Blöcke zu *Silver Foxes.*

Lloyd hielt und übersah das lavendelfarbene Haus im spanischen Stil. Er war überrascht, keine Neonleuchten oder andere Staffagen des Schmutzes zu sehen, nur ein kleines Vierparteien-Haus, aus dessen linker Parterre-Wohnung Licht kam. Die 45er wie vorher ans Bein haltend, ging er zu den Lichtern hinüber und betätigte die Türklingel neben dem Emblem mit dem lächelnden Fuchs. Er drückte sich an die Wand neben dem Türeingang und hielt die Waffe an seine Brust, bereit, herumzuwirbeln und zu feuern.

Stille, dann eine weinerliche männliche Stimme, die »Oh, Scheiße« vor sich hinmurmelte, dann Schritte, die sich der Tür näherten. Als er hörte, wie von innen entriegelt wurde, trat Lloyd vor und richtete die 45er auf die Mitte des Türeingangs. Die Tür schwang auf, und ein muskelbepackter junger Mann in einem engen ärmellosen T-Shirt stand da, zu Eis erstarrt angesichts der Waffe, die nur wenige Zentimeter von ihm entfernt war. »Polizei«, sagte Lloyd. »Geh rückwärts nach innen, dreh dich um und lege deine Hände über den Kopf an die Wand, mach dann einen Schritt nach hinten und die Beine breit.«

Der junge Mann biß sich auf die Lippen und gehorchte. Lloyd folgte ihm in einen grellweißen Raum und schubste mit dem Zeh die Tür zu. Er drückte ihm die 45er an die Rückseite des Halses und tastete ihn mit der linken Hand ab. Der Jüngling stöhnte, als Lloyd die Innenseiten seiner Oberschenkel streifte. Als er keinerlei verborgene Waffen fand sagte Lloyd: »Wie viele Räume gibt es sonst noch?«

»Nur die Toilette, Süßer. Außer uns zwei Hübschen ist niemand da. Hast du's auf mich abgesehen?«

Lloyd sah sich kurz im Zimmer um, registrierte die Rohrmöbel, den weißen Plastizin-Tisch und die mit Bildern von Rockstars behangenen weißen Wände. »Keine Plaudereien«, sagte er. »Geh rüber und öffne die Toilettentür und komm dann wieder her.«

Der junge Mann ging zur Toilettentür und stieß sie auf, kam dann wieder zurück und setzte sich auf den weißen Tisch. Einen Fuß auf den Boden, der andere baumelte in Lloyds Richtung. »Wie ich sagte, niemand hier außer uns zwei Hübschen. Ich heiße Tim. Wie heißt du?«

Lloyd steckte die 45er zurück ins Halfter und sagte: »Junge, ich bin nun wahrhaftig die letzte Person auf der Welt, zu der du heute abend frech sein solltest. Die allerletzte. Ich werde dir einige einfache, offene Fragen stellen, und ich erwarte einfache, offene Antworten. Verstehst du mich?«

Tim lächelte kokett und klopfte mit seinem Absatz gegen den Tisch. »Schieß los, Baby.«

»Erstens, kennst du einen Mann namens Duane Rice? Ende Zwanzig, einszweiundachtzig, einundachtzig Kilo, hellbraunes Haar, blaue Augen?«

»Nein, klingt aber hübsch. Ist er dein Liebchen?«

Lloyd ohrfeigte den jungen Mann mit dem Handrücken. Es warf ihn vom Tisch. Der junge Mann lächelte und wischte sich ein blutiges Rinnsal von der Nase. Lloyd sagte: »Ich will dir nicht weh tun, aber um Gottes Willen, bitte komm mir nicht komisch. Nicht heute abend.«

Tim stand auf. »Sag' ›Bitte bitte‹, und ich will ein braver Pfadfinder sein und kooperieren.«

Ein Sicherheitsreflex ließ Penny und Janice durch Lloyds Hirn huschen, doch Jesus-Fred Gaffaney und Collins überschatteten sie. Er stieß Tim durch den Raum und drückte ihn mit einer Hand am Hals an die Wand. »Bitte, bitte sprich, Mutterschänder, bevor ich deinen wertlosen Arsch zu Kleinholz verarbeite.«

Tim gab gurgelnde Laute von sich, bis Lloyd ihn losließ und zurücktrat. Lächelnd rieb er sich den Hals und seufzte. »Rohes Ungestüm ist eine Sache, wehtun eine andere. Du hast ›Bitte bitte‹ gesagt, also will ich ein guter Pfadfinder sein und nett sein. Was willst du wissen?«

Die geleierten Worte ließen sich wie nuklearer Fallout auf Lloyd nieder, und er fragte sich, ob diese Nacht je vorüber gehen würde. »Eine eurer Huren«, sagte er, »Rhonda Morell. Ich bin auf eine ihrer telefonischen Botschaften an Duane Rice gestoßen. Er sollte sie gestern abend zu Hause anrufen oder hier treffen. Die Botschaft erwähnte einen Mann namens Stan Klein. Was weißt du darüber?«

Tim bewegte sich zum Tisch und öffnete Schubladen, dann zog er einen weißen Kunststoffordner heraus und blätterte ihn durch. Er hielt ihn auf und sagte: »Das ist Rhonda. Ist sie nicht ein oberscharfer Fuchs?«

Lloyd sah sich die Nacktfotos an. Rhonda Morell war eine schöne Brünette. Er prägte sich ihr Gesicht ein und hielt seine Augen vom Rest ihres Körpers abgewandt. »Erzähl mir von ihr. Und von Rice und Klein.«

Tim klappte den Ordner zu. »Was gibt's da schon zu sagen? Rhonda ist ein wahrhaft schlauer Fuchs, will Börsenmaklerin werden. Sie ist bei unserer Klientel sehr gefragt. Von Rice und Klein weiß ich nichts, aber so wie Sie Rice beschrieben haben, klingt's nach diesem Kerl, der hier letzte Woche hereinschneite, so ein Bursche, mit dem Rhonda so eine platonisch nichtsexmäßige Sache laufen hat. Du weißt schon, gegen Bezahlung. Rhonda ist schwer hinter dem Geld her.«

Das »Will Kohle« auf Calderons Nachrichtenblock ploppte in Lloyds Kopf. »Erzähl mir von ihm – und Rhonda.«

Tim schlang seine Arme um sich selbst. »Letzte Woche kam hier ein Mann rein, auf der Suche nach einem Fuchs. Er schien nicht gerade vom üblichen Silver-Fox-Kaliber zu sein, aber er gefiel mir, deshalb hab ich ihn an Rhonda vermittelt. Er gab mir einen Namen, aber ich wußte, daß er falsch war. Später hat mir Rhonda erzählt, daß sie dem Kerl bei der Suche nach seiner Freundin hilft, gegen dicke Kohle. Tatsache ist, sie hat heute nachmittag angerufen und mir erzählt, daß sie ihn heute abend um Mitternacht hier treffen soll. Sie wollte, daß ich ihn hinhalte, falls sie sich verspätet.«

Lloyd befingerte die Waffe, mit der er getötet hatte, und sah auf die Uhr an der Wand. Zehn Uhr neunundvierzig. Im August 1965 hatte er es Mann gegen Mann mit einem 45er Killer ausgeschossen; jetzt schloß sich der Kreis, und er kam wieder an diesen Punkt, um zu bezahlen für das Ereignis, das ihn geformt hatte. Erschaudernd sagte er: »Tim, glaubst du an Gott?«

Tim zuckte mit den Achseln. »Ich hab nie viel darüber nachgedacht.«

»Solltest du aber. Er ist ein linker Bastard; er könnte dir gefallen. Geh heim. Ich werde auf Rhonda und ihren Freund warten.«

»Ist das legal?«

»Nein. Geh heim. Tut mir leid, daß ich dich geschlagen habe.«

»Mir nicht«, sagte Tim und ging zur Tür hinaus.

Lloyd wartete zehn Minuten, ging dann hinaus zu seinem Wagen und schaltete das Funkgerät ein. Er hörte zwanzig Minuten lang zu.

Der Äther war überschwemmt von Funkrufen, die Einheiten der Hollywood-Division in das Gebiet nahe der Hollywood Bowl beorderten, aber es gab keinerlei Erwähnung des meistgesuchten Trios in der Geschichte von L. A. – Duane Rice, Bobby und Joe Garcia. Gaffaney und seine harten Hechte saßen auf der Information. Es lief hinaus auf ihre Outlaw-Vendetta, und auf seine eigene. Und falls/wenn Rice um Mitternacht in seine Hände fiel, würde Lloyd dazu in der Lage sein, seinen Vorteil zu nutzen und ihn kaltblütig auszuknipsen?

Lloyd ging zurück zum Silber-Foxes-Büro, um auf Rhonda Morell und *den* Augenblick zu warten. Er ließ sich in einem unbequemen weißen Sessel nieder und starrte die Bilder an den weißen Wänden an, unfähig, irgendeinen der Rockmusiker mit Namen zu identifizieren. Wiederholt sah er auf die Uhr, er hoffte, Rhonda würde sich verspäten, so daß er sich draußen postieren und Duane Rice aus dem Hinterhalt erschießen konnte, wenn dieser auf die Tür zuging. Gott war ein ironischer Bastard, setzte es sich in seinem Hirn fest. Den Pico-Westholme-Polizistenkiller fertig zu machen, würde als Höhepunkt seiner Karriere betrachtet werden, nicht als die verzweifelt eigennützige Überlebenstaktik, die es war.

Um 11 Uhr 42 klopfte es an der Tür. Lloyd zog die 45er und lief auf Zehenspitzen zur Tür, öffnete sie und erschreckte Rhonda Morell zu Tode, die die Waffe sah und den Mund öffnete, um zu schreien. Lloyd nahm sie mit dem freien Arm in den Schwitzkasten und zog sie nach drinnen, während er ihre Versuche, Lärm zu schlagen, erstickte. Sie biß in seinen Jackenärmel, und er trat die Tür zu und flüsterte: »L. A. P. D. Ich bin hinter Duane Rice her, nicht hinter dir. Ich will dir nur ein paar Fragen stellen und dich dann so schnell es geht hier weg haben, bevor er aufkreuzt. Ich werde dich jetzt loslassen, aber du mußt mir versprechen, nicht zu schreien. Okay?«

Rhonda hörte auf, sich zu winden und zu beißen. Lloyd ließ sie los und sie drehte sich herum, stellte sich mit dem Rücken zu ihm und glättete ihre Afrofrisur. Dann wandte sie sich wieder ihm zu und sagte mit vollendet fester Stimme: »Er schuldet mir viel Geld. Wenn du ihn verhaftest, wird er kaum in der Lage sein, mich auszuzahlen.«

Lloyd platzte heraus: »Jesus«, ordnete dann seine Gedanken und sagte: »Für seine Gefangennahme ist eine hohe Belohnung ausgesetzt. Rede mit mir, und zwar schnell, und ich sorge dafür, daß du sie bekommst.«

Rhonda lächelte. »Wieviel Geld?«

»Über siebzigtausend«, sagte Lloyd und blickte verstohlen auf die

Uhr. »Tim hat mir erzählt, daß du Rice hilfst, seine Freundin zu suchen. Erzähl mir, was es damit auf sich hat, und mit Stan Klein.«

»Du weißt doch schon eine Menge darüber.«

»Einen Dreck weiß ich! Sag's mir, zur Hölle noch mal.«

Rhonda sah auf die Uhr und sagte: »Ich schätze, das ist ein fairer Tausch. Rices Freundin ist eine Kokshure. Ich habe ihm bei der Suche geholfen. Ich fand heraus, daß sie mit einem schmierigen Unternehmertyp zusammenlebt, einem gewissen Stan Klein. Ich – «

»Wie heißt die Freundin?«

»Anne Vanderlinden. Duane rief mich Montag abend an, und wir verabredeten uns hier um Mitternacht. Er sagte, daß er und Vandy in ein paar Tagen nach New York fliegen, und daß er die Namen von irgendwelchen Leuten aus dem Musikgeschäft braucht. Anscheinend ist Vandy Sängerin, und er möchte ihre Karriere voranbringen. Er hat mir einen Bonus dafür versprochen, und – «

»War das das letzte Mal, daß du mit ihm gesprochen hast?«

»Nein. Er rief mich heute nachmittag zu Hause an, um die Verabredung zu bestätigen. Er klang weggetreten, und er sagte, daß Vandy Stan Kleins Wohnung gestern nacht verlassen hätte, mit einem mexikanischen *Puto*, was immer das sein mag. Jetzt verspricht er mir das Blaue vom Himmel, wenn ich ihm helfe, sie wieder zu finden. Außerdem hat er gesagt, daß wir irgendwelches Geld abholen müssen.«

Lloyd starrte auf die Uhr, auf einmal selbst völlig weggetreten. Rhonda rutschte unruhig hin und her und zupfte an ihrem Haar herum. Schließlich deutete sie auf die Waffe in Lloyds Hand. »Warum hast du die draußen? Ist Duane gefährlich?«

Lloyd lachte. »Ja, er ist gefährlich.«

»Ich denke, er ist an sich lieb, mit ein paar rauhen Kanten. Wenn er so gefährlich ist, wo sind dann die ganzen anderen Cops?«

»Spielt keine Rolle. Du mußt hier weg.«

»Warte mal. Ich habe heute die Zeitungen gelesen. Da stand, es gibt fünfundsiebzig Riesen Belohnung auf die Person, die diese Leute in der Bank getötet hat. Du denkst doch nicht etwa, Duane hat das getan? Er mag ein Dieb sein, aber er ist nicht bösartig.«

Lloyd faßte Rhondas Arm und zog sie zur Tür. »Geh heim«, zischte er, »mach daß du jetzt hier weg kommst.«

»Was ist mit meinem Geld? Wie kann ich wissen, daß ich es auch kriege?« Sie hielt inne, blickte in Lloyds Augen und schnappte nach Luft. »Du wirst ihn umbringen, weil er ein Polizistenmörder ist. Ich habe von solchen Sachen gelesen. Mich kannst du nicht täuschen.«

»Zur Hölle, mach daß du hier weg kommst, du verfluchte – «

Fußschritte erklangen auf dem Weg vor der Tür. Rhonda schrie »Duane, lauf weg!« Lloyd erstarrte und warf sich auf den Bauch, als drei Schüsse das vordere Aussichtsfenster pulverisierten. Er griff nach Rhondas Beinen und riß sie zu Boden, rollte sich dann zu dem zerstörten Fenster und schoß zweimal blindlings, in der Hoffnung, eine Antwortsalve zu provozieren. Zweifaches Mündungsfeuer erhellte den Vorgarten; die Kugeln prallten von den weißen Wänden ab und rissen schartige Holzecken aus der Wand. Lloyd zielte auf die roten Lichtblitze und gab fünf Schüsse ab, warf das geleerte Magazin heraus und schob ein neues herein. Er atmete einmal tief den Pulverdampf ein, hebelte die oberste Patrone in die Kammer und stürmte durch das Fenster.

Kein toter Mann auf dem Gras; Rhondas Schreie hallten hinter ihm. Lloyd rannte die Gardner hoch zum Sunset. Als er um die Ecke fegte, hörte er einen Schuß, und ein Tafelglasfenster zwei Türen weiter barst in kleine Stücke. Dann sah er eine Menschenmenge, die in Türeingänge und auf die Straße zerstob. Und da war *er*.

Lloyd sah zu, wie der Mann durch kreischende Fußgänger hindurchschlängelte, dann an geparkten Wagen vorbeischnellte und auf dem Sunset in östlicher Richtung lossprintete, heraus aus der Reichweite seiner Waffe. Er spurtete selbst volle Kanne und verringerte den Abstand, bis er auf einmal sah, wie Rice die Waffe ins Beifahrerfenster eines an der Ampel der nächsten Kreuzung wartenden Wagens richtete. Er rannte und zielte gleichzeitig, und die Knäuel spätabendlicher Spaziergänger gaben verängstigte und verblüffte Laute von sich, als sie aus seinem Weg wichen. Die Körperhaltung beim Rennen war ungünstig und ließ ihn Geschwindigkeit verlieren, aber er hatte beinahe freie Schußbahn, als Rice auf einmal in den Wagen stieg und bei Rot losbrauste.

Dann hörte er näherkommende Sirenen, und das riß ihn weg von dem fliehenden Wagen und zurück zu seiner eigenen Bedrängnis. Rice schaffte sich den Fluchtwagen vermutlich nur ein paar Blöcke weiter vom Hals. »Schüsse abgefeuert«, und die Ortsangabe würde mit Pauken und Trompeten durch den Äther schwirren und Jesus-Fred und seine harten Hechte massiert ins Gebiet locken. Lloyd rannte zurück zu Silver Foxes und fand Rhonda im Vorgarten. Er drängte sie in seinen Wagen, aber als er losfuhr, wußte er nicht, wohin. Er wußte nur, daß er von allen guten Geistern verlassen war.

Rice wußte, daß er den Wagen loswerden mußte, oder er behielt ihn und tötete den Fahrer. Er grub den Lauf seiner 45er tiefer in den Hals des alten Mannes und sagte: »Fahr an der nächsten Ecke links und parke.« Der alte Mann gehorchte, bog auf Formosa und hielt in zweiter Reihe. Er umklammerte das Lenkrad, schloß die Augen und fing an zu weinen. Rice verfiel auf einen neuen Plan: Fessele den Alten, laß ihn irgendwo liegen, nimm sein Geld und hau ab. »Hast du ein Seil im Kofferraum, Mutterschänder?«

Der Mann nickte. Ja, und Rice riß den Schlüssel aus der Zündung und ging nach hinten zum Kofferraum. Er wollte ihn gerade öffnen, als der Fahrer einen Satz machte, und in Richtung Sunset losrannte. Er war schon beinahe fort, als ein Streifenwagen zwei Häuser von seinem Wagen entfernt auf der gegenüberliegenden Straßenseite rechts ran fuhr. Der Alte hinter ihm; die Bullen fünfundzwanzig Meter vor ihm. Rice stieg zurück in den Wagen, diesmal hinter das Lenkrad. Sein Kopf pochte, brannte, rauschte, aber durch all das hindurch erreichte ihn eine Botschaft. *Bleib ruhig.* Er startete den Motor und stellte die Automatik des Fairlane auf »N«, dann beschleunigte er. Dann hörte er hinter sich den alten Mann »Polizei! Polizei!« schreien; dann schaltete der Polizeiwagen vor ihm das Rotlicht an.

Die Zeit stand still, dann zoomte sie zurück zum Doheny Drive und zum ersten Mal, daß er Dope in seinen Adern gehabt hatte. Rice trat aufs Gas, als der Fahrer des Streifenwagens mit gezogener Waffe ausstieg. Gebannt vom blendenden Strahl der Scheinwerfer, stand er wie versteinert da. Rice knallte mit der Schnauze seines 300-PS-Rammbocks mit fünfzig Stundenkilometern auf ihn drauf und erwischte ihn voll. Der Aufprall riß den Kühlergrill und ein Stück eines Kotflügels ab; die Windschutzscheibe wurde rot, genau wie beim ersten Mal. Rice fuhr blind, seinen Fuß bis auf den Wagenboden durchgedrückt, bis Wind den dunkelroten Vorhang vor seinen Augen wegpeitschte und normale Sicht ihn den Wagen anhalten, aussteigen und wegrennen ließ.

25

Bobby hörte, wie die Stimmen aus den Funkgeräten aufhörten über den 81er Chevy und die Haus-um Haus-Suche, die ihm immer näher kam, zu kreischen und losbellten: *»Man down, Sunset und Formosa! Man down, man down!«* Innerhalb von Sekunden entfernten sich die heulenden Sirenen von ihm, und die Hubschrauber starteten und hinterließen das Bowl Motel in Dunkelheit und Stille. Er wußte, daß der Exekutionsaufschub direkt von Gott erteilt worden war und packte das ganze Geld in eine Supermarkttüte und ging zur Tür hinaus. Die 45er und die Bibel ließ er auf dem Sessel zurück.

Die Straße draußen war verlassen und ruhig; in beide Richtungen auf Highland kein Verkehr. Bobby ging nach Süden und sah, warum: Hölzerne Straßensperren mit blinkenden Lichtern waren an allen Kreuzungen postiert und blockierten den Verkehr in nördlicher Richtung. Er drehte sich um und konnte einen Block höher weitere beleuchtete Sperren ausmachen, unmittelbar hinter dem Motel. Als er den Sperrgürtel anstarrte, betrat eine Gruppe von Cops in Zivil mit Pumpguns den Innenhof. Gott hatte ihn in letzter Sekunde gerettet. Als er über einen Holzblock an der Ecke zu Franklin stieg, sah er die Kirche und schickte ein Stoßgebet zum Himmel. Hoffentlich war es eine katholische. Sein Gebet wurde beantwortet, als das weiße Adobe-Gebäude von Scheinwerferlicht, das aus einer Seitenstraße kam, erhellt wurde: »Sankt Anselm – katholische Kirche« in großen schwarzen Buchstaben. Ein Licht brannte im Fenster des weißen Adobe-Bungalows, der an die Kirche anschloß. Bobby rannte zu dem Lichtschein und läutete.

Der Mann, der die Tür öffnete, war jung und trug schwarze Priesterhosen und ein Polohemd. Bobby zog eine Grimasse, als er das Krokodil auf seiner Brust und den Wave-Haarschnitt sah. Kein Mexikaner und auch kein Ire; vermutlich ein Typ mit einer sozialen Ader. »Sind Sie ein Priester?« fragte er.

Der Mann musterte Bobby von Kopf bis Fuß. Er steckte seine Hände in die Taschen, und Bobby wußte, daß er nach Kleingeld suchte. »Ich will kein Almosen,« sagte er. »Geld ist so ungefähr das einzige, wovon ich jede Menge habe. Ich möchte beichten. Nehmen Sie die Beichte ab?«

»Ja, nachmittags an Wochentagen,« sagte der Priester. Er faßte in seine Brusttasche, zog eine Brille heraus und setzte sie auf. Bobby fühlte sich seinem Blick ausgesetzt und sah, wie er seine tintenbefleckten Arme und Gesicht und das Hemd von Duane Rice, das an ihm hing wie ein Zelt, registrierte. »Bitte, Pater, bitte.«

Der Priester nickte und bewegte sich mit einer auffordernden Handbewegung an Bobby vorbei auf den Gehsteig. Bobby folgte ihm zur Kirche. Der Priester schloß die Tür auf, schaltete dabei ein Licht ein und ging nach innen. Bobby wartete an der Tür und murmelte Ave Marias vor sich hin, stürzte dann die Treppen hoch und benetzte sich mit dem geweihten Wasser aus dem Taufstein neben der hintersten Kirchenbank. Als er sich zum Altar beugte und ein Kreuz schlug, rutschte die Einkaufstüte aus seinen Armen. Ein Bündel Zwanziger fiel auf den Boden, und er stopfte sie in seine Taschen und ging zu dem samtenen Vorhang, der die Beichtkammern von der eigentlichen Kirche trennte.

Der Priester war in der ersten Kammer. Bobby zog die Gardinen beiseite, ließ die Tüte fallen und kniete vor der Trennwand nieder, die ihn vor seinem Beichtvater abschirmte.

Die Klappe wurde aufgeschoben, und Bobby konnte sehen, wie sich die Lippen des Priesters bewegten, als er sagte: »Bist du bereit für die Beichte?«

Bobby räusperte sich und sagte: »Erteilen Sie mir Ihren Segen, Pater. Meine letzte Beichte liegt ungefähr fünf oder sechs Jahre zurück, außer daß ich ein paar Beichten abgenommen hab, als ich so 'ne religiöse Schwindeltour laufen hatte. Ich gab mich als Priester aus, aber ich habe immer versucht, fair zu sein zu den Simp – ich meine den Leuten, die ich reingelegt habe. Was ich meine – «

Bobby lehnte seinen Kopf gegen die Trennwand. Als er sah, daß seine Lippen beinahe die Lippen seines Beichtvaters berührten, schnappte er nach Luft und brachte sich wieder in eine kerzengerade Position. Ave Marias vor sich hinmurmelnd, brachte er das, was er sagen wollte, in die richtige Reihenfolge. Als er den Priester husten hörte, preßte er seine Handflächen zusammen und senkte seinen Kopf. Dann begann er.

»Ich habe viele Todsünden begangen und mich schuldig gemacht. Ich hatte diesen Telefonschwindel laufen, wo ich mich als Priester ausgab und mir im Namen Gottes Geld unter den Nagel gerissen habe, und ich habe Brüche gedreht, und haufenweise Tiefschläge angebracht, als ich Boxer war. Manchmal rieb ich Harz auf meine Handschuhe in den Rundenpausen, so daß der Arsch – daß es die Augen der Gegner zur Sau machte, wenn ich auf Kopfjagd ging. Ich habe eine Bank ausgeraubt und eine Frau vergewaltigt und eine üble, böse Sexscheiße mit einer anderen Frau gemacht, und ich habe eine Frau niedergeschossen und getötet, und – «

Bobby hielt inne, als er den Priester Ave Marias singen hörte. Er drosch mit den Handflächen auf die Trennwand und schrie: »Hör mir zu, Mutterschänder! Das ist meine verfluchte Beichte, nicht deine!«

Schweigen beantwortete den Ausbruch. Dann sagte der Priester: »Beende deine Beichte, und ich werde dir deine Buße kundtun.«

Die Strenge in der Stimme des Kleinkinderbeichtvaters gab Bobby den nötigen Mumm, *es* auszusprechen, die große Sache, die ihm endlich klargeworden war. »Ich habe einen Bruder,« sagte er. »Jünger als ich. Er ist schwach, weil ich ihn schwach gemacht habe. Ich beging eine schreckliche Todsünde mit ihm, als wir Kinder waren, und ich habe seither versucht, es wieder gut zu machen, indem ich auf ihn achtgebe, wo ich ihn doch statt dessen schon vor Jahren hätte freigeben sollen, damit er auf eigene Beine kommt. Ich habe mich immer schuldig gefühlt, dafür, daß ich ihn haßte, weil ich wußte, daß es *mich* umbrachte, auf seinen Arsch achtzugeben. Sehen Sie, ich meinte immer, er wußte, was ich getan hatte, daß er aber Angst davor hatte, es auszusprechen, wegen dem, wozu es uns machen würde. Dann, klaro habe ich heute nacht endlich geschnallt, daß er sich einfach nicht mehr daran erinnerte, weil's so lange her war, was bedeutet, daß ich die ganze Zeit, die ich verbr – «

Der Priester unterbrach, seine Stimme ungeduldig und streng, wie die Stimme eines Beichtvaters sein sollte. »Interpretiere nicht. Sage mir die Sünde.«

Bobby sprach *es* aus und klang dabei in seinen eigenen Ohren wie ein alter Richter im Fernsehen, der lebenslänglich verkündet. »Als wir Kinder waren, habe ich den Kleinen immer festgebunden, damit ich rausgehen und spielen konnte. Eines Tages kam ich zurück und sah, daß er sich vollgemacht hatte, weil er ja nicht aufstehen konnte. Das ganze Bett war naß, und es erregte mich irrsinnig und ich zog seine Hosen herunter und berührte ihn.«

»Und das ist deine schreckliche Todsünde? Nach all den anderen Sachen, die du gebeichtet hast?«

Jetzt vernahm Bobby *Ekel.* »Interpretieren Sie nicht, Pater, es sind meine Sünden. Meine.«

»Sprich die Buße, und ich werde dir deine Buße geben,« flüsterte der Priester.

Bobby senkte den Kopf und zwang den zweiten Teil seiner Strafe in einem englischen Akzent heraus, wie es ihm die alten irischen Schwestern beigebracht hatten. »Oh mein Gott, ich bereue herzlichst, daß ich mich wider Dich versündigt habe. Ich bereue all meine Sünden, denn ich fürchte den Verlust des Paradieses und die Pein der Hölle. Aber am meisten, daß ich gegen Dich gesündigt habe, oh Gott, der du gnädig bist und meine Liebe verdienst. Mit Deiner Gnade erlöse mich, und ich gestehe all meine Sünden und tue Strafe und Buße mein Leben lang. Amen. Nun, Pater?«

»Ich erteile dir die Absolution,« sagte der Priester. »Deine Buße sind gute Taten für den Rest deines Lebens. Beginne bald, denn du hast viel wiedergutzumachen. Gehe hin und sündige nicht mehr.«

Bobby hörte, wie sein Beichtvater durch die Vorhänge glitt und aus der Kirche ging. Er ließ ihm ausreichend Zeit, zurück zum Pfarrhaus zu kommen, stand dann auf, hob die Einkaufstüte auf und lächelte über ihr Gewicht. »Beginne bald«, klang in seinen Ohren, Auf wackeligen Beinen gehorchte er.

Der Klingelbeutel befand sich an der Seitenwand nahe den hinteren Kirchenbänken, eisenbeschlagen, aber zu klein, um sechzehn Riesen Bußknete zu fassen. Bobby machte sich trotzdem daran, Geld in den Schlitz zu stopfen, große Hände voll Hunderter und Zwanziger. Scheine glitten aus seinen Händen, als er das tat, und er fragte sich, ob er die ganze Tasche einfach beim Altar liegen lassen sollte, als er angestrengtes Atmen hinter sich hörte. Er sah über seine Schulter. Duane Rice stand vor der Tür. Die Prophezeiung aus dem Jahrbuch seiner Highschool kam ihm in den Sinn: *»Wird's mit größter Wahrscheinlichkeit nicht machen«,* und mit einem Mal sah Duane-o mehr wie ein Priester aus als der *Puto* mit dem tuntigen Alligatorenhemd.

Bobby ließ die Tüte fallen und sank auf die Knie: Rice schraubte den Schalldämpfer auf seine 45er und trat zu ihm. Er hob die Tüte auf und setzte die Waffe an die Schläfe des Haifischmannes; Bobby wußte, daß er es ihm noch einmal zeigen mußte, wenn er einen guten Abgang haben wollte. Er brachte ein wahrhaftiges Superduper-Kichern und »Dadadada« heraus, bevor Rice mit seinem Hirn die Wände verzierte.

26

Joe saß in einer Nische in Ben Franks Coffeeshop und zwang eine Cheeseburgerplatte hinunter. Durch das getönte Fenster aus Tafelglas sah er zu, wie Anne auf dem Parkplatz in ein Münztelefon sprach. Er versuchte von ihren Lippen abzulesen, aber sie war zu weit weg, und entferntes Sirenenplärren aus dem Osten lenkte ihn immer wieder ab. Die Mahlzeit brachte ihm nicht die erhoffte Ruhe; die Corvette, die er in einer Seitenstraße zwei Blöcke von hier losgeworden war, hatte seine Abdrücke auf dem ganzen Lenkrad und dem Armaturenbrett. Hubschrauberlichter und Sirenen gaben dem Randgebiet von Hollywood und dem Strip die Aura eines Kriegsgebietes. Der Nervenkitzel, die Gangschaltung eines gestohlenen Wagens zu meistern, war abgeebbt, und Anne hatte jetzt schon ein Dutzend Vierteldollarmünzen an das Telefon verfüttert bei dem Versuch, ihre »guten Musikfreunde« zu kontaktieren, die ihnen »aus der Klemme helfen würden«. Die schwarzen Luden am nächsten Tisch sprachen von einer Schießerei auf Gardner und Barrikaden und pumpgunbewehrten Cops oben bei der Hollywood Bowl. Einer von ihnen wiederholte andauernd: »Wahrhaftig verfluchte Bullenhitze«, und Joe wußte, daß es ihm runterging wie Honig, weil die Bullenhitze nicht nach ihm griff. Jedes Wort, jedes kleine bißchen Lärm, von den Kriegsgeräuschen bis hin zu Kellnerinnen, die mit Geschirr klapperten, erinnerte ihn wieder an Stan Kleins Gesichtsausdruck, als er mit dem Messer zugestochen hatte. Das war zwar schlimm, aber er wußte, es war nur eine zeitverzögerte Reaktion, so was wie Schock. Was es schrecklich machte, war, daß ihm seine Musik in den Rücken fiel: *»And death was a thrill on Suicide Hill«*, lieferte ihm die Musik, zu der die Bilder des Mannes, den er getötet hatte, durch seinen Kopf tanzten.

Joe fühlte, wie sich in ihm auf einmal alles umdrehte. Er sprang auf, stieß gegen den Tisch und warf dabei sein Essen auf den Boden. Die Zuhälter lachten, als Pommes Frites auf die Beine eines vorübergehenden Kunden purzelten, und Joe rannte in die Toilette und erbrach seine Mahlzeit im Spülbecken. Er hielt sich mit einer Hand an der Wand fest, drehte den Wasserhahn auf und übergoß seinen Kopf mit kaltem Wasser. Sein Magen hob und senkte sich, und seine Brust dehnte sich und zog sich mit kurzen, heftigen Atemzügen wieder zusammen. Er sah sich im Spiegel an und wandte sich ab, als er Bobby sah, genau so wie der immer aussah, nachdem er im Olympic den Arsch vollgehauen bekommen hatte. Aufrecht stehend verpaßte er sich einen weiteren Wasserguß, wischte sein Gesicht mit einem Papierhandtuch und ging zurück ins Restaurant.

Eine Bedienungshilfe räumte die Sauerei an seinem Tisch auf; die Zuhälter machten sich über ihn lustig. Joe wich der Schweinerei aus und rannte zur Tür heraus. Hinter ihm brüllte der Kassierer: »Ihre Rechnung!« Auf dem Gehsteig hielt er Ausschau nach Anne. Sie war nicht beim Münztelefon, und sie war nicht auf dem Parkplatz. Dann sah er sie auf der anderen Straßenseite, wo sie gerade mit hüftmahlenden Tanzbewegungen, die an die vorbeifahrenden Wagen gerichtet waren, eine Gruppe von Nutten auf die Plätze verwies.

Joe rannte achtlos über den Sunset; eine Mercedes Stretch-Limo hielt vor Anne, und sie stieg ein. Die Verlängerte bog hart rechts, und Joe rannte und fegte gerade noch rechtzeitig um die Ecke, um zu sehen, daß sie einen halben Block weiter unten parkte. Als er dahin lief, hörte er männliches Sexgrunzen vom Rücksitz erschallen. Dann überdeckte eine Disko-Melodie das Grunzen, und der Chauffeur stieg aus und stellte sich neben den Wagen, bemüht, möglichst unberührt von der ganzen Sache zu wirken. Der Zorn wischte alle Spuren von Stan Kleins Totenmaske hinweg, und Joe zog sich in einen dunklen Vorgarten zurück, um Wachhund zu spielen und achtzugeben.

Die Limo wackelte eine halbe Stunde in ihrer Federung, während die musikalische Begleitung von Disco zu Reggae überging. Joe bewegte sich hin und her zwischen Tausend-Nadeln-Wachsamkeit und Einnickschläfrigkeit. Völlige Erschöpfung ergriff allmählich Besitz von ihm, als eine Tür knallte, und Anne sich aufmachte, zum Strip hochzuhüpfen. Als sie an ihm vorbeilief, sagte Joe: »Diese Verlängerte hast du wirklich ins Schaukeln gebracht. Jede Nutte, die einen Benz von Kotflügel zu Kotflügel zum Schaukeln bringen kann, muß ein wahrer Profi sein.«

Anne sah angestrengt in die Dunkelheit. Als Joe zu ihr trat, sagte sie: »Ich habe dir doch gesagt, daß ich Sex geben kann, ohne mein Karma zu opfern, und wenn man schon Sex für Geld macht, sollte man seine Sache wenigstens gut machen. Und ich wollte dich nicht im Stich lassen; ich wollte gerade zurück zu Ben Franks.«

Joe kicherte und imitierte dabei die Luden aus dem Coffeeshop. »Das kommt, weil du einen Mann brauchst, der dir sagt, was zu tun ist. Okay. Ich werde dir sagen, was wir jetzt tun. Wieviel hat dir dieser Drecksack im Benz gegeben?«

»Einen Hunderter.«

»Fein. Wir werden ungefähr siebzig davon dafür verwenden, in das Motel neben Ben Franks einzuchecken. Du machst das, und ich folge dir nach hinten. Klaro?«

Anne tänzelte nervös hin und her. »Jetzt fängst du schon an, wie ein harter Bursche zu reden – «

»Die Leute ändern sich.«

»Das mag ja sein, aber dieser Freier hat mir gerade von dieser ganznächtlichen Offenes-Haus-Party in der Bude irgendeines Filmmoguls erzählt. Der Bursche war früher ein Stammkunde von mir, als ich noch auf den Strich ging. Er ist dick im Videogeschäft, und er mochte mich wirklich. Ich kann dort Geld auftreiben, das weiß ich sicher.«

Joe schüttelte den Kopf. »Erst besorgen wir uns eine Bleibe. Los.«

Ohne ein Wort ging Anne vorn weg, zurück zum Strip. Joe sah, daß sie deprimiert wirkte, aber insgeheim war er froh, daß er das Kommando übernommen hatte. Von der Rückseite des Parkplatzes von Ben Franks beobachtete er, wie sie ins Büro des Motels ging, beim Nachtportier bezahlte und sich einen Schlüssel griff, dann heraus auf die Straße und in den Innenhof ging. Als der Portier seufzte und sich wieder seinem Taschenbuch zuwandte, folgte er.

Sie wartete auf ihn im Eingang eines Zimmers im Erdgeschoß, eine Hüfte angezogen, einen Ellbogen auf den Türrahmen gelegt, und sah aus wie ein böses kleines Mädchen, daß zum Ficken geboren war. Sie lächelte und verlagerte ihr Gewicht; ihr Preppy-Kleid fiel zu Boden und enthüllte riesige, dunkle Vertiefungen quer über ihrem Bauch. Joe bewegte sich auf sie zu, um die Pose zu zerschlagen und sie wirklich werden zu lassen.

Anne wehrte sich gegen die sanften Küsse auf den Hals und gegen die sanfteren Hände, die versuchten, das Kreisen ihrer Hüften zu stoppen. Sie verhielt still wie ein Stein und sagte: »Nutten reagieren nicht auf Sanftheit. Nutten bumsen wie Karnickel.«

Joe sagte: »Ssst,« ließ seine Hände unter ihr Hemd gleiten und zog sachte Kreise auf ihrem Rücken. Anne seufzte, fing sich dann und sagte: »Nutten lieben nicht, sie vollziehen den schmutzigen Hundeakt.«

Ihr eigenes Wortspiel ließ sie kichern und die Hände auf den Mund drücken, und Joe biß in ihren Hals, bis sie begann, unkontrollierbar aufzuquietschen. Eine Stimme vom nächsten Stock rief: »Los, ihr Turteltauben, los!« und Anne fing an zu weinen. Joe wußte nicht, was die Tränen sollten, und so hob er sie hoch und trug sie zum Bett. Applaus und Pfiffe prasselten hernieder, als er die Tür schloß und zuriegelte. Als er sich umdrehte, war Anne nackt, und er weinte.

27

Der Gestank verwesten Fleischs zog ihm in der Sekunde, in der er durch die Türe trat, durch die Nase.

Lloyd wandt sich zu Rhonda Morell und sagte: »Warte hier«, und warf dann einen Blick auf die gewölbte Diele, die bis oben hin mit Videogeräten vollgestopft war. Er zog seine 45er und ging dem Gestank nach.

Es war ein toter Mann, der Rhondas Beschreibung von Stan Klein entsprach. Er lag in der Mitte eines großen Wohnzimmers voller elektrischer Geräte – Videorecorder, Fernseher, Computer-Terminals und Videospiele. Der Leichnam war völlig blutleer, der Griff eines Schnappmessers ragte aus seinem Magen, und der Teppich unter ihm war dick mit getrocknetem Blut verkrustet. In seiner rechten Hand war eine kleinkalibrige automatische Pistole. Die Messerwunde bedeutete Tod durch Erstechen; der Gestank und das ausgelaufene Blut wiesen darauf hin, daß der Mord vor mindestens 24 Stunden stattgefunden hatte. Lloyd hielt ein Taschentuch vor sein Gesicht und wußte, daß diese Nacht niemals vorüber sein würde.

Er ging zu Rhonda, die immer noch an der Tür stand. »Geh hin und identifiziere die Leiche. Werd bitte nicht hysterisch.«

»Kommt daher dieser gräßliche Gestank?«

»Schlaues Mädchen.«

»Bin ich verhaftet?«

»Ich halte dich als wichtige Zeugin fest. Versuche mich anzuscheißen, und ich werde ein Delikt für dich zusammenbasteln, daß du einige Jahre lang die Beine nicht mehr breit machen kannst. Deinetwegen bin ich fast draufgegangen. Sei dankbar, daß ich so ein sensibler Bulle bin.«

Rhonda musterte Lloyd langsam von Kopf bis Fuß. »Du siehst sonderbar aus. Völlig abgedreht. Wann kann ich heim?«

»Später. Geh jetzt und identifiziere den Toten.«

Rhonda ging ins Wohnzimmer und stieß ein damenhaftes Kreischen aus; Lloyd fand ein Telefon in der Diele und wählte Hollywood Station an. Dutch Peltz meldete sich »L. A. P. D.« und Lloyd merkte an seiner Grabesstimme, daß er Angst hatte.

»Hier ist Lloyd, Dutch, was ist los?«

»Die verfluchte Hölle ist los,« sagte Dutch. »Es gab eine Schießerei auf Sunset und Gardner. Die zwei Beteiligten entkamen, und der eine von ihnen schnappte sich einen Wagen und fuhr dann damit einen meiner Männer über den Haufen. Er starb auf der Notstation des Zentralkrankenhauses. Der Mörder entkam zu Fuß, und der Mann, dessen Wagen er sich gegriffen hatte, hat ihn anhand der Phantomzeichnung des weißen Bankräubers identifiziert. Zwei meiner Leute stürmten vor einer halben Stunde seine Bude – im Bowl Motel auf Highland. Niemand war dort, aber sie fanden zwei 45er Automatics. Dann, und ich kann es immer noch nicht glauben, wurde eine Leiche gefunden, und zwar in einer verfluchten Kirche drei Blöcke vom Motel und eine halbe Meile von der Stelle entfernt, wo der Beamte umgefahren wurde. Er war 26, Lloyd. Er hatte eine Frau und vier Kinder, und er ist verflucht tot!«

Die Nachricht der zwei Toten und Dutchs Trauer gaben Lloyds noch verbliebener Ruhe den letzten Rest. Die Nacht stürzte sich von allen Seiten auf ihn, und er begann auf den Füßen zu wanken, der Gestank des Todes drang vom Wohnzimmer her auf ihn ein, massierter Wahnsinn über die Telefonleitung. Schließlich erreichte ihn Dutchs »Lloyd! Lloyd! Lloyd! Zur Hölle, bist du noch dran?« und er war in der Lage zu antworten: »Ich habe nicht den blassesten Schimmer, wo ich bin. Hör mal, sind irgendwelche Personenfahndungen eingeleitet worden?«

»Nein. Der weiße Mann hat sich im Motel unter einem offensichtlichen Alias eingetragen – John Smith.«

Lloyd ordnete seine Gedanken und beschloß, Stan Klein der Todesstatistik der Nacht nicht hinzuzufügen. »Dutch, Fred Gaffaney und mindestens zwei seiner Metro-Irren stecken tief in dieser Sache drin, nur deshalb sind keine A. P. B. s durchgegeben worden. Sie – und ich – kennen die Namen der drei Täter. Sie – «

»Was!«

»Jetzt hör mir zu, zur Hölle! Ich war einer der Beteiligten an der Schießerei auf Gardner. Ich dachte, ich könnte den weißen Mann allein fertig machen. Ich hab's verpatzt, und er entkam.«

»Was!«

»Mach mir deswegen keinen Kummer, du verdammter Sack! Es war die einzige Möglichkeit. Habt ihr die Leiche aus der Kirche identifiziert?«

Mit dumpferer Stimme, als Lloyd sie je gehört hatte, sagte Dutch, »Überall, wo du hintrittst, ist nichts als Scheiße. Der Tote ist Robert Ramon Garcia, Mexikaner männlichen Geschlechts, Alter 34. Ist er einer der drei?«

»Ja.«

»Gib mir die zwei anderen Namen.«

Lloyd unterschrieb seine eigene Mordanklage. »Der weiße Mann ist Duane Richard Rice, geb. 16. 8. 56. Der andere Mexikaner ist Joe Garcia, der Bruder des Toten. Hier draußen ist die Hölle los, Dutch.«

»Das weiß ich. Zum größten Teil deinetwegen. Jeder einzelne meiner Männer ist auf den Straßen, zusammen mit den halben Nachtbesatzungen von Rampart und Wilshire. Ich führe hier mit zwei Reservisten das Revier.«

»Willst du mir helfen, oder willst du schmollen?«

»Ich will vergessen, daß du das gesagt hast. Was brauchst du?«

»Erstens, was hast du von Intelligence über Gaffaney erfahren?«

»Gaffaney steckt im Department tief in der Scheiße«, sagte Dutch. »Die Intelligence Leute haben ihn am Wickel, weil er Schulbeamte bestochen hat, die Zeugnisse seines Sohns aufzumotzen, damit der auf die Akademie konnte. Anscheinend war der Junge ein langjähriger Hühnerdieb mit einer Menge verrückter religiöser Glaubensvorstellungen. Außerdem züchtet sich Gaffaney einen riesigen, quer durch alle Departements reichenden Machtapparat heran – rechtsradikale harte Hechte von Metro, I. A. D. und verschiedenen uniformierten Einheiten. Zu welchem Zweck, weiß ich nicht.« Lloyd verdaute diese Information und sagte dann: »Ich brauche eine Gefälligkeit.«

»Du brauchst immer Gefälligkeiten. Ich vergaß, noch zu erwähnen, daß just in dem Moment, wo hier auf einmal alle tausend Schrecknisse der Hölle zugleich losbrachen, irgend so ein Kerl ins Revier kam und nach dir suchte. Er sagte, er habe Informationen über die ersten beiden Bankraube. Er hat über dich gelesen, und über die Belohnungen, und er möchte reden. Ich wollte ihn schon dahin schicken, wo der Pfeffer wächst, aber dann sagte mir einer meiner Detektive, daß er zwei Verurteilungen wegen bewaffneten Raubüberfalls habe. Ich habe ihn hier in einer Zelle. Verlange deine Gefälligkeiten gefälligst schnell; ich will diese Namen rausschicken.«

»Ich will alle vorhandenen Unterlagen über die drei Namen, plus Anne Vanderlinden, weiße Frau, in den Zwanzigern«, sagte Lloyd. »Archiv, Bewährungsunterlagen, Haftakten. Du hast das nötige Sagen, dafür die entsprechenden Leute aus den Betten zu schütteln, und du kannst einen deiner Reservisten die Wege machen und die Unterlagen dann bei meiner Bude abliefern lassen.«

Jetzt klang Dutchs Stimme ungläubig. »Ja, willst du denn nicht auf der Straße sein für diese Sache?«

Lloyd sagte: »Nein. Ich habe das Gefühl, als sei ich nur noch Millimeter entfernt vom größten Bock, den ich je geschossen habe, und wenn ich jetzt auf die Rutsch geh, fallen mir alle Tassen aus dem Schrank. Diese ganze Sauerei hat so viele absonderliche Haken und Ösen, und wenn ich die nicht geordnet bekomme, werde ich nicht überleben, und ich will einfach nachdenken. Halt die Finger auf diesem Kerl für mich, ich bin in fünfzehn Minuten auf dem Revier.«

»Was meinst du damit: ›Du wirst nicht überleben‹?«

»Ncin. Frag nicht noch mal.«

Lloyd hängte ein und sah nach Rhonda. Er fand sie an einem offenen Fenster stehen und eine Zigarette rauchen und sagte: »Los. Erwähne zu niemandem etwas von Stan Klein, und vielleicht kannst du immer noch ein bißchen Geld an der Sache verdienen.«

»Wovon sprichst du?«

»Überleben.«

»Wessen Überleben?«

»Das ist das Komische daran. Ich weiß es nicht.«

Vor Hollywood Station fesselte Lloyd Rhonda mit Handschellen ans Lenkrad und sagte: »Ich bin nicht länger als eine halbe Stunde weg. Solange ich weg bin, denke nach über Rice und seine Freundin, und wo sie hingehen würden, wenn sie Schiß hätten.«

»Ohne Handschellen kann ich besser denken.«

»Dein Pech, ich traue dir nicht, und solange Rice noch frei herumläuft, bist du in Gefahr.«

»Das ist lachhaft. Er hat mich nicht durch die ganze Stadt geschleift und mit Handschellen gefesselt.«

Lloyd knallte die Wagentür zu und ging ins Revier. Ein uniformierter Reservist bemerkte ihn auf der Stelle, reichte ihm ein Bündel Papiere und sagte: »Captain Peltz trug auf, Ihnen auszurichten, daß er beschäftigt ist, aber er hat den anderen Reservisten losgeschickt, Ihre Unterlagen zu holen. Hier habe ich ein Memo und die Daten dieses Scherzbolds für Sie, der Sie sprechen will. Er ist in einer Zelle.«

Lloyd nickte, und las das Memo zuerst.

> An: *Det. Sgt. L. Hopkins, Abt. Kapitalverbrechen*
> Von: *Det. Lt. E. Hopper, West Valley Sitte*
> *Sergeant – betreffend Ihrer Nachfrage nach unseren Amtsbereich betreffenden Aktivitäten von R. Hawley und J. Eggers haben uns Informanten berichtet, daß beide Männer seit langer Zeit intensiv spielen und daß von ihnen bekannt ist, daß sie Buchmacher aus dem Valley-Gebiet frequentieren. Hawley soll sporadisch Schulden durch ein »Anteilsarrangement« mit Blankoschecks bezahlen, von denen der Informant annimmt, daß sie gestohlen sind. Ein anderer Informant gibt an, daß Eggers ebenfalls Schulden mit Blankoschecks bezahlt hat. Vor etwa sechs Wochen.*
> *Hoffe, das hilft – Hopper.*

Lloyd fühlte, wie er *die Verbindung* endlich greifbar hatte und wandte sich zu einem Vorstrafenregister in Dutchs Handschrift.

> *Shondell Tyrone McCarver, Schwarzer männlichen Geschlechts, geb. 29. 11. 48. Alias »Soul«, Alias »Daddy Soul«, Alias »Sweet Daddy Soul«, Alias »Soul King«, Alias »Sweet King of Soul«. Verurt.: Besitz gef. Drogen – (zwei) – 12. 6. 68, 27. 1. 71. bew. Raubü. – (zwei) – 8. 9. 73, 31. 7. 77. Auf Bew. entl. 16. 5. 83 – seither sauber – d. p.*

Kopfschüttelnd sah er den Beamten an und sagte: »Finsterer Nigger?«

Der Reservist sagte: »Mehr so 'ne Art flotter Aufschneider.«

»Gut. Öffnen Sie die Tür in sechzig Sekunden und schließen Sie sie dann wieder.«

Der Beamte machte eine Kehrtwendung und ging zu der elektrischen Schalttafel, und Lloyd schlenderte durch den Appellraum in den Haupttrakt. Als er die gerahmten Fotografien im Dienst getöteter Beamten der Hollywood Division passierte, stellte er sich im Geiste einen weiteren Rahmen neben ihnen vor und das schwarzbeflaggte Revier. Er wußte, daß er sich mit Zorn aufputschte, um seinem Verhör den nötigen Zunder zu geben, und daß es nicht klappte – um zwei Uhr morgens in der längsten Nacht seines Lebens war Routine alles, was er aufbringen konnte. Abgesehen von etwas Gebrabbel aus den Ausnüchterungszellen, war das Gefängnis ruhig. Lloyd sah seinen Mann auf der untersten Pritsche einer Zelle auf der Seite des Laufstegs, die Erregern Öffentlichen Ärgernisses vorbehalten war, liegen. Die Tür ging mit einem Dröhnen auf, und der Mann schüttelte sich wach und lächelte. »Ich bin Sweet Daddy Soul, der Patriarch des Rock and Soul«, sagte er.

Lloyd trat ein, und die Tür schloß sich knarrend hinter ihm. Er schätzte den Mann ab. Er sah einen gutmütigen Scherzkeks, der sich für gefährlich hielt und es vielleicht sogar war. »Nicht heute nacht, McCarver.«

Shondell McCarver glättete die Revers seines Mohair-Jacketts. »Ein andermal, vielleicht?«

Lloyd setzte sich auf das Schränkchen und zog Stift und Notizblock hervor. »Nein. Du hast gesagt, du hast Informationen, und du hast einschlägige Erfahrungen, also höre ich dir zu. Aber komm zur Sache, bevor ich das Interesse verliere.«

»Sie wissen, daß ich hinter der Belohnung her bin.«

»Du und jeder andere. Schieß los.«

»Ein paar Brüder, die ich kenne, sagten, sie wären immer gut für freundschaftlichen Kontakt.«

»Spar dir das Gesülze und komm zur Sache.«

McCarver legte die Füße übereinander und verschränkte die Arme hinter dem Kopf. »Schätze, die haben sich geirrt. Wie wär's denn damit, als Appetitanreger: Wette, Sie haben keinen Schimmer, wie die Burschen, die das Geiselschnäppchen gedeichselt haben, auf den Trichter mit den Freundinnen gekommen sind. Kann man das so sagen?«

Lloyds Erschöpfung fiel von ihm ab; plötzlich mobilisierte geistige Reserven ließen seinen Kopf schwirren. »Ich bin interessiert. Fahr fort.«

»Die Schnäppchen sind auf meinem Mist gewachsen«, sagte Shondell McCarver. »Bis vor ungefähr zwei Wochen hatte ich bei diesen Italianos einen Job als Rausschmeißer. Eine temporäre Sache, so alle zwei Wochen, für zweihundert Murmeln die Nacht. Im wesentlichen war es so eine Chose, wo sie versuchten, die Freudenhäuser der guten alten Zeit aus New Orleans und so wieder zu erschaffen. Für einen Hunderter Eintrittsgeld kriegst du gratis eine raisonable Menge Koks, Topnutten, eine Chance mit ein paar Halbprofessionellen, Würfelspiele, Poker mit hohem Einsatz, alte Alikämpfe auf Großbildschirmen, Bumsfilme, Nacktschwimmen, Sauna. Was – «

»Wo?« sagte Lloyd.

»Dazu komme ich noch,« sagte McCarver und dehnte dabei die Worte aufreizend. »Das Plätzchen war ein großes Haus im Topanga Canyon. Die zwei Kerle von der Bank, Hawley und Eggers, brachten ihre Tussen zu den Partys. Sie – «

»Wie oft fanden die statt?«

»So alle zwei Wochen. Egal, da waren also diese verspiegelten Schlafzimmer, Sie wissen schon, fürs Romantische. Die waren alle mit Abhöranlagen versehen, und einer meiner Jobs bestand darin zu lauschen, nach guten Börsentips und so. Da habe ich Hawley und Eggers mit ihren Flittchen reden hören und gecheckt, daß Haley aus den Schalterfächern stibitzte. Immer noch interessiert, Mr. Po-Li-Zist?«

Lloyd fiel ein, daß Peter Kapek die hohen Barabhebungen von Hawley und Eggers erwähnt hatte. »Wurden am 17. Oktober und am 1. November Parties geschmissen?«

McCarver lachte. »Sicher doch. Ich habe ein Super-Duper-Zahlengedächtnis. Wie wissen Sie das?«

»Spielt keine Rolle, rede einfach weiter.«

»Egal, ich hörte also, wie Hawley seiner Fluppe seinen Schwindel verklickerte. Er erzählte ihr, daß die Greenbacks über Nacht in den Schaltern gelassen werden und – «

Lloyd unterbrach ihn: »Wußtest du, daß Greenbacks der Name einer Reisescheckmarke ist?«

McCarver klatschte sich aufs Knie und sagte: »Ist das nicht zum Schießen? Scheiße. Ich las das in der Zeitung, und es machte mich verflucht froh, daß ich nie dazu kam, meinen Plan in die Tat umzusetzen. Egal, ich denke also, er redet von Barem. Er erzählt der Fluppe, daß er an bestimmten Morgen vorzeitig in die Bank geht, die Greenbacks aus den Schalterschubladen flitzt, mit dem Duplikat eines Sparbuchs, das irgendeiner senilen alten Schnalle mit dicker Kohle gehört, eine Überweisung tätigt, Rechnungsbelege fälscht, so daß die Bilanz wieder stimmt und es wie eine Barabhebung der Schnalle aussieht, die natürlich Hawley ist.

Nun, Hawley hat Schiß, denn die Tour zieht nur, wenn die Schnalle nicht schnallt, daß ihr Zaster abgeht, und er hat gehört, daß die Verwandten der alten Dame gerade dabei sind, sie entmündigen zu lassen, um selber die Finger nach den verfluchten Murmeln auszustrecken. Also schüttet Hawley vor seiner Torte seine Seele aus, und – ohne daß er es verflucht weiß – vor mir.«

Lloyd sah von seinem Notizblock auf. »Was ist mit Eggers?«

McCarver sagte: »Dazu komme ich noch. Wie auch immer, ich habe den Plan ausbaldowert, der dann letztlich von diesen Burschen, hinter denen Sie her sind, verwendet wurde. Ich habe Hawley tagelang beschattet, zugesehen, wie er die Greenbacks flitzt – und dabei gedacht, es wäre Bargeld, – zugesehen, wie er sein Nümmerchen mit den Belegen, dem Sparbuch und dem Computer abzog. Und ich denke mir, ›zu schade, daß es nur einen dieser Schwindler gibt‹, als mir dieser Buchmacher, der für das Haus arbeitet, erzählt, daß Eggers mit der Rückzahlung seiner Spielschulden schwer im Rückstand ist. Also denke ich mir, ›geschenkt‹ und bringe den Buchmacher dazu, daß er Eggers zu demselben Schwindel drängt, den Hawley abzieht. Dann beschatte ich Eggers, und der Teufel soll mich holen, wenn der nicht losgeht und dieselbe Tour dreht. Schmeckt's?«

Lloyd sagte: »Schmeckt. Aber du hast Eggers niemals mit Bargeld in den Händen gesehen, richtig?«

»Richtig. Seine Hände waren beim Klauen nicht zu sehen. Ich habe einfach angenommen, daß es Bares sein mußte, weil er ja doch Hawleys Vorgehensweise folgte.«

»Und es war vor ungefähr sechs Wochen, daß du dem Buchmacher auftrugst, Eggers so weit zu bringen?«

»Ja. Woher wissen Sie das?«

»Spielt keine Rolle, rede weiter.«

»Wie auch immer, ich habe den Italianos niemals etwas davon erzählt, und ich habe den Entführungsteil der Sache echt gut ausgecheckt – die Bleiben der Torten, die Bleiben der Manager, die ganze Chose. Dann legte ich mir einen Partner zu, der sich dann entschloß, eine Schnapsladen auszunehmen und dafür hochgenommen wurde. Folgen Sie mir soweit?«

»Ich bin dir voraus«, sagte Lloyd. »Faß es zusammen.«

McCarver zündete eine Zigarette an, hustete und sagte: »Mein Genosse ist ein Super-Duper-Partner. Ein bißchen ungestüm, aber solide. Nur daß er ein mutterschänderisches Plappermaul ist, was zwar nicht so schlimm ist wie ein Spitzel, aber noch lange nicht gut. Als ich nun darüber las, wie mein Plan verwendet wurde, rief ich meinen

Genossen in Folsom an, erreichte ihn, weil er einen bequemen Job als Ordnungskraft hat. Ich sagte: ›Wen zum Teufel noch mal hast du mit deinem fetten mutterschänderischen Maul vollgeblubbert?‹ Er sagt: ›Wer, ich?‹ Ich sagte: ›Ja, du, Mutterschänder, denn mit wem auch immer du getrascht hast, er hat meinen Plan und noch einen zweiten verwendet, und vier Leute, inklusive zweier Bullen, getötet, und auf seinen Arsch sind siebzig Riesen Belohnung ausgesetzt.‹

Also erzählt mir mein Genosse, daß er mit zwei Iren im Hochsicherheitstrakt des neuen County-Gefängnisses gesprochen hat – Frank Ottens und Chick Geyer. Ich denke mir also, wahrhaftig, die sind bullenmordende Mutterschänder. Dann mach ich mal halblang und denke: ›Was, wenn diese Burschen nun mit jemand anderem taperten, und wahrhaftige Information aus dritter oder vierter oder verfickt fünfter Hand für die Umsetzung meines Plans verantwortlich war?‹ Also rufe ich das Gefängnis an, und die sagen mir, Ottens und Geyer sind immer noch im Sicherheitstrakt und tragen dort ihre kleinen Händel aus. Also, großer Mann, finden Sie heraus, mit wem Ottens und Geyer plauschten, und Sie finden Ihre verfluchten Copkiller. Nun, ist das ein Super-duper-Tip oder ein Super-duper-Tip?«

Lloyd stand auf und streckte sich. Was vor 24 Stunden noch den Durchbruch in dem Fall gebracht hätte, war jetzt Schnee von gestern. Der Sicherheitstrakt schloß an den Irrentrakt an, wo Duane Rice bis vor zwei Wochen inhaftiert gewesen war, Gordon Meyers hatte dort Nachtschicht gehabt und Rices Haß auf sich gezogen, als Mitglied des gesamten Raubplanes oder aus irgendeinem anderen Grund – Schnee von gestern auch das, denn Meyers war tot, und es war unwahrscheinlich, daß Rice die Nacht überlebte. Jeder, der in diese verworrene Sauerei verwickelt war, war tot oder vom Tode gezeichnet, ihn eingeschlossen. Unerklärlicherweise dachte Lloyd an Louie Calderons »Der Junge war nur zu verängstigt, um nein zu sagen. Lassen Sie nicht zu, daß sie ihn töten!« Er sah McCarver an und sagte: »Ein Super-Duper-zu-später-Tip, aber ich gebe dir jetzt einen Super-Duper-Rat: Mach in Zukunft leise einen Bogen um Cops, denn mit uns wird nichts mehr so sein, wie es einmal war.«

McCarver sagte: »Was soll's«, und Lloyd ging hinaus zu seinem Wagen und der Zeugin in Handschellen. Als er wegfuhr, war ein Reservistenteam dabei, schwarze Flaggen an die Vordertüren zu hängen.

Als er eine halbe Stunde später in seine Auffahrt bog, sah Lloyd neben seiner Küchentür einen Stapel offizieller L. A. County-Aktenumschläge. Er schaltete den Motor aus und sagte zu Rhonda: »Du bleibst bei mir, bis Rice getö – ich meine gefangen worden ist.«

Rhonda rieb sich die Handgelenke: »Was, wenn mir die Unterkunft nicht paßt? Außerdem hast du vor einem Weilchen auch Geld erwähnt.«

Lloyd stieg aus dem Wagen und deutete auf die Tür. »Später. Ich muß jetzt etwas lesen. Du bleibst still sitzen, während ich das tue, und dann werden wir uns unterhalten.«

Die Aktenumschläge waren dick und schwer mit Papieren. Als er sie aufhob, fühlte Lloyd sich von einem Haufen polizeilicher Daten getröstet. Er schloß die Tür auf, knipste das Licht an und wies Rhonda herein. »Mach's dir irgendwo bequem, – hier unten.«

»Was ist mit oben?«

»Da ist abgesperrt.«

»Warum?«

»Spielt keine Rolle.«

»Du bist merkwürdig.«

»Warte nur schön geduldig, okay?«

Rhonda zuckte mit den Achseln und machte sich daran, die Küchenschränke zu öffnen und zu schließen. Lloyd trug die Umschläge ins Wohnzimmer und ordnete sie auf dem Kaffeetisch an. Er registrierte, daß die Unterlagen vom L. A. County-Besserungs-Department, dem L. A. County-Bewährungs-Department, dem County-Bewährungsbüro und der Strafrechtsbehörde des Staates Kalifornien stammten. Die Seiten waren nicht nach den Namen seiner vier Verdächtigen geordnet, und er mußte sie erst einzeln aufstapeln – einen Stapel für Duane Rice, jeweils einen für die Garcia Brüder, einen für Anne Vanderlinden. Nachdem das vollbracht war, ordnete er sie nach den ausstellenden Behörden, oben auf die Vorstrafenregister aus dem Archiv. Dann, durch Rhondas Hantiererei in der Küche in der Konzentration kaum beeinträchtigt, lehnte er sich zurück, um zu lesen, nachzudenken, und Pläne zu schmieden, in der Hoffnung, harte Tatsachen zu einer Art Erlösung zu verknüpfen.

Duane Richard Rice, vierfacher Polizistenmörder, wuchs in den Wohnblöcken von Hawaian Gardens auf, machte seinen Schulabschluß auf der Bell High, hatte einen I. Q. von 136. Die erste seiner zwei Verhaftungen war wegen Totschlags im Straßenverkehr. Er hatte als Mechaniker in einer Sportwagenniederlassung in Beverly Hills gearbeitet und die Kontrolle über einen Wagen verloren, mit dem er eine Probefahrt machte, und zwei Fußgänger getötet. Er floh zu Fuß vom Unfallort, stellte sich aber später am selben Abend der Polizei von Beverly Hills. Da Rice keine Vorstrafen hatte und weder Drogen noch Alkohol im Spiel waren, bot ihm der Richter eine Strafe von fünf Jahren auf Bewährung an unter der Voraussetzung, daß Rice tausend Arbeitsstunden Sozialdienst ableistete. Rice beschimpfte den Richter mit Obszönitäten, und dieser nahm die Aussetzung zurück und verurteilte ihn zu fünf Jahren in der kalifornischen Jugendstrafanstalt in Soledad.

In seiner Zeit in Soledad weigerte sich Rice, an Gruppen- oder Einzeltherapie teilzunehmen, beschäftigte sich intensiv mit asiatischen Kampfsportarten und arbeitete in der Fahrzeugwerkstatt der Haftanstalt. Er war kein disziplinarischer Problemfall; er knüpfte keine erkennbaren »engen Gefängniskontakte«. Er war nicht Mitglied der Arischen Bruderschaft oder anderer gefängnisspezifischer Rassengangs und enthielt sich homosexueller Beziehungen. Man beurteilte ihn als »potentiellen Erfolgstyp mit hoher Intelligenz und dem Potential, sich zu einem hochmotivierten jungen Erwachsenen zu entwickeln«, und nachdem er drei Jahre seiner Strafe verbüßt hatte, wurde er auf Bewährung entlassen.

Rices Bewährungshelfer hielt ihn für »verschlossen« und »potentiell impulsiv«, war aber beeindruckt von seiner harten Arbeit als Vorarbeiter in einer Midas-Muffler-Filiale und seinem völligen Vermeiden des »Lebensstils eines Kriminellen«, und so ließ ihn der Beamte, als Rice später wegen eines Falles von schwerem Autodiebstahl verhaftet wurde, nicht wegen eines Verstoßes gegen die Bewährungsauflagen belangen. Er erwähnte in einem Brief an den Richter, daß »ich der Meinung bin, daß dieser Straffällige unter psychologischem Zwang handelt, der von seiner Beziehung zu der Frau, mit der er zusammenlebte, herrührte«.

Rice bekam ein Jahr County-Gefängnis, wurde ins Malibu Fire Camp geschickt und zeigte während der Steppenbrände von Agoura spektakuläre Tapferkeit. Sein Bewährungshelfer und der Richter, der seinen Fall verhandelt hatte, gewährten ihm als Resultat seiner »Besserung« einen Straferlaß, und er erhielt drei Jahre formelle County-Bewährung und wurde aus dem Gewahrsam entlassen.

Lloyd legte die Akte von Rice zur Seite und wandte sich den Unterlagen über seine Freundin zu.

Vanderlinden, Anne Atwater, weiße Frau, geb. 21. 4. 58 in Grosse Pointe, Michigan, hatte eine Akte, die nur spärliche drei Seiten enthielt. Sie war zweimal wegen Besitzes von Marihuana verhaftet worden und hatte dafür geringe Geldstrafen und zur Bewährung ausgesetzte Haftstrafen erhalten, und dreimal wegen Prostitution. Sie bekam zwei Jahre förmliche Bewährung als Folge ihrer zweiten Verurteilung und hatte sich nach ihrer dritten Verhaftung aus einer Anklage wegen Verstoßes gegen Bewährungsauflagen freigekauft, indem sie L. A. P. D.-Detectives über einen »mutmaßlichen Autodieb« informierte. Mit traurigem Kopfschütteln verglich Lloyd das Datum der fallengelassenen Anklage gegen Anne mit dem Datum von Rices Verhaftung wegen schweren Autodiebstahls. Drei Tage dazwischen; Vandy hatte also den Mann verzinkt, der sie liebte.

Die übrigen zwei Stapel lasen sich wie die Chronik einer unheimlichen Bruderbeziehung, mit noch unheimlicheren Informationslükken. Robert Garcia, während seiner niederlagenreichen Boxkarriere bekannt als Bobby »Boogaloo« Garcia, der »Barrio-Bluter«, war Boxmanager gewesen, Besitzer eines Münzwaschsalons und einer Hotdog-Bude, während die Tätigkeiten seines Bruders Joseph als »Boxmanagerassist.«, »Wäschereiassist.« und »Bratkoch« aufgeführt waren. Die Brüder waren nur einmal verhaftet worden, zusammen, für einen einzelnen Einbruch, obwohl man sie verdächtigte, noch andere begangen zu haben. Nach dem Schuldspruch wurden beide zu neun Monaten im County-Gefängis verurteilt und saßen die Zeit gemeinsam auf der Wayside Honor Rancho ab. In Wayside kamen die gegensätzlichen Persönlichkeitsbilder der Brüder deutlich zum Vorschein. Lloyd las ein halbes Dutzend Berichte von Beamten der Besserungsanstalt durch und erfuhr, daß Robert Garcia eine Disziplinarstrafe erhalten hatte, weil er versucht hatte, Wärter dahingehend zu bestechen, seinen Bruder in den »soften« Trakt zu legen, wo jugendliche Häftlinge, die für sexuellen Mißbrauch gefährdet erschienen, untergebracht waren; und daß er, nachdem diese Bestechung zurückgewiesen worden war, zwei Häftlinge, die im Scherz von Joe als »Spitzenarschfick« gesprochen hatten, tätlich angriff. Als er nach zehn Tagen Einzelhaft aus dem Disziplinartrakt entlassen wurde, verprügelte der Barrio-Bluter dann seinen eigenen Bruder und erzählte einem Psychiater, daß er es getan hatte, »damit der Kleine ein bißchen härter wird«. Als Bobby wieder in Einzelhaft gelegt wurde, zündete Joe seine Matratze an, um auch in den Disziplinartrakt zu kommen, in Rufdistanz seines Bruders, der ihn schützte und mißhandelte.

Diese Fakten waren unheimlich, aber die Abwesenheit von Fakten über die letzten fünf Jahre der Brüder war noch seltsamer. Ausgehend von Christine Confreys Beschreibung und den Archivdaten, war der verstorbene Robert Garcia ganz offensichtlich der »Hai«

gewesen, aber er war nie wegen irgendwelcher Sexualdelikte verhaftet worden, und seine Neigung zur sexuellen Abartigkeit war auch sonst nirgends in seiner Akte erwähnt. Sowohl er als auch sein Bruder wurden nach ihrer Entlassung aus Wayside unter Bewährungsaufsicht gestellt und meldeten sich pflichtgemäß bis zum Ende der Bewährungszeit. Aber bei keinem war eine Anstellung erwähnt. Nur ein Fakt ergab einen Sinn: Als »aktenkundiger Umgang« der Garcias war Luis Calderon aufgeführt. Lloyd hielt die langsam in Gang kommenden FBI-Ermittlungen in Sachen Calderon für richtig, bevor das Gemetzel in der Bank alles über den Haufen geworfen hatte. Die Verbindung war da gewesen und hatte nur darauf gewartet, daß jemand sie entdeckte.

Aber niemand kam darauf, weil an dieser Todesspirale eine Korrektheit, ein Hauch der Unvermeidbarkeit war. Lloyd erschauderte bei dem Gedanken, nahm dann die Anregung auf und spann den Faden weiter, bis er die losen Enden des Falles zu einem kompakten aber antiklimaktischen Paket verknüpft hatte.

Nachdem Rice den Polizisten mit dem requirierten Wagen getötet hatte, war er zu Fuß in den näheren Umkreis des Bowl Motels gelangt, stieß auf der Straße auf Bobby Garcia, wo er ihn nicht risikolos umlegen konnte, folgte ihm dann in die Kirche und tötete ihn. Warum? Der Grund war bedeutungslos. Joe Garcia, der »große«, »lieb ausschauende« Mexikaner, der laut Zeugen in der Bank »niemanden erschossen hatte«, war auch der mexikanische *puto,* der, wie Rice Rhonda erzählt hatte, mit der Freundin von Rice aus Stan Kleins Bude abgehauen war. Der einzige, der nicht so recht reinpaßte, war Klein. Rice war dort, um sich sein Mädchen zu greifen, vermutlich bewaffnet mit einer schallgedämpften 45er. Aber Klein wurde mit einem Messer getötet. Joe Garcia war auch dort gewesen, aber er machte nicht den Eindruck eines Killers, egal, ob man nun über ihn las, hörte oder es nur fühlte, und schon gar nicht nach seiner Handlungsweise/Auftreten.

Wieder echoten die Worte von Louie Calderon: »Lassen Sie nicht zu, daß die ihn töten.« Lloyd legte die Papiere nieder und rief: »Rhonda, komm her.«

Rhonda trat ein. »Reden wir jetzt endlich vom Geld?« sagte sie.

Lloyd nickte und sah zu, wie sie sich in Janices liebsten zurückgelassenen Sessel setzte. »Genau. Fragen und Antworten, aber zuerst dies: Wenn du von anderen Polizisten befragt wirst, erwähnst du weder den Namen von Stan Klein noch irgend etwas über diesen ›mexikanischen Puto‹, von dem du mir erzählt hast. Klar?«

»Klar, aber warum?«

»Ich bin mir nicht sicher, es ist nur so ein Trumpf in der Hinterhand, den ich einsetzen will.«

»Wovon sprichst du?«

»Spielt keine Rolle. Erste Frage: Als dich Rice heute anrief, erwähnte er diesen Mexikaner mit Namen, oder sagte er sonst was über ihn, oder wo seiner Annahme nach er und Vandy hingegangen sein konnten?«

»Das ist leicht: nein, nein und nein. Alles, was er sagte, war: ›Dieser mexikanische Puto ist mit Vandy abgehauen, und du mußt mir helfen, sie zu finden.‹«

»Okay. Du sagtest, Rice wolle, daß du irgendwelches Geld abholst. Hat er gesagt, wo?«

»Nein.«

»Er hat also einfach angenommen, daß, weil du und Anne zusammen auf den Strich – «

»Wir haben nicht zusammen bei Silver Foxes gearbeitet, ich habe sie nie getroffen. Wir bewegen uns nur in demselben Kreise und kennen zum Teil dieselben Leute, und wir haben beide viele große Tiere aus dem Musikgeschäft als Kunden gehabt. Außerdem arbeitet Vandy jetzt nicht bei Silver Foxes. Sie hat es vor zwei Monaten im Oktober gesteckt.«

»Weshalb bist du dir des Datums so sicher?«

»Nun... ich habe Duane die Information über Vandy und Stan Klein auf eigene Faust beschafft und ich dachte mir, wenn er dafür zahlt, zahlt er mir vielleicht auch etwas für eine Liste Vandys versammelter Stammkundschaft, und so sah ich letzte Woche, als ich im Büro war, in ihrer alten Akte nach und schrieb sie mir heraus. Ich wollte sie heute abend Duane verkaufen, weißt du...«

»Seine Eifersucht ausnutzen?«

»So würde ich es nicht nennen.«

»Denkst du, wenn ihr in jeder Hinsicht der Arsch auf Grundeis ginge, würde sie zu irgendeinem der Männer auf der Liste laufen?«

»Ich würde darauf wetten. Da ist ein Bursche, ein Produzent, der Vandy immer für Motivpartys benutzt hat. Gegen Spitzenbezahlung. Der käme stark in Frage.«

»Wieviel kosten dein Schweigen und die Liste?«

Rhonda zog ein Stück Papier aus ihrem Mieder. »Duane ist geliefert, oder? Ich meine, ihr Burschen werdet ihn früher oder später töten, oder?«

»Schlaues Mädchen. Wieviel?«

»Einen runden Tausender?«

Lloyd holte sein Scheckbuch vom Eßzimmertisch und schrieb Rhonda Morell einen Scheck über tausend Dollar aus. Er gab ihn ihr, und sie lächelte nervös und sagte: »Soll ich immer noch hier bleiben?«

Lloyd sah von dem Lächeln weg. »Mach, daß du rauskommst,« sagte er.

Die Tür wurde leise geöffnet und geschlossen, und hohe Absätze klapperten zur Straße hin. Lloyd hob das Blatt auf, das Rhonda dagelassen hatte, sah eine Liste von vier Namen, Adressen und Telefonnummern, und blickte dann auf sein Telefon. Er griff schon danach, als ihm eine innere Stimme sagte: »Denk nach«, und ihn inne halten ließ. Er gehorchte und setzte sich in Janices Sessel, der immer noch von dem Silbernen Fuchs warm war. Er war geliefert, weil er Duane Rice nicht kaltblütig töten konnte. Rices Untergang war von allen Seiten besiegelt, und Jesus-Fred Gaffaneys Untergang im Department war besiegelt. Er würde zweifellos seine Beweise für den Mord während der Aufstände in Watts auf dem Präsentierteller darreichen, als Selbstrettungstaktik – ein legendärer L. A. P. D.-Detective als jugendlicher Mörder war ein gefundenes Fressen für die Medien, und das Department würde teuer zahlen, um die Enthüllung zu vertuschen. Wenn die hohen Tiere kapitulierten, würden sie darauf aus sein, mit allen nur denklichen Mitteln das Gesicht zu wahren, und er würde ohne vorzeitige Pensionierungsregelung entlassen, während Jesus-Fred seinen Captains-Rang behielt und abgeschoben wurde auf irgendeinen letzten Vorposten, wo ihn eine neue Generation von Hexenjägern bis zum Tod oder zur Pensionierung an der kurzen Leine hielt. Wenn sich Gaffaney mit seiner Information an die Öffentlichkeit wandte, als Zivilist oder als Polizist, erhob die Grand Jury Anklage gegen ihn oder nicht, aber so oder so erfuhren es dann Janice und die Mädchen, und seine lokale Berühmtheit würde bis zum Erbrechen ausgenutzt werden.

Lloyd dachte an die anderen Opfer: die Familien der toten Cops, Hawley und Eggers und ihre auseinanderfallenden Ehen, Sally Issler und Christine Confrey, die inmitten verzweifelter Deklarationen zukünftiger Treue wie heiße Kartoffeln fallengelassen worden waren. Die Bankangestellte und ihre Lieben, und der Riesenhaufen harmloser Leute von der Straße, die zum Spießrutenobjekt für Tausende von Polizisten voller ohnmächtiger Wut werden würden, weil drei der ihren umgelegt worden waren, und es nichts gab, was sie dagegen tun konnten.

Lloyd fühlte sich tot und begraben und dachte an Watts und den albernen Idealismus, der ihn durch den Aufstand hindurch und in den Job gebracht hatte. Er hatte sich selbst überzeugt, daß er Unschuld schützen wollte, wo er doch in Wirklichkeit nur durch die Gosse kriechen wollte, auf der Suche nach Abenteuern; er hatte sich selbst ein Programm schlauer Weisheiten über die gerechte Herrschaft des Gesetzes angedreht wo er doch in Wirklichkeit die Düsternis, die zu verachten er vorgab, genießen wollte, mit seiner Familie und Frauen als Sicherheitspuffern, wenn das Dunkel ihn zu verschlingen drohte.

Um seinen Zugeständnissen den Unterton des Versagens zu nehmen, versuchte Lloyd, sich den greifbarsten Beweis seines Erfolges ins Gedächtnis zu rufen – die Gesichter der Unschuldigen, denen als Resultat seiner Rammbockaktionen Kummer erspart worden war. Keines erschien, und er wußte, es war, weil ihr Wohlbefinden nur eine Rationalisierung seines Raubritterbegehrens war.

Das letzte Eingeständnis warf ein entscheidendes Licht auf den Überlebensplan, an dem er schon die ganze Nacht in seinem Kopf herumbosselte. Lloyd lachte laut auf, als er realisierte, daß es einen schlicht und einfachen Grund dafür gab, daß er es nicht auf die Reihe bekam – er hatte gedacht, er sei derjenige, den er retten wollte. Jetzt, wo er wußte, er war es nicht, nahm er den Hörer hoch und wählte eine schmerzlich vertraute Nummer.

»Hollywood Station, Captain Peltz am Apparat.«

Dutchs Stimme klang angespannt und dünn, aber es war nicht die untröstlich schmerzerfüllte Stimme von vor zwei Stunden. Bemüht, oberängstlich und entschuldigend zu klingen, sagte Lloyd: »Dutch, wir stecken tief in der Scheiße.«

»Eine deiner selten blöden Sprüche. Was willst du?«

»Schon irgendwelche Fahndungsresultate?«

»Nein, aber in ganz Hollywood sind Straßensperren und Hubschrauberpatrouillen, und wir haben Rices Wagen, einen 78er Trans Am, den er vor fünf Tagen gekauft hat. Er war einen Block von der Stelle geparkt, wo ihr eure Schießerei hattet. Wenn er noch in diesem Areal ist, ist er so gut wie tot. Hast du – «

»Ich habe dir einen falschen Namen gegeben, Dutch. Joe Garcia war an den Raubzügen und den Morden nicht beteiligt. Ich kann jetzt nicht ins Detail gehen, aber der dritte Mann ist ein Bursche namens Klein. Rice hat ihn gestern umgebracht.«

Dutchs Grabesstimme fiel sechs Fuß tiefer: »Oh, Jesus, nein.«

»Oh, Jesus, ja. Und hör zu: Gaffaney und seine Klapsköpfe hatten seinen Namen und alles, was dazu gehört, Stunden, bevor das Rundschreiben rausging, und die scheren sich einen feuchten Kehricht, ob er unschuldig ist, oder – «

»Lloyd, alle Daten über die Täter sagen, ein weißer Mann, zwei Mex – «

»Gott verfluchtnochmal, hör zu! Rice ist der weiße Mann. Bobby Garcia ist Mexikaner, Klein, der andere Tote, ist groß und sieht wie ein Latino aus. Und er ist tot. Alles, was wir haben, ist Rice auf freiem Fuß, und er ist ein professioneller Autodieb und vermutlich schon raus aus der Gegend.«

»Wie sicher bist du dir über das alles?«

Lloyd versuchte, leicht erzürnt zu klingen. »Ich bin der Beste, Dutch. Das wissen wir beide, und ich weiß, Joe Garcia ist unschuldig. Willst du mir helfen, oder willst du, daß ihn einer meiner Männer niederknallt?«

Langes Schweigen drang durch die Leitung. Lloyd stellte sich vor, wie Dutch die Chancen abwog, daß unschuldige Menschenleben ins Schußfeld schießwütiger Cops gerieten. Schließlich sagte er: »Du gottverfluchter Kerl, was willst du?«

Ein Ruck ging durch Lloyds Magen; er wußte, es kam daher, daß er seinen besten Freund mit einer glatten Lüge manipulierte. »Garcia befindet sich höchstwahrscheinlich mit der Freundin von Rice auf der Flucht«, sagte er. »Eine blonde, weiße Frau, Mitte Zwanzig. Gaffaneys harte Hechte wissen nichts von ihr, weil ich es gerade selbst erst herausgebracht habe. Die Garcia Brüder haben keine Angehörigen, und der eine a. K. in ihrer Akte ist ein Waffenhändler, der sich bereits in Gewahrsam befindet. Ich nehme also an, daß sie zu den Freunden von ihr laufen werden. Ich habe eine Liste der Namen vier in Fragekommender. Ich möchte, daß die vier Buden von erfahrenen Beamten überwacht werden. Sag ihnen, sie sollen Garcia und die Frau ohne Gewaltanwendung festnehmen.«

Wieder eine lange Pause, dann Dutchs Stimme, kalt und sehr geschäftsmäßig: »Ich ordne das an. Ich werde vier unmarkierte Fahrzeuge zu den Buden beordern und lasse sie bis acht Uhr stillhalten, dann schicke ich eine Ablösung, wenn die Tagschicht beginnt. Allerdings rede ich von klar zu erkennenden unmarkierten Wagen. Es ist keine Zeit, die Männer aufs Revier kommen zu lassen, um ihre Privatwagen holen zu lassen. Und ich möchte einen vollen Bericht über diesen Klein – und zwar schnell.«

Lloyd nahm Rhondas Liste hoch und las sie langsam vor. »Marty Cutler, 1843 Gretna Green, Brentwood; Roll Your Own – Productions, 4811 Altera Drive, Benedict Canyon. Das muß ein Haus sein – ist eine reine Wohngegend da unten. Noch eine Adresse ohne Namen – Plastic Fantastic Rock and Roll, 2184 Hillcrest Drive, Trousdale Estates – das ist auch eine reine Wohngegend. Zuletzt dann Tucker Wilson, 403 Mabery, Santa Monica Canyon. Hast du's?«

»Hab's. Das sind alles fette Stadtadressen. Was – «

»Die Freundin von Rice ist ein teures Callgirl. Das sind frühere Kunden von ihr. Meine Quelle hat einen Stern hinter die Trousdale-Adresse gesetzt, und sie sagte, daß irgendein Produzent besonders stark in Frage käme. Übernimm du von da an.«

»Tu ich. Was wirst du tun?«

Lloyd sagte: »Mir einen Weg ausdenken, um viele Ärsche ins Trockene zu bringen«, und hängte ein. Er sah auf die Tür vor ihm und das Telefon neben seiner rechten Hand. Er wußte, der Weg durch die Tür bedeutete einen Trip zu Stan Kleins Haus, um mögliche Fingerabdrücke von Joe Garcia wegzuwischen, um seine 45er in Kleins Leiche abzufeuern und die verschossenen Patronen wieder herauszuholen. Wenn der Tote noch ein paar Tage vor sich hinfaulte, war der Gerichtsmediziner, der dann die Autopsie durchführte, nicht mehr in der Lage zu entscheiden, ob der Messerstich und die Schußwunde gleichzeitig zugefügt wurden. Die bewährten 45er Löcher und die Kugeln, die direkt durch den Körper und den Boden hindurch in das vermutliche Erdgefüge gedrungen waren, würden, wenn man sie nicht fand, der Waffe von Duane Richard Rice zugeschrieben werden. Es war ein Beweisansatz, und wenn Maden Kleins Gesicht anfraßen, konnte den Augenzeugen aus der Bank keine Totenaufnahme gezeigt werden. Vielleicht waren keine anderen Fotos von Klein verfügbar, und Joe Garcias Bild, höchstwahrscheinlich eine sechs Jahre alte Karteiaufnahme von seiner Einbruchsache, wurde vielleicht nicht identifiziert. Wenn er Louie Calderon mit Bitten und Tauschhändeln dazu bringen konnte, seine Aussage zu ändern, und dafür sorgte, daß Joe Garcia aus der Stadt kam, ohne hochgenommen zu werden oder an einer Gegenüberstellung teilnehmen zu müssen, überlegte »der Kleine« vielleicht.

Lloyd starrte immer noch auf die Tür und wußte, daß sie dafür stand, die Nacht damit zu beenden, sich McManus Nekrophilenkategorisierung zu verdienen, indem er einen Leichnam schändete und im Schmutz umher kroch. Es mußte getan werden, aber je länger er auf die Tür starrte, desto drohender türmte sie sich wie eine eisenbeschlagene Barriere vor ihm auf.

Und so nahm er den Hörer auf, hoffte, daß der Liebhaber seiner Frau nicht aus dem Schlaf gerissen wurde und an den Apparat ging.

Seine Hände zitterten, als er die Nummern wählte, und als er ein Tuten hörte, schluchzte er schon. Nach dem dritten Läuten ertönte eine Nachricht vom Anrufbeantworter: »Hi, hier spricht Janice Hopkins. Die Mädchen und ich haben uns auf die Socken gemacht, aber wir sollten vor Weihnachten wieder zurück sein.« Es folgte eine kurze Pause, dann Pennys Stimme: »Der Wald ist schön, dunkel und tief. Hinterlassen Sie nach dem Piepzeichen eine Nachricht.«

Unfähig, durch seine Tränen hindurch zu sprechen, hängte Lloyd auf und wählte die Nummer wieder und wieder, bis die Wiederholung der Nachricht ihn über die Tränen hinaus einlullte, und er mit dem Telefon in der Hand einschlief.

28

Die Geldtüte an die Brust geklammert, suchte sich Rice einen Fußweg zu Silver Foxes und dem Trans Am. Er stolperte durch dunkle Hinterhöfe, kletterte über Zäune und rollte sich jedes Mal zur Tarnung zusammen, wenn ein Hubschrauberscheinwerfer irgendwo in seine Nähe kam. Straßensperren auf dem Sunset nördlich von ihm und auf dem Fountain im Süden schlossen ihn ein, und als er sich tief duckte und über eine Wohnstraße nach der anderen sprintete, konnte er sehen, wie auf den breiten Schnellstraßen Wagen durchsucht wurden.

Aber hier, im Schoß alter Häuser mit Hinterhöfen und von Apartmentgebäuden, die durch blocklange Zementmauern miteinander verbunden waren, war er unsichtbar und in Sicherheit. Die Cops erwarteten, daß er motorisiert war. In den drei Stunden, seit er über Haischiß-Bobby gestolpert war und ihn ins Jenseits geblasen hatte, war er in der Dunkelheit geblieben wie ein Nachttier und hatte sich im Schutz der Schatten und mit Ruhepausen alle drei Blöcke tiefer in die Gefahrenzone vorgearbeitet. Sein Kopf schmerzte immer noch von seinem K. O., und die Welt tanzte vor seinen Augen, wenn Licht an sie kam, aber die Perkodan/Exedrin-Speedballs, die er unmittelbar vor seinem Zweikampf mit dem Bullen zu sich genommen hatte, hielten den Schmerz nieder und seine Körpersäfte am Kochen. Er war immer noch funktionsfähig, und wenn er es zu seinem Wagen schaffte, konnte er immer noch fahren.

Und er konnte immer noch denken.

Als er aus einer langen Einfahrt kam, stellte sich Duane eine imaginäre Landkarte vor, und schätzte, daß es noch zwei Blöcke bis zu

Silver Foxes waren. Wenn sein Glück anhielt, waren seine Zulassungspapiere nicht in den Computer der Kfz-Behörde eingegeben worden, und die Bullen wußten nicht, daß der Trans Am ihm gehörte, und das Bürofenster der Callgirlzentrale, das er in tausend Stücke geschossen hatte, verschaffte ihm Zugriff zu einer Art Akte über Vandy – und die schmierigen Rockfritzen, zu denen sie gerannt sein konnnte. Wenn das Büro bewacht war, war er mit seiner 45er immer noch ausreichend gerüstet für die Bullen.

Das Landkartendenken gab ihm einen neuen Schub. Es juckte ihn, dort zu sein, und er lockerte seinen Griff um die Tüte, um sie noch fester zu packen und dann schnurstracks zu seinem Ziel durchzuspurten. Als sie sich unter seiner Berührung leichter anfühlte, sah er am Boden der Tüte nach und entdeckte ein großes Loch. Er steckte seine Hand hinein und merkte, daß mehr als die Hälfte des Geldes herausgefallen war.

Rice ertappte sich dabei, daß er schreien wollte, und umklammerte die Tüte so fest er konnte, und rannte los, über die Straße und den Gehsteig und durch eine andere Auffahrt und einen anderen Hof zurück. Er ignorierte einen Hubschrauberscheinwerfer, der nur drei Häuser weiter suchte, schwang sich über einen efeubedeckten Maschenzaun und rannte hinaus auf die Straße. Er wollte weiterlaufen, als er am Rande seines wackligen Horizontes etwas Lavendelfarbenes aufblitzen sah und als *daheim* registrierte.

Rice graste mit den Augen die Gardner Avenue nach Anzeichen von Gefahr ab. Auf beiden Seiten der Straße war nichts, und kein Copwagen, markiert oder unmarkiert. Als er das Hurenhaus näher beäugte, sah er, daß eine schwarze Plane das demolierte Vorderfenster bedeckte. Er betätigte einen imaginären Schalter mit der Aufschrift »Vorsicht«, stellte die Geldtüte auf den Boden, merkte sich die Stelle und zog dann die 45er aus dem Hosenbund. Er holte tief Luft und ging zu Silver Foxes.

In dem Vierparteienhaus waren keine Lichter an. Rice überprüfte noch einmal die Leuchtanzeige auf seiner Uhr, sah, daß es drei Uhr vierzig war und ging im Geiste alles noch einmal durch: Wie sich die Hurenherren nach der Schießerei gut stellten mit den Bullen und Handwerker besorgten, die das Fenster vorübergehend richteten, bis es richtig repariert werden konnte, dann alles, was inkriminierend sein konnte, beseitigten und sich schließlich davon machten. Der Gedanke, keine Akten mehr vorzufinden, brachte ihn dem Schreien nahe, und er rannte zu der Plane, faßte die Befestigungen auf der rechten Seite mit beiden Händen und zog.

Die Plane löste sich und krachte auf den Rasen. Rice stieg in das Fenster, fand den Lichtschalter an der Wand und betätigte ihn.

Die Verteilerzentrale war eine von Kugeln zerstörte Ruine, große Stücke der weißen Wand waren herausgerissen, der Plastikschreibtisch von Querschlägern zerdellt und angeknackst. Rice erinnerte sich an einen Rolodex-Ordner und suchte den Raum erfolglos danach ab, dann durchwühlte er die Tischschubladen. Er fand nur unbeschriebenes Papier und Filmrollen, erhob sich, um nachzudenken, und entdeckte direkt hinter der Toilettentür ein altmodisches Aktenschränkchen.

Alle drei Laden waren verschlossen. Rice trat zur Seite und schloß die Tür bis zum Lauf seiner 45er, so daß nur der Schalldämpfer innerhalb der Toilette war. Er feuerte siebenmal auf das Schränkchen, und die leisen Plopplaute tönten wie erstickter Donner. Die letzten Schüsse prallten von der Metalloberfläche ab und rissen die Tür in zwei Stücke; durch Pulverdampf hindurch konnte er das Schränkchen auf der Seite liegen sehen. Pappordner quollen daraus hervor.

Rice wühlte durch sie hindurch und sah getippte Namensaufkleber auf dem Rücken und daß die Akten beinahe gänzlich in alphabetischer Reihenfolge herausgequollen waren. Als er durch die R's, S's und T's raste, fühlte er, wie seine Eingeweide schwach wurden. Dann hielt er »Vanderlinden, Anny« in seinen Händen, und er wußte nicht, ob das jetzt gut oder schlecht war, also schaltete er das Licht aus und rannte damit hinaus zum Trans Am.

Aber der war nicht da.

Tretminen, Fallschüsse, Scharfschützen und werwolfsfratzige Bluthunde zuckten durch seinen Kopf, und er warf sich zu Boden wie die Soldaten in den Millionen alter Filme, die er im Fernsehen gesehen hatte. Statt in den Staub, biß er in das Gras neben dem Randstein und wartete auf das Geratter von Maschinengewehren und schaffte es, Vandys Akte zusammen mit seiner 45er in die Hose zu stecken. Als kein Angriff erfolgte, rannte er geduckt zu der Geldtüte und hob sie auf, dann ging er langsam auf die Straßensperre in der Fountain Avenue zu – dem Zentrum seines Hurricanes.

Er hielt sich im Schatten von Veranden und Gebüschen und sah zu, wie der Sperriegel in sein Blickfeld rückte. Der Nord-Süd-Verkehr auf Gardner war blockiert, und zwei Cops standen mit der Waffe im Anschlag, um unschuldige Fahrzeuge durchzuwinken und auf Fliehende zu schießen. Der Ost-West-Verkehr auf Fountain wurde auf dieselbe Weise kontrolliert, aber nur an den Ampeln. Da die nächste Ampel drei Blöcke ostwärts und zwei nach Westen entfernt war, mußte er nur südlich von Fountain gelangen, dort einen Wagen stehlen und losfahren. Rice beäugte Straßensperre und Cops, die zwanzig Yards entfernt waren. Die Sperren waren vermutlich sofort aufgestellt worden, nachdem er den Bullen auf Formosa umgenietet hatte. Sie wußten, daß er ein geschickter Autodieb war, und hatten das Areal bombensicher abgeriegelt. Wenn sie Bobby Haischiß fanden, einen Block vom Boulevard, traten sie vermutlich dort oben diverse Türen ein. Sunset und Franklin waren dicht, wahrscheinlich auch Hollywood und Franklin. Sie hatten nicht ausreichend Männer, um die Straßen weiter südlich zu durchkämmen, und sie dachten vermutlich, daß er ohnehin nicht so weit gekommen sein konnte.

Rice schluckte und sicherte seine drei einzigen Besitztümer: die Waffe, die Akte und die Papiertüte mit dem Geld. Mit dem Gefühl, sie fest bei sich zu haben, senkte er sich zu Boden und rollte sich vom Vorgarten des Eckhauses bis zum Gehsteig und auf die Straße, ein dunkler, pflasterfressender Derwisch. Er sah kurz die Cops, die Rücken zu ihm gewandt, und rollte weiter. Der Schmutz grub sich in seine Wangen und riß die Tüte in Fetzen, bis eine Bargeldspur hinter ihm zurückblieb. Er rollte, bis er zum gegenüberliegenden Gehsteig kam, hob sich dann mit den Ellbogen über den Randstein und ließ sich weiter rollen, bis weiches Gras sein geschundenes Gesicht küßte. Schließlich fühlte er sich sicher genug aufzustehen, und fand sich in dem schönen Vorgarten eines schönen kleinen Hauses, in der Mitte eines schönen kleinen Blocks, der keine Straßensperre an seiner südlichen Kreuzung und haufenweise schöne Wagen hatte, die er stehlen konnte.

29

Auf der Eingangsstufe des großen Hauses glättete Anne Joes Hemdbrust und sagte: »Du siehst wie ein Typ mit echter Street Credibility aus. Ich werde meinen Freunden erzählen, du seist ein Produzent, du hieltest nach Chicano Bands im Barrio Ausschau. Hör einfach der Musik zu, und du wirst dich amüsieren.«

Drinnen dröhnte Punkrock. Joe besah sich den spektakulären Anblick lange, warf einen langen Blick auf die spektakuläre Aussicht: der Strip, der sich ostwärts schlängelte, unter ihnen Beverly Hills, als einzige Beleuchtung das Schimmern von Swimming Pools. »Ich will mich nicht amüsieren«, sagte er. »Wir haben nur noch zwanzig Eier, und wir brauchen Reisegeld. Vergiß das nicht.«

Anne sagte: »Gemacht, harter Bursche«, und drückte ihre Zigarette an einer Matte aus Astroturf aus, auf die »If You don't rock, don't knock« aufgedruckt war. Sie atmete tief ein, dann legte sie wieder los mit ihrem typischen Erkennungsboogie und stieß die Tür auf.

Joe, der etwas langsamer folgte, dachte, er sei zurück versetzt worden ins Lincoln Heights der Sechziger, als die Chicano-Jugendlichen und die Hippies auf Kriegsfuß standen und die eine Seite des North Broadways aus *Bodegas* – mexikanischen Läden – und Billardsalons bestand, die andere Seite jedoch ein Vierundzwanzig-Stunden-Non-Stop Love-In/Dope-In mit Lichtshow war. Während Anne flott in die Szenerie hineinboppte, hielt er sich zurück und suchte nach Details, die bewiesen, daß es 84 war, nicht 68, und daß ihn der Schock nicht in einen lang vergessenen LSD-Traum zurück versetzt hatte.

Das ganze untere Stockwerk war eine zusammengepreßte kostümierte Menschenmasse – Männer in drapierten Zoot-Anzügen und Nazi-Uniformen, Frauen in Gangsterbraut-Aufmachung und Pfadfinderkostümen. Gruppen von Gangstern und Bräuten vollführten einen Slam-Dance mit Nazis und Pfadfinderinnen, während von rechts bunte Lichter blinkten und verschiedene Rockvideos von Großbildschirmen an allen vier Wänden blitzten. Der Refrain »Go down, go down, go down« dröhnte aus quadrophonischen Lautsprechern, und Joes Kopf schwirrte, als er Godzilla beim Angriff auf Tokio ausmachte und Marlon Brando Vollgas auf einer schweren Harley gab, während in Umhänge gehüllte Musiker in seinen Abgasen zu Kreuze krochen. Die anderen Bildschirme waren unscharf, aber er konnte Leute in seltsamem Make-up ausmachen, die fickten und lutschten. Ein Grüppchen von Gangstern stand einem Terzett im Stechschritt marschierender Nazis gegenüber, die Gangsterbräute und Pfadfinderinnen aus dem Weg traten und in Richtung eines Zirkels von Amylnitrat-Schnupfern unterwegs waren. Und Preppy-Anne bahnte sich einen Weg durch all das hindurch und kreischte fortwährend: »Wo ist Mel? Wo ist Mel?«

Joe wußte, sie war hundertprozentig 1984, und stellte sich auf die Zehenspitzen und folgte ihrem auf und nieder hüpfenden rosa Sweater. Er hielt den Kopf gesenkt, als er sich an Fetenden vorbeifummelte, und hoffte, daß sie sein von den Lichtern reflektiertes Gesicht nicht sahen, und wie verängstigt er war. Auf der anderen Seite des Raumes sah er, wie sich Anne aus dem Pulk löste und mit einem Burschen im Butler-Outfit sprach, der sie den Korridor herunter wies. Er glitt selbst aus der Menge und erhaschte gerade noch, wie Anne ein schwach erleuchtetes Zimmer betrat.

Joe ging auf die Tür zu. Als er unmittelbar davor stand, hörte er Anne flehen: »Nur zweihundert, Mel. Mein Schatz und ich müssen L. A. verlassen.«

»Du wirst es ohnehin für Schnee verblasen, Anny«, sagte eine heisere männliche Stimme. »Und ich dachte, du seist mit Stan K. zusammen. Ich weiß ganz genau, daß der nicht knapp bei Kasse ist – ich habe ihm letzte Woche einige Videos abgekauft.«

»Stan und ich haben uns getrennt, Mel. Es war ein bißchen... überstürzt. Mein Neuer und ich müssen fort. Erinnerst du dich noch an Duane?«

»Klar. Disko-Duane, der König der Discount-Wagen. Dein Schatz vor Klein, vor deinem jetzigen Beschäler. Siehst du das Schema dahinter, Süße?«

»Mel, er ist verrückt, und er ist hinter mir her!«

»Ich kann's ihm nicht verübeln, du bist eine Klasse-Stute. Dritte Klasse, aber nichts desto trotz Klasse. Süße, wenn ich dir Geld gebe, wirst du dich mit Koks vollstopfen und im Handumdrehen wieder pleite sein. Draußen gibt's Gratis-Stoff. Bedien' dich.«

Anne kreischte: »Ich habe so ein seltsames Zeug, das ich gefunden habe, eingeworfen, und es wirkt immer noch. Ich brauche keinen Schnee, ich brauche Geld!«

Mel lachte. »Du mußt es dir verdienen.«

»Ich weiß«, sagte Anne. »Ich weiß.«

Joe trat weg von der Tür und fragte sich, warum er sich betrogen fühlte – Anne war bestenfalls eine Affäre für eine Stunde. Als er sich ins Hintere des Hauses zurückzog, kam ihm der Grund auf einmal und traf ihn wie ein Schlag in die Genitalien. Sie ist die Zeugin gegen dich. Sie hat gesehen, wie du einen Mann getötet und einen Wagen gestohlen hast und mit Gangschaltung gefahren bist. Sie weiß nicht, daß du unter der Fuchtel von Bobby standest, sie denkt, du bist genauso finster wie Duane Rice.

Er kam zu einem kleinen Raum neben der Küche. Joe sah hinein und entdeckte einen Burschen, der mit abgedrehtem Ton fernsah. Der Kerl wriemelte auf einer elektrischen Gitarre, während er angesichts einer Bierwerbung leise vor sich hinlachte, und Joe spürte wieder den Ruch der schlechten alten Sixties. Dann erschien zweihundertprozentiges 1984 auf dem Bildschirm, und er wußte, es war eine Halluzination.

Auf dem Bildschirm war Bobby, in Handschuhen und Boxershorts vornübergebeugt in seiner »Boogaloo«-Positur. Joe rannte zum Fernseher und fummelte am Lautstärkeregler herum; der Kerl legte die Gitarre nieder und krakeelte; »He Mann, Mann, ich will es so!« Joe bekam den Ton an, just als von Bobby, dem Boxer, übergeblendet wurde zu Aufnahmen von Sanitätern, die eine tuchbedeckte Bahre aus der Kirche trugen.

»...und Garcia ist die zweite Person, die heute abend im Gebiet von Hollywood ermordet wurde. Sein Leichnam wurde in einer katholischen Kirche auf Las Palmas und Franklin entdeckt, eine halbe Meile von dem Ort, wo ein L. A. P. D.-Beamter von einem Mann in einem gestohlenen Wagen überfahren wurde. Polizeisprecher sagten, daß eventuell eine Verbindung besteht zu dem West-L. A.-Banküberfall vom Montag, bei dem es vier Tote gegeben hatte. In der Zwischenzeit ist eine massive – «

Der Fernseher schaltete zu einer weiteren Bierwerbung – »dies ist für dich, egal was du tust, und dich« – und Joe sah, daß der Kerl mit der Gitarre die Fernsteuerung bedient hatte. »Dies ist für dich«, erschallte und es war keine Halluzination, und er wußte, es war Bobbys Grabinschrift. Er riß dem Kerl die Gitarre aus dem Schoß und stolzierte damit zurück zur Party.

Ganeffs, Gangsterbräute, Nazis und Pfadfinderinnen hatten sich in der Mitte des Wohnzimmers zu einem Kreis aufgestellt. Die Videobildschirme zeigten kein Bild, und die Stroboskoplampen waren durch normale Lichter ersetzt worden. Aus dem Inneren des Kreises erhob sich Mels grobe Stimme: »Damen und Spermien, Little Anny Vandy, schmutzig, scharf, verkokst und geil, vollführt den überhippen Tanz der losen Bürgerstochter!«

Joe hielt die Gitarre am Hals und benutzte den Korpus zum Stoßen und bahnte sich seinen Weg in den Kreis. Dort stand Anne und versuchte sich um die eigene Achse zu drehen und gleichzeitig ihren Sweater auszuziehen. Ihre Augen waren glasig, und ihr ganzer Körper zuckte. Mel stand in weißen Tennisshorts neben ihr und schnippte mit den Fingern.

»Das ist für dich!« und die Bilder von Bobby in seiner Leopardenfell-Boxershort gaben Joe den nötigen Mumm. Er schwang die Gitarre in hohem Bogen auf Mels Kopf und warf ihn in eine Reihe von Zoot-Suit-Trägern und Nazis, dann noch einmal im Stil eines Tennisaufschlags und streifte damit Helme und weichkrempige Fedoras, bevor er den Gastgeber am Hals erwischte. Mel krachte zu Boden, und die Partygäste traten auseinander und wichen zurück. Joe sah, daß es ihnen keine Angst machte oder sie schockierte, sondern daß sie es genossen und daß Anne zur Tür rannte. Er hielt die Gitarre/Waffe an der Mechanik und mit gestrecktem Arm von sich und drehte sich auf einer kleinen Achse im Kreis, drang in die Menge ein und bombardierte sie mit vorbeizischenden Schlägen, die eine Kettenreaktion von Schreien, Kreischern und Beifallsstürmen auslöste. Als ihm die Partygäste mehr und mehr Raum gaben, wurde der Beifall gewaltig. Joe hatte ein ungutes Schwindelgefühl und realisierte, daß die Drecksäcke auf ihn abfuhren.

Er schrie »Bobby!« und schleuderte die Gitarre in ihre Mitte und rannte zur Tür heraus. Als er über den Rasen auf einen rosa Fleck zutaumelte, dachte er, er sähe eine unmarkierte Bullenkarre im Schatten geparkt. Er fühlte sich unverwundbar und zeigte ihnen den gestreckten Finger, rannte, bis seine Preppy-Partnerin nur noch ein paar Meter entfernt war. Er reduzierte das Tempo auf ein normales Gehen, schloß zu ihr auf und klopfte ihr auf die Schulter. Als sie sich umdrehte und ihn mit Twilight-Zone-Augen ansah, schnappte er: »Ich bin kein beschissener Musiker. Ich bin kein beschissener Rock and Roll Idiot.«

30

Das Sonnenlicht auf seinem Gesicht weckte Lloyd gewaltsam. Das Telefon fiel aus seinem Schoß, und er bückte sich, um es aufzuheben. Dann erinnerte er sich an Dutchs versprochenen Überwachungseinsatz und er legte den Hörer an sein Ohr und fing an, die Nummer des Hollywoodreviers zu wählen. Dann kamen statt eines Freizeichens drei kleine Klicks durch die Leitung, und das Telefon fiel aus seinen Händen.

Angezapft.

Gaffaney.

Lloyd rannte nach draußen und sah auf beide Seiten des Blocks. Keine Lieferwagen auf der Straße und keine anderen Fahrzeuge, die groß genug waren, eine mobile Abhöranlage zu fassen. Die Anlage war fest stationiert und mußte von einer Wohnung in der Nähe aus operieren.

Als er sie mit den Augen abtastete, sah Lloyd, wie die gewohnte Landschaft zweistöckiger Häuser und Apartmentgebäude auf einmal bedrohlich wurde. Sein eigenes kleines Haus im Kolonialstil erschien plötzlich anfällig, umgeben von potentiellen Monstern. Dann wurde er auf das wahrscheinlichste Monstrum aufmerksam, und es ließ ihn zusammenzucken: das alte Gebäude im spanischen Stil nebenan, erst kürzlich in Eigentumswohnungen umgewandelt.

Lloyd rannte ins Foyer und besah sich die Briefkästen. Nur eine

Wohneinheit – 7 – hatte kein Namensschild. Er ging den Korridor entlang und fühlte, wie sein Zorn parallel zu den steigenden Nummern ins Maßlose wuchs. Er hoffte auf eine instabile Tür und eine erneute Chance, mit Sergeant Wallace D. Collins den Fußboden zu wischen. Als er einen soliden Türrahmen mit einem Micky-Maus-Schloß vorfand, zog er eine Kreditkarte aus seiner Brieftasche, ließ sie in den Schlitz gleiten und rüttelte am Türknauf. Die Tür ging auf, und er betrat ein muffiges Apartment, in dem nur ein Tisch stand, auf dem sich elektrische Geräte befanden.

Lloyd rief: »Collins«, und griff nach seiner 45er, doch dann zuckte er zurück, weil er wußte, was dieser einfache Reflex bedeutete. Als sein Ruf keinerlei Geräusche zur Antwort hatte, bewegte er sich zum Tisch und untersuchte die Anlage.

Es war ein einfacher Anschluß, ein Abhörgerät an einem Außenkabel, an das ein Kassettenrekorder angeschlossen war, um Anrufe aufzuzeichnen. Ein rotes Licht blinkte auf dem Manual neben dem »Remote Receiver«-Schalter, und ein grünes Licht und die Nummer 12 unter dem mit »Erhaltene Anrufe« bezeichneten Schalter. Lloyd erschauderte, drückte auf den Rücklaufknopf und sah zu, wie sich die Bandspule drehte. Als sie anhielt, drückte er auf »Wiedergabe«. »Hollywood Station, Captain Peltz am Apparat«, erfüllte den leeren Raum und hallte von den Wänden wider wie ein ungerührtes Todesurteil.

Lloyd drückte auf den Stop-Schalter. Gaffaney und seine Irren wußten Bescheid über die Überwachungen und hatten zugehört, wie er zu den unbelebten Stimmen seiner Frau und seiner Lieblingstochter geschluchzt hatte, und da war nichts, was er tun konnte, um es rückgängig zu machen.

Den Rekorder auszuschalten und der Abhöranlage den Saft abzudrehen, verschlimmerte dieses Gefühl von Machtlosigkeit noch. Lloyd ging heim. Das Telefon klingelte, und er hob den Hörer auf, als wäre es etwas, das gleich explodierte.

»Ja?«

»Dutch, Lloyd.«

»Und?«

»Und du schuldest mir einen Bericht, und in diese Callgirl-Zentrale auf Gardner ist gestern nacht eingebrochen worden. Die Akten sind durchwühlt worden, und es sind frische großkalibrige Schußlöcher in den Wänden, und sie müssen von einer schallgedämpften Waffe kommen, weil zwei meiner Männer einen halben Block weiter bei einer Straßensperre postiert waren. Ein Ford LTD ist im nächsten

Block gestohlen gemeldet worden, und es gibt keine Meldung der ersten Überwachungsschicht. Ich habe gerade Einheiten der Tagschicht losgeschickt, um sie abzulösen, also wäre das abgedeckt, und – «

Lloyd hängte ein. Dutchs zorniger Litanei zuzuhören, war gewesen, wie zwei Zügen zuzuschauen, die auf denselben Schienen aufeinander zurasen, beide gelenkt vom vorprogrammierten Autopiloten. Alles, was er tun konnte, war, durch die Trümmer zu patrouillieren und auf Überlebende zu hoffen.

31

Rice steuerte den LTD durch die kurvigen Straßen der Trousedale Estates. Vor seinen Augen verschwamm wieder alles, und er mußte sich Vandys Akte direkt davor halten, um überhaupt die Adresse lesen zu können. Er lenkte mit einer Hand und erinnerte sich an die ersten drei Möglichkeiten – große, dunkle Häuser auf deren gegenüberliegenden Straßenseite jeweils Schmierenschlitten parkten. Wenn er nicht bei jeder Bude vorher eine langsame Runde um den Block gedreht hätte, wäre er schon tot. Dieses Mal mußte er genauso vorsichtig sein.

Er sah angestrengt hin, bis ihm Tränen in die Augen schossen und er in der Lage war, Hillcrest auszumachen. Er versuchte, in seinem Kopf eine Landkarte anzulegen, wie er es in Hollywood getan hatte, merkte dann allerdings, daß das nur funktionierte, wenn man zumindest einen blassen Schimmer hatte, wo man sich befand. Er verlangsamte sein Tempo, bis er nur noch kroch, und hielt angestrengt Ausschau nach Straßenschildern. Es gab keine; Trousedale war ausschließlich für Leute, die wußten, wo sie hinwollten. Er wollte schon das Handschuhfach nach einem Straßenatlas durchstöbern, als ihn ein unmarkierter Matador in entgegengesetzter Richtung passierte.

Also mußte Plastic Fantastic in der Nähe sein. Rice fuhr langsam und und beobachtete, wie der Matador verschwommen in seinem Rückspiegel verschwand. Sich anzustrengen, um die Hausnummer zu entziffern, war nutzlos, verschlimmerte das Verschwimmen und verursachte darüber hinaus noch einen pochenden Kopf und Magenkrämpfe. Er fuhr an den Randstein, stieg aus und ging zu Fuß.

Seine Beine waren wackelig, aber immerhin war er fähig, gerade zu gehen. Gerade zu denken, war schon schwieriger, und er fragte sich fortwährend, warum der Polizeiwagen abgezogen war und ihm freie

Bahn gemacht hatte. Schließlich gab er es auf nachzudenken und ging einfach weiter. Die Vorgärten, an denen er vorbeiging, sahen weich und kuschelig aus, und jedesmal, wenn das Grün durch seinen Tränenschleier drang, mußte er gähnen. Als er nach dem Rest der Aufputschmittel in seiner Brusttasche griff, mußte er feststellen, daß er es bereits geschluckt hatte, und er schnallte, daß es keineswegs besser war, vom Gehsteig aus Ausschau nach Adressen zu halten als vom Auto aus, dafür aber doppelt so gefährlich. Er wollte schon zurück zum LTD gehen, als auf einmal seltsam angetane Leute über eine besonders schöne Rasenfläche liefen. Er ging über den Rasen auf sie zu, und sie glitten an ihm vorbei in einer Flut von Lichtstrahlen, die ihn an Rücklichter auf einem nächtlichen Freeway erinnerten.

Er griff nach ihren Schatten und sprach zu dem, was er von ihren Gesichtern sehen konnte: »Vandy Vanderlinden, kennt ihr die? Habt ihr die gesehen.« Er sagte es dutzendmal und bekam als Antwort nur Gejohle und Pfiffe. Dann waren die Leute weg und, wohin er auch sah, war grünes Gras. Rice hörte Atmen vor sich und rieb sich die Augen, um zu sehen, zu wem er redete.

Die Abwesenheit von Tränen gab ihm den größten Teil seines Sehvermögens zurück, und vor seinen Augen wurden zwei große Männer in Windjacken klar sichtbar. Er sah, daß sie mit Gewehren auf ihn zielten, und griff nach seiner 45er. Die Kolben ihrer Waffen krachten just in dem Moment auf seinen Schädel, in dem ihm einfiel, daß er seine Kanone im Auto gelassen hatte.

Er befand sich auf der Hauptstraße von Hawaian Garbage und ignorierte quasi als Mutprobe die Ampeln, versuchte seinen alten nächtlichen Rekord von neun in einer Reihe zu brechen. Alles war dunkelrot und sehr schnell, und er wußte, er konnte ewig weiterfahren. Außerdem war alles sehr warm und wurde noch wärmer, als die Kette roter Ampeln immer länger wurde. Dann wurde auf einmal alles kalt, und seine Augen öffneten sich gewaltsam, und jemand wischte Wasser von seinem Gesicht. Er wußte, daß er stand, daß er aufrecht gehalten wurde. Sein normales, volles Sehvermögen kam wieder und registrierte Gestrüpp, Dreck und einen Betondamm, der nach Chemikalien stank. Er wußte sofort, daß er sich auf dem Suicide Hill befand, dem Hügel der Selbstmörder.

Eine Bullentype in einem Ramschanzug trat vor ihn und versperrte ihm den Blick auf das Terrain. Der Griff um seine Arme wurde fester. Rice sah auf der Jacke des Bullentypen eine seltsame Anstecknadel und einen 357-Python in seiner rechten Hand, und er wußte, daß er jetzt an der Reihe war. Er versuchte sich einen passenden schlauen

Spruch einfallen zu lassen, aber statt dessen rutschte heraus: »Sie brach mein steinernes Herz in tausend Stücke.« *Und ich habe sie geliebt,* wollte darauf folgen, aber drei Kugeln aus dem Magnum trafen ihn und kamen ihm zuvor.

32

Lloyd wartete im Anwaltsraum im dritten Stock des Landeshauptgefängnisses. Er hatte ein Drehbuch für einen Meineid in der Jackentasche, Stan Kleins Vorstrafenregister in der einen Hand, in der anderen Louie Calderons Verhaftungsbericht. Klein war Anfang der siebziger Jahre zweimal wegen Besitzes von Marihuana verurteilt worden, und Likable Louie hatten sie wegen tätlichen Angriffs auf einen Polizeibeamten eingebuchtet. So weit war es der Überlebenspatrouille gelungen zu überleben – zumindest, wenn man vom Planen von Strategien und Indizien ausging. Und je länger Lloyd sich Stan Kleins Karteiaufnahme besah, desto mehr ähnelte er Joe Garcia.

Ein Wärter brachte Calderon in den Raum und wies ihn zu dem Stuhl, der Lloyd am Tisch gegenüber stand. Sein Gesicht war verschrammt, und man hatte die Schläge, die ihm die Metroleute versetzt hatten, zusammengeflickt, aber er ging festen Schrittes, und seine sanften blauen Augen waren klar. Er wirkte wie ein Mann, der durchaus fähig war, rasche, weise Entschlüsse zu fällen.

Lloyd stand auf und streckte die Hand aus; Calderon setzte sich, ohne sie zu ergreifen. »Was wollen Sie?« sagte er.

Lloyd schob die Karteiaufnahme von Stan Klein zu ihm herüber. »Ich will Joe Garcias Arsch vor der Gaskammer retten und dir helfen, die Anklage wegen tätlichen Angriffs loszuwerden. Kennst du diesen Mann?«

Calderon sah beiläufig auf das Foto und schüttelte den Kopf. »Nein. Wer ist er?«

»Er ist das dritte Mitglied der Räuberbande. Er heißt Stan Klein, Alias ›Stan Man‹. Er ist der Sündenbock für Joe Garcia, und er ist schon sehr lange aktenkundig als ein Bekannter von dir. Comprende, Genosse?«

Calderons Augen verengten sich. »Wird er sich bieten lassen, daß man ihm was anhängt?«

Lloyd zog einen Finger über seine Kehle und sagte: »Er ist tot. Hast du gegenüber irgend jemandem hier oder drüben in Rampart eine förmliche Aussage gemacht?«

»Nein. Ich habe nur die Namen ausgespuckt. Sie sollten es wissen – Sie waren dort. Wenn dieser Scherzbold Klein schon alle ist, wie wollen Sie ihm dann noch die Überfälle anhängen? Und was zum Kuckuck wollen Sie eigentlich?«

Lloyd genoß Likable Louies Argwohn und sagte: »Rice hat Klein getötet. Bobby Garcia ist tot, letzte Nacht von Rice erschossen. Joe und Rice sind immer noch da draußen. Rice macht's nicht mehr lange, aber Joe hat noch eine Chance. Hier ist mein Plan: Ich gebe dir ein kleines Blatt mit Kleins Daten, und du merkst sie dir. Dann hältst du den Mund, bis du hörst, daß Rice tot ist. Ich weiß, er ist ein schlauer Bursche, aber der Druck ist immens, und kein Cop wird ihn jemals ein ordentliches Verfahren erleben lassen. Wenn er tot ist, sprichst du mit den Ermittlern der Staatsanwaltschaft, die ohnehin hinter dir her sein werden wie der Teufel hinter den Seelen, sobald ich ihnen meinen Bericht liefere. Du erzählst ihnen, daß du die Eisenwaren an Rice verkauft hast und daß er dir erzählt hat, daß er eine Gang auf die Beine stellt – er, Bobby, Garcia und Klein. Klar?«

Calderon beugte sich nach vorn. »Was springt für mich dabei raus, und was springt für Sie dabei raus?«

Lloyd lehnte sich ebenfalls nach vorn und sagte, »Louie, da draußen hat es viele Tote gegeben, und die meisten davon sind Cops, und du hast die Waffen geliefert, mit denen sie getötet wurden. Du bist tot und begraben. Das FBI ist über dich im Bilde, ebenso das reguläre L. A. P. D. und die irren Cops, und ich natürlich. Bobby ist tot, Rice ist so gut wie tot, und der Staatsanwalt wird jemanden suchen, den er ans Kreuz schlagen kann, und du wirst es sein.«

Mit einem Schlag blaß, zupfte Calderon an seinen Nähten, bis Blut heraustropfte. Als er bemerkte, was er tat, hielt er inne und stammelte: »J-j-ja, a-a-aber was wollen Sie denn?«

Lloyd sagte: »Dafür sorgen, daß du und Joe mit dem Leben davonkommen. Hier ist der Rest des Plans: Ich habe ein kleines Szenarium für dich, das du dir einprägst, bevor du mit dem D. A. sprichst. Wie du Joe Garcia drangehängt hast, weil er dich mit irgendwelcher Bruchsore über den Tisch gezogen hat, solches Zeug. Wenn du es schlau anstellst, kaufen der Staatsanwalt und seine Jungs dir deine Geschichte ab. Und ich gehe zum Staatsanwalt und erzähle ihm, wie diese Metro-Bullen das Geständnis aus dir herausgeprügelt haben, räume alles, was dich belasten könnte, aus deiner Bude und besorge dir Nate Steiner als Anwalt, falls es zum Prozeß kommt, was nicht wahrscheinlich ist, denn der Staatsanwalt wird nicht wollen, daß ich vor Gericht gegen andere Beamte aussage. Ich würde drei zu eins wetten, daß du als freier Mann gehen kannst, wenn du bei meinem Spiel mitmachst.«

Calderon schlug mit geballten Fäusten auf die Tischplatte. »Hopkins, niemand macht so etwas ohne Gegenleistung. Was zum Teufel wollen Sie?«

Lächelnd zog Lloyd das Überlebensskript aus seiner Tasche und legte es auf den Tisch. »Ich will nichts. Wenn du so clever bist, wie ich denke, glaubst du mir.«

Er stand auf und streckte die Hand aus, dieses Mal ergriff Calderon sie und sagte: »Crazy Lloyd Hopkins, Jesus Christus.«

Lloyd lachte. »Ich bin kein Erlöser. Eine Sache noch: Hast du irgendeine Ahnung, wohin Joe fliehen würde, wenn er sich dachte, daß der Boden nicht mehr allzu heiß wäre?«

Likable Louie dachte einen Augenblick nach und sagte dann: »Der Gitarrenladen auf Temple und Beaudry. Er ist so 'ne Art Amateurmusiker und wird früher oder später dort auftauchen.« Er steckte die zwei Blätter in die Brusttasche und fügte noch hinzu: »Merken, dann runterspülen.«

Lloyd klingelte nach dem Wärter. Auf dem Weg heraus deutete er mit Zeigefinger und Daumen wie mit einer Pistole auf Calderon und sagte: »Die Polizei, dein Freund und Helfer.«

Jetzt die Dreckarbeit.

Lloyd fuhr zur Western Costume Company und erstand eine hochwertige schwarze Perücke und einen Vollbart, dann fuhr er zu Stan Kleins Villa auf Mount Olympus. Eine neue Morgenzeitung wies darauf hin, daß sich niemand an der Bude zu schaffen gemacht hatte, seit er mit Rhonda gestern nacht hier herumgestreift war. Er wappnete sich mit einem tiefen Atemzug und einem Taschentuch vor der Nase, knackte das Schloß und ging hinein. Der Gestank war gräßlich, aber nicht überwältigend. Lloyd warf einen beiläufigen Blick auf den Leichnam, zog sich Handschuhe an und machte sich an die Arbeit.

Zuerst suchte er und fand die Zentralheizung und drehte den Thermostat auf dreißig Grad Celsius hoch. Dann machte er den Oberkörper frei und wischte alle Oberflächen im Erdgeschoß, auf denen Fingerabdrücke sein konnten. Dabei versuchte er die ganze Zeit, den Streit zwischen Klein/Rice/Garcia/Vanderlinden vor seinen Augen zu rekonstruieren, und kam endlich zu dem Schluß, daß Joe das obere Stockwerk nie betreten hatte. Die Hitze und der verstärkte Fäulnisgeruch, den sie hervorrief, waren drückend, und nach einem kategorischen Durchgang ließ er das Wischen und die Finger von den Videospielzeugen, die um Kleins Leiche herumstanden.

Potentielle Abdrücke von Garcia so mit höchster Wahrscheinlichkeit eliminiert, durchstöberte Lloyd das Haus nach Fotografien von Stan Klein. Schweißdurchnäßt öffnete er Schubladen und wühlte durch Schränke; durchsuchte die Kommoden in allen drei Schlafzimmern. Im oberen Stockwerk fand er ein halbes Dutzend Polaroids, die ziemlich neu aussahen, und im Wohnzimmer zwei gerahmte Porträtaufnahmen. Lloyd legte sie neben das Geländer, nahm dann Stift und Notizpapier aus seiner Jacke und trabte hoch ins große Schlafzimmer, um zu schreiben.

Bei geschlossener Tür und vollaufgedrehter Klimaanlage schrieb er drei Stunden lang und detaillierte ausführlich seine Ermittlungen der ersten beiden Bankraube/Entführungen und wie Captain John McManus ihn auf die Raub/Morde von Pico-Westholme angesetzt hatte. Diese Wiedergabe entsprach den Tatsachen. Der Rest seines Berichts ergänzte sein Skript für Louie Calderon und legte dar, wie Calderon unter physischem Zwang den Sergeanten W. D. Collins und K. R. Lohmann die Namen von Duane Rice, Bobby Garcia und Joe Garcia genannt hatte und später ihm gegenüber die Aussage zum Teil widerrief, wobei er dann wahrheitsgemäß aussagte, daß Stan Klein der »dritte Mann« sei, und daß er Joe Garcia aus Rache für einen alten Streit unter Kriminellen genannt hatte. Er unterließ es, Rhonda Morell zu erwähnen, und schloß mit der Aussage, daß er Stan Kleins Leiche entdeckt hatte, und daß ein Papierfetzen neben dem Leichnam ihn zu Silver Foxes und zu der immer noch ungeklärten Schießerei mit Duane Rice geführt hatte. Lloyd schrieb die Verzögerung, die Leiche zu melden, einem Verlangen zu, »mobil zu bleiben und der aktiven Ermittlung zu helfen«, und unterzeichnete mit Namen und Dienstnummer. Dann schickte er ein Gebet zum Himmel, auf daß stumpfspundige Spurensicherer ihm bei seinen Lügen halfen.

Jetzt war der Gestank unerträglich.

Lloyd schaltete Klimaanlage und Heizung ab, ging dann nach unten und zog Hemd und Jacke wieder an. Er sah, daß die Leiche am Magen aufgequollen war und daß die Wangen bis aufs Zahnfleisch durchgefault waren, und warf die Perücke und den Schnurrbart auf den Stapel von Videokassetten. Dann fand er eine angeschlossene Stereoanlage und drehte das Radio auf volle Lautstärke. Der Lärm überdeckte die drei leichenschänderischen Schüsse mit Leichtigkeit, und er zwang sich, den Schaden zu besehen. Wie er gehofft hatte, gingen die Einschußwunden in der allgemeinen Zersetzung unter. Er wußte, er konnte es nicht ertragen, unter das Haus zu kriechen und nach den verschossenen Patronen zu suchen, machte die Musik aus und schickte ein weiteres Gebet zum Himmel, diesmal eine allgemeine Bitte um Mitleid. Dann verließ er das Haus tief und hektisch atmend, als er frische, unverpestete, heile Luft in die Lungen bekam.

Jetzt die losen Enden.

Lloyd fuhr zum Hollywood-Revier. Auf dem Parkplatz steckte er den Bericht in einen Umschlag und schrieb vorn darauf *Captain Arthur F. Peltz*. Dann ließ er ihn beim Diensthabenden, der ihm sagte, daß es noch keine Neuigkeiten über den gegenwärtigen Aufenthaltsort von Duane Richard Rice gab und daß die Fahndungsmaschinerie immer noch auf vollen Touren lief.

Die trübselige Atmosphäre im Revier war klaustrophobisch. Von einem Münztelefon auf der Straße aus rief Lloyd das Büro von Nathan Steiner, Strafverteidiger, an und verlangte einen groben Kostenvoranschlag für eine Verteidigung gegen eine Anklage wegen Mordes ersten Grades. Steiners Bürovorsteherin sagte vierzig Riesen Minimum. Lloyd hängte ein und schätzte, daß er das mit einem gewissen »Polizistenrabatt« wohl bewerkstelligen konnte.

Jetzt der unheimliche Teil.

Lloyd stopfte alles Kleingeld aus seinen Taschen in das Telefon und wählte die Nummer von Janice in San Francisco, dankbar, daß die Stimmen, zu denen er gleich sprach, nicht in der Lage waren zu antworten. Mit angehaltenem Atem hörte er: »Hi, hier spricht Janice Hopkins. Die Mädchen und ich haben uns auf die Socken gemacht, aber wir sollten vor Weihnachten wieder zurück sein,« und »der Wald ist schön, dunkel und tief. Hinterlassen Sie nach dem Piepzeichen eine Nachricht.«

Das Piepzeichen erklang. Lloyd blies den Atem heraus und sagte: »Kommt runter, bevor ich irgend etwas Verrücktes tue. Ihr seid alles, was mir noch bleibt.« Dann fuhr er heim und ging die Treppe hoch in das Schlafzimmer, das er unangetastet gelassen hatte, seit ihn seine Frau vor zwei Jahren verlassen hatte. Dort, auf einem staubbedeckten Bett, schlief er ein, um auf Überleben oder Vergessen zu warten.

33

Acht Stunden, nachdem er den Henker seines einzigen Sohnes exekutiert hatte, setzte sich Captain Fred Gaffaney in ein Arbeitszimmer und begann mit der Niederschrift seines letzten Willens.

Die Hinrichtungswaffe lag auf dem Tisch neben ihm, und er roch nach Korditrückständen, als er sein Vermächtnis zu Papier brachte: Geld in Höhe von etwas mehr als zwanzigtausend Dollar, das Haus mitsamt Einrichtung und seine zwei Wagen an die Kirche Jesu Christi, Christliche. Der Magnum zeichnete sich am Rande seines Blickfeldes drohend ab, und er versuchte sich Bibelpassagen ins Gedächtnis zu rufen, die konstatierten, daß Selbstmord es ausschloß, in den Himmel zu kommen und den Erlöser zu treffen. Verse kamen und gingen, aber keiner blieb haften, und der 357er war immer noch da. Schließlich gab er seine Versuche auf und akzeptierte die Tatsache. Nur Katholiken glaubten daran, daß Selbstmord eine Sünde war, die die Himmelspforten für immer verschloß, und die konnten es nicht mit Bibelstellen belegen. Es war ein akzeptabler Ausweg für einen christlichen Krieger, der keinen anderen mehr sah.

Als er seine Worte noch einmal durchging, sah Gaffaney, daß sie nur eine halbe Seite eines gelben Schmierblocks einnahmen. Er hatte Unfallberichte geschrieben, die zehnmal so lang waren, und er wollte nicht abrücken und nur eine kurze Notiz hinterlassen. Er dachte, er könne die Hinrichtung wie ein Ritual durchführen, das die Herrschaft des Gesetzes bestätigte, aber als Lohmann und Collins die Leiche von Duane Rice in ihr Grab im Abwasserbett warfen, wußte er, daß er gegen alles verstoßen hatte, woran er glaubte, und daß diese Apostasie die Todesstrafe verlangte. Und weil er auch wußte, daß die Verurteilten durchaus Reflexion verdienten, bevor ihr Urteil vollstreckt wurde, gestattete er sich selbst die Gnade, zum Suicide Hill des Herbstes 1961 zurückzukehren.

Er war damals ein junger Streifenbeamter gewesen, der täglichen Patrouillendienst für die East Valley Division leistete. 26 Jahre alt, mit einer Frau und einem kleinen Sohn. Zu seiner Runde gehörte auch das Sepulveda Veteranenhospital, und die Hälfte seiner Dienstzeit verbrachte er damit, traurige, alte Soldaten, Suffköppe aus den Weinstuben auf dem Victory Boulevard zurück in ihre Domizile zu kutschieren, die andere Hälfte mit dem Schreiben von Strafzetteln. Es war langweilige Polizeiarbeit für einen jungen Mann, der von sich nur eines wußte – daß er ehrgeizig war.

Da war ein alter Penner, der permanent aus dem Heim abhaute, um sich mit weißem Portwein vollaufen zu lassen und religiöse Traktate an die jugendlichen Gangmitglieder zu verteilen, die Suicide Hill in der Nacht bevölkerten. Die hiesigen Beamten respektierten ihn, weil er sich weigerte, Sozialhilfe anzunehmen und der V. A. alle Kosten für Kost und Logis aufhalste. Er war ein großer, germanisch wirkender Mann mit schwermütigen blauen Augen, und die Traktate, die er verteilte, zeichneten vorrangig Jesus Christus als Krieger, der seine Anhänger innig liebte und sie dazu ermahnte, das Böse niederzustrekken, wo immer sie es auch sahen.

Der Penner war ein brillanter Geschichtenerzähler, und die Gangs füllten ihn gern ab und stachelten ihn dazu an, fantastische Geschichten zu erzählen. Er ließ sich nie zweimal bitten und flocht immer irgendeinen Sermon in seine Geschichten und beendete sie mit dem Austeilen vom Flugblättern, auf denen ein Kreuz und eine Flagge prangte.

Für Officer Fred Gaffaney, irisch-katholischer Atheist, war der Penner ein jämmerlicher Knallkopf. Widerwillig folgte er dem unausgesprochenen Erlaß der Division, ihn niemals wegen »einfacher Trunkenheit« aufzugreifen, aber er erübrigte für seine Geschichten keine Sekunde. Und so, als der Penner eines Nachmittags mit einer fiebrigen Geschichte von einer Gruppe von Mitgliedern der Demon Dogs, die hinter ihm her seien, um ihn zu töten, an ihn herantrat, stellte er sich taub. Er gab ihm fünfzig Cent für einen Krug Wein und sagte ihm, er solle zurück ins Heim gehen.

Eine Woche später wurde die Leiche des Penners gefunden, quer verstreut über Suicide Hill. Man hatte ihn gestreckt und gevierteilt. Die ermittelnden Detectives rekonstruierten, daß sein Tod von vier gleichzeitig losfahrenden Motorrädern verursacht worden war, an deren Rückachsen jeweils eines seiner Glieder gebunden worden war. Der Gerichtsmediziner rekonstruierte, daß er nach seinem Tod noch enthauptet worden war, und Officer Fred Gaffaney rekonstruierte, daß er ein Feigling gewesen war, und leitete den Hinweis auf die Demon Dogs nicht weiter, weil es seiner Karriere hinderlich gewesen wäre.

Der anonyme Hinweis, den er der Abteilung Kapitalverbrechen zwei qualvolle Wochen später zuschickte, führte nicht zu den Killern und erleichterte auch sein Gewissen nicht. Die blauen Augen des Penners verfolgten ihn im Schlaf. Schnaps und illegal beschaffte Schlaftabletten halfen auch nicht, und er konnte mit keinem einzigen Menschen darüber reden.

Also wandte er sich an Gott.

Die Rückkehr in den Schoß der katholischen Gemeinde half, aber er konnte den Penner, sein Opfer, nicht mit auf den Beichtstuhl nehmen. Alkohol *und* Kirche halfen ein bißchen mehr, aber die blauen Augen und »Die Dogs haben einen Preis auf meinen Kopf ausgesetzt, Officer Fred. Sie müssen mir helfen!« waren immer nur einen halben Schritt entfernt, bereit, sich genau dann auf ihn zu stürzen, wenn er dachte, alles würde wieder gut.

Der Job half am meisten, aber auch er war kein Allheilmittel. Er diente, leistete viele Überstunden und schrieb umständliche Berichte über die geringsten Vorkommnisse in der Angst, daß jeder noch so kleine Informationsschnipsel, der nicht gemeldet wurde, zu spiritueller Katastrophe und Tod führte. Einige wenige seiner Vorgesetzten hielten ihn für fanatisch, aber die meisten betrachteten ihn als ein Muster polizeilicher Exaktheit. Angespornt von konstanter Ermutigung, kletterte er die Leiter hoch.

Er wurde Sergeant und in die Detective Division versetzt, bestand dann das Examen zum Lieutenant und ging zur Abteilung Kapitalverbrechen. Die Kirche, der Penner, und Kreuz-und-Flaggen-Alpträume kochten im Heizbrenner seiner Seele leise vor sich hin, dorthin gedrängt von Ehrgeiz und einem Wall von Rationalisierungsversuchen – sein Drang zur Macht war Sühne; seine strenge Führung laxer libertinöser Untergebener war ein Schwertstreich, der selbst den blauäugigen Geist rühren mußte; seinen Sohn dazu zu ermutigen, auch Polizist zu werden, war Beweis, daß die Sühne an eine zweite Generation von Gaffaneys weitergereicht wurde. Der Tod seiner Frau durch Krebs gab der Schuldverarbeitung eine zusätzliche Trauerlast, und als er sie zu Grabe trug, fühlte er, daß auch der traurige alte Geschichtenerzähler endlich zur letzten Ruhe gebettet worden war.

Dann traf er Lloyd Hopkins, und dieser tollwütige Irrsinnige machte alles zunichte. Er hatte natürlich schon seit Jahren von ihm gehört und die Erzählungen seiner Abenteuer mit Erstaunen und Ekel aufgenommen, aber ihn niemals des Kennenlernens wert befunden vom Standpunkt der Karrieredienlichkeit oder der Effizienz der Abteilung Kapitalverbrechen. Dann, als er Lloyds Sektor als Supervisor zugeteilt wurde, sagte Ted Braverton zu ihm: »Hopkins ist der Beste. Geben Sie ihm Carte Blanche.«

Daß seine Autorität untergraben wurde, hatte ihn gewurmt, aber Crazy Lloyds Aktionen stellten das weit in den Schatten. Hopkins' Leben war ein einziger, gigantischer Schwertstreich nach dem wirklichen und dem imaginären Bösen; das Entsetzen und die Schuldgefühle und der Zorn, die in seinen Augen blühten, waren Laserstrahlen, die in den Teil von ihm einschnitten, in den wie eine Gang-Graffiti eingemeißelt war »Suicide Hill '61«. Er mußte bekämpfen, was Hopkins war, und so stöberte er die Kreuz-und-Flaggen-Flugblätter wieder auf und wurde wiedergeboren. Es funktionierte.

Er verbreitete die Botschaft des alten Penners; fand Trost in ihrem Aufruf zur Pflicht. Er studierte die Bibel und betete und fand Kollegen, die seinen Glauben teilten. Sie wurden seine Gefolgschaft, und als er das Captains-Examen bestand und designiert war zum Leiter des

I. A. D., wußte er, daß ihn nichts davon abhalten konnte, eine überwältigende Selbstheit(?) zu erreichen, die ihm von Gott und seinem seit zwanzig Jahren toten irrsinnigen Märtyrer vorbestimmt war.

Dann erledigte Hopkins den »Hollywood-Schlächter«. Die Kühnheit seiner Taten erweckte Ehrfurcht unter den Männern des Korps der Wiedergeborenen, und wenn Hopkins eines ihrer Gebetstreffen betreten hätte, wären sie vor ihm auf die Knie gefallen, wie wenn der sexuelle Irre Christus höchstpersönlich wäre. Als Hopkins dann ein Jahr später die Havilland/Goff-Morde klärte, ließ das die Männer buchstäblich auf die Knie fallen. Hopkins wurde ein rivalisierender spiritueller Patriarch, der genau deshalb gefährlich war, weil er keine spirituelle Macht begehrte, und die Mittel und Wege zu seiner Zerstörung mußten von Gott erfragt und gewährt werden.

Stunden um Stunden wurden mit Beten verbracht. Er sprach zu Gott von seinem Haß auf Hopkins und erhielt nur schwachen Trost. Seine Strategie, die Schulzeugnisse seines Sohnes aufbessern zu lassen und so die Zulassung zur Akademie zu erlangen, hatte Erfolg, und Steven machte seinen Abschluß und wurde der West-L. A. Division zum Dienst zugeteilt. Gebet und Berufung eines Gaffaneys zweiter Generation ins Department, halfen, den Einfluß zu verwischen, den Hopkins auf seinen Verstand hatte, ebenso wie das akkumulative Anlegen von Akten von Leuten aller Departments, die Dreck am Stecken hatten. Dann wurden seine Gebete belohnt, und der Schuß ging prompt nach hinten los.

Lamar Dayton, ein Lieutenant der Devonshire Division und langjähriger Wiedergeborener, trat dem Korps bei und erzählte ihm von Hurenmeister Lloyd und seiner Feuertaufe in Watts. Ausführliche Überprüfung der Unterlagen der Nationalgarde machten vor allen Dingen eines letztgültig klar: Lloyd, nicht er, war der mit göttlicher Begabung versehene Polizist/Krieger, und es war nicht Gott, der ihn antrieb, sondern gräßliche, eigennützige Bedürfnisse und Wünsche – alle irdischer Natur.

Gaffaney erhob sich und sah auf die Uhr über seinem Tisch. Sein Grübeln über einen Hinrichtungsaufschub hatte eine Stunde aufgefressen und war immer noch nicht hundertprozentig schlüssig. Er dachte an Dinge, für die er dankbar sein konnte: Er und Steven hatten einander nahe gestanden in den Tagen vor seinem Tod, und Steven hatte ihm anvertraut, daß er den Hehlerfluch des pensionierten Deputy zurückgewiesen und so einen neuen Anfang gemacht hatte. Das war tröstlich, ebenso die Tatsache, daß er seinen Selbsthaß nicht noch dadurch verschlimmert hatte, daß Hopkins die Hinrichtung vollstrekken ließ. »Hopkins« und »Hinrichtung« ergaben die fehlenden Prozentpunkte und verlängerten den Urteilsaufschub bis in die unbestimmte nähere Zukunft. Gaffaney blickte auf den Magnum und wußte plötzlich, warum er die todbringende Waffe aus einem L. A. P. D.-Lager gestohlen hatte. Nur Lloyd Hopkins war verrückt und tollkühn genug, die Waffe zu ihrem Herkunftsort und zu ihm zurückzuverfolgen, ohne Rücksicht auf die Konsequenzen und die »den letzten beißen die Hunde«-Maxime zu nehmen. Er hatte den Magnum aus einem Beweislagerraum der Wilshire Division genommen, vor den Augen eines halben Dutzends Beamter, weil er sich dem Mann, den er am meisten bewunderte und beneidete, zum Opfer darbringen wollte.

Gaffaney dachte an »Suicide Hill '61« und Gnade und trug die drei Armvoll von Akten ins Bad und ließ sie in die Wanne fallen. Dann ging er nach unten und schnappte sich eine Flasche Bourbon aus dem Getränkeschrank. Als er damit wieder nach oben kam, goß er ihn über den Papierhaufen und ließ obendarauf ein brennendes Streichholz fallen. Sein Einfluß auf Hunderte von Männern ging in Flammen auf, und er wartete, bis alle Informationen vernichtet waren, bevor er die Dusche andrehte. Das Feuer zischte, knisterte und erlosch, und Gaffaney ging zurück ins Arbeitszimmer, um auf seinen Henker zu warten.

34

Lloyd erwachte nach achtzehn Stunden traumlosen Schlafs, rollte sich aus dem staubigen Bett und ging zum Fenster, um festzustellen, ob es Tag oder Nacht war.

Herankriechendes Sonnenlicht am östlichen Horizont sagte ihm, daß der Morgen dämmerte, der Zeitungsjunge, der die *Times* an die Haustür schleuderte, ließ ersichtlich werden, daß es weder das große Überleben noch das endgültige Vergessen war, sondern lediglich Zeit, weiter zu machen. Nachdem er sich rasiert, geduscht und seine Lieblingskombination, ein Sportjacket und Slacks, angezogen hatte, setzte sich Lloyd an den Eßzimmertisch und brachte eine Erklärung zu Papier, die er noch vor zwei Wochen für unfaßlich erachtet hätte.

Gentleman,
dieser Brief ist mein förmlicher Abschied vom Los Angeles Police Department. Er wird mit Bedauern eingereicht, aber nicht unter psychischem Zwang. Die Gründe für meinen

Abschied sind dreifach: Ich will meiner Familie einen Gutteil meiner Zeit widmen; ich habe mir die Feindschaft diverser hochrangiger Beamter zugezogen; und Ereignisse der jüngsten Vergangenheit haben mich überzeugt, daß meine Effektivität als Ermittler in Mordfällen drastisch nachgelassen hat. Es ist mein ausdrücklicher Wunsch, in den Verwaltungs- oder anderen leitenden Bürodienst versetzt zu werden, bis meine zwanzig Jahre nächsten Oktober ablaufen. Ich bin dankbar für das Angebot des Departments, einen vorzeitigen Abschied mit vollem Ruhegeld zu erhalten, aber ich fühle, daß es unehrenhaft wäre, dies anzunehmen, ohne die erforderlichen zwanzig Jahre abgeleistet zu haben.

Hochachtungsvoll
Lloyd W. Hopkins

Lloyd wappnete sich für die Außenwelt, steckte das Rücktrittsgesuch in seine Tasche und ging zur Tür. Er hoffte, daß die Times über den Tod eines Mannes und die sichere Weiterfahrt eines anderen berichte-te. Als er die Tür aufstieß, strahlte ihm die Schlagzeile entgegen: »Selbstmord auf ›Suicide Hill‹ beendet viertägige Mordtour.«

Lloyd lehnte sich an den Türeingang und verdaute erst einmal die Untertitel: »Polizistenmörder/Bankräuber nimmt sich das Leben auf legendärem Jugendgangtreff.« Sein ganzes Hirn schrie erst »Gaffaney«, dann »nein!« als er den gesamten Bericht las:

LOS ANGELES, 15. DEZEMBER
DAS LOS ANGELES POLICE DEPARTMENT GAB HEUTE BEKANNT, DASS DIE GRÖSSTE MENSCHENJAGD IN DER GESCHICHTE VON L. A. MIT DEM SELBSTMORD DES VIELFACHEN MÖRDERS DUANE RICHARD RICE ZU ENDE GING. RICE WAR DIE TREIBENDE KRAFT HINTER DEM BANKÜBERFALL IN WEST L. A. AM MONTAG, BEI DEM ES VIER TOTE GAB.
RICE, 28, EIN BERUFSVERBRECHER MIT VERURTEILUNGEN WEGEN TOTSCHLAGS IM STRASSENVERKEHR UND SCHWEREM AUTODIEBSTAHL, SOLL AUCH VERANTWORTLICH SEIN FÜR DEN FAHRERFLUCHTMORD AN L.A.P.D. OFFICER QUALTER UND FÜR DIE TÖDLICHEN SCHUSSWUNDEN DER ZWEI RESTLICHEN MITGLIEDER DER BANDE, ROBERT GARCIA UND STANLEY KLEIN. DIES ERHÖHT DIE GESAMTSUMME SEINER OPFER AUF SIEBEN.

In einer spätnächtlichen Pressekonferenz im Parker-Center erklärte Thad Braverton, der Chief of Detectives des L. A. P. D., wie die Kooperation eines anonymen Komplizen der Bande der Polizei die Mittel gab, das Regiment des Terrors zu rekonstruieren:
»Ein klassischer Fall eines Streits unter Banditen«, sagte der Chief. »Rice, Garcia und Klein begingen in der Woche vor dem Pico-Westholme-Banküberfall zwei andere gutgeplante Bankraube/Geiselnahmen im Valley. Wir sind nun der Auffassung, dass der letzte Überfall von Rice teils aus Rachsucht durchgeführt wurde – einer der Bankangestellten, Gordon Meyers, ein ehemaliger Deputy Sheriff des L. A. Countys, war während der kürzlichen Verbüssung einer Haftstrafe der Wärter von Rice.«
Braverton fuhr fort: »Wir wissen nicht genau, *warum* Rice Rache wollte, aber dass er sie wollte, kann man wohl mit letzter Sicherheit annehmen. Der Zeuge, den wir in Gewahrsam haben, ist der Mann, der der Bande die Waffen verkauft hat, und er, ein langjähriger Komplize der drei Männer, gibt an, dass zwischen ihnen tiefes Misstrauen herrschte. Die anderen Männer sind ebenfalls vorbestraft – Garcia wegen Einbruchs, Klein wegen Drogenbesitzes.
Klein war ausserdem engverstrickt mit Videopornographie. Anhand der Indizien glauben wir, dass Rice Garcia und auch Klein niederschoss und tötete. Sein Motiv war der Wunsch, ihre Anteile des Geldes vom Pico-Westholme-Raub zu bekommen. Es gibt weitere Indizienbeweise, die diese Theorie untermauern – unser Chefballistiker, Arthur Cranfield, hat die Patronen vom Kaliber 45 untersucht, die aus den Leichen von Garcia, Klein und Rice entnommen wurden, und er stellt eindeutig fest, dass sie aus dem Armeecolt 45 stammen, der in Duane Rices Hand gefunden wurde, als Streifenbeamten seinen Leichnam in der Sepulvedakläranlage entdeckten.«

Lloyd überflog den Rest des Artikels, einen hyperbolischen Sermon über Tragödie, Gesetz und Ordnung und die bevorstehenden

L. A. P. D.-Begräbnisse. Der Gesamteindruck wirkte massivst wie ein Patchwork aus Sieg und Niederlage, Überleben und Leugnen. Sein Bericht, den er Dutch gegeben hatte, seine forensischen Täuschungsmaßnahmen in Stan Kleins Bude und die Aussage von Louie Calderon waren, wenn schon nicht wirklich geglaubt, so doch zumindest akzeptiert worden, um schlafende Hunde nicht zu wecken. Aber der »Selbstmord« von Duane Rice war absurd. Dienstag nacht hatte Dutch gesagt, daß zwei 45er im Bowl-Motel aufgefunden worden waren, während seine eigene Waffe die »tödlichen« Schüsse auf Stan Klein geliefert hatte. Wenn Rice mit seiner eigenen Waffe getötet worden war, was zweifelhaft war, weil er sie niemals aufgegeben hätte – hatte er nicht selbst abgedrückt.

Lloyd fühlte, wie ihn ein ungutes Zorngefühl überkam. Rice hatte den Tod verdient gehabt; er hatte ja selbst erwogen, ihn kaltblütig umzubringen. Und der Mann, der ihn höchstwahrscheinlich getötet hatte, hielt ein Todesurteil wie ein Damoklesschwert über seinen eigenen Kopf. Als er mit Sirene und ohne Rücksicht auf Ampeln zum Parker-Center raste, konnte er nicht glauben, daß er tatsächlich verrückt genug war, sie beide auf einen Schlag zu erledigen.

Im Central-Crime-Laboratorium waren viele Techniker rege zugange. Lloyd fand Artie Cranfield in seiner üblichen Arbeitshaltung vor – gebeugt über ein vernickeltes ballistisches Mikroskop. Er wußte, daß es eines Luftangriffs bedurfte, um Arties Kopf nach oben zu bringen und sagte: »Erzähl mir die Wahrheit über Klein und Rice. Was versucht Braverton zu vertuschen?«

Mit einem Lächeln richtete sich Artie auf. »Hallo, Lloyd. Würdest du das wiederholen?«

Lloyd lächelte und räusperte sich; Artie sagte: »Nicht hier«, und deutete auf sein Büro. Lloyd trat ein, und fünf Minuten später gesellte sich Artie zu ihm. Er schloß die Tür und sagte: »Ohne Schnörkel?«

Lloyd nickte zustimmend und sagte: »An ein paar Sachen wurde da gedreht. Ich habe Kleins Leiche gefunden, tot bei Auffinden, erstochen. Ich habe drei Schüsse aus meiner 45er in den Toten gefeuert, also weiß ich, daß das Gelaber über ›ein und dieselbe Waffe‹ in den Zeitungen reinste Affenscheiße ist. Hast du die Beweisstücke von Rice bearbeitet?«

Artie warf einen verstohlenen Blick auf seine vier Wände und sagte dann: »Ich war bei der Autopsie dabei. Der Gerichtsmediziner gab mir drei benutzte 357er, hatte sie aus der Brust von Rice gepuhlt. Die Rückseiten der Hülsen waren eingekerbt, genau da, wo der

Schlagbolzen auftrifft. Sehr distinktiv und sehr vertraut. Ich ging die ballistischen Berichte der letzten achtzehn Monate durch und Bingo – Volltreffer! Übereinstimmung mit einem alten ungelösten Fall der Wilshire Division, Schießerei auf der Straße, die Wilshire-Schnüffler haben die Waffe gefunden und behalten, um auf mögliche Beteiligte Druck auszuüben.«

Lloyd verarbeitete die Information und erahnte auf einmal eine unvorhergesehene Chance oder einen kapitalen Schnitzer. »Deine Schlußfolgerungen, Artie?«

»Seh ich bescheuert aus? Einer unsrer Jungs hat den copkillenden Schwanzlutscher abgeknipst. Wie auch immer, ich rief jedenfalls John McManus an und erzählte ihm, was ich gefunden hatte, und er sagte: ›Halten Sie es unter Verschluß, Officer.‹ Eine halbe Stunde später kreuzt Big Thad auf, gibt mir drei verschossene 45er und sagt: ›Garcia-Klein-Rice-Fall geschlossen. Capice!‹ Da ich beabsichtige, in den Genuß meines Ruhegeldes zu kommen, sagte ich: ›Jawohl, Sir.‹ Also hältst du es auch unter Verschluß. Capice, Lloydy?«

Ein kunterbunter Technicolorfilm mit einem bierpichelnden Louie Calderon und Joe Garcia, der umgeben von Hula-Maiden auf der Gitarre wriemelte, passierte vor Lloyds geistigem Auge. Er widerstand einem Impuls, Artie in eine Bärenumarmung zu nehmen, und sagte: »Seh ich denn bescheuert aus?«

»Nein«, sagte Artie, »nur unbekümmert.«

»Gut gesagt. Ich brauche eine Gefälligkeit.«

»Du brauchst immer Gefälligkeiten.«

»Gut gesagt. Auf mich wartet eine lange Überwachung. In letzter Zeit irgendwelches Speed bearbeitet?«

»Black Beautys?«

»Musik in meinen Ohren. Ich muß noch mal telefonieren. Bin in fünf Minuten wieder da.«

Während Artie das Speed holte, rief Lloyd die Wilshire-Detectives an. Die Antwort, die ihm sein alter Freund Pete Ehrlich auf seine Frage gab, ließ ›unvorhergesehene Chance/kapitaler Schnitzer‹ als Riesenuntertreibung erscheinen:

Mittwoch morgen, neun Uhr dreißig, war Captain Fred Gaffaney im Mannschaftsraum der Wilshire Division aufgetaucht. Er wirkte ganz uncharakteristisch nervös. Er machte mit den diensthabenden Beamten dort mehrere uncharakteristisch schmutzige Witze und verlangte dann den Schlüssel zum Beweisstücklager, bekam ihn und wühlte durch die Schränke, bis er einen 357 Python in einer versiegelten Beweisstücktüte fand, die auch ein Dutzend einzelner Patronen enthielt. Er lieferte für seine Handlungsweise keine Erklärung und reagierte nicht auf die Beileidsbekundungen, die ihm Ehrlich zum Verlust seines Sohnes machte. Als er den Mannschaftsraum verließ, zitterte er von Kopf bis Fuß.

Als Artie mit fünf Biphetamin-Kapseln zurückkam, hatte Lloyd *sein* Zittern unter Kontrolle bekommen. Nachdem er sein Abschiedsgesuch bei Thad Bravertons Sekretärin abgeliefert hatte, fuhr er zur Ecke Temple und Beaudry. Er fand einen spitzenmäßigen, lauschigen Lauerplatz gegenüber des Gitarrenladens, schluckte einen Black Beauty und machte es sich bequem, um auf seinen handverlesenen Überlebenden zu warten. Bald schon erklang in seinem Kopf eine Amphetamin-Symphonie:

Gaffaney.

Hopkins.

Zwei Killer beim Totentanz.

35

»Verflucht unwirklich!«

Joe knüllte die Zeitung zusammen, nahm den leuchtend blauen Himmel aufs Korn und schleuderte das Geschoß aus guten Neuigkeiten genau in Richtung der Sonne. Passanten auf der Straße drehten sich um, um ihn anzustarren, und er brüllte: »Ich habe einen verfluchten Schutzengel!« und ließ das Knäuel in seine Hände fallen. Dann rannte er damit wie ein Football-Spieler mit einem raumöffnenden Zuspiel schnurstracks zum Motel und zu Anne.

Sie saß aufrecht im Bett und rauchte, als er durch die Tür kam und die Schlagzeilen vor ihr auf dem Bett glattstrich. »Lies das«, sagte er. »Schlechte Neuigkeiten und gute, aber zum Großteil wahrlich superduper gut!«

Anne drückte ihre Zigarette aus und las die Titelseite: Joe saß am Bettrand und fragte sich, wie die Bullen sich so irren konnten und warum Rice sich ausgerechnet *dort* das Licht ausgeblasen hatte. Als er Anne beim Lesen zusah, erklang kurz im Boogie-Rhythmus noch einmal seine alte Obsession, sein Song: »... and death was a thrill on Suicide Hill«.

Anne blätterte zur zweiten Seite, und Joe wurde neugierig, wie sie auf die Geschichte über ihren alten Freund und seinen Tod reagieren würde. Er hatte ihre Koksdosis jetzt seit zwei Tagen permanent verringert, und sie war vermutlich so nah daran, eine normale Frau zu sein, wie sie es je sein würde. Obwohl sie wohl genug Herz besaß, um um den verrückten Mutterschänder zu trauern?

Anne legte die Zeitung weg, zündete sich eine weitere Zigarette an und sagte: »Wow, und ich dachte, Duane war nur ein Wagendieb. Ich denke allerdings, daß das mit Stan als Bankräuber pures Gewäsch ist. Ich glaube, wir waren zusammen an dem Montag, an dem die Bank überfallen wurde.«

Joe konnte nicht sagen, ob sie auswich oder offen sprach. »Du warst vermutlich bedröhnt«, sagte er. »Er ist vermutlich kurz verduftet, um das Ding zu drehen, und dann zurückgekommen.«

Anne zuckte mit den Achseln, blies Rauchringe und sagte dann: »Falsch, Baby, aber wen schert's? Außerdem steht in der Zeitung, daß Duane Stan erschossen hat. Das stimmt nicht. Ich war doch dabei. Duane hat ihn erstochen.«

Ihre fälschliche Gewißheit ließ Joe erschaudern – das hieß, er konnte sie guten Gewissens abhängen. »Cops bauen bisweilen halt Scheiße«, sagte er. »Oder sie drehen an den Dingen herum, damit es zu den Beweisen, die sie haben, paßt. Süße, was willst du tun?«

»Du meinst so ganz allgemein? Und wegen uns?«

»Richtig.«

Anne pustete eine Reihe perfekter Kringel und sagte: »Ich habe dich ja ganz gern als Freund, aber du siehst das zu spießig, zu eng mit den Drogen, und du bist zu Macho. Als wir uns zuerst trafen, warst du nicht so schlimm, aber je besser ich dich kennenlerne, desto ernster wirst du, wie wenn du dächtest, Gewalt und Männlichkeit seien irgendwie das gleiche. Aber im wesentlichen möchte ich mit dir zusammen sein, und ich möchte wieder Musik machen. Ich glaube, wir sind eine Welle. Es dauert, so lange es dauert.«

Joe beugte sich nach vorn und umfaßte ihre Brüste. »Was ist mit Rice? Er hat dich wahrhaftig geliebt.«

Anne streichelte die Hände, die sie liebkosten. »Er war ein hundertprozentiger Verlierer. Und weiß du, was traurig ist? Karmamäßig ist er sich selbst untreu geworden, denn er hat immer gesagt, Selbstmord wäre nur für Feiglinge. Das ist trist. Wieviel von Mels Geld haben wir noch übrig?« Joe dachte, Ruhe in Frieden, Duane Rice, und sagte: »Wir sind fast blank, aber ein Kumpel von mir bewahrt eine Gitarre von mir auf, und wir können mindestens drei Scheine dafür kriegen. Also machen wir, daß wir loskommen.«

»Können wir uns denn auf die Straße wagen?«

»Ich denke doch. Wir haben einen seltsamen Schutzengel, und ich möchte sehen, ob mein altes Viertel immer noch genauso aussieht.«

36

In der Dämmerung, gerade als die lange Wache drohte, ihn völlig kirre zu machen, lief sein Überlebender mit einer dünnen blonden Frau im Schlepptau zum Fenster des Gitarrenladens. Aus der Entfernung sahen sie aus wie ein abgebranntes Pärchen – bescheidene Träumer in zerknitterten Kleidungsstücken, die auf der Suche nach der Erfüllung ihrer Träume in das Glas starrten. Lloyd ließ sie den Laden betreten und hoffte, sie taten nichts, was diesen Eindruck zerstörte.

Als sie eine Minute später wieder herausmarschierten, stand er da auf dem Gehsteig und wartete. Joe Garcia sah in seine Augen und begriff; Anne Atvater Vanderlinden sah Joe an und begriff es quasi aus zweiter Hand. Lloyd trat zurück an den Randstein und hob sich ergebend die Hände. »Friede, Genosse«, sagte er. »Ich bin auf eurer Seite.«

Anne stellte sich an Joes Seite, als dieser Lloyd anstarrte; das angespannte Drei-Weg-Schweigen zog sich hin, bis Lloyd die Hände herunter nahm und Joe sagte: »Was wollen Sie?«

»Die Leute fragen mich das andauernd«, sagte Lloyd. »Und es wird langsam langweilig. Heute schon die Zeitung gelesen?«

Joe legte einen Arm um Anne. Sie schmiegte sich an seine Brust und sagte: »Vielleicht ist er der Schutz – «

»Er ist ein verfluchter Cop«, platzte Joe heraus. Er sah eine Frau, die einen Kinderwagen an ihnen vorbeischob, und senkte seine Stimme. »Crazy Lloyd Hopkins, na schön. Sie jagen mir keine Angst ein, Mann.«

Lloyd lächelte. Garcia wirkte wie ein dreißigjähriger Teenager, der versuchte, eine Highschool-Torte zu beeindrucken, um sich mit ihr zum Abschlußball zu verabreden. Angesichts dessen, was er in den vergangenen zwei Wochen durchgemacht hatte, war der Eindruck erstaunlich.

Sie verfielen wieder in Schweigen, das diesmal von Joes breitem Grinsen durchbrochen wurde. Lloyd griente zurück und winkte dem seltsamsten bewaffneten Bankräuber, den er je gesehen hatte, mit dem Finger. Joe kam herüber, und Lloyd legte einen Arm um seine Schulter und flüsterte: »Sei jetzt kein blöder Bohnenfresser. Laß die Sache an Klein hängen bleiben und mach, daß du aus L. A. wegkommst, bevor irgend etwas schiefgeht. Und frag mich nicht noch mal, was ich will, sonst muß ich dir die Hucke vollhauen.«

Joe wand sich frei. »Ich habe Stan Klein gekillt, Mann. Ich habe ihn wahrhaftig gekillt.«

Die stolze Aussage traf Lloyd wie ein Schlag zwischen die Augen – es war die Wahrheit, und auf einmal spürte er echten Mumm hinter dem aufgesetzten Draufgängertum des uralten Teenagers. »Ich glaube dir. Sag deinem Mädchen, daß wir eine kleine Spazierfahrt machen.«

Die letzten Mechaniker gingen gerade, als sie auf der anderen Straßenseite von Likable Louies *One-Stop Pit-Stop* hielten. Lloyd ließ sie in Ruhe zuschließen und gab ihnen Zeit, herunter bis Sunset zu kommen, dann nahm er ein Brecheisen aus dem Kofferraum, rannte herüber und brach die Garagentür auf. Er knipste die Deckenbeleuchtung an, und das erste, was er sah, war der Traum eines jeden *Low-Riders.*

Es war ein 54er Chevy Cabrio in Bestzustand. Saphirblau wie ein kandierter Apfel, kanariengelbes Verdeck, Luxus-Ausstattung, abnehmbare Bezüge. Lloyd besah sich das Armaturenbrett und grinste. Der Schlüssel steckte in der Zündung.

»Schnucklig, Mann! Gut wie verfluchtes Gold!«

Lloyd drehte sich um und sah, wie Joe die Zierleisten des hinteren Kotflügels streichelte. Anne Vanderlinden stand hinter ihm, rauchte eine Zigarette und beäugte eine Werkzeuglade, die mit tragbaren Fernsehern vollgestopft war. Lloyd klopfte Joe auf die Schulter und sagte: »Meinst du das ernst mit dieser Finstrer-Chicano-Junggangster-Tour, oder versuchst du nur Eindruck auf mich zu schinden?«

Joe begann den Wagen mit seinem Ärmel zu polieren. »Ich weiß es nicht. Ich weiß es wahrhaftig nicht.«

»Was weißt du denn?«

»Daß ich wahrhaftig weiß, was ich nicht sein will. Hören Sie mal, ich habe noch eine Frage.«

»Schieß los, aber nichts über das, was hier läuft. Alles, was du wissen mußt, ist: Mach, daß du weg kommst. Es gibt überall noch lose Enden, die zu dir hinführen können.«

Joe befingerte die Innenbezüge des Chevy. »Warum hat sich Rice auf Suicide Hill umgebracht? Woran dachte er?«

Lloyd zuckte die Achseln. »Ich weiß es nicht.«

Anne stand neben der Werkzeuglade und fummelte an den Programmknöpfen der Fernsehapparate herum. Joe konnte sehen, daß sie einen Drogenjieper hatte und nach Möglichkeiten suchte, ihre Hände zu beschäftigen. Er bewegte seine Augen hin und her zwischen seiner eventuellen Freundin und seinem Schutzengel und sagte: »Hopkins, was hat es auf sich mit diesem Ort? Ich meine, Sie sind doch ein Cop, Sie müssen doch die ganzen Geschichten gehört haben. Es begann alles mit diesem Kerl, Fritz Hill, oder? Damals in den vierziger Jahren? Er war ein wahrhaftiger harter Knochen, und der Hügel wurde nach ihm benannt?«

Lloyd sah heraus auf die Straße. Er wurde langsam nervös, denn er war ja jetzt nur noch Zivilist, ohne jegliche offizielle Rechtfertigungsmöglichkeit für einen Einbruch. »Meiner Meinung nach ist der Großteil der Geschichte Affenscheiße«, sagte er. »Was ich hörte, war, daß es da damals in den fünfziger und sechziger Jahren einen alten Polizeispitzel gab, der immer bei der Sepulveda-Kläranlage herum hing. Er gab vor, ein religiöser Wirrkopf zu sein, damit die hiesigen Bullen und die Luschen, die dort einen draufmachten, dachten, er sei harmlos. Er hatte ganze Wagenladungen von Gangmitgliedern an die Schnüffler von der Jugendbehörde in der Innenstadt verpfiffen, und sie haben's herausbekommen und ihn kalt gemacht. Es war so ein deutscher Kerl, und sein Name war Fritz irgendwas. Was ist los, Genosse? Du guckst so traurig aus der Wäsche.«

»Nicht traurig«, sagte Joe. »Erleichtert, vielleicht.«

»Die Schlüssel stecken. Kannst du eine Handschaltung bedienen?«

»Können Nigger tanzen?«

»Nur auf Soul-Musik. Greif dir ein paar Fernseher und schieb ab.«

Joe belud Kofferraum und Rücksitz mit tragbaren Sonys. Anne stand dabei und sah zu, kettenrauchend und fröstelnd. Als der Chevy bis obenhin voll war, führte er sie hinüber zur Beifahrertür, half ihr sacht hinein und ging dann zurück zu Lloyd. Er streckte seine Hand nach Gefängnisart aus und sagte: »Danke. Und sagen Sie Louie, ich zahl's ihm irgendwann zurück.«

Lloyd ergriff die Hand und drehte sie nach unten zu einem normalen Händedruck. »Es war mir ein Vergnügen. Und mach dir keine Sorgen wegen Louie, der schuldet mir was. Wohin fährst du?«

»Ich weiß es nicht.«

Lloyd lächelte und sagte: »Solange es nur schnell ist«, dann ließ er Joes Hand los und sah zu, wie er zu seinem Gefährt ging. Der seltsamste bewaffnete Bankräuber aller Zeiten trat mit einem eleganten Schwung aufs Gas und dezimierte die Zahnräder in der Schaltung des Chevys, als er rückwärts aus der Garage fuhr und diverse parkende Fahrzeuge streifte, als er in südlicher Richtung auf der Tomahawk Street losfuhr. Lloyd schaltete das Licht aus, schloß die Tür und klopfte sich die restlichen, an den Einbruch erinnernden Splitter von den Händen. Als er zu seinem Matador kam, hatte er einen klaren Ausblick über den Sunset. Der Chevy ruckelte ostwärts, und Anne

Atvater Vanderlinden stand unter einer Straßenlampe. Sie tanzte mit ausgestrecktem Daumen.

Zeit zum Tanz.

Lloyd unternahm eine kurze Inventur seiner eigenen Person und schlug auf den Sitz, als er bemerkte, daß er sowohl seine wieder zu neuen Ehren gekommene 45er als auch seinen üblichen kurzläufigen 38er vergessen hatte. Die einzige Waffe im Wagen war die 12er Pumpgun, die oben am Armaturenbrett befestigt war, und die war zu auffällig – völliger Overkill. Er mußte zuerst zum Haus fahren und sich eine Waffe greifen; zum Tanz unbewaffnet zu erscheinen, wäre glatter Selbstmord.

Er fuhr langsam heim. Das Amphetamin hielt ihn hyperwachsam, die Furcht vor der Auseinandersetzung ließ ihn in der rechten Spur dahintrödeln. Als er in seinen Block bog, begann er Grabinschriften für sich und Jesus-Fred zu entwerfen. Dann sah er den Umzugswagen in seiner Einfahrt. Seine Scheinwerfer erhellten Janices Perserteppich, der zusammengerollt an der Seitentür lehnte. Antiquitäten waren wie Willkommenslichter auf dem Rasen aufgestellt, zusammen mit Stapeln von Pennys Büchern.

Die Meinigen.

Zuhause.

Ja.

Lloyd schnappte nach Luft und drückte aufs Gaspedal. Die Heimkehr löste sich auf wie ein Trugbild, und ein neuer Schwall grabsteingerechter Sinnsprüche hielt sie dort niedergedrückt, wo sie ihn nicht zermalmen konnten, seine Entschlossenheit nicht zerstören konnten. Dann, nach etlichen Meilen von Nachrufen, hielt er vor dem Haus von Captain Frederick T. Gaffaney und ließ es wirken, ließ es wehtun. Was dann kam, überließ er seiner alten harthechtigen Persona.

Die Meinigen.

Zuhause.

Er oder ich.

Lloyd ergriff das Schrotgewehr und schob den Sicherungsbügel zurück, dann hebelte er eine Patrone ein und ging hinüber zum Haus. Das Erdgeschoß war dunkel, aber schwaches Licht schien hinter verhangenen Fenstern im zweiten Stock. Er rüttelte versuchsweise am Türgriff und fühlte, wie er einschnappte und nachgab. Er stieß die Tür auf und trat ein.

Der Geruch von abgestandenem Zigarettenrauch und Whiskey erfüllte das Wohnzimmmer. Lloyd tapste in der Dunkelheit voran, und der Geruch wurde immer stärker, als eine Treppe schemenhaft in Sicht kam. Er ging sie auf Zehenspitzen hoch, hörte Husten und als er in den Flur des zweiten Stockwerks kam, sah er Lichtspiegelungen, die von leeren Schnapsflaschen, die im Gang verstreut waren, aufblinkten. Er hielt die Ithaca schräg links vor den Körper, drückte sich rücklings an die Wand und ging im Scherenschritt auf die Lichtquelle zu.

Es war ein Badezimmer, eines, das einen anderen Geruch verströmte – den von verkohltem Papier. Lloyd trat ein und sah, daß der Gestank von den triefend nassen Stößen geschwärzter Ordner, die die Badewanne füllten, aufstieg. Als er mit dem Lauf seines Gewehrs die Spitze des Haufens anstieß, bröckelte eine Rußschicht ab, und er konnte die aufkopierten Worte entziffern: *Vertraulich – unbedingt wissenswert.* Ein Kreuz-und-Flaggen-Emblem war darunter aufgedruckt.

Ein plötzlicher Hustenschwall ließ Lloyd herumfahren und anlegen. Er sah nichts außer den Badezimmerwänden und ging den Gang entlang zu einer halbgeöffneten Tür, hinter der völlige Dunkelheit herrschte, dem quälenden Geräusch nach. Er hob den rechten Fuß, um sie aufzutreten; die Tür flog auf, und grelles Licht blendete ihn. Er riß die Ithaca hoch in Schußposition, und als er wieder klar sehen konnte, entdeckte er, daß er Mündung an Mündung mit Fred Gaffaney und einem gespannten Magnum stand.

»Keine Bewegung, Arschloch.«

Lloyd erkannte die Stimme nicht wieder und konnte kaum den Mann wiedererkennen, dem sie gehörte. Das hier war ein hochrangiger Hexenjäger mit Schnapsodem, der in seinen Kleidern geschlafen hatte und dessen Nervenenden völlig ausgefranst waren; ein Wiedergeborener mit einem Dreitagesbart und einem zittrigen Finger an einem bereits halb durchgezogenen Abzug. Eine dem jüngsten Tag angemessene Erscheinung.

»Keine Bewegung, Arschloch.«

Die zweite Warnung wirkte wie eine gräßliche Selbstparodie. Lloyd senkte sein Gewehr, und Gaffaney ließ den Hammer des 357er sacht herunter. Beide Waffen sanken gleichzeitig an die Seiten ihrer Träger, und Lloyd sagte: »Was machen wir nun, Captain?«

Gaffaney trat zurück in das Arbeitszimmer und ließ die Waffe über die gerahmten L. A. P. D.-Gruppenaufnahmen an den Wänden schwenken. »Ich bin nicht mehr Captain, Sergeant«, sagte er, und seine Stimme gewann ihre alte Autorität wieder. »Ich habe heute morgen meinen Abschied eingereicht. Sie sind also höherrangig als ich. Ich habe es getan, um es Ihnen zu erleichtern.«

Lloyd stellte die Ithaca an den Türrahmen, behielt sie aber in Griffreichweite. »Ich bin nicht mehr Sergeant. Ich habe gebeten, meine zwanzig Jahre ableisten zu dürfen, aber sie werden niemals darauf eingehen. Wir sind beide Zivilisten. Macht es das leichter für Sie?«

Gaffaney sah auf ein Bild, auf dem seine Frau ihm die Lieutenant-Streifen an den Kragen stecke. »Mein Abschied wurde angenommen, der Ihre wurde auf Eis gelegt. Braverton hat es mir heute nachmittag gesagt. Er will Sie halten. Er will Sie halten, weil er Sie liebt.«

Lloyd ließ seine Augen nicht von dem Magnum, den Gaffaney an einem Finger baumeln ließ. »Captain, wir sind beide R – «

»Sie sollten mich nicht so nennen, Sie verfluchter Kerl.«

»Wir sind beide erledigt! Wir haben kaltblütig Menschen getötet, und das Department weiß Bescheid über Sie, und Sie wissen Bescheid über mich, und alles, was ich tun will, ist, beide Dinge unter Dach und Fach zu bringen und heim zu meiner Familie zu gehen. Leichter kann ich es Ihnen nicht machen.«

Gaffaneys von bloßen Nerven zeugenden Gesichtszüge wurden schlaff, seine Stimme ausdruckslos. »Sie sind nicht gekommen, um mich zu verhaften?«

Das Affentheater im Beweislagerraum erwies sich also als absichtlicher kapitaler Schnitzer. Lloyd ließ seine Finger über die Pumpgun gleiten. »Ich dachte, ich bringe es fertig, aber ich kann es nicht. Wie wär's? Ihre Anklage gegen meine, dann haue ich hier ab, bevor irgend etwas Verrücktes passiert.«

Gaffaney schüttelte den Kopf. Seine Arme zitterten unfreiwillig, so als ob sein ganzer Körper versuchte, seine Ablehnung herauszuschreien. Der 357er fiel zu Boden, als er seine Stimme wiederfand. »Nein. Nein. Nein. No, no, no, no – «

Lloyd griff nach dem Magnum. Er bekam ihn in die Hände, bevor Gaffaney sich rühren konnte und hatte die Trommel geleert, als die Aneinanderreihung von Neins in einen seltsam luziden, mit monotoner Stimme vorgebrachten Satz auslief. »...ich bin nicht so weit gekommen, damit Sie mich verraten.«

Lloyd ließ die Patronen in seine Tasche gleiten und warf den Revolver wieder auf den Boden, dann hob er die Ithaca auf und warf die Patrone aus der Kammer heraus. Als der Teppich mit unschädlich gemachten Waffen übersät war, sagte er: »Warum ich?«

Der monotone Tonfall des Hexenjägers gewann etwas an Resonanz. »Weil ich zwar gut war, aber Sie der Beste sind. Weil Sie ein läppischer Zivilist waren, als Sie diesen Mann in Watts töteten, wohingegen ich ein hochrangiger Polizeibeamter war, als ich einen Mord beging. Weil das Department es niemals zulassen wird, daß ich belangt werde, weil die Gerechtigkeit in diesem Fall allumfassend sein muß.« Gaffaney hielt inne und sagte dann: »Weil ich Sie liebe.«

Lloyd wich zurück, bis er an die Wand stieß. »Sie sind verrückt, wenn Sie denken, daß ich Sie töten werde. Bevor ich das täte, ließe ich mich lieber von Ihnen wegen Richard Beller ans Messer liefern.«

Gaffaney ließ ein gespenstisches Lächeln folgen und sagte: »Wir haben beide erst spät gelernt, Opfer zu bringen, Lloyd. Das geschieht bei selbstsüchtigen Männern wie uns. Es tut mir nur leid, daß unsere Opfer einander entgegenstehen. Jetzt sagen Sie mir angesichts dessen, ob ich wahnsinnig bin:

Durch Ihr angezapftes Telefon schloß ich, daß Sie einem Toten Joe Garcias Teilnahme an den Überfällen und den Morden in die Schuhe schieben wollten. Ich behielt diese Information für mich. Dann habe ich heute nachmittag, als ich die Zeitung las und sah, womit Sie durchgekommen waren, die Sergeanten Collins und Lohmann losgeschickt, um Klein zu überprüfen. Er war zum Zeitpunkt der drei Überfälle vor einem Dutzend Zeugen mit dem Drehen pornographischer Filme beschäftigt. Er kann in keinster Weise mit Louie Calderon in Verbindung gebracht werden, und ein Freund von mir im S. I. D. sagte, daß er an Stichwunden starb. In seinem Besitz befindet sich ein Schnappmesser, dessen Ränder exakte Übereinstimmungen mit einem Teil von Kleins Abdomen, der bei der Biopsie entnommen wurde, aufweisen. Auf dem Griff ist ein Daumenabdruck von Joe Garcia.«

»Nein«, sagte Lloyd in *seinem* Weltuntergangsmonotonfall. »Nein, nein, nein, nein, nein.«

Gaffaney sagte »Ja« und begann Punkte herunterzurasseln. »Kleins Alibizeugen wollen nicht auspacken, weil sie fürchten, daß ihre Beteiligung an Pornos ans Licht kommt, aber wenn wir die Augenzeugen von Pico-Westholme mit Karteiaufnahmen von Klein und Joe Garcia befragen, sollten wir interessante Resultate bekommen, und Calderon hielte niemals vor einer hartnäckigen Grand Jury stand. Collins und Lohmann haben die 45er von Duane Rice; sie haben sie aus dem Wagen genommen, den er hatte, als sie ihn gefangen nahmen. Das wird im krassen Widerspruch stehen zu Bravertons Vertuschungsmaßnahmen. Genug?«

»Sie schmieriger Schwanzlutscher«, zischte Lloyd.

Gaffaney sprach leise, so wie ein liebender Elternteil mit einem Kind. »Ich kenne Ihre Schuld, und ich weiß, daß Sie sie sühnen müssen, und ich weiß, daß Garcia dafür sehr zweckmäßig ist. Aber wenn wir die Ermittlungen nicht bis zum Ende durchziehen, heißt das, daß wir als Polizisten nichts wert sind.«

Lloyd ahmte Gaffaneys luzides, wahnsinniges Flüstern nach. »Captain, zusammen haben wir beide jetzt für mehr als vierzig Jahre die harten Hechte gespielt. Joe Garcia ist nur ein Tropfen im Ozean, verglichen damit, wie oft wir mit der Dampframme zugelangt haben, verglichen mit all den Gesetzen, die wir gebrochen haben. Sie verpassen mir ein Mordstrara über das Gesetz, um mich ausreichend aufzuputschen, damit ich Sie töte? Sie sind hundertprozentig verflucht wahnsinnig.«

Fred Gaffaney ließ seine Finger über die Fotos an der Wand wandern und sagte: »Ich habe heute im Radio eine Geschichte mit *Human Touch* gehört. Eine Gruppe von Highschool-Kids fand einen Teil des Geldes aus dem Bankraub verstreut in ihrem Viertel, manches mit Tinte beschmiert, manches nicht. Sie haben es natürlich nicht den entsprechenden Behörden übergeben: Sie stürzten auf den Strip und versuchten, es so schnell sie konnten zu verpulvern. Ein Sheriff-Deputy, der nicht im Dienst war, bemerkte einen Jungen, der versuchte, einen tintenbeschmierten Zwanziger zu wechseln und brachte ihn zum Sprechen, aber bis seine Suchmannschaft in die Gegend, wo das Geld gefunden wurde, geschickt wurde, konnte keine einzige Dollarnote mehr aufgefunden werden. Sehen Sie, in was für einer Welt wir leben?«

Lloyd hob den 357er auf und begann ihn zu laden. »Eine ziemlich kümmerliche Parabel, Captain. Erzählen Sie sie Collins und Lohmann. Sie wird sie in die richtige Stimmung versetzen, mal so richtig zuzulangen. Haben Sie Ihre Information über Garcia weitergegeben? Weiß es noch jemand außer Ihnen und Ihren Jungs?«

»Nein, noch nicht.«

»Warum haben Sie Ihre Unterlagen verbrannt?«

»Ich bin kein Polizist mehr. Ich bin nicht würdig zu führen, und keiner meiner Gefolgsleute ist fähig zu führen. D – das ist zu Ende.«

Lloyd ließ die Trommel einschnappen und sagte: »Ich habe getan, was ich konnte. Garcia hat ein Fahrzeug und einen Vorsprung, mehr als er ohne mich gehabt hätte. Haben Sie noch was zu sagen?«

Gaffaney runzelte die Stirn. »Rice sagte: ›Sie hat mein steinernes Herz in tausend Stücke zerbrochen.‹ Was, denken Sie, hat er gemeint?«

»Ich weiß es nicht, Captain. Nur der Ordnung halber, Sie haben den Richtigen erwischt. Er hat Ihren Sohn getötet.«

Gaffaney streckte den Arm aus und berührte Lloyds Arm; Lloyd schlug seine Hand beiseite und sagte: »Was haben Sie zu sagen?«

»Nichts«, sagte Gaffaney, »ich habe nichts.«

Lloyd legte die Waffe in die Hand seines alten Gegners. »Dann bringen Sie es hinter sich wie ein Soldat, aber reißen Sie nicht noch jemanden mit sich.«

»Sie werden es nicht tun?«

Lloyd verneinte und ging durch den Flur ins Badezimmer. Er umklammerte den Rand der Badewanne und starrte auf das Kreuz-und-Flaggen-Emblem, als er den Schuß hörte. Seine IIändc fuhren hoch und rissen gezackte Porzellanstücke heraus, und dann folgte ein zweiter Schuß und noch einer und noch einer. Er rannte zurück ins Arbeitszimmer und fand Gaffaney auf den Knien. Er drückte die Waffe und einen Armvoll gerahmter Fotografien an seine Brust. Er murmelte vor sich hin: »Ich habe nichts mehr. Mir bleibt nichts.«

Lloyd half ihm auf die Füße. Die Erinnerungsstücke, die Gaffaney umklammerte, machten die Umarmung etwas kümmerlich, aber er schaffte es trotzdem, seine Arme um den schluchzenden Mann zu legen. Er empfand diese einfache Geste wie einen Akt der Gnade für alle, die sie verloren hatten, alle, die ihre steinernen Herzen gebrochen hatten.

Krieg im Dunkeln

Über die doppelbödigen Spionageromane des Anthony Price schrieb der englische Kriminalschriftsteller H. R. F. Keating in der Londoner *Times:* »Diese Bücher möchte man am liebsten gleichzeitig sofort bis zum Ende lesen und sich noch stundenlang damit beschäftigen.«

Labyrinth (10362)
Hinterhalt (10372)
Colonel Butlers Wolf (10402)
Oktobermänner (10407)
Umwege zum Ruhm (10413)
Geister von morgen (10419)
Aufmarsch der Esel (10425)
Kein Platz für Krieger (10431)
Das Vengeful-Komplott (10444)
Gunner Kelly (10458)
Spione am Kreuzweg (10470)
Unser Mann in Camelot (10486)
Unter Ungeheuern (10524)
Im Namen der Nation (10615)
Auf blutigem Boden (10625)
Wer zuletzt rächt (10722)

Anthony Price

Kriminalroman

Fürsten der Großstadt

Ed McBain ist der Großmeister des modernen Polizeiromans – oft kopiert, aber nie erreicht.

DAS 87. POLIZEIREVIER
Clifford dankt Ihnen (10183)
Der Pusher (10389)
Polizisten leben gefährlich (10412)
Späte Mädchen sterben früher (10461)
Die zehn Gesichter der Annie Boone (10545)
Killers Lohn (10575)
Ausgetrickst (10610)
Selbstmord kommt vor dem Fall (10640)
Kings Lösegeld (10657)
Schöne Bescherung (10664) *Paperback*
Schüsse im Regen (10669)
Priester, Tod und Teufel (10695) *Paperback*
Stirb, Kindchen, stirb (10710)
Schöne Bescherung (10718)

Ed McBain

Kriminalroman

Ullstein Kriminalromane

»Bestechen durch ihre Vielfalt«
(Westfälische Rundschau)

Willi Voss
Die Nacht, der Tod (10599)

Angus Ross
Ein Kontrakt in Burgos (10693)

Michael Collins
Der blutrote Alptraum (10694)

James Hadley Chase
Die Kanaille (10696)

Donald Goines
Kenyatta schlägt zu (10697)

Alan Scholefield
Makler des Todes (10698)

Andrew Vachss
Bluebelle (22845)

Willi Voss
Bluthunde (10700)

Donald Goines
Kenyattas Todesliste (10701)

Geoffrey Homes
Ein Mörder für Goliath (10702)

James Lee Burke
Black Cherry Blues (10704)

Angus Ross
Ein Drama in Congleton (10705)

Charles Willeford
Die Kunst des Tötens (10706)

Michael Collins
Bittere Arznei (10707)

A. W. Gray
Bino (10708)

Angus Ross
Hasard in Hamburg (10709)

Ed McBain
Stirb, Kindchen, stirb (10710)

James Hadley Chase
Miss Callaghan muß Trauer tragen (10711)

Geoffrey Homes
Der Selbstmord-Mann (10712)

James Melville
Der falsche Buddha (10713)

Geoffrey Homes
Der Doktor starb zur Dämmerstunde (10714)

Andrew Vachss
Hard Candy (23096)

Ross Thomas
Gottes vergessene Stadt (10716)

James Lee Burke
Neonregen (10717)

Ed McBain
Schöne Bescherung (10718)

Angus Ross
Heimspiel in Yorkshire (10719)

Thomas Maxwell
Kiss Me Twice (10720)

James Hadley Chase
Blondine unter Banditen (10721)

Anthony Price
Wer zuletzt rächt . . . (10722)

Donald Goines
Kenyattas letzter Hit (10723)

James Melville
Ein Haiku für Hanae (10724)

Geoffrey Homes
Dem Glücklichen schlägt auch die Stunde (10725)